U0127729

西进三部曲之三

福德之春

廖晁诚　著

华艺出版社
HUA YI PUBLISHING HOUSE

CONTENTS

目录

福德之春

目录

第一章

迟开的杜鹃花

　　杜鹃花，各地都有不同的叫法，有称山丹丹、羊角花，也有称报春花。但有一点却是共同的——开放的时间大致都在春节前后，而且这花开得早便开春早，这花开得迟，春天便来得迟。

　　总之，杜鹃花怒放的时候，则预示着春天就要来到了。可是，今年不知是什么原因，春节过了，那杜鹃花却只零零落落地开了几朵。大量的花蕾仍然在含苞待放之中。正因为如此，那早开的花更显得珍贵，更惹人喜爱。你看，已经开放的花，开得很鲜、很艳、很娇媚，让人看了以后总会忍不住驻足观看，甚至绕上几个圈，流连忘返。

　　这仙岳山杜鹃花本来就不多，而且在那郁郁葱葱、充满生机的森林当中，有几朵、有几簇在开放却犹如万山丛中一点红，将这群山点缀得非常艳丽，游人总是色眯眯地加以欣赏。

　　阿辉因为牵挂着台湾家中的事情，春节前匆匆返回台湾去了。

　　放了几天的假期，安泰公司的员工们便传承着老祖宗沿袭千年的习俗，一个个面带喜色，带着一年的积蓄，也带着一年的辛劳，背着大包小包，千里迢迢回家与家人团圆，共享天伦之乐。

林若莹家在湖里村，她的宅子因特区建设需要，搬迁到旧居一公里之外的一片新区建了一栋别墅。因此，她自然没有长途奔波，可以沉下心，舒展一下筋骨，在家美美地睡几天懒觉，还可以陪父母到野外踏一踏青，到仙岳山走一走，休整一番。

今天是大年初三。不知哪个年月，哪代祖宗传承下来，这天是送穷日。要么各户人家在自己家待着，要么便到野外踏青。因为，此时按传统习惯每家每户都不希望有客人登门。因为此时登门便意味着去送穷。一年之计在于春，一日之计在于晨。这刚开年，哪家人喜欢你将穷送进门来呀！林若莹从小出门上学，后来又在大都市工作，对这种习俗自然不会相信。可是，她也不敢违背这祖祖辈辈传承下来的乡间习俗，省得让人家生气。于是，天刚亮，便动员父母一道登上仙岳山，拜土地公。

"爸，我们先到土地庙前给土地公烧一炷香，捐一些香油钱，然后再到这附近的山头走一走好吗？"此时一家三口拾阶而上，尽管父亲已年过花甲却腰杆笔直，那登山的脚步显得轻松灵活。而走在他身后的若莹只能与母亲肩并着肩，说话间气有些喘。

"应该的！"林万寿回答女儿的话很简单。老人是福德文化管理委员会主任，他一生孜孜以求，就是要报答土地公的养育之恩，祈求他老人家的一路庇佑。尽管老伴一生没有生下一个儿子。可是眼前这女儿长得如花似玉，而且学到硕士，有一份令人羡慕的工作，早已令乡里乡亲羡慕不已，这让夫妻俩也有了许多安慰。

老人是一个知足常乐的人，加上一种闽南人的豁达，特有的心胸令他无时无刻不想到，自己有今天的好日子，全托了土地公的福，如果没有土地公的恩泽，自己此生还不知过着什么样的日子呢！

在对话之间，一家人已经来到土地庙前，林万寿点燃了九支香，自己、老伴和女儿各三支。然后，一家人并排地给土地公鞠了三个躬。他半眯着眼睛，已经有些干瘪的嘴巴在喃喃自语。明眼人一看便明白，他是在为女儿许愿，祈求土地公保佑自己这个掌上明珠平平安安，幸福绵长。

在这个地方烧香，对于林若莹来说并不陌生。自从懂事之日起便随父母来过无数次。后来到北京读书，到上海工作，回家的时间不多，但只要有机会，她总是请父亲一道同行。她崇拜父亲，尽管他识不了几个字，但他对生活的乐观，对事业的打拼，对世上一切事情的包容与豁达，常常令这个年轻而又时尚的女性因有这样的一个父亲而感到自豪。此时，她和父母将点燃的香插在香炉上之后，便从身上的钱包中取出一叠钱，虔诚地塞进了添油箱。

那一叠钱很厚。

看上去少说也有两三千块钱。也就是说，应该是林若莹足足一个月的工资。林若莹在从钱包取出，然后投入添油箱的瞬间，她的眼神充满着虔诚，充满敬仰。也就在这一刹那，她那本来很好看的脸上浮现一片红晕，那红晕又瞬间在脸上绽放开来……

"爸，我们往哪儿走？"仙岳山土地庙平时香火便很旺，加上今天是大年初三，上山的信众更多。林若莹看到自己身后已经烧完香，等候在香炉前的人已经排成长长的队伍，那袅袅香烟在仙岳山参天的大树和充满潮湿的空气中盘旋和缭绕着，让人泪水直流。她一边抹着被香烟熏出的泪水，一边征询父亲的意见。

"随你的意思。那么往东边走吧！"父亲几乎隔天便来，对这里一草一木，甚至每个台阶都了如指掌。他原本想随便走走，却突然想到东边的那山梁之上长着许多杜鹃花，眼下正是杜鹃花盛开的季节，女孩喜欢花，让女儿看看。因为，林若莹小时候每当看到那艳丽的花朵，总是乐得一颠一颠满山跑。每当老人想起那一情景，总会充满无限的幸福感。

女儿尽管已经成人，但在父母眼中她永远是一个孩子。

"好！爸，我记得每年这个时候总是杜鹃花开放的时候。您是想带我去看杜鹃花吧！"林若莹似乎理解了老父亲的心情。因为，少年的往事嵌印在脑海里总是那么深刻，总是那么难以忘怀。

"嗯！"林万寿应了一声，心里乐滋滋的。正当儿，一家三口的眼前有许多游客带着孩子正围着几丛杜鹃花欣赏着几个可爱的孩子一边观花，一边追逐着翩翩起舞的蝴蝶在嬉戏，山巅之上充满笑语欢声。

女儿已经远远超过了这些孩子天真无邪的年龄。

女儿这个年龄按道理应该是带着孩子追逐鲜花和蝴蝶了。

第一章

迟天的杜鹃花

看着眼前的一切,林万寿停了脚步。虽然他的嘴里呵呵呵地直乐,但这呵呵声中却难免带着某些遗憾与不足。

"若莹,你……"老人触景生情,他想问问女儿,自己的人生大事到底怎么样了,却话到嘴边又吞了回去。

"爸,你怎么啦?"敏感的女儿已感到父亲这欲言又止的背后是什么意思。

"哦。若莹,这孩子多可爱呀!"老人知道女儿是高级知识分子,说话讲头知尾,不能那么直白。

"嗯哪!好可爱!"林若莹应着,她蹲下身子,静静地注视着、欣赏着路旁边的几丛杜鹃花。她的思绪仿佛回到了充满童真童趣的童年。

"若莹……"看到女儿蹲在杜鹃花前如痴如梦,甚至周围嬉闹的孩子、欢笑的父母声都没有惊动她,唯独那一丛丛、一簇簇烂漫的杜鹃花,让她那样的陶醉,那样的充满兴奋与幸福。女孩年轻的岁月已经过去了。春节前阿辉那热切的吻依然嵌印在这位成熟的女性心间。几天没有见到阿辉,林若莹是那么牵挂。如果阿辉在自己身边,如果能成双成对陪伴着年迈的父母在这里踏青,在这里欣赏娇艳的杜鹃花,那绝对是一件无可比拟的惬意啊……

知女莫如父,林万寿尽管不知道女儿此时此刻心里在想着什么,但却被她对杜鹃的专注,对杜鹃的一往情深深深地感动。他一次又一次地催促女儿,"走,我们到前面走一走、看一看吧!"

"嗯!"林若莹的耳边恍惚有人在叫她。可是,她联想的翅膀还在高飞,她的心还在对往事的回忆当中。

在林若莹看来,尽快建立一个幸福的家庭,为父母生一个可爱的孙子,让父母早日过上一个儿孙绕膝,享受天伦之乐的日子,对自己来说是一个迫在眉睫的任务,更是作女儿的责任。可是,这老天爷总喜欢跟人开玩笑。在学校上本科,有无数的同学追逐自己,可是自己却有心而无意;在读研究生时,追逐自己的人明显少了。那是因为,在自己姣好的容貌、清华大学硕士的学历面前,他们畏缩了,慢慢离自己而去;再到了自己走上工作岗位,坐上上海那家知名国营企业总经理助理的位置,每天坐着小轿车,应对繁忙的工作,出入高档豪华酒店,那日子过得那么漫长,蓦然回头,才发现自己的身后已经冷冷清清……

这时，自己才恍然大悟，与自己年纪相仿的男生个个早已结婚生子；留下屈指可数的几个尽管也偶尔发发短信示好，但自己反复思忖，发现自己从心理上，还是感情上无论如何也接受不了。一种莫名的伤感涌上心头，自己成了时下社会上最敏感的人群之一——剩女。

爱情朝自己愿望的反方向，越走越远。因此，自己只好将全身心的精力投入到工作当中去。后来，随着年龄的增长，听到家乡经济特区建设，看到不少人往南飞，想到已经进入老年的父母亲身边需要儿女陪伴，自己便咬一咬牙辞去了那份让人羡慕的工作，回到了家乡——厦门。

"想不到，想不到……"对着那眼前的杜鹃花，原本这个季节应该满枝繁花的时候，却只有不到五分之一的花朵在开放，还有五分之四仍在含苞待放当中。林若莹颇有感触。尽管只有五分之一的花在绽放，可是那花开得无比鲜艳；尽管在这充满生机、郁郁葱葱的万物丛中只有星星点点，却让人感到一种若狂的欣喜。因为，这是冬天，这是寒风萧瑟的季节，它的绽放给人以春天的希望，更给人一种春天的向往和愿景。

"什么想不到？若莹。"母亲是一个慈祥而又贤惠的老太太，平时言语不多，唯有父亲听了女儿的这句没头没脑的话，感到不解，他在身旁催问道。

"没什么，没什么。"又是一句没头没脑的回答。

是啊！让林若莹想不到的是，自己回到家乡，便认识了那个阿辉。一个据说没有上过一天正规学校，又靠着自己的聪明睿智，靠着自己力量打拼出来一块天地的台湾企业家，台湾商界一位神奇的人物。一见面便被他那神奇的人生深深地折服，甚至是五体投地地折服。

长着一副圆圆的脸；

理着一个永远不变的板寸头；

话语不多，却永远一副坚毅的眼神……

第一次见面，自己便胡思乱想起来。可是，那种胡思乱想只在脑海中一掠而过。因为，自己知道，这阿辉已是有妻儿之人，而且是海峡对岸的人。虽然，自己家乡是他的原乡故土，但当时自己只想能在他投资的企业中谋一份工作，为这个同村乡亲投资兴业尽一份责任，做一份贡献。

在慢慢地工作接触、朝夕相处间，林若莹对阿辉的认识日益加深。尤其是面对严重而激烈的商业竞争，阿辉冷静应对不断追求的精神特质，让林若莹这种好感得到不断地升华。曾记得，有一次自己衣衫穿得单薄，领口开得也比较宽松，那天自己弯下腰向他报告近期的工作，无意中看见他的眼光在自己的胸口中扫了一眼，就在那一刹那彼此之间的心灵都有一种冲动，一种莫名的慌乱。就在那一眨眼的功夫，阿辉迅速地转移了自己的目光，而且迅速调整了自己的情绪；林若莹则三言两语挑重要内容汇报了一下。当她火速回到自己的办公室，对着镜子一照，才发现自己的心跳得那么厉害，脸上红得如同一颗红苹果。因此从那以后，林若莹在衣着上更加严谨，力求任何时候都不再出现走光的问题。

为了这件事林若莹不断地自责：阿辉是一个有家室的人，传承的是传统的风俗与习惯。"他是一个好男人，不用说也是一个好父亲。"林若莹不止一次地从内心深处做出这样的评价。越是有这样的想法，她越是注意自己的行为举止，处处维护阿辉的形象，竭尽全力支持和协助他的工作。

这几年，林若莹的思想在变化，心也在变化。而且，对组建家庭，拥有一个像阿辉这样的丈夫的欲望日益强烈。只是一直没有缘分，此生一路走来第一次遇见像阿辉这样一个优秀的男人，而这个男人却早已被人拥有。自己只有眼睁睁地、默默地留在心里，只能在梦中追寻和仰慕。

去年，静娴总经理罹癌去世了。此时的林若莹心里涌出了难以言表的复杂感情。一方面，看到这对艰苦岁月中携手的夫妻半路撒手，给阿辉的心灵造成严重的创伤，对他的事业将是一种损失；另一方面，她在不断地祈求土地公的保佑，给自己以甘霖与恩泽，赐给自己一份迟到的爱情……

春节前不久的那天晚上，林若莹按这半年的习惯，到阿辉的住地为他安排早餐的事，在没有预警，没有招呼的情况下，阿辉默默地把自己抱在怀里，尽管那一拥抱之后，没有亲吻，没有感人肺腑的言辞。但自己却深深地感到，阿辉抓住自己胳膊的双手是那么有力，那么稳重，那么坚定，好像这一拥抱是经历了许久的思考。自己开始时浑身为之激烈一颤，这种颤抖不是一种性的使然，而是这么多年来朝夕相处之后一种情的凝聚。

林若莹没有拒绝，更没有推辞，而是默默地接受了这份迟到的爱情。

"……"记得当时阿辉只是嘴巴哆哆嗦嗦地蠕动了一下,没有一句"我爱你"之类的话。可是若莹感到自己浑身上下像一阵电流通过的麻,电流刺激后的兴奋。因为,她理解此时阿辉才失去静娴半年多时间,他是一个非常传统的人,夫人尸骨未寒,他无法匆匆忙忙跳出世代传承的传统习惯与道德,赤裸裸地向自己表白爱情。

第二天清晨,当林若莹与阿辉并肩登仙岳山到土地庙进香时,阿辉在半路上忘情地再次拥抱自己,并告诉自己下一步安泰公司的发展目标时,着实让自己兴奋不已、幸福不已。

原来,两个人本想到那块山地上先勘察安泰公司下一步发展的用地。可是,台湾那边静娴总经理的弟弟荣生突然挂来了电话。

"阿辉,阿爸病得不轻,看来春节是他的一个坎,如果……"那是登仙岳山那天的晚上九点多钟,林若莹和阿辉正在商量选什么时间到那土地上看一看,以便春节回台湾时先跟几个股东沟通。突然电话铃响了,话筒里传出了急切而又伤感的声音。

"阿妈呢?……"阿辉脸上的表情发生了激烈的变化,他既想到阿爸,那个风烛残年,却又饱经风霜的老人。同时,还想到阿妈。两个苦难的老人,走过了艰辛的大半生,正要享点清福的时候,大妈走了……

白发人送黑发人,静娴又走了……;

仿佛这人生的不幸都要缠绕着他们似的。

"阿妈的情况也不妙……"荣生那话语中充满着伤感。

"那……"此时的阿辉有些为难,刚跟若莹表白自己的心声,原本商定这几天先看看下一步公司发展的用地,也可以和若莹好好相处几天。可是台湾的两个老人又出现了状况,着实让他举棋不定。

"回去吧!早点回去!"林若莹看到阿辉内心的矛盾,轻声地说着,用坚定的目光鼓励着他。尽管自己内心有千万个不舍,这迟来的爱情之花尚在花蕾之中,难免又要经历几天不眠的相思之苦,真是……

"那我明天立即订票返回吧。荣生,您辛苦了!"阿辉停了片刻终于下定了决心。

第一章

迟天的杜鹃花

阿辉买上第二天早晨的飞机，转道香港飞回台湾了。

林若莹好像若有所失。

这种失，是以前阿辉出差没有过的惆怅和失落。她每天在办公室里六神无主来回踱步，每当难以抑制思念之情时，常常拿起电话想跟他说说话，可是又常常拨了一半的号码又矛盾地放下话筒。他知道，做男人难，公司的事、家庭的事，每件事系着两岸，每件事都那么纠结，每件事却又那么伤身劳神。自己应该努力减轻他的负担与压力，默默地在身后理解他、支持他、帮助他。

林若莹在这种日子里过了几天。

到除夕晚上，林若莹眼巴巴地盼望阿辉能来一通电话，告知那边的情况，报一声平安，可是没有。

从晚上十点等到十二点都没有。

中央电视台的春节文艺晚会到了尾声，那电话还是没有任何的动静，林若莹开始着急了。

她感到海峡那边一定出了什么状况；

她的心早已越过海峡，飞到阿辉的身边；

文艺晚会的结尾是大结局、大团圆，历来是比较热闹的，可是她已经没有一点心思，只觉得那画面在不时地更新和晃动而已。

已是凌晨一点多，这新年已经过了一个多小时，林若莹再也按耐不住自己的情感，她下了决心，快步走进电话机旁，正要拿起话筒，不知是心有灵犀，还是纯属一种偶然，那电话铃骤然剧烈地响了起来。

"叮铃铃，叮铃铃……"这电话铃声响得很急，而且声音很大。林若莹的心立即被拎到嗓子眼上，兴奋而有些发抖地拿起话筒。

"若莹，我是阿辉！"几天没有听见，思念万分的声音终于出现了。

"阿辉，我是若莹，怎么啦……"若莹欣喜若狂，她正想问候阿辉，了解阿辉几天的近况，问一下为什么回去几天没有任何消息。

"阿爸和阿妈，他们……"阿辉不等若莹将话问下去，便语无伦次地告诉若莹，阿爸在十一点十五分走了，他没有跨过年关；阿妈看见相濡以沫的丈夫走了，悲伤至极，也在一个多小时之后的一点二十分走了……

"啊……怎么会这样？怎么会这样？"林若莹的头脑嗡嗡地作响，她不知道此时此刻自己应该用什么言语安慰自己深爱的男人，而且隔着海峡，隔着樊篱无法走近他的身边去助他一臂之力，只是机械地喃喃自语。

"若莹，这里事情很多，我可能很难在初五以前回厦门了。若莹，你自己多保重……"阿辉在电话那头用伤感的话说着。

"……"若莹没有回答。那是因为这消息来得太突然，而且太令人悲伤。两个老人在先后一个多小时内相继去世，无论对于谁都是一个莫大的打击。她想找几句贴心的话安慰阿辉，可是自己整个身躯都被悲伤笼罩着，脑子一片空白，她感到此时自己的智商接近零，搜肠刮肚却找不出一句合适的话。只是木然地拿着话筒，一直到对方的阿辉早已放下电话，那嘟嘟嘟嘟断线声还在耳际边环绕着。

不知过了多长时间，林若莹还木讷地站在那里。

父母早已歇息。

她颓然地靠在沙发上，泪水顺着美丽的脸颊不停地往下流淌着。尽管自己与阿辉的情感生活刚刚开始，可是她却把海峡那边的喜怒哀乐与自己的命运联系在一起……

"妈妈，你看那阿姨哭了！"林若莹蹲在路旁的那簇杜鹃花旁，回忆往事，伤心的泪水不停地流淌着，却没有感到身边的孩子发现自己流泪，他在告诉自己的妈妈。

"别乱说，阿姨是眼睛飞进了虫子，阿姨哪里会哭！"年轻的妈妈长得非常漂亮，童言无忌，她弯下腰向缓过神来的林若莹友善地点了点头，抱着孩子想离开。

"嗯，宝宝真可爱，妈妈说得对，阿姨眼睛飞进了虫子。"林若莹自我解嘲地借机用手擦了一下眼角的泪水，用非常迷人的笑鼓励了聪明的孩子。

孩子和妈妈在一声拜拜中告别了。

"若莹，你怎么啦。"父母感到这几天女儿的感情似乎变化很大，刚才孩子的话让老人受到了启发，慈父用关切的声音问了自己的女儿。

"没事，爸！"若莹淡淡地应了一声。

"没事就好！"林万寿可以断定，女儿没有给自己讲实话。但到底是什么原因？女儿这么大了，自然不会告诉自己。于是调转一个话题："若莹，你年岁不小了，该成个家了。不为自己，也考虑一下阿爸、阿妈好吗？"这句话似乎是林万寿在乞求着女儿。

"爸，女儿已经名花有主了。"父亲的话让女儿受到不重又不轻的震动，若莹想将自己与阿辉的事说出来，但一转念却又换了一种说法。

"别骗我，我老了！"老人有些不安与伤感。

"真的！爸，我没骗你！"

"哪家的后生？"听到女儿回答得那么认真，老人立马兴奋起来，想追根问底。

"这……"若莹理解父亲的心，可是如果这么早就将八字刚有一撇的事告诉父亲，又觉得不合适，她的心里矛盾极了。

"又怎么啦？还要骗父亲吗？"林万寿似乎有些生气。

"不！爸！阿辉已经向我求婚了……"若莹被父亲一逼，忍不住说了出来。但声音很小很小，她的脸迅速通红起来，而且像一个小姑娘把头深深地低了下去。

"什么？什么？阿……"

"嗯……"若莹点了点头，没有再回答。因为，此时若莹的心里非常复杂。似乎就像这迟开的杜鹃花一样，羞羞答答。尽管招人喜爱，可是毕竟延误了这么长时间，让人久久地期待着。

第二章

命悬一线悬两岸

阿辉是过了小年才从厦门乘机经香港返回台湾的。

记得那天，细雨霏霏，从厦门起飞就因为浓浓的大雾延误了一个多小时；到了香港这天气并没有改变，而飞机在高雄小港机场降落前却大受波折。

已经是傍晚时分，那巨大的浓雾把土地的参照物淹没在雾的海洋当中，能见度不足五百米，航班在高雄上空一次又一次地盘旋之后，终于平稳地降落在跑道上。

"终于到了！"阿辉从内心深处重重地吐出了一口气。此时他的心情如同这夜幕和浓雾笼罩的机场一样，有一种说不出的困惑和难受。以前春节前回台湾总是与静娴携手并肩，耳边总有她那没完没了的唠叨，总有她那对自己工作无休无止的指责。现在，静娴已经走了半年多，唠叨没了，耳根清净了，两个人变成了一个人。可是自己却是那么的不习惯，似乎这听惯了唠叨、听惯了指责，突然没了唠叨和指责好像生活缺少了一种润滑剂，好像煮菜忘了放味精，变得那样索然无味。

"静娴呀，你走了半年现在到那个世界干些什么？还在干我们的小家电么？"阿辉自信自己是一个不喜欢动情的人。可是每当想起携手十多年却撒手西去的妻子，却有着满腹的心酸，有着无限的伤感与思念。

这半年多时间，可是前十多年风调雨顺之后的又一个低谷，是自己有生以来经历的又一个低谷。

先是阿爸思念一生、刚刚联系上的大妈驾鹤西去；

紧接着是与自己同枕共眠的妻子静娴的离去。

现在又听说年迈的岳父母命悬一线……

这人生总是这样，风风雨雨，起起伏伏。要去打拼要有一番事业，总会有那么多愁不完、烦不了的揪心事。想起岳父母，阿辉总会从脑海里浮现老人家那坚毅而充满乐观的眼神。按理像这样一位老人，一生历经坎坷，经历了让人潸然泪下的辛酸，可是，他却活得那样顽强，那么自信。就好像那石砌路石缝中生长的一棵铁丝草，长得干干瘦瘦，细细长长，历经春夏秋冬，也历经严寒酷暑，被无数的路人踩踏着。但却总是顽强地昂起头、挺着腰，年复一年，日复一日地延续着自己的生命。

大妈走了。几乎让负疚大半生的阿爸失去了生活的信心，幸好阿妈和大家的精心照顾，他缓过劲来了，走出了那精神的低谷。

静娴走了。尽管她不是阿爸亲生，可是却胜似亲生。尤其是静娴与阿妈的性格迥异，经常斗嘴的时候，每每都由阿爸和稀泥协调的。他视静娴如己出，甚至超过己出。静娴的去世，白发人送黑发人，几乎完全摧毁了阿爸和阿妈的精神世界，几乎让两个老人崩溃。因此，当时静娴的离去，阿辉悲痛欲绝之余，无时无刻不为岳父母两个老人担忧。

现在，这个担忧成了现实。

当荣生那天晚上挂电话来告知岳父病重的消息时，阿辉浑身发软。因为阿爸一旦倒下，阿妈在世上逗留的时间绝不会长久，那是因为他们是一根藤蔓上结着的两颗苦瓜，他们虽半路结伴，却相互搀扶，相依为命。不论谁，只要失去一方，另一方的斗志将彻底被摧毁……

阿辉不再思考下去，他的脑子很乱，心情十分沉重。他巴不得希望赶快乘上汽车，无间隙地往回赶，赶快回到老人的身边安慰老人一番，尽一份儿女应尽的职责。

一个女婿半个儿。

静娴走了，自己应该尽两个人的责任，给予老人更多的温暖与关爱。

刚走到大厅。

阿辉便看见出口处安泰公司的驾驶员远远地朝自己打着招呼。没有托运的行李，只有拎在手中的一个小皮箱，他的心早已飞回梅山，飞回岳父母的身边。

"董事长，我们直接回梅山么？"坐上小汽车，驾驶员问了一声。

"嗯，直接回去，速度快一些！"阿辉心事重重，回答得非常简洁。

"是，董事长。"驾驶员年纪很轻，驾驶技术也非常娴熟，他手握方向盘，脚踩油门那部奔驰轿车瞬间消失在夜色之中。

机场到梅山几乎都是快速路。

一路奔波的阿辉感到浑身有些酸痛和疲惫，他想靠在后座位置上稍稍做一次短暂的休息。因为从荣生来电的口气中他大致可以揣摩阿爸的情况不是太妙，兴许这次回家自己面对的问题将不少，还有许多未能预见的事情等待自己去处理。

是啊！人们常说，一年二十四个节气，对于病人和老人来说是二十四道坎。尤其是过年，再加上这阴雨绵绵、浓雾迷茫的天气，对每一个病人和老人来说无疑是一次炼狱，一次再生。

"阿爸，你可要撑住呀！留个长寿，见一见女婿再过十年的清光日子吧！"阿辉默默地在内心深处为阿爸祈祷。自己的父亲早逝，而且已经走得非常遥远，当自己与静娴相识结婚，遇见了两个老人便始终把他们当做自己的生身父母予以孝敬。

真希望他们能长寿，能活到一百岁，甚至更长。让他体验一下儿孙绕膝的生活，享受一下人生那种无忧无虑的天伦之乐。真的，这是此时阿辉的唯一祈望，也是自己对逝去妻子最好的思念、最久长的思念。

这人很怪，越想睡时越睡不着。心里有事，头一靠在轿车座位的靠背上，大脑皮层却异常兴奋，昔日的往事不断涌上心头，让自己难以把持。

阿辉想起了林若莹。

这是一个内外兼修，一看便让人难以释怀的女性。在厦门安泰公司相处了

两年多时间，自己无不被她的气质、长相，尤其是过人的聪明与睿智所吸引，甚至让心高气傲的静娴所妒忌。可是，这么一个优秀女性，她竟然能够与静娴姐长姐短地密切相处，默默无闻地顶住各种压力，并井有条地协助自己处理好各项工作。记得静娴临走前还莫名其妙地称赞若莹长得漂亮，她已知自己留在世上的日子不多，却用矛盾的心情将若莹推到自己的视野当中，促使自己去重视与关注。

这是静娴知道自己的日子不多，做出了令自己刻骨铭心的事，怎能让自己忘怀？只是在自己心中，静娴刚走过奈何桥不远，自己的心中还深深地嵌印着她那充满活力的身影，耳际边还留存着那没完没了的唠叨。

对于林若莹会闯进自己的生活，阿辉是始料未及的。自己对林若莹的美貌，尤其是才华和组织协调能力倍加欣赏。那次在工作交谈当中偶尔看到她弯下腰显露的丰满而又挺拔的胸脯，自己曾出现了一阵内心难以抑制的慌乱，却又为自己无意中的斜视，而自责了好几个不眠之夜……

几乎没有任何瑕疵、完美无缺的乳房，洁白的连毛细血管都清晰可见，丰满得比奶孩子的妇人还丰盈；挺拔得如同两座高耸入云的山峦。可是，她却是那么圣洁，在自己身边工作那么久，没有一丝的言行可以让人挑剔，没有任何眼神让人不解。自己死死摁住了一个男人脑海里可能出现的非分的幻想，以一种感激的心情审视和欣赏着老天爷给自己派出的助手。

静娴去世了，悲伤之中夹杂着无限的空虚与寂寞。

每当夜深人静，想起已经远离这个世界的静娴，原本安安分分、遵规守纪的心不时地浮现起某些不安分的情思。

若莹倩影每天在自己的视野中飘忽着，她的身影，她那银铃般的说话声、嬉笑声，时时让自己好奇的目光注视着她。似乎那每看一次，自己的心里总会有某些心理的满足，情感的满足。

尽管若莹还是那样每天尽忠尽责，体贴入微地协助自己的工作，关心自己的生活。不，应该说比静娴在世时，更细心、更投入。

陈子茜那次到来，赤裸裸地向自己表达爱意。自己不是怀疑她的坦诚，不是怀疑她的真诚，但那坦诚和真诚仿佛不是自己所思所想，不是自己的企盼和渴求。稍稍冷却思维，这才恍然大悟，兴许这是子茵生长环境的差异，尽管彼此相识多年，尽管有过多次亲密的相拥，可那是一种感情，而不是自己希望的爱情。

自己的爱情之箭，自己的爱情丘比特靶心是林若莹。

她就在自己身边。

经过激烈的思想斗争，阿辉原本有些迷茫的心仿佛刹那间天高云淡豁然开朗。那天晚上自己鼓足了勇气，默默地拥抱了林若莹，而且使尽了浑身力气，倾注了自己多年累积的感情。

记得当自己一步跨到林若莹跟前死死把她抱到自己怀里时，若莹的身子像触电一样剧烈地震动着，接着自己似乎听到她双峰之下那颗心在砰砰地跳动声和急促的呼吸声。

阿辉原本设想了一切"我爱你"之类的话；

阿辉原计划说完这句话后，来一阵暴风骤雨般的亲吻；

阿辉还想再用自己的手轻轻地抚摸她那让自己无数个晚上难以入眠的双峰；

阿辉更想……

可是，当阿辉想到自己身边的若莹是那么圣洁，象是一尊艺术品，是自己眼中的维纳斯。只在双方肌肤接触的瞬间，自己脑海一片空白，之前的一切想法已被自己每根亢奋的神经忘却得一无所有，忘却得干干净净。

两个人谁都没有说一句话，只有两颗心贴得很紧很紧，很久很久……

这种呼哧呼哧的喘息声没有计算，也不知经历了多久。因为，阿辉知道，若莹舍去大都市优越的工作回到家乡，为的是这块原乡故土，为的是这片炙手的土地。自己爱她只有坚持打拼，执子之手继续打拼一片属于自己的事业，开拓一片民族小家电发展的新天地。

原想在大陆多呆几天，以加深彼此的印象。同时到那天遥望的那块山坡地，以便春节期间向陈茂祥、杨金威等几个股东谈一谈自己的计划，实现自己建立小家电王国的梦想。可是，荣生的这通电话，打乱了计划。

"董事长，到家了。"阿辉还在对往事的回想当中，驾驶员已平稳地将车停在岳父母的家门口。

"噢，谢谢！"阿辉应道，机灵的驾驶员已将车门打开。他抬起头却见内弟

第二章

命悬一线悬两岸

荣生夫妇已经在门口等候，看见车停稳便急匆匆地迎了上来。

"阿爸阿妈怎么样？"

"……"荣生没有应道，只用头轻轻地摇了一下。

阿辉没有再问什么，将行李箱递给身后的驾驶员，急匆匆直奔老人家的房间。

对家中的一切阿辉了如指掌，即使没有灯光，甚至蒙着眼睛也能准确无误地直奔到阿爸的床前。

踩进门槛，看见那柔和的灯光下，阿爸静静地躺在床上，高高而又柔软的枕头几乎没住他的脑袋，那苍白的头发、花白的胡子让这位饱经风霜的老人看上去更加的消瘦，他的脸更加的苍白。这让阿辉心中涌上一阵酸楚，几年前，阿爸尽管已过花甲之年，仍精神头十足，声音洪亮。可是这人生一连串的打击，他的精神被接二连三地冲击之后，迅速地坍塌下来。此时，他那已经没有多少神光的眼睛飘浮着让人感到心酸的混沌，见到女婿从海峡对岸回来，喉咙里的喉结在上下滑动着，干瘪的嘴巴一撇一撇。可是，许久许久却发不出声音，老人感到某些痛苦，最后只是两行泪水顺着眼角潸潸地流了出来，顺着那沟壑纵横的老脸流淌到洁白的被单上。

"阿爸……"阿辉伤心地叫了一声，情不自禁地走到病床前，跟跟跄跄地跪倒在老人的跟前。

"嗯……咕噜……，嗯……"老人想挣扎着起身，荣生也想助他一臂之力。但阿辉制止了。

"爸，您想吃点什么？我给您做。"看到老人想表达什么却又说不出话的那种痛苦，阿辉控制着即将夺眶而出的泪水，强装笑脸说着。他知道自己根本做不出一道可口的饭菜，但此时，能够向老人尽一份孝道，除此之外已经没有任何的话可以表达。

"嗯……咕噜……嗯……"老人还是那份表情，还是那么无法言语的痛苦。

"阿妈……"看了岳父，阿辉想到岳母。此时的彩凤正无神地躺在藤椅上，她的背后垫着被子，身上盖着厚厚的羽绒被。从女婿进门，她就想站起来，像以往一样接过他手中的行李，掸一掸他旅途的灰尘。自从他进这个门十多年，记不清他多少次出差，多少次回来，作岳母的每一次都是这样。她把阿辉当儿子，当作如同己出的儿子。可是，这次她有些心有余而力不足。接二连三的打击，这个才五十多岁的老妇人本应活蹦活跳的年纪，却让她心力不足，气短身虚，连站起来的力气都没有……

"阿辉，儿呀！你回来了。"老人第一次如此伤感地呼唤着女婿，那是发自内心的呼唤，是一种声泪俱下的呼唤。

"妈，我回来迟了！我没有尽一份孝，也没有替静娴尽一份孝呀！"被岳母一声"儿呀"地呼唤，阿辉终于控制不住那感情的闸门，泣不成声，"妈，我扶你起来坐一下好吗？"

"嗯……"岳母点了点头。

"妈，别急。你和阿爸一定会好起来的！"看到扶着岳母费力地坐了起来，阿辉强忍着内心的不安说着。

"……"彩凤痛苦地摇了摇头，然后抹了一把眼角上的泪水，"儿呀！你爸看来过不了春节了……"

"不会的，不会的。妈！"

"呜，呜，呜……"阿辉的话音刚落，老人伤心地哭起来。

"妈，别想那么多！没事的！爸没有事，你更没事！"岳母一生经历许多困难，但却一直保持着一种乐观和自信。现在看到岳父命悬一线，再看到岳母如此悲观，阿辉心里突然一沉，有如从几层楼垂直下降的那种失重的感觉，他隐隐约约地感到情况不妙。土地公呀！您老人家一定要庇佑这个多灾多难的家庭，保佑两个老人平平安安呀！但话从口出来却变成乐观、宽松的口吻。因为他知道，就目前而言，一切都不是问题，惟一的便是给两位老人以自信，给他们战胜疾病，跨过人生这道坎的信心和勇气。

此后的几天时间里，阿辉完全转换了一个角色，他是一个道道地地的孝子，是一个宅男。从早到晚，又从晚到早呆在家里，转悠在岳父岳母的床前，料理家务，悉心地照顾床榻上的老人。

因为他十分清楚，自己应担当两份职责，一份是女婿、儿子的职责；另一份则是自己已经逝去的妻子静娴的职责。公司的事由同仁们去料理，让已经在世上日子不多的老人感受到儿女的孝顺和家庭的温馨。

眨眼之间除夕到了。

今年的除夕由于静娴的去世、老人的生病、儿子在美国留学，加上阴沉沉、雨绵绵、滴水成冰天气，让这个原本充满生机与快活的梅山人家显得有些凄凉。

"阿辉，这天太凉了。今天天气那么冷，年饭就别煮了。上酒店订一个包厢吧！"荣生是一个满崽，不善料理家务，找了一个城里的富家女妻子，又是独生女，况且还没生子，春节回娘家去了。早上十点多钟，他打着哈欠从床上爬起来看见阿辉在厨房里忙翻了天，便站在客厅说着。

"不行，过大年，一年一次，团团圆圆。而且阿爸、阿妈能去酒店么？"阿辉一边在杀着鱼，刮着鱼身上的鳞片，一边回答这位内弟的话。

"这在家煮那么多菜，他们也不能吃啊！"尽管他年纪跟阿辉相仿，但从小生活条件优越，思考问题的角度迥然不同。

"荣生，你赶快给爸妈的房间添一点木炭，这天太冷了，别让他们冻着。"阿辉觉得自己没有太多时间跟这内弟扯皮，便交代他做一些家务事，照顾好老人。

"好吧！"荣生有些扫兴，他有些不情愿地摇了摇头，先走进文康的房间，在燃烧的火盆里添了两块木炭。然后，又转身走进彩凤的房间添了几块木炭。

因为文康生病这么久了，彩凤也弱不禁风，不要说照顾丈夫，自己也无法起床，便搬到隔壁房间。

前一段阿辉请了两个保姆照顾两个老人。现在春节到了，保姆回家过年去了，两个保姆的工作自然而然落到阿辉的肩上。

鱼鳞刮完之后，阿辉将菜刀磨得锋利，站在灶台前他沉思了许久，思考着今天中午应该给两位老人做上一顿可口的午餐。

"做碗酸汤鱼片吧！"思忖良久，阿辉想起两位老人特别钟爱吃酸汤肉片。

将大水库里养的大草鱼切成薄片，滴上几滴花生油，用淀粉轻轻抓一抓，然后放上些许姜丝、陈醋、胡椒，以及炸得刚刚焦黄的葱头油，味道非常可口。这鱼那么香一定会让他们满意。这也是阿辉一手绝活，以往回家自己总会露一手，让两位老人吃得眉开眼笑。主意一定，阿辉便动起手来，片刻之间两碗香气扑鼻的鱼片汤便端出厨房。

"妈，你自己能拿着吃吗？我给您煮了一碗鱼片汤？"阿辉将那碗热气腾腾的鱼片汤端到岳母的病床前。

"我没胃口，阿辉。"彩凤有气无力地摇了摇头。

"妈，这可是一等一的好料。那么，我叫荣生喂您？"阿辉知道岳母身体没有多大病，只是虚弱，只是受到接二连三的打击，她的精神世界已经被摧毁。而岳父却命悬一线，气若游丝，自己应先去照顾他。

"嗯……"岳母感激地点了点头，泪水不知不觉涌了出来。

交代完荣生应注意的细节，阿辉觉得天气冷，该赶快去喂岳父了。不然，这么冷的鬼天气，汤过一会儿凉了还得重煮，而这汤一重煮，味道则会差得多。

岳父文康的房间木炭火烧得很旺，一踏进房间有些暖烘烘的感觉。阿辉摇了摇头，他感到荣生的粗心，赶紧走进窗前将窗户推开一条小缝，这么高的温度老人肯定不舒服，而且这门窗紧闭，空气没有流通，二氧化碳过高，也容易出事。

文康的身体已经极度虚弱，此时正在床上似睡非睡，阿辉进门也没有丝毫的反应。

"爸……"阿辉轻声呼唤老人。

"……"没有应声，只见老人的喉结轻微地动了一下。

"爸，阿辉给您送鱼片汤来了！"阿辉看了那境况，鼻子一阵发酸。

"……"老人还是没有应声，但那被子却有些动静。看来，老人的知觉还是十分清楚的。

阿辉突然想起了什么，急匆匆走进卫生间，给老人取来一条湿毛巾，然后细心地给老人擦了一把脸，扶着老人半躺在床上。

"爸，这鱼片您不是最喜欢吃的吗？"阿辉将嘴巴贴近老人的耳际。

"鱼片汤？"老人听清了，难得地睁开眼睛，深情地看了一下眼前的女婿。

"是啊！很鲜，很好料。您喝一点吧，趁热。"阿辉好像动员小孩吃东西一样的温和，一样的细言细语。

"好！我爱喝！"老人脸上的皱纹轻轻地舒展开了，他的精神变得那么

第二章

命悬一线悬两岸

足，而且只在眨眼之间，这是回家几天来阿辉第一次看到的情景，他的心乐开了花。

阿辉小心翼翼地打了一汤匙鱼汤送到老人的口中，为了不让汤从口中溢出，他细心地用毛巾接着。

这鱼片汤很鲜，但儿女的情却更浓。

老人喝了几口，脸上露出了欣慰的笑容。

小半碗不消多久便进了老人的肚子。

看到岳父如此高兴，阿辉几天来笼罩在心头的愁云消失了一半，他为自己这份孝心和辛劳的付出感到满足。

"阿辉，好儿子！你妈没看错你，我们没有白疼你！"不知是这汤鲜美，还是什么原因，已经很长时间没有开口说话的文康此时精神状态十分地好。他用欣赏的眼光一次又一次地看着自己的女婿，掏心掏肺地用自己朴实的语言表达自己内心的一切。

"爸，这是儿女们应该做的，你想吃什么就说话，我天天给您煮好吃的。"阿辉内心充满着感激，他痴痴地看着自己的岳父。

"阿辉，你扶我坐直一些好吗？"

"好！我来。"阿辉放下手中的碗，看到父亲这半碗鱼汤喝下去之后，精神如此足，比自己喝了一碗鱼汤更畅快。

"坐吧！爸有几句话跟你说……"老人坐得更直了，他将一种平时难见的眼神看着自己的女婿。

"好！爸，我坐在你身边。你说！我一定照办。"

"有几件事我今天要说，不然，怕没时间了……"老人此时红光满面，精神异常得好，"一个呢，静娴走了半年多了，她这生没福气，无法随你过完一生。你还年轻，要赶快再找一个合适的，你的事业，今后的一切都必须有一个贤内助。"

"爸……"这句话从老人的口中说出来，阿辉难免一阵心酸。

"……"见阿辉要插话，文康用手制止住。然后接着说："另外一个呢？我在世上没多久了，我常常做梦，梦见阎王爷和你大妈在那边催我好几回了，可我又不放心你妈。记住，我死后你们要将我的骨灰一分为二，一半留在你妈身边，一半送回大陆陪伴你大妈。两个女人我都欠着债，下辈子还吧……"

"爸，别这么说，你会活到一百岁的!"阿辉真想号啕大哭。阿爸的这些话发自肺腑，令他悲痛欲绝。

"现在好了，两岸有联系了，我终于可以落叶归根……"正当阿辉思绪起伏时，老人的声音突然戛然而止，带着某些满足，他的头一歪无力地垂了下来。

"爸，爸，爸……"阿辉感到这势头不对，双手抱着岳父，声嘶力竭地摇晃着、呼喊着……

可是，老人却永远合上了眼睛，带着一种满足离去了。

隔壁房间的岳母和荣生听见阿辉悲伤的喊声，大约已经知道了一切。荣生急匆匆地赶过来，却见老人已去，只好呆呆地肃立一边。

片刻，阿辉隐约感到什么，放下手中的岳父，抱着他静静地躺下，他意识到隔壁还有一个岌岌可危的岳母。

荣生过来了，那边没有人照顾。

于是，兄弟俩暂时放下文康老人，返回彩凤的房间。

"妈……"阿辉和荣生"噗通"一声跪在老人面前，悲痛地说："爸，走了!"

"……"彩凤没有应答，只是痛苦地摇了摇头，伤心的泪水如同掉了线的珠子滚滚而下。许久许久才喃喃自语："文康，你连跟我打个招呼都不，就这样扔下我走了吗? 文康，你好狠心呀! 文康……"

她好像早已有了思想准备，似乎觉得这一切的发展是迟早而已的事情。彩凤并没有像别的女人那样，对丈夫的离去悲天恸地哭泣; 没有像别的女人那样肝肠寸断地悲嚎。只是不停地摇头，在喃喃自语，并且几次想挣扎起来要到文康的床前看看他，看看这位与自己下半生才携手的苦难丈夫。

可是，不管她如何努力，也不管她如何挣扎，不管如何使出全身的力气，一次、两次、三次……

彩凤都没有爬起来，更没有可能走到隔壁房间去看看他……

"妈，别急。我抱你过去，我……"阿辉看着呆立一边的荣生，灵机一动伸出

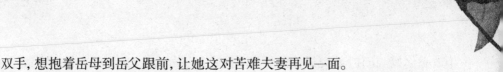

双手，想抱着岳母到岳父跟前，让她这对苦难夫妻再见一面。

"……"可是让阿辉没有想到的是，当自己伸手想抱岳母过去的时候，她却拒绝了。只是非常吃力地用袖子擦了一下泪水。

一次认真地擦着；

两次细心地擦着；

三次小心翼翼地擦着。

然后，露出难得的笑容对着女婿、儿子说："阿辉、荣生，你爸走了。今后你们兄弟俩凡事要多商量，告诉小俊要好好读书……"

"我们知道，妈。你放心！"兄弟俩异口同声地看着老人。

"我……放……心……了！"彩凤满意了，知足了。她断断续续地说完，似乎不再有什么牵挂，不再有什么未了的事情，便像工作许久，疲惫不堪的人安详地熟睡了。

"妈，可能太疲劳，睡着了。"荣生伸手想给母亲拉上被子。

"……"阿辉的泪水夺眶而出，他用手轻轻地挡住荣生。然后低声地告诉内弟："不用了，荣生。妈已经追随爸走了……"

第三章

土地庙的上上签

　　林万寿夫妇从女儿若莹口中了解到阿辉家中的一切，惊得站在仙岳山顶不时地叹息。两个六十多岁的老人，他们有着同龄人特有的敏感，更有着同龄人对后辈更多的怜悯之心。此时此刻，仙岳山顶寒风呼呼，刚才露出的一丝阳光此时又被这寒风一吹羞羞答答地躲在云端之后；刚才上山踏青赏花的人群便带着老少赶紧下山回到家里，唯独林万寿一家仍然站在原地，久久地凝视着山下那片充满生机的安泰公司的厂房。

　　"苦难出英才呀！"老人被阿辉坎坷的人生所折服，更为这位后生才俊感到钦佩。假如他是自己的儿子，假如他成为自己的女婿……林万寿想到这里觉得自己的想象力有些丰富，甚至有些让人发笑。

　　现在，女儿看着父亲望着安泰公司那片厂房，还不时听到老人嘴巴嘟嘟哝哝的声音，她不知道阿爸在想什么，更难以揣测他那含混不清的声音想表达什么意思，只是静静地与母亲站在他的身边。

　　风，一阵比一阵大，一阵比一阵刮得更猛烈；

　　风，从脖子根，从身体每一个暴露的部分朝身体内挤了进来。

　　不消多久，若莹感到身边的母亲一阵一阵地发冷，牙根也开始哆嗦起来。

可是父亲却似乎没有感觉还伫立在那山顶，还是那么专注地凝视着那片安泰公司的厂房。

"爸，太冷了。阿妈受不了，我们也下山吧。"林若莹明显地感到母亲打着寒噤，可是慈祥的母亲却一言不发。许久，女儿提醒父亲，并孝顺地扶着母亲，准备早点下山。

"噢！"林万寿的沉思被女儿的声音打断了。他转过头看了看宝贝女儿没头没尾地问了一声："莹，你说你已经名花有主，那么这个主，可是阿辉？"

"爸，您……"林若莹不知道父亲怎么会突如其来提出这个问题，更不知道父亲从哪里了解到这个信息。因为，自己清楚阿辉向自己求婚只是那天晚上的事，第二天清晨本来他想到那块山坡地看看，结果台湾有事便匆匆离开。

这件事应该只有自己两个人知道。

"好！好！好！"林万寿突然看到，自己凭着人生经验的猜测，却让这个宝贝女儿羞得满脸通红，便自鸣得意，乐得个接连说了三个"好"字。

"爸，别乱说。人家也是才开始。而且……"看到阿爸乐得满脸笑容，凭直观感觉他一定十分满意阿辉。这种满意绝不是阿辉有那么一份家业，有那么一摊事业。而是，阿辉身上具有的靠得住，肯吃苦，善打拼的特质。

是的，现在改革开放了，钱多了，生活条件好了。可是一帮后生仔没吃过苦，不愿脚踏实地去打拼自己的事业，却坐享其成，每天吃喝玩乐，无所事事。林万寿大半生中经历了许多困难。以前厦门没开发又是海防前线，湖里这地方人均土地面积不多，水源又缺乏，大部分人家早出晚归靠种一些农作物艰难度日，一家三餐都难以得到保障。现在改革开放了，钱多了，物资丰富了，每当看到身边的后生们留着披肩而且染得发黄的头发，穿着奇装异服游手好闲时，难免痛惜地将头摇成拨浪鼓，一次又一次地叹息："这些败家仔，坐吃山空呀！"

前一段时间，福德文化管理委员会的几个老人正在思考如何树立一个吃苦耐劳、专心事业、敢于打拼的榜样，将这拨坐享清闲的年轻人引导到创业的道路上来。阿辉能成为自己的女婿不是最好的引路人和标杆么？

春节一过，元宵节便跟着脚来了。

春节前，福德文化管理委员会经过积极筹备，准备把每年一次的仙岳山土地庙乞龟活动规模搞得更大、更热闹一些，以此让这千年祖庙多带一些喜气，多吸引一些信众和游客，给山上山下的乡亲们带来吉利。现在，老人脑筋一转，觉得还可以增加一些内容，将乞龟活动搞得更丰富一些。

"阿辉的父母过世了，又隔着海……"林万寿在愣愣地思考着。大概是经历过许多坎坷的老年人都有这么一个特点，讲面子，懂礼数。这阿辉暂且不说刚跟女儿谈上，就是没有谈，他是湖里村的子孙，又在湖里村建了一个那么大的工厂，总要表示点礼数，表达一下邻里乡亲的一点意思啊！可是……

"爸，你别想那么多了！我们已经通过电话，在电话上我已经表示过哀悼之意。"一提到八字刚有一撇的阿辉，若莹总有一种羞答答的表情。她感到很怪、很怪，凭着阿爸老头一个，怎么就那么精准地认定自己与阿辉之间的情感呢？

"这样一个电话也算是礼数么？真是！"显然，老人对女儿的做法感到不满意。

"那还能干什么？过去？去不了！"

"……"被女儿一句话呛着，老人感到也有一些道理。但脑筋一转，仿佛又想出一个招数问女儿："他们定什么时候出殡呀？"

"初五吧！"

"再拨一个电话给阿辉，以湖里村委会和福德文化管委会名义送两个花圈。礼轻情意重。"林万寿叮嘱女儿。

"这……"林若莹感到父亲考虑得过于细致了。

"你给我拨好电话，我亲自对阿辉说。"看到女儿犹豫，林万寿有点生气，将腰上别着的手机递给若莹，用不容商量的口吻对女儿说。

"好呐！阿爸，我会按照您的要求落实的。"看到父亲有些生气，女儿撒了一个娇。

转眼间，日子便转到了农历初八。

已经为父母做完"头七"的阿辉思念着林若莹，牵挂着安泰公司的业务，便带着一脸的憔悴和浑身的疲惫匆匆赶回厦门。头一天接到电话的若莹，自己开着汽车早早地等候在高崎国际机场。

第三章

土地庙的上上签

当阿辉拎着他使用多年专门出差用的行李箱，随着人流从国际到达厅出来时，林若莹的心一阵又一阵地砰砰直跳。

彼此间分别不足半个月，而此时的阿辉胡子拉碴，满脸疲惫，那原本圆乎乎的脸上失去了光泽。三十多岁的人了，已经少了一份十八九岁那一年龄段的冲动，更少了一份那一年龄段的浪漫。尽管她想将这十几天的昼夜思念化作行动，冲上前去抱着阿辉纵情地亲吻一番。但看到这是一个公共场合，这里有无数的眼光，自己是一个知识女性，决不能搞现场直播。于是，她稳了稳神，脸上露出了一个最灿烂的笑容，然后走上前一手接过阿辉手上的行李箱，另一手牵住阿辉的手。

"我想，您一定会在这等我的！"阿辉极轻松的笑，尽管脸上还留存着一丝悲伤，但说出的话却是那么自信。

"一定？"若莹调皮地在他脸上飘过一瞥妩媚的笑意。

"嗯！"阿辉没有多说，只是非常简洁的一个字。

"为什么？"若莹追问了一句。

"因为，心有灵犀！"阿辉还是那么自信。

"臭美！"一上车，若莹迫不及待地抱着副驾驶座位上的阿辉忘情地亲了起来。阿辉自然不会放过这一机会，紧紧地把若莹抱在怀里，回报以更加亲热的吻。他使劲全身力气，倾泻着十余天隔着海峡的那种无穷无尽的思念。

"好了，我，我都要窒息了。"两个人在停车场上的汽车里不知亲吻了多久，他们根本没搭理车窗前形如流水走过的人们，忘情地表达着彼此的爱，一直到若莹感到气喘吁吁。

"呵！呵！呵……"阿辉傻傻地乐着。

"阿爸已经为你准备了礼物！"突然，若莹没头没尾地说了一声。

"阿爸为我准备了礼物？"阿辉心里一怔，"你将我们的事告诉他了？"

"不！人家才没有那么贱呢，是他猜出来的。"若莹扭捏着说。

"猜出来的？"阿辉仍有不解。

"嗯，我阿爸虽是老人，可脑子很灵光，精得不得了。"

"可这次我匆匆忙忙的，却没有给他带礼物啊！岂不凉菜？"阿辉听完顿时脸有难色。

"嘻! 嘻! 嘻……"看到阿辉如此窘迫, 若莹乐得笑出声来。

"我做错了么?"

"没有啦! 阿爸组织仙岳山土地庙的'乞龟'活动。他说, 去年你家运气不佳, 今年要保证你能够'卜杯'卜到'乞龟', 使你能够赶走去年的霉运, 使来年能鸿运当头。"若莹话语间还带着某种诡秘。

"乞龟?"

"对呀! 难道台湾没有这样的风俗习惯么?"

"哦, 我想起来了, 每年正月十五……"

"就是, 还装傻!"若莹用多情的眼光瞪了阿辉一眼, 彼此间默契地笑出声来。

林若莹驾驶着小车转几个弯, 不消半个时辰便在自家的门前停了下来。听到汽车声, 林万寿乐颠颠的, 眼睛眯成一条线, 赶快到家门口迎接阿辉和女儿。

"阿叔……"面对老人慈眉善目, 阿辉的内心立即泛起了一阵酸楚, 他眼睛有些湿润, 只是恭恭敬敬地给老人一个真诚的鞠躬。他好像还想说什么话, 可是却语塞了。

"阿辉, 快进, 快进来喝茶。"老人点了点头。

仙岳山土地庙每年正月十五的庙会是最热闹的。因为这座是祖庙, 又保存得最完整, 而且最灵验。同时, 也因为这土地庙的山脚下是厦门经济特区的发祥地。老百姓的认识最简单, 思想也最单纯, 在人们的眼中, 昔日的农田, 一夜之间巨变成具有现代化水准的工业区, 不是那山顶上的土地公保佑能成吗?

于是乎, 原本已经是鼎盛香火的仙岳山土地庙更加旺盛。一年四季, 春夏秋冬, 一天二十四个小时从白天到黑夜, 那土地庙前总是信众如潮, 总是香烟缭绕, 熏得让人想睁开眼睛都是一个非常艰难的事情。

人气越来越足。

香火越来越旺。

仙岳山土地庙每年正月十五的"乞龟"活动规模也越来越大。不说别的, 这做乞龟的米以前二十斤便让人目瞪口呆。现在呢？一百斤大米还不过瘾。今年，林万寿准备投入200斤大米，加上精糖、花生仁、糖冬瓜等诸多佐料，动员了最能干的劳力精心制作了一只这仙岳山土地庙史上最为巨大的"乞龟"，而且千叮万嘱让阿辉志在必得，以求来年带来好的彩头和福气。

正月十五的日子到了。

下了好几天的毛毛细雨戛然而止。

经过半个多月的春雨洗涤，空气格外清新，仙岳山上下春光明媚。当第一缕阳光从东海域的海面上照射出来时，那和煦的阳光把仙岳山上下照得金光闪闪。早醒的小鸟欢腾跳跃，它们在古树巨梢上叽叽喳喳，上蹿下跳，还不时地飞翔着。那阳光照射在一棵棵参天古树的枝上和翠绿的叶子上，照射在残存在叶面上的小水珠上，又折射出五光十色的光芒，一眼望去，五彩缤纷、绚丽无比。

阿辉和林若莹是一对成熟的男女。这几天，阿辉急匆匆从台湾赶回厦门，一方面是牵挂着公司的生产与研发，牵挂着下一步建设安泰工业城的事情；另一方面是心照不宣的事情，那便是牵挂着林若莹，他无论是从心理、生理，还是事业的发展都期望能得到若莹。

他心仪许久，却在爱情之火刚刚燃气时，又因为岳父母的身体变卦，不得不踩了一脚急刹车回到了台湾。可是，人是回台湾了，但心却留在海的这边，留在厦门，留在若莹的身上。到了阿辉这年纪虽然不再有20多岁年轻人的浪漫，却对爱的追求，对美的追求的狂热有着更深的解读、更加珍惜，这是那个年纪有过之而无不及的。加上到了厦门之后，林万寿看到若莹将阿辉带回家里的那种欣慰，那种喜悦让阿辉多少缓解了刚刚失去亲人的痛苦，增加了对若莹心心相印、甚至相偎相依的渴望。

这几天，他们几乎都在甜蜜的交谈中度过。因为阿辉心里还背负着静娴离去半年多，岳父母又刚去世的思想包袱，上辈的传统教育，要守孝三年的观念约束，使他们的接触难有大突破，自然双方的情感也难以达到质的提升。

昨天晚上用过晚餐后，一对情人手牵着手走进了阿辉那间卧室兼办公室，想泡一杯茶，聊聊天。可是，当阿辉刚往茶壶里塞茶叶时，若莹却突发奇想建议了一声："阿辉，有酒吗？要么我们喝一些酒如何？"

"哦,今天怎么会有酒兴?"阿辉笑笑地应道,"这里不但有酒,而且还是一瓶蛮不错的好酒。"

"那,我们喝一点吧!"

"好,遵命!"阿辉看见若莹高兴,打开那瓶已经放了两年多的国酒茅台,根据包装说明这是十年陈酿,当时出国时在国外免税商店买的。此时,他给自己和若莹各倒半杯,那种一揭开瓶盖便芬芳扑鼻,抿上一口甘醇无比。彼此相视一笑,边喝边畅谈起来。

"干杯!"若莹喝了几口,满脸绯红,灯光下两个脸颊泛着红光,她举起酒杯。

"干杯!"阿辉也举起酒杯与她碰杯。

就在这"干杯"之中,已经喝了些茅台酒的男女四眼相对着,碰杯的手却静止了。

"若莹,你真好看!"许久,彼此对视又一言不发的阿辉动情地说。

"天天看,好像没看过似的。"林若莹原来已经绯红的脸更红了,她低下头,胸部剧烈地起伏着,显露着一种无限的娇媚。

阿辉没有回答,他忘情地看着若莹,将手中的酒杯轻轻放在茶几上,然后走进她,小心翼翼地把她拥抱在自己的怀里……

若莹没有拒绝,只是有些羞涩地低下了头。

阿辉的气喘声开始急促起来,他想将嘴朝若莹的嘴贴过去。可当他眼睛触及时,发现此时的若莹将眼睛半眯半闭当中,她的嘴巴微微张开,正如还在鸟巢未满月的小鸟,眼巴巴等待母亲的喂食。

阿辉感到浑身上下的血迅速地朝脑门上涌,他觉得全身瞬间产生着一种燥热,尽管他还记得自己还在守孝期,可是一种冲动,一种让自己脑子这个中枢神经难以控制的冲动胡乱地朝他的嘴巴、他的手发出了指令。

他再次看了看若莹那一张一合渴望亲吻的双唇;

他看了看若莹那犹如大海波涛起伏的双峰;

他用眼光扫了扫自己怀抱当中不时扭动的身子;

他仿佛听到若莹咚、咚、咚心脏剧烈跳动的声音。

伏下身子将嘴巴紧紧地贴着若莹热切期盼亲吻的嘴。他的手也开始失去控制地在她的身上抚摸起来。

房间里开着暖气。

阿辉的手抚摸着若莹的双手、双臂，那洁白细腻的肌肤让他爱不释手。

若莹开始一阵颤抖，片刻后干脆闭着双眼在享受着这美妙的抚摸，她显得非常平静、非常坦然。

阿辉用力地吸吮着若莹口中的甘泉，一口、两口、三口；可是，越吸越不解馋。于是，他的手慢慢地向若莹的胸脯转移，触及到她那富有弹性，而又令人着迷的双峰……

他笨手笨脚地为她解开胸前的扣子，再解开她的胸罩，一片雪白一览无余地暴露在阿辉的眼帘，他的每一根神经末梢都到了贲张的地步。

自始至终若莹都没有拒绝，更没有反抗。她像一只羊羔在尽情享受这份迟来的爱，沐浴着这场久盼的甘霖，只是在享受男女之情说不尽的快意之时，才发出那种令人羡慕的呻吟声……

这一夜，他们尽享鱼水之欢，其乐融融，一直到深夜。不，已经是第二天凌晨才心满意足地相拥而眠。

再说，林若莹的阿爸林万寿是仙岳山土地庙正月元宵"卜杯"的组织者和指挥者。每年这个时节他总是熬更过夜，四处奔波协调，唯求将活动组织得尽善尽美。不是么，昨天晚上他又是一个不眠之夜。过了零时，他才有些疲惫地在仙岳山土地庙旁的福德文化管理委员会办公室前伸了一个懒腰，毕竟是六十多岁的人了，经不起折腾。这熬更过夜的工作着实让老人感到多少有些吃不消。

转了一个圈，看到为筹备正月元宵节的人们都在忙而有序地工作，林万寿看了看手表，已是三点多钟了，应该叫女儿起床了。于是掏出别在腰间的手机给若莹拨了一通电话："若莹，起床，快洗刷，到仙岳山土地庙来。"林万寿性子急，话也说得很快，很简洁。

"好！阿爸，不是还早吗？"兴奋了一夜，若莹刚入睡却又被叫醒，尽管有些不情愿，但对父亲她总是言听计从。看看才凌晨三点，她想跟父亲说些什么，然而，那边电话却挂断了。

"叮铃铃，叮铃铃……"当若莹放下电话想在被窝里再赖几分钟时，那讨厌的电话声又响了起来。

"谁呀！"她有些懒洋洋地拿起电话问道。

"若莹，别忘了，打个电话叫阿辉一起来。把他那掷筊一块带来。"老人不放心，他更不知道自己的女儿此时正在阿辉的怀抱当中。

接到老人两通电话，两个年轻人再也不敢懈怠，穿好衣服，洗刷完后便半走半跑向仙岳山土地庙走去，当走近林万寿跟前时早已大汗淋漓，气喘吁吁。

"爸……"两个人异口同声。

"哦！哦！好！"老人耳聪目明，看着眼前的女儿和阿辉咧着嘴笑了，"来，阿辉把你带来的掷筊放在供桌上，告诉土地公，你回来了。我们给土地公上香吧！"

"嗯！"两个年轻人照办了。

这时，若莹和阿辉才看到这仙岳山土地庙尽管是一座低矮的平房，占地也不大。可是庙前高烧的一对如同碗口一样粗的巨烛上正燃着通明的火焰，那已被火烧烤的巨烛身上流淌着的红蜡顺着烛身缓缓而下，那仿佛是一种鸿运从这里绽放，向仙岳山四周的乡村、街道绽放。那是人间常说的鸿运，是土地公洒向人间的甘霖，更是象征土地公庇佑人间的恩泽。在两根巨烛旁边，还燃点着比这巨烛更甚的巨香。那芬芳无比的味道，那缭绕于土地公上空的烟雾令人心旷神怡、精神振奋。

信众很多，香火鼎盛，来来往往的人没有喧哗，以一片真诚和虔诚带着贡品从仙岳山四周方圆几十里的地方赶来。

供台上摆放着虔诚地从四面八方善男信女奉还的和新"放生"的"红米龟"、"米糕龟"、"鸿运龟"，还有用糯米特制的"龙头龟"，井井有条地摆放着。

尤其是那只"大寿龟"足足有八仙桌桌面大，规模巨大，蔚为壮观，令若莹和阿辉在那驻足观看，肃然起敬。

"若莹、阿辉给土地公上香。"两个人正在入神地注视着大寿龟，林万寿已经为他们点好了香。

"嗯！"两个人感激地接过香。

"跪拜！"老人叮咛着，他的嘴里嘟哝着一些只有他自己才知道的内容。然后站了起来，将香插在香炉前。

两个人按照老人要求以虔诚之心一一照办，又想再去看那大寿龟，却被林万寿叫住了。

"我们卜杯吧！"林万寿将目光转向阿辉，"把我们老祖宗留下的掷筊拿出来，告慰土地公，祈求土地公保佑你和若莹平安顺利，事业发达，鸿运当头，还要卜到那只大寿龟……"老人还讲了一大串吉利的话。

"爸，不光我们，也包括您和妈妈。"女儿很孝顺，她也期盼苦了大半生的父母平安顺利，健康长寿。

阿辉点了点头，他此时的心情显得有些不平静，按照老人的指点，先许了一个愿，然后将刚刚从怀中取出并放在供桌上的掷筊在香火中绕了一圈，放在合十的双手之中，以虔诚之心将掷筊卜到地上。

"噗通！"一响，三个人的眼神高度集中起来。之间那掷筊一阴一阳，也就是一正一反。这说明土地公对阿辉如愿所求。

"再来一次！"林万寿叮嘱阿辉。

"再来？"阿辉问了一声。

"对！"林万寿心里充满着喜悦，朝他点了点头。

"噗通！"一声，掷筊落地声再次响起，只见那掷筊仍然一阴一阳，也就是一正一反。

"再来一次！"林万寿兴奋了！

"再来？"若莹不知道父亲今天一而再，再而三的兴奋来自何方。

又是"噗通"一声，掷筊又一次响起，只见那掷筊仍然一阴一阳，又是一正一反。

"感谢土地公，托土地公的福。"林万寿兴奋异常，"噗通"一声跪在地上，纳头便拜。这是一种如同抽到上上签的"卜杯"，是土地公反复三次都首肯的，这种结果为数不多，能不让老人开心吗？

"阿辉……"林若莹再也顾不得父亲在现场，忘情地扑向阿辉，开心地呼唤着自己爱人的名字。

"快将你的名字写成标签插到那大寿龟上,快,快……"看到女儿和阿辉如此兴奋,林万寿激动地有些哆嗦起来。

"阿爸,怎么写?"林若莹看到父亲如此兴奋,自己的手也激动得有些颤抖。

"写上你们的名字!嗯,再写上明年的还愿数额……"老人心情太激动,好像有些语无伦次,他的嘴唇不停地动着,可是话却很难表达清楚。

阿辉点点头,他明白了阿爸是要告诉自己一个道理,土地公保佑自己,庇佑自己家庭幸福,事业兴旺;希望自己要知恩图报,要有感恩之心;这是长辈的期望,也是自己民族的传统美德。他沉思良久便提起毛笔在自己标签上写下这么一段话:明年捐资一百万作为乞龟活动款;容十年之内投资五千万在原址重建全国最雄伟、最壮观的土地庙,以报土地公的恩泽……末了落款是:信士林万寿携女儿林若莹、女婿林信辉。

父女俩看着看着,会心地笑了。

第三章

土地庙的上上签

第四章

大寿龟带来的好兆头

阿辉在自己标签上的许诺让参加"卜杯"大寿龟的善男信女们看了以后足足好几分钟也不肯离去。

且不说，承诺第二年捐资一百万元举办"卜杯"活动，承诺十年内要将仙岳山土地庙重建成全国最雄伟、最气派的土地庙，没有五千万的投入是绝对办不到的，也绝非一般的人有这种阳刚之气的。

再说那大寿龟。

往年最大的寿龟顶多用50斤糯米制作，便有八仙桌面那么大。而今年的大寿龟林万寿花了两百斤糯米，加上集中乡村当中几十个壮劳力花了足足几天几夜才制作完成，摆在四张八仙桌面上供奉上，可以说到了史无前例的地步，大凡上香的善男信女无不啧啧称赞。

大寿龟名副其实。

阿辉对来年的承诺更是石破天惊。

今年这次仙岳山土地庙的"卜杯"活动可以说盛况空前，那巨烛一对接一对地点燃着，那巨香也一对接一对地缭绕着。每一个在土地庙上香的人都产生着难以言表的虔诚和敬畏之意。

"这湖里村真是出人才，真是！"

"这阿辉发了，土地公罩着，今后一定会更发！"

"这林万寿养了一个才貌双全的女儿，又找上一个有出息的女婿，这一定是上辈修的福分。"

"……"

土地公之前，当阿辉插上那标签之时开始便沸沸扬扬，赞美之声不绝于耳。

此时最乐的，感到最有面子的却是林万寿，他在热闹的香客中穿梭着，满脸堆着没完没了的笑意，尽管这正月十五的夜晚仙岳山顶的寒风瑟瑟，但老人家的额上还不断地沁着热腾腾的汗水。此时，他在烛光闪烁、人声鼎沸的人海中，睁着大眼睛去搜寻自己的宝贝女儿和阿辉。

是啊！别看若莹读了那么多书，也别看阿辉当了这么大公司的董事长，但年轻人对民间习俗只知其一，不知其二，凡事自己还得多一些指点。譬如，这"卜杯"卜到了大寿龟后，当天晚上是不能拉走的，要等到明天，等到正月十六。

而明天这么巨大的大寿龟带回工厂还有一番讲究，要将这仪式做得尽善尽美，只有这样才能真正给若莹、阿辉和安泰公司的未来带来好的运气。

"若莹……"转了几圈，没见到女儿。林万寿的心有些着急，便扯着有些沙哑的声音喊了起来。

"阿爸，我在这里！"此时的林若莹和阿辉正在土地庙旁的一棵古树下休憩，他们手牵着手等待父辈对卜得大寿龟之后，下一步的工作安排。

"让我好找！"走到女儿跟前，林万寿心里稍稍宽慰了一些，他用手擦了擦脸上的汗水有些埋怨地说。

"爸，下一步还要举办什么仪式？"阿辉今天的心情特别好。你看现在才上午十点多钟，这来自十里八乡的善男信女，甚至那来自全国各地、带着各种乡音的城里人都蜂拥而至，这土地庙别说来回走动，就是要靠近祭供台上香都非常困难。

"这大寿龟要明天才能迎回公司，你们要组织公司的员工做好迎接工作。"林万寿看看眼前的两个年轻人。

"还要举行仪式吗？"若莹心里没底。

第四章

大寿龟带来的好兆头

"要！"万寿用非常肯定的口吻说。

"怎么办？爸，这要你教我们呐！"阿辉尽管生在农村，但对这一切也没有经历过。

"一嘛，要选四个，不，不，选八个后生将这大寿龟请下山，送到公司。"

"嗯！"阿辉记在心里。是啊，这大寿龟少说也有四百多斤重。从仙岳山顶迎回公司，尽是弯弯曲曲而又陡峭的石砌路，还不能有半点闪失，没有八个后生是断然不行的。

"二嘛，还要请全公司员工执着香火在公司门口迎候！"

"嗯！"若莹点了点头。

"三嘛！山上八点八分起驾，九点九分到公司。然后，在公司内的土地庙前烧上一炷香，放一挂喜炮。总之，一定要庄重，要热闹，要有喜庆的气氛……"老人不厌其烦，将来龙去脉说得很细、很清楚。

"没问题，我马上回去落实。"阿辉很认真地点了点头。

"四嘛，待一切仪式完成之后，将这大寿龟分切给每一个员工，让每一个员工都平平安安，让公司兴旺发达，平平顺顺，鸿运当头，宏图大展……"

"那，我立即下山安排，明早再上来？"林若莹看到这仙岳山土地庙四周都已是人如潮涌，自己还得与阿辉赶快回到公司去，明日早上组织好力量上山迎接大寿龟。

"好，你们给土地公添一炷香再回去吧！"老人感到非常满足。而且，这么一场大的活动，许多事情还得等着他去协调，便点了点头忙自己的活去了。

"……"林若莹和阿辉看着老人的身影消失在香客之中，甜蜜地相视一笑，却又不约而同地说了一声："我们走吧！"

"八个人，明天哪八个人来接大寿龟好呢？"给土地公添完香，两个人顺着那下山的石砌道，若莹突然想起阿爸的叮嘱，问了一声身边的阿辉。

"我正在思考这个问题，如果领导层我、你加上朱云生、张云山和孙玉胜，那又不足八个人。如果……"阿辉用征询的眼光看着若莹，想听听她的意见。

"还有三个人从优秀的员工中挑选。您看？"

"好！很好！"阿辉眼睛一亮，这若莹点子就是多，"从员工之中选三个与领导一块迎候大寿龟，对他们无疑是一种褒奖与鞭策，更是一种激励。"

"哪三个最好？"听到阿辉肯定自己的主张，若莹心情特别好，她驻足看了看阿辉，"生产线挑一个，安泰学院挑一个，再加一个中层的课长。如何？"两个人一边走，一边讨论着。

正月十五一上班员工们便了解到董事长卜杯三次土地公都承诺庇佑，而且卜到大寿龟的消息。尽管有些年轻人还对这一风俗不太了解，但一传十十传百，消息已传遍全公司每一个角落。现在，看到董事长和若莹助理春风满面、肩并肩地归来，便纷纷上前询问虚实，等到得到证实后无不欢腾雀跃。

是啊！每一个员工既然进入安泰公司，都把这里当做自己的家，谁不希望这个家繁荣富强，兴旺发达呀！

林若莹没有回到自己的办公室，她思考了一下三个员工代表：上次与张武一块招聘的刘明是本地人，因为很优秀，进公司不久便提拔为部门经理，应该算一个；流水生产线找了一个叫玉慧的女工，她出生在西南省份，工作泼泼辣辣，个头与自己不相上下，可以相配对；还有一个他寻思了许久，觉得张武的哥哥张文应该考虑，这个踏实本分，在安泰学院学习成绩优异，一连两年都是优秀学员的男孩，学的是设计专业，每次比赛都名列前茅。尤其是在赵明英被张武遗弃后，伤心欲绝时，他却不计前嫌，始终如一地关心她、呵护她，令人感动不已。

这三个人选阿辉同意后，若莹又召开各部门负责人非常简短的一个会议，布置了明日早上迎接大寿龟到公司的仪式组织。一直感到每一个细节都非常满意才回到办公室。

"阿辉，你想什么时候去看那块地？"走进办公室看到阿辉还沉浸在这几天的快乐与欣慰当中。凭心而论，这半年多来，不幸的事情接二连三，几乎让这个历经苦难磨练的人也感到有些支撑不过去。幸好临春节前自己如此胆大地向若莹求爱，更重要的是若莹的父亲对自己如此关爱，而且这仙岳山的土地公好像特别钟情于自己似的。这，无疑大大缓解了自己内心的痛楚，使自己能够迅速地从悲伤中摆脱出来。在台湾，他曾经不少次去参加土地公的"卜杯"，知道能卜到大寿龟的人总是当作一生的荣耀，此后无不一帆风顺，财源滚滚。想不到，回到自己的祖籍地，回到土地公的祖庙，自己有此等福分，与土地公有这份情缘。

第四章

大寿龟带来的好兆头

这让他更加充满自信,对下一步家庭和事业在厦门的发展充满着期待。

"明天!"阿辉很兴奋,回答得既简洁又干脆、明快。

"明天不是迎大寿龟进公司么?"

"仪式结束之后立马出发。"阿辉还是那样喜形于色。兴许这几天与若莹生活在一块,休息得又好,他一扫刚返回厦门时的一脸憔悴,显得神采飞扬。

"我去吗?"看到阿辉心情如此阳光,若莹也不禁暗暗高兴。她在想,以前听人说过王羲之写春联在自己门前张贴,可是方圆几十里地谁都对他的书法五体投地,他刚写好一对联贴上不过片刻就被人揭走,再写一对刚贴上,又被人揭去。如此反复无数次直到凌晨自己的门前还未贴上对联。于是书法家突发奇想,先写了上联"祸不单行",然后又写下联"福无二至",贴在自己的门口。

这下,许多窥视许久的人终于无可奈何地离开了。王羲之此时哈哈一乐,又写了上联"昨日行",下联"今日至",在零时时分补了上去。使那没有人敢要的对联天衣无缝,完美无缺,而且恰到好处。

"让这副对联作为阿辉此后最生动的写照吧。"若莹心里默默地想着,她的心里涌上了一阵无限的甜蜜。

迎接大寿龟到安泰公司的仪式办得非常隆重,而且非常顺利,这一切且不赘述。

待一切仪式结束之后,时间已是十六日上午十点整,安泰公司的员工们被董事长阿辉"卜杯"卜得"大寿龟"这一超级喜事,激励得精神振奋。又不知是谁将他们要去勘察新厂址的消息漏了出去。因此,大家更是意气风发,围住正要出门的阿辉,非得问个水落石出。

"董事长,这新厂准备建多大?"

"董事长,听说要建安泰工业城,那这个城一定有建员工宿舍的吧!"

"董事长……"

看到大家的情绪如此亢奋,阿辉心里一热。讲实在话,这件事原本回台湾过春节时自己要找陈茂祥、杨金威、张云峰几个股东报告一下想法,但都因为家里的事给耽误了。一则自己没到现场去看;二则回台湾的时间家事烦杂只能电话相告。现在,当阿辉看到一个个围着自己乱转的眼光时,心里难免感慨万千。是啊！这些员工爱公司胜过爱自己的家庭，尽管自己是老板，可他们却是安泰这个大家庭的成员，倒不如将自己的想法向他们坦露更好。于是，他清了清嗓门，提高了声音说："各位同仁，我希望建一座我们源于中华民族，具有民族文化品牌特色的安泰家电工业城。这个城从熔铝开始，有电热管类，马达类小家电制造厂；有培育和营销民族品牌的研究设计院；有自己的高等职业学院为安泰的发展提供人才支撑……"

"董事长，有员工宿舍吗？"趁着阿辉在换口气的间隙，人群中不知谁问了一声。

"有的。一定要有。不但要有员工宿舍、有幼稚园、有小学，还要有超市、有文化中心。不然就不算城了吧！"阿辉还想再说些什么，但看看时间不早，便迅速转了话题："同仁们，安泰的发展要靠大家，安泰发展了为了大家。现在，土地公已经承诺给我们好运，大寿龟我们也卜到了，今后一定鸿运当头，安泰一定顺顺利利迅速发展。我们一起努力好吗？"

"好！"二千多个员工情绪空前高涨，好像即将上战场的勇士，个个高声叫喊起来。

这个场面太让人激奋了！

这个场面实在让人难以忘却！

第四章

大寿龟带来的好兆头

现在当阿辉带着几个公司领导来到这个山坡地时，那场面还不时浮现在眼帘当中，那种激昂的精神，高亢的呼唤声还在耳边回荡。

这是厦门经济特区仅剩的一块未列入规划开发的山坡地。正因为如此，这块地没有开发的计划，在此之前也没有任何投资者涉足。

大概原因是厦门是海岛，岛上有着丰富的花岗岩资源，这块土地是采空花岗岩之后废弃的采石场。那整座花岗岩被几代人采空之后，留下的石渣堆积在东一堆西一堆的荒山当中，连杂草都难以生长，种庄稼自然是一种奢望。年复一年，日复一日，这里住着的几十户庄户人家，看到一步之遥的厦门经济特区建设日新月异，看见经济特区的土地变成寸土寸金。尽管这里也是经济特区的土地，却没有一点动静，自己厝边的那片一眼望不到边的土地却一年四季，春天草长得茂盛，冬天枯萎落叶，周而复始始终没有变化，自叹自己歹命，便不断离家到经济特区打工、谋生。

阿辉他们的商务车上载着林若莹、朱云生、张云山和孙玉胜。刚到地界，原来经济特区那顺畅的八车道的道路嘎然而止，变成了又弯又曲而且路面坎坷不平的二车道，展现在他们面前的是一片杂草丛生、乱石成堆的荒坡野岭，几个人刚从车水马龙的经济特区地界出来，浑身上下便有了一种不安的感觉。

"就这块地皮么？"张云山忍不住问了一句。

"没错！"林若莹应了一声。

"这……"朱去生感到有不解，正想发表一些看法，但被阿辉的手势制止住了。

"小陈，你开着车，试测一下从这里到西边多长的距离！"阿辉的脸色非常平静，他叮嘱驾驶员，然后转过身说："我们下车走一走！"

"好！"驾驶员驾着汽车往西边开去。

"我们到那堆堆石碴的小山包去看一下！"阿辉没有征求其他人的意思，而是用一种不容商量的口气告诉他们。因为，当这块土地一映入自己眼帘的时候，他的心情却与其他人不一样，他从内心深深切切地感到，这是一块安泰公司未来腾飞并冲向世界的辉煌之地；这块地冥冥之中与自己梦寐以求，建立民族小家电王国的夙愿不谋而合；好像这是土地公为自己了多少年，真心实意留给自己似的。

阿辉的内心陡然增加了一种莫名其妙的冲劲、一种难以言表的激情。

"董事长，东西长3公里多一些。"阿辉登上那石碴山，驾驶员已完成任务向他报告。

"大家目测一下，南北宽大约多少长。"对驾驶员的报告，阿辉只点了点头，他一阵欣喜对身边的同仁们说。

"我看跟东西长相差不多，只是偏北角有十几幢民房！"朱云生作了一个目测。

"那么这块地大约九平方公里，比现在整个湖里工业区面积多了二倍还多。"阿辉似乎在自言自语。

"难道这块地安泰公司全要了？"阿辉的声音不大，可是一直尾随其后始终一言不发的林若莹迫不及待地问了一声。

"会嫌多吗?"阿辉回答的非常冷静,却是那么自信。

"这个……"毕竟林若莹了解阿辉不深,她没有再言一声,嘴巴嘀咕了一声沉默了。

"大家看,如安泰公司要了这块地,我们的工厂怎么布局?"阿辉看到大家不再说话,突然提高了声音,问了一声。

"董事长,你看那边来了好几部车,看样子是一群当官的!"还未等同仁们回答,驾驶员匆匆赶来,用手指了指一群朝他们走来的人说。

"哦?"阿辉有些不解,回头问了身边的林若莹:"我们来这里,有告知当地政府吗?"

"没有啊!而且,这不是湖里区政府的辖区吗!"林若莹摇了摇头。是的,当小陈报告时,他心里也吃了一惊,莫非这块地已经名花有主了?倘若这样,那今天便做无用功了。

"阿辉,你不打招呼,怎么擅自闯进我的地盘呀!"这边问话音刚落,那边刘志辉区长像从天而降,开了一句玩笑,走近阿辉。

"哎哟,糟糕,怪我不慎,惊动了区长大人。"看到刘志辉,作为老朋友的阿辉,好像有点不好意思,自我解嘲地说:"区长大人,我是昨晚做了一个美梦,今天便带着一帮同仁来寻梦了。"

"我呢,是昨晚仙岳山土地公托了一个梦告诉我,今天这块土地上有一个贵宾要来,叫我在这里恭候他……"刘志辉也是一个非常幽默的人,听了阿辉的解释,也兴奋地说。

"有这种事?"阿辉有些不解。

"嗯,那是一定的。你不相信?反正我是深信不疑。"刘志辉回答得那么肯定,又是那么巧妙。

"那真是托了土地公的福啊。"阿辉知道这是刘志辉区长的玩笑话,但此时此刻大家心照不宣,经济特区能发展那么好,那么快,肯定与这位地方长官的雷厉风行的工作作风分不开。只是阿辉有点不解,自己来看,并没有跟谁透过风,刘区长怎么会来得这么迅速?

第四章

大寿龟带来的好兆头

原来，这个村是湖里的一个行政村，叫福德村。

昨天晚上仙岳山土地庙"卜杯"，这一带的乡亲都是几十年如一日的香客，曾看到阿辉董事长卜到了大寿龟，当时所有的善男信女都对这位湖里村后代的台湾安泰公司董事长仰慕之极。刚才，当阿辉董事长一行乘坐着商务车到这里时，他们看到了车上喷漆明显的厦门安泰小家电有限公司的字样，又看到那个曾经熟悉而又仰慕的身影从车内出来，便料定他对这块荒山坡地有投资意向，于是兴奋至极都迫切希望开发的乡亲们赶快打电话向区政府报告。

区政府对福德村这块土地朝思暮想，绞尽脑汁想早日开发，但又苦于没有资金、没有项目，便搁置等候机会。现在一听到这个消息，上下立马兴奋了一阵。正在区政府召开常务会的区委书记陈永清便一声令下，叮嘱刘志辉带着相关部门领导匆匆赶来。

他们此行的目的只有一个，那便是提供一切开发的优惠和方便，千方百计留住安泰公司董事长阿辉！

"这样啊！"阿辉听了刘志辉区长的陈述，悬在心头的疑虑终于落了下来，他如释负重，脸上原本僵硬的表情也瞬间松弛下来。

"阿辉先生，您真想要这块土地吗？"刘志辉既是心直口快，更是一个爽快之人，玩笑之后开门见山。

"是的，区长。这块地我刚才稍稍目测了一下大约有九平方公里，如果我全要，区政府可提供哪些优惠与方便？"与刘志辉是老朋友，知道他凡事非常直爽，阿辉本来就是非常务实的人，话语也直奔主题。

"看来我匆匆赶来是有价值的，要不然还真被动……。"刘志辉会心一笑。刚才离开区政府大院时，考虑到碰到阿辉董事长见面必定会问到有关投资的相关问题，他便跟区委、区政府几个领导碰了一下头，早作了一些准备。

"我们总不能站在这里晒太阳吧，这不是我们闽南人的待客之道。"看到阿辉直奔主题，刘志辉预计尽管以前长来长往，但请教这个问题还是第一次。因此不可能会那么容易结束，便建议到身边的村主任家坐下来——落实。

"对！对！都是自家人，到我家泡壶茶边喝边聊好吗？"刘志辉身后站着一个年轻人他姓王，高中毕业回村刚被选举为村支书兼主任，今天这信息便是他提供的。

"就在这聊吧。"阿辉深思片刻，这块地如果能先建设成安泰工业城是不可多得的。但这是一个巨大的投资计划，不可能一蹴而就，今天第一次来没必要兴师动众。但几个问题必须有一个意向性的意见，回去召开一次董事会，还要请股东们现场再看一看。于是笑一笑对刘志辉说："除了这块地的土地费用问题外，还有几个问题期望得到区政府给我一个明确的意见。"

"那，阿辉先生您先提出来，我来解答。今天说话算数的部门领导都来了。别客气，直言不讳。"刘志辉态度很明确，也很诚恳。

"我也是第一次看这土地。一是这块地我们公司全部要，目的是建设一个属于我们民族的小家电制造王国，希望区政府能够成就我们这一多年的凤愿。"

"这个没问题，我现在可以代表湖里区委、区政府表态，以十二分热情欢迎安泰到这里投资。如果有必要，我们还可将这个村整村迁移，让贵公司便于规划、建设和管理。"

"村里的乡亲搬迁就没有必要，我们在这投资就是要造福乡邻，让他们感受到我们投资给他们带来的好处。但有许多的困难请政府帮助。"

"请说无妨！"

"那我便说第二个问题，如果在这里投资，我公司要的是工业用地。但这里前不着村，后不着店，员工及其家庭难以依托厦门市中心的生活设施，因此，必须划出一片土地……"说到这里阿辉稍稍停顿了一下："这块土地应该在二平方公里左右作为员工的宿舍，包括生活配套如商场、幼稚园、小学等公共设施的建设。"

"这个也没问题。"刘志辉区长身边的土地管理局长李益强马上抢先回答："而且特事特办，这块尽管是工业用地，如作为贵公司员工生活用地，其土地使用费与工业使用同等价格。"

"行、行。"听到李益强局长的回答，阿辉点了点头："第三个问题，水、电、气，交通配套及土地平整工作……"阿辉看到这荒山野岭最后将目光放在刘志辉身上。

"这样，来前区里几个领导碰了一下头。当然，您没来之前我们也商量过，我们知道尽管这块地离市中心太远，投资条件远不及一步之遥的成熟地块；我们更了解如安泰公司这样的上市公司来投资可推动本地的经济发展。因此，我们同意提供路通、气通、水通和平整土地后将付贵方；土地使用期为七十年，土地使用费前十年免收；土地使用第十一年到第二十年为每平方米三元；第二十一年至第三十年每平方米为四元；第三十一年于四十年每平方米为五元；第四十一年至五十年每平方米为六元。以六六大顺结束。剩下二十年我们再研究一个意见。"

　　"……"阿辉认真听着刘志辉的话，不时地点头。

　　"另外，贵公司投资手续提交给我们后，一切由我们予以代办，并免收一切手续费用。"外资局长也补充了一句。

　　"噢，不错，不错。"阿辉又点了点头。

　　"阿辉，还有不明确的地方，还有感到不满意的地方吗？"刘志辉看到阿辉不停地点头，又关切地问了一声。

　　"暂时没有了，如果有我随时跟您们联系。"阿辉转身问了问身边的几个随行，大家也摇了摇头。于是伸出手与刘志辉用力地握了握手，"谢谢您，我们很有缘，我非常乐意成为您的市民，待我跟股东们研商后再联系。"

　　"别客气，阿辉，现在已经二点多了。你们……"刘志辉相邀阿辉吃完饭才走。

　　可是，阿辉感激地告辞了。

第五章

张文和他的发小们

这个年，张奋发过得非常不爽，准确地说是自从厦门经济特区建设以来，在厦门过的十几个年中最不爽的一个。

"儿大不由父啊！"每当家里没有外人，只有老公婆两个人的时候，他一次又一次地叹息着。

听这话，自然人家便会想到张文、张武两兄弟的事情来。张武没有毕业时自己与这个贵州村的邻居们过得风平浪静。因为大家知道自己身上有多少份量，与城里人对比，身份不同，追求的价值也不同。总是想尽一身力气，找一份工作，过好每一个衣食无忧的日子。张文跟村里的几个孩子同在一家公司上班，早出晚归，大家其乐融融，他也十分知足。

张武大学毕业了，给这个家，也给这个村带来了新的活力与希望，更给那帮早出晚归的孩子们带来了新的追求。

可是，这份活力，这份追求时间却是那么短暂。张武回来应聘了安泰公司的什么设计主管，将原本傻呵傻乐早出晚归的一帮孩子带去跳槽，并全部应聘到安泰公司上班去了。然后几天，这些在父母翅膀下生活的孩子，冲出笼子般到城里各自租了房子住了下来。

原本热热闹闹贵州村的年轻人自然而然一夜之间寂寞了下来。老人们只好各管各，按照各家的习惯安排自己的生活。

年轻人都进城了。

贵州村也安静了。

但是张奋发的脑筋却是一个十分灵活的人。他知道这帮孩子终归要独立生活的，离开自己这帮老人的束缚，说不定会更有出息，会发展得更好。因此，不管如何相信孩子，而且那帮孩子搬出去之后便很少回来，他也不再埋怨，不再东想西想。

转眼间春节就要到了。

贵州村的居民们各自都在置办年货，西南省份的居民都有做腊肉、风肉的习惯。更重要的是出来十几年了，家里也没别的至亲，也就不必伤身劳神，背着大包小包，千里迢迢在那列车上挤得你死我活回家乡过年。

就在厦门过年，利用春节假期一家老小到厦门几处著名景点去看一看，到那一眼望不到边的海边去吹一吹海风，倒是一个十分快乐的选择。

真是省钱、省时，还省着力气。

可是，待张奋发这对老公婆一切都准备就绪，眼巴巴等候两个儿子回家时，两个儿子却没有丁点儿信息。

"这些不孝之子！"年要过了，却不见儿子踪影，对于老人来说无疑是最伤心的。半年前，原本让自己夫妇感到荣耀的小儿子张武出了那桩事，几乎让这对望子成龙的西南老夫妻白了头。现在在屋子里焦急地走了几圈，最后下了决心，拿起手机，拨通了大儿子张文的电话。可是，电话拨通了，张文没有接。

再拨小儿子张武的电话，也拨通了，张武也一样没有接。

赵明英、玉慧、秋莲的父母也一样着急地等待着女儿回来的消息。

今天是除夕，各家各户已开始杀鸡杀鸭准备祭拜天地神明，唯独一个个在市里打工的年轻人没有音讯，有哪个父母会不上心的！？

此时，张文和赵明英、玉慧、秋莲正在公司所在地不远的出租屋里犯难。原因还是从张武那里引起的。原来，张武上次犯了错误，差一点将公司陷入被动的境地，幸好其迷途知返，加上阿辉董事长和林若莹助理精心组织打赢了官司，避免了公司蒙受巨大的损失。

可是，张武尽管后来没被开除。但设计课课长被解除了，去安泰学院当了一名老师；而且一心钟爱他并且跟他同居了几个月的赵明英又与哥哥张文间发生了那事，这给原本这帮从贵州村出来的年轻人间如同一潭清水般的关系变得复杂起来。尤其是张文、张武和赵明英之间的关系变得异常微妙起来。

在公司，大家低一低头，佯装不见便一晃而过。可是现在春节了，要回到低头不见抬头见，要面对父母亲却难住了他们，也难住了同村的玉慧和秋莲。

张武设计课课长被解聘，变成比设计主管还不如的教师，再加上无法面对张文和赵明英，考虑再三，经过非常痛苦的决策决定到岛外那家贵州村的那个发小家过年。那发小也是一个人。因此，一放假他不敢给父母打电话，也不敢见张文和赵明英，只是通过秋莲转达了自己的想法。

"张武倒是一走了之，我们回去怎么跟父母开口呀！"张文虽然是兄长，而且无论在流水线工作岗位，还是在安泰学院工业设计和学习都是佼佼者，但碰到这个问题却束手无策。尤其是自己与赵明英的关系，自从张武离开以后，自己毫不犹豫地接纳了她，尽管她与张武的分手有张武的因素，可是跟自己的所作所为有着不可推卸的责任。

现在，难就难在原本双方父母都已经知道张武与赵明英的关系，而几个月后，自己却与她勾肩搭背，贵州村的人会怎么看待这件事呀？

如果人家问起张武来又该怎么回答呀？

如果双方父母知道自己兄弟与赵明英间发生了这样一件事将会如何想呀？

如果父母追问张武为什么没有回去，自己该如何应对呀？

如果……

无数个"如果"在张文的脑海里浮现着，把他的脑子想得"咚、咚、咚"的发响，响到要裂开似的疼痛，响到要裂开似的难受。

"现在却过了吃午饭的时间了，我们总不能就这样没完没了地坐到天亮吧！"玉慧如此着急，她的手机显示父母已经来了无数次电话，可无数次却未接。

"对呀！这件事迟早都要面对的，迟说不如早说，双方父母迟知道，不如早知道。"与玉慧一样，这秋莲的手机也已经有几个未接，现在还不停地响着。为

了少烦大家，她设定为静音，放在桌上那电话不停地跳动，跳得大家更加心烦意乱。

"要么，玉慧、秋莲你们先回去吧。"这时的赵明英一反往常叽叽喳喳，敢说敢干，常被闽南人说是赤扒扒的性格，她两眼泪汪汪，正为自己的行为感到十分愧疚与后悔。

假如当时跟着张文一直好下去；

假如不追随张武，或许头脑冷静一些；

假如在张文冷落之时能够耐得住寂寞；

假如张武能像他哥哥张文那样踏踏实实做人；

这一切都不会发生。

今天，也不会牵扯发小们那么困惑，那么难受。可是，这一切都是事后诸葛亮，都是马后炮了……

屋子里静悄悄的，静得让人感到一种莫名其妙的惊慌与恐惧。

"张文你是男人，你拿主意呀！"玉慧在催促。

"对呀！平时你点子多，现在怎么哑巴了。"秋莲也有些不耐烦。

"唉，"许久，张文终于从肚子里吐出一口重重的气，他下了决心："走！回去。这件事迟早要让父母们知道的。回去说清楚便罢了。"虽然，这张文平时言语不多，却是一个敢于担当的年轻人，他感到自己既然爱着赵明英，就要勇敢担负起这个责任。况且，这半年多二人白天上班，晚上在安泰学院读书，形影不离，彼此已经不能分开，而且不容许分开。

这是良心、良知，更是道德！

这是一份责任，是一份担当，更是一份做人应有的操守！

已是傍晚时分，贵州村焦急地盼望着儿女回来的老人们，终于看见孩子们的身影出现在那街道上，悬在喉咙里的那块石头终于掉落下去。

"张文，你弟弟呢？"首先发现问题的是张奋发。开始他发现这年轻人尽管都回来了，但脸上少了一份往日的欢愉；再一细看却见小儿子张武没有回来。因此张文一进家门，他便猜到这种情况不正常，这帮人中一定出现了什么事情。尤其是花了十多万块钱上了大学的小儿子，半年前犯了这么大的错误，让自己这个作父亲的感到有些无地自容,可是,错犯了,年要回来过呀!

"他,他不回来过年了。"张文径直回到自己的房间,他想关起门来思考一下,应答父亲的可能提问。可是门还没来得及关,父母却尾随着进了房间。

"为什么?他到哪里过年呀?"张奋发立即愤怒起来,他想大吼一声,却忍住了。因为他心里很清楚,在这里自己是有身份、有面子的人。几十户人家,表面上各有一幢自己的房子。但那幢房子都是用木板甚至是厚纸皮间隔着的,声音一大,村头说话,村尾都能听得清清楚楚。

"我,我们……"张文被父母一问支支吾吾。

"什么我,我们,快说,张文。"张奋发的老婆倒是一个贤妻良母式的人物,虽然识字没几个,但现在她却可以断定张文兄弟之间一定发生了什么事,甚至是让张文感到很难启齿的事。

"……"张文的嘴巴嚅了又嚅,他那难堪的泪水终于控制不了流了出来。

"说呀!"老公婆看到儿子这样,都更加心急如焚,毕竟小儿子张武到现在还在哪里都不知道。

有钱没钱,回到家中团团圆圆过个年。这是中国人传承了几千年的习俗,你看,不要说我们这些背井离乡进城的农民工每到过年要背着大包小包,挤进那像沙丁鱼罐头一样的超员火车,横七竖八地躺在充满汗酸甚至呕吐物的地上,也要赶回去吃一餐团圆年饭。那些漂洋过海的华侨也是携儿带女赶回来呀!可是,两个不孝之子到底出了什么事情,就在厦门这么一个小城市,就在这样一个放一个响屁全城都闻得到臭味的地方却不回来过年呀!

"呜,呜……"女人最喜欢哭,张奋发的老婆嘤嘤地哭了起来,这儿子越大越不能省心,这年三夜四的却看不到儿子,她禁不住伤心地哭泣起来。

"操……"张奋发看到女人哭,原本气不打一处出的怒火又迸发出来,他抓起身边的一个饭碗,"呯"的一声摔在地上。

那碗落在地上,立即摔得粉碎,那碎片向房间的各个角落飞了出去。

"他爸……"张奋发这一摔,倒把老婆的脑子摔清醒了,今天是除夕,一年就这一天,要讲求和气,讲求吉利,大凡大事小情都得忍着。于是用手在老公的胸前不断地抚着。女人想,一定要让老公的火气熄一熄,才能让张文开口。然

后，才能让他慢慢说出事情的经过，也才能将张武找回家来。

但可以肯定，今年的年夜饭是吃不好了。

不是么？去年这个时候七菜八汤，大碗小碗的年夜饭早已做好了。可是今年，现在的灶台还是冷冰冰的。

这哪里像过年呀？

"说呀，张文。你到底怎么啦？……"老公的气倒是忍住了，老婆又着起急来。

"爸，妈！你们别急。再急，张武也不会回来过年了。"终于张文鼓足勇气开口了。

"为什么？天塌下来了？"张奋发听了张文开口，又上气了。又正想发火，却被老婆扯了一下衣服。

"是这样的……"于是，张文将自己、张武与赵明英三个人之间的事情来龙去脉一口气说了出来。末了，张文说："爸，妈，我对不起你们，你们辛辛苦苦养我们长大，我倒给你们增添那么多烦恼。但事情已到这个地步，你们务必放心我会好好对待赵明英，我们现在白天上班，晚上上大学。一年后毕业我便正式娶她进门……"张文的话虽然声音不大，但却说得非常清晰。

"那张武呢？"张奋发气得浑身哆嗦，脸色铁青，怪不得今天一个个吊丧着脸。原来兄弟间干了那样让人不齿的事情，"丢人呐，丢人呐！"

"张武的课长被解聘了，现在在安泰学院教书……"张文尽最大努力将语气放得更缓和一些，免得再给父母更多的刺激："自己做的事自己承担，相信张武他自己会反省，会从头再来的。"

"……"张奋发像一个没有装满东西的麻布袋，茫然地一屁股坐在地上。一直以来，他为自己的两个儿子骄傲。开始是计划生育，人家第一胎生了一个女儿，农村的人谁不希望生个儿子，儿子是支撑家庭的顶梁柱子啊！为了让家里能生一个儿子，不少女人东躲西藏，可是七躲八藏，接二连三都是生女儿。而自己的老婆一胎是儿子，二胎还是儿子。讲实话，如果不是怕养不起，生第三个必定还是儿子。

后来，是上大学，别人的儿女高考比录取线差了一大截，而自己两个儿子同年高考，同时考中。要不是没钱，那是一家出了两个大学生呀！

可是，现在流了无数的臭汗，累得背都驼了，却培养了一个如此不争气的儿子。前一段自己在贵州村还风光了一阵子，可是，那风光的余声还留在耳边，却出了个糗事，让自己的脸往哪儿放呀！

"操……"张奋发还想张口骂一句粗话，可是当他还要张口骂出声时，看见老婆又伤心地哭泣着，终于艰难地忍住了。他是一个出身在贫穷落后山区，又是在大半生吃了无数苦的老人。他与所有的农民工一样，希望自己出人头地，可是随着岁月的流逝，自己的希望变成泡沫。因此，又将这种希望寄托在第二代身上，尤其是大学毕业的张武身上，"想不到，想不到，万万没有想到呀！"张奋发的希望破灭了，他的精神世界受到激烈的冲击，甚至被击到快崩溃的边缘。

他顿时像老了十多岁，一种老态铺天盖地地席卷而来。

"那张武到哪里过年呀？"见老公气得走出外屋，张奋发的老婆追问张文。

"……"张文摇了摇头。

"为什么呀？"

"张武是通过秋莲告诉我们的，我们已经几个月没有说话了。"张文有些内疚地说。

"这，作孽呀！"

"他自从半年前出事后，便一直躲着我们几个。"张文又好像很委屈，很伤心。

"那为什么不回来告诉我们呀？……"老女人又开始哭泣起来。

原本希望张武今年大学毕业，又当了什么主管，今年全家高高兴兴过一个团团圆圆的年，结果却让老人如此伤心和失望。但伤心也罢，失望也罢，年总是要过的。

张奋发刚才从自己屋子里走了出来，走到野外那杂草丛生的草坪上，这周围的城里人一家已经心满意足从那附近的大酒楼门口进去。

一家接着一家；一群连着一群。

携老带幼脸上带着和谐，带着欢乐。

张奋发伤心的泪水终于忍不住掉落了下来：同样是人，城里人住高楼大厦，我们却提心吊胆住在这里。

第五章

张文和他的发小们

城里人每天在空调里上班；我们却在干着最重最臭的工作，却领着比他们几分之一都不到的工资呀！

同样过年，城里人上酒楼，享尽美味佳肴，而自己现在还在呕气，灶台还冷冰冰的；

……

他恨自己没用，更恨这两个不孝之子不争气。他在脑子里反复思考，却想不出这两个不孝之子为什么那么令自己失望。

伤心归伤心，痛苦归痛苦。

这一年一度的年还是要过的。

自己虽然垂垂将老，却还是这个家的家长，尤其还是贵州村说一不二的人物，还得顾及面子，不然以后怎么做人？两个儿子怎么做人呀？

张奋发用手背摸了一下眼角上不知什么时候流出来的泪水，想回到家里随便做几道菜，过一个年。

"砰、叭……呼……叭！"忽然间天空燃起了冲天的焰火。张奋发知道这贵州村在岛外，在厦门岛内是禁止放鞭炮、放焰火的。岛外还没列入禁止之列，兴许是哪家大户人家孩子吃饱了，喝足了，便已开始燃放起焰火来。

他抬起头，看看那焰火在漆黑的夜空中爆炸，然后绽放起一朵朵缤纷绚丽的火花，令人眼花缭乱，豁然开朗。许久许久，他又觉得自己有些愧疚，尽管自己从年初一干到年三十，无穷无尽地流着臭汗。可是将儿子带到这世上，却又不能给儿子以城市同龄人那样的幸福。

就说张文与张武二兄弟和赵明英之间的事情吧。儿子已经长大成人了，自己就这个岁数时张文已经出生。可是自己却因为前几年全力培养张武，费去了所有的财力，使儿子到岁数，甚至已经超过了娶老婆的岁数了，还无能为力，而且还没考虑给他们找一个老婆。因此，才出现这样难堪，这样让人难以启齿的事情。

想到这里，张奋发愈来愈感到惭愧，甚至感到此生过得有点冤，死了也无颜去见故去的父母和列祖列宗。

再说，此时的张武正斜躺在发小张小伟的那间临时搭盖房里的那张破沙发上。张小伟父母回老家过年了，但因张武早早来电告诉了自己的窘境，他便留下来陪张武一起过这个年，也给这位同村发小春节期间有一个落脚之地。

二人都是单身，尽管工资不高，身边多少也有个千把块钱积蓄，加上二人都有些懒，张武心情也不好，便随便叫附近的小炒店点了二、三道菜，花了不到一百块钱，喝了两杯小酒。原本不胜酒力的两个兄弟满脸赤红，躺着长吁短叹。

噢，忘了交代了，上次张武不辞而别就是躲在张小伟处。他们很投缘，几乎到了无话不说的地步，这将近一年的时间，张武起起伏伏，甜酸苦辣几乎没有一样不跟张小伟交流过。

"真是，一步棋走错，满盘皆输呀！"喝了一点酒，心情不好，感情也特别丰富。张武听到不远处人家放焰火的声音，燃起了他身上一根根敏锐的神经。此时此刻，他的心情跌落到了谷底。

按道理此时自己和张小伟都要在父母身边过年，吃团圆饭的。可是由于自己的原因，现在非但自己没有与父母团圆，而且还扯上了张小伟。

假如当时不是自己浮躁；

假如当时不是自己急功近利地想被提拔；

就不可能被黄海林拉进陷井。

提拔了，脑子发热了。自己明明知道张文与赵明英有着一种情分，这是任何一个明眼人都知道的事情。可自己却得意忘形，却如此不顾兄弟之情硬生生地将赵明英拉到自己身边。

"这女人呀！是祸水，是扫帚星。"想到这里张武却有一种怨恨，你赵明英跟张文再好，但一旦你跟了我，便是我的人，便不能有非份之想啊！

现在，好不容易得到的提拔被风卷走了，卷得连一点碴都不剩。如果不是林若莹特别助理出面说情，留下来当老师，说不定连饭碗也砸掉了。

更重要的是，赵明英从自己身边走开了；

兄弟之间情同手足的亲情也不复存在了。

这事一定会让对自己满怀希望的父母痛心疾首，让最爱惜面子的老父母脸上无光。

而且，前一段自己每日要面对作为学生的哥哥和赵明英已经难堪至极，难道

第五章

张文和他的发小们

还要这样难堪一辈子么?

借酒浇愁, 愁更愁。

张武忍不住嚎啕痛哭起来。

他哭得很伤心, 两个肩一耸一耸, 悔恨的泪水同清清的鼻涕连在一块, 相互交织着从眼眶、鼻孔往身上滴着、流着, 形成一条又一条细长的涓涓溪水。

张小伟在一旁安慰着、劝说着。

但越劝张武哭得越凶, 泪水流得越多。

不知哭了多久, 他终于抬起头, 看着张小伟, 说:"我已经无颜在安泰公司呆下去。我要辞职, 我要跳槽, 到一个新单位, 斩尾巴, 脱裤子, 重新做人……"

第六章

阿庚父子及其他

由东林电子公司董事长东进一郎策划的、阿庚实施的对安泰公司的商业陷阱并没有奏效。法院的判决让东进一郎感到丢了夫人又折兵，东进一郎踏入中国大陆投资后，搬起石头却狠狠地砸了一下自己脚，而且砸得皮开肉绽，连脚筋也外露起来，这足足让这个惯于搞商业垄断的日本商人头脑晕了许久。

讲实话，当时从台商投资中国大陆，并且将首次的落脚点选在厦门经济特区，又重金聘任阿庚担任营销课长的目的非常明了。厦门是闽南语系地区，阿庚的原籍听说在闽南；加上这个人，虽然没有大学这样的学历，但脑子活络，处世刁钻。因此，尽管他身上有许多毛病，但东进一郎还是将天枰倾斜于他。

至于无偿地送了五张图纸，一年多黄海林也以招待张武的名义从公司支领了一笔笔费用。但，这笔费用对于一家企业来说无疑是九牛一毛。关键是，法庭上当被告律师和安泰公司董事长特别助理林若莹用证言让东林公司陷入尴尬境地时，令东林公司再也没有还手之力，东林公司因诚信缺失成了所有人的笑柄。

那天，东进一郎按捺不住内心的焦灼，当听到法庭宣判自己败诉时，他感到一阵羞辱。尽管他在世界各国见了不少世面。在台湾，与安泰公司十年较量，垂头丧气败下阵来。在大陆，几个月又落荒而逃，而且遍体鳞伤，甚至达到体无完肤的地步。

记得那天，他从法庭旁听席走出来，听见一些旁听观众在窃窃私语："你说，以前都听说日本人脑子很好使，这东林公司的董事长东进一郎的脑子不是进水了么？"一个中年人不知道身边低头走过的人便是东进一郎，不解地说。

"何止是脑子进水，简直是重度脑瘫！"

"驴踢了还好，还说不定可以治好，我看那简直是先天性脑瘫。"

"……"

这些人对东进公司起诉安泰公司的这场官司感到忿忿不平，他们不认识东进一郎，旁若无人地谴责着东林公司的这场拙劣表演。

东进一郎是一个中国通。尽管到大陆时间不长，但一出道便呆在台湾，对中国人的习性了如指掌，对普通话不但能听，而且讲得很溜，此时此刻被这一帮毫不相干的人的谴责，心情糟到了极点。

"阿庚，你过来！"回到办公室，东进一郎拿起电话便怒不可遏地叫老阿庚。二人相处了十几年，一次又一次地失利，他多次想解雇他，可是每次都犹豫不决。现在该是时候了，东进一郎下定了最后的决心。

"董事长，您叫我。"只在片刻之间，阿庚敲门后进了东进一郎的办公室。

"阿庚，你……"东进一郎火气很大，但到了这个时候，他知道火气再大也得克制一下，便努力装出一种平淡的口气说。

"对不起，董事长，我没有把事情办好。都是那不中用的黄……"看到东进一郎脸上表情不好，阿庚又是点头，又是想解释。

"阿庚兄，你别解释了，你老了。这样，你到人事部去结账，我会交代给你一笔退休金。"东进一郎此时笑眯眯的，他讲的话很慢，好像每一个字都是经过深思熟虑并且不容争辩的。

"我……"老阿庚感到头有些晕，全身的血往头脑里涌，原本有些高血压的他，觉得眼前有些朦胧起来，他还想作最后一次说明。但东进一郎却非常客气地站了起来，走近他，与他握了握手。然后，作了一个请他到人事部结账的手势。

"……"老阿庚感到有些失望。尽管他知道自己已经七十余岁，今天这种结局是迟早而已，可是他一直想在退休前能干一件非常漂亮的事情，甚至捞一笔钱风风光光地退休。想不到一次二次却败在自己徒弟的手上，这是让他感到最没面子而且沮丧的事情。

厦门的冬季一般比较少雨。也许是风调雨顺，老天照应的缘故吧，前两天刚刚下了一场不大不小的雨，今天雨过天晴，太阳露了脸，让整个厦门城变得更加清新，更加湿润。每个人都有一种淋漓畅快的感觉。可是对于老阿庚来说，这一切都丝毫不能改变自己糟糕透顶的心情。被辞退了，七十多岁的人孑然一身，回到那里去？回到台湾南部的乡下，那里已经十多年没有人气，说不定鼠子鼠孙们正大闹天宫；那瘸儿子阿福前几年倒听说在厦门，可是在这异地他乡，在一个二百万人口不到的城市，父子之间却从来没有联系，更没有见过面，他也不知过得怎么样，还是光棍一条？还是……

阿庚想找儿子，可是自己混到这种境地，而且没有儿子任何联络的信息。想到这里不知不觉自己的眼角上已经涌出了几滴混浊的泪水。

经过几个不眠之夜的思考，阿庚终于想通了。

他想到中山路商业街买一些厦门的土特产，明天便回到台湾南部乡下的老家去。

人老了，坎坎坷坷奔波一生，终究要叶落归根。

到那里去了却残生吧！还好，自己身边多少有一些积蓄，到死之前吃穿应该可以够吧。

老阿庚在中山路商店买了厦门的一些土特产提在手里，感觉要离开这座城市之前总有着一种莫名的悲伤与凄凉，总有许多剪不断理还乱的依恋。对，这是对这座美丽的海滨城市的依恋。

他顺着轮渡广场百无聊赖地行走着，走着……

"呜啦、呜啦……"突然，好几部警车朝不远处的和平码头驶去，并在那戛然而止。

这几年，阿庚对厦门情况倒也了解一二。两岸"小三通"尽管喊着要开通了，可是由于台湾那边的问题，吵吵闹闹却毫无结果。然而，在厦门投资的台湾企业二千多家，台胞、台干和他们的家属少说有十万、八万人之众，碰上一些犯罪人员都是由厦门联系台湾红十字会后，用船送到厦门与金门海峡的中线交给台方。

这种情况，当时人们称之为遣返。

"干……，今天又有什么人被遣返了。"反正没有事情，百无聊赖的老阿庚也加快步伐想到和平码头看个究竟。

"兴许会是哪个兄弟被遣返回去呢！"阿庚心里在思绪着，腿也迈得更快了。

真是无巧不成书！

当一队警车在和平码头广场戛然而止时，阿庚也随着爱看热闹的市民前后脚赶到那里。

瞬间，那平时训练有素的武警战士已荷枪实弹布置好警戒线。

"今天，又有哪些人会被遣返呢？"阿庚伸长脖子在观望，他真不希望看到在这被遣返的人当中有自己曾经认识的人呵！因为，自己来到厦门，生活了几年，总感到这块地方生活得非常舒适和惬意，又没有语言和障碍，比起台湾、比起台湾南部的乡下实在是有着天壤之别。只是自己老了，现在又被东进一郎解聘回家，想到这里，心里总有一种难舍的、酸溜溜的感觉。

停在那里的两部警车的门打开了。

不，这两部车准确地讲是两部囚车，车窗里都用不锈钢条封得死死的。片刻，从车里走下几个将被遣返的对象，他们在车门前荷枪实弹的武装警员前戴着手铐，低着头依次下来。

一个；

两个；

当看到走下第三个人时，阿庚伸长的脖子似乎僵硬了。他用手揉了揉眼睛，发现眼帘中浮现了一个熟悉的身影。他怕看错，想挤到围观的人群前头看个究竟，可是被警戒的武警挡住了。

没错，那是一个让自己感到非常熟悉，又让自己伤心了一辈子的身影，尽管衣着还有些讲究。但那副憔悴的脸，一副呆滞、忧郁的眼神，更重要的还有一条瘸着的腿……

那便是同在厦门城，却又没有见过面的儿子阿福，自己惟一的儿子……

老阿庚的全身心血似乎凝固了。几年不见的儿子，怎么在这样的场合，以这样的身份出现在这个地方？

"不孝之子啊！"老阿庚心里发出一阵悲哀，他仰天叹息了一番。可是，心想这不孝之子怎么会混成这样，变成罪犯啊！他到底犯了什么事呀？

阿庚想探听个究竟。可是，抬头朝四周一看都是一张张陌生的脸，心里不觉有些失望。

"喂，你看到了吗？那是湖畔咖啡馆的老板阿福……"正当阿庚承受不了打击，满眼噙着泪水想逃到一个角落擦抹干净时，离他不远处，还有几个年轻人正用手指着阿福议论着。

第六章

阿庚父子及其他

"……"阿庚停住了脚步。还好，所有的人都不认识自己，他想听一听，儿子阿福到底犯了什么事。

"他，到底犯了什么事啊！"事情却是那么不巧，阿庚越想听听儿子的情况，可是那群年轻人却没有了下文。于是，出于对自己儿子的关心，转过身问了问刚才发话的那个后生。

"你是？"年轻人看到一个干瘪老头打听阿福的事情，有些警惕。

"我，不，我是他的一个朋友，好久不见他了，却不知道他犯了什么事，想打听打听。"阿庚努力挤出一丝宽松的笑。

"你不知道吗？"年轻人倒反问了一声。

"……"阿庚无声的摇头。

"半年多前，他偷了一个叫阿辉的台商的掷茭，什么叫掷茭呢？"年轻人看到眼前这可怜巴巴的老人问道。

"那是……"阿庚似乎有些茫然。

"那是阿辉老祖宗去台湾拓荒前从仙岳山土地庙带去的，是一个有着几百年历史的文物。阿福以为偷来可以当文物卖，结果没卖成，却犯了罪。本来要重判的，后来听说这阿辉董事长大人有大量，亲自去法院求情，判了二年徒刑，缓期三年执行，遣返台湾。"

"哦，这样……"阿庚痛苦地摇了摇头，想不到自己父子俩人，一个因为商场较量倒在自己徒弟的阵下；一个因为这么一个什么破烂被判刑，遣送出境。老天爷，你为什么不照应一下我阿庚父子呀！

阿庚的喉咙哽咽了。

他的内心深处在汩汩流血。

儿子今天被遣返台湾，明天自己离开厦门。不用说，几天以后父子之间又将在台湾相见。

可是，一旦相见情何以堪？有何颜面？

阿庚的脑子已成一砵浆糊，他头重脚轻，已经对这风光旖旎的鹭江畔，对这游人如织的轮渡码头没了任何的心情。于是，手一挥，叫了一辆出租车返回住地。

他想回住地静下心来，痛定思痛，思考一下自己明日的安排。

回到住地已经是中午一点多，往日已是午饭后的时间。可是，此时阿庚好像没有一丝食欲，他的整个头脑，整个思绪都还静止在上午和平码头看到的一瞬间。

儿子阿福带着手铐被警员押着。

那疲惫而又憔悴的脸；

那一副令人伤感而又茫然的眼神；

那一瘸一拐走路的形态……

这一切如同DVD质量出了问题，那画面在阿庚的眼帘中静止了，怎么压那按键，还是一动不动。

人生七十古来稀，到了自己这般年纪，别的人早已儿孙绕膝，享受天伦之乐，可是自己却还躺在这没有亲情，没有问候，没有家庭温暖的出租屋里经受着情感的折磨，经受着看不到未来，看不到欢愉的困惑。

终于，这个七十多岁的阿庚忍不住了，他那已经扭曲的秉性如同崩溃了的堤坝，洪水一涌而出，不知不觉泪水从他那布满皱纹的眼角争先恐后夺眶而出。他想伸手去擦，可是擦干了又涌了出来，而且越擦越多，涌得越快。这泪水流得越多，自己越想控制，却越来越伤心，越来越痛苦。慢慢地，竟号啕痛哭起来。

他感到悔恨，如果不是当年贪财卷款而逃，脚踏实地在台湾南部的乡下继续开办那间洋铁加工厂，自己最起码有一个温暖的家，最起码衣食无忧，起码可以挺起腰杆堂堂正正地做人，起码在儿子面前还有一副做父亲的尊严。

他感到悔恨，如果不是自己不甘寂寞，当年从台北返回台湾南部乡下，阿辉夫妇不计前嫌把他接回村时，自己能沉下心，沉下身，沉下力，改弦易辙在徒弟手下谋一份工作，何至于今天在人生道路上越走越远，落得个今天无地自容的困境。

他感到悔恨，如果作为父亲能身体力行，正派做人，何至于儿子阿福落到这个地步。说不定也是子孙满堂，共享着无尽欢愉，无尽的天伦之乐。

他感到悔恨……

可是无论如何悔恨，但大错已经铸成，人生的道路难以逆转，自己一生毁掉了，而且儿子的一生也毁掉了。对于此时此刻的阿庚来说，追悔已经于事无补……

第六章

阿庚父子及其他

不知不觉地阿庚在这种痛苦和追悔中朦朦胧胧入睡。

他不知迷迷糊糊地睡了多久，似乎觉得这门外却响起了敲门的声音，那声音敲得很轻，而且敲一阵，歇一阵。

人不走运，放屁也砸脚。

此时早已心灰意冷的阿庚知道，这世道很现实。人，一个个都非常势利。自己当课长时，部下和客户每日相随相伴。虽然谈不上每天都在高档酒楼、咖啡厅、夜总会中度过一个又一个欢歌曼舞的夜晚，但每个月起码三分之一是过得非常浪漫的。自己尽管七老八十，身边总能挽着妙龄少女招摇过市，可是现在自己已经不再是营销课长，那些东西已经远离自己而去。

这几天，好像自己已经在地球上消失，而且消失得那么彻底，消失得干干净净。自己这手机骤然安静了，这出租屋也没有那没完没了的敲门声。

"咚，咚，咚……"阿庚的脑子虽然还在没有任何头绪地胡思乱想。可那敲门声却没有停歇，这一回到他听得真切，心灰意冷之时，有人还能念及旧情登门惦记，对于此时的他无疑是一剂强心针。

"哪位呀！"阿庚用一种非常慈祥的声音问道，他好像自己俨然还是营销课长。

"咚，咚，咚……"那敲门声还在响着。

"来……啦！"阿庚将应答的声音拖得很长，他从床上翻身，胡乱地用手擦了擦眼角的泪痕，看看窗外天已经完全黑了，城市的灯光已经完全亮了起来。

这时，他才感到自己足足睡了一个下午。

打开房间门却扎扎实实让阿庚目瞪口呆。

门外站着几个月不见的黄海林，他像一个幽灵一样出现在门口。

"你……"阿庚刚刚稍稍平息的怒火又燃烧起来。

"阿庚课长，您……"黄海林一腔油腔滑调地出现在他的眼前。

"干妮姥，你这一段时间死到哪里去了？"不见面还好，一见到这黄海林，阿庚怒火顿时冒了出来。他不想见到这扫帚星，堵在门口不想让他进去。

"进去说吧！"黄海林看了架势，涎着脸对阿庚说。

"……"阿庚心里在犹豫：不让进吧，人家在自己落难之时还能来看一眼，总算有一丝情份；让进吧，想到这黄海林在打官司的关键时刻却销声匿迹，让自己难堪至极。

"进去说吧，我是听到你明天要回台湾才专门来看你的。"黄海林似乎一脸伤感。

"干……"黄海林最后一句话感动了阿庚，他想再骂一句粗话，但从嘴巴蹦出一个字却忍住了。

他侧过身子，黄海林却像幽灵一样闪身进了屋子。

"这几年你跟阿福有没有联系？"一进门，阿庚单刀直入。尽管儿子不孝，但作为父亲上午一眼看到那失魂落魄的儿子，内心隐隐作痛，他迫不及待地问黄海林。

"有一些……"黄海林无力地低下了头。"我上午在和平码头上看到了你，我知道你一定很痛苦，才连夜赶来的。"

"阿福偷了阿辉的掷筊？这件事跟你有关系吗？"看到黄海林那样子，阿庚不是智商太低的人，知儿莫如父。作为父亲他知道阿福这儿子，从小没有吃过苦，成不了气候，再加上爱沾花惹草。但出手偷东西，尤其是去偷阿辉那个什么掷茭他断然没有这样的胆量, 更没有那份智慧。那么, 只要知道黄海林与阿福有联系, 便可断定黄海林脱不了干系。

"……" 黄海林将头埋得很低, 却默不作声。

"是你这个不中用的东西, 自己不学好, 还害了阿福一辈子! " 阿庚的怀疑得到证实, 气得脸都铁青。

"不……" 黄海林想争辩。

"不! 不! 不个屁! " 阿庚发怒了。

"你听我解释, 阿福去偷掷茭有两个原因: 一个是这掷茭是仙岳山土地庙明朝的文物值钱, 弄来可以当古董转出去。可是阿福弄来却不出手; 二个是这掷茭是阿辉回祖源地投资认祖的信物, 弄来便让他不能遂愿……"

"那结果怎么样? 啊! " 阿庚余怒未消。

"谁知阿福会将到手的东西放在手中不出手, 还被西南的一个小女人敲了一竹杠……" 黄海林被阿庚一发怒, 口不择言, 这件事没有说清楚, 却又把张小红那件事带了出来。

"什么? 什么? 什么小女人……" 黄海林自知失言, 可老阿庚却听得真切, 他咄咄逼人地追问。

"是这样的……" 黄海林自知躲不过追问, 只好将阿福被张小红敲了几十万元, 购买一套张小红名下的房子说了出来。

"咳……" 阿庚此时痛心疾首, 他转过身: "那个张小红, 那房子怎么啦……? " 几十万元呀! 可以吃半辈子, 就这么丢了!

"嗯, 阿福被判刑, 遣返出境了, 那房子的产权又是登记张小红名下, 自然……" 黄海林一脸难色。

"这个张小红在哪? " 阿庚不解恨。

"上午就在你身边不远处站着。现在, 她又跟别的男人了……" 黄海林自知自己在这件事情产生、发展过程中所发挥的作用, 满脸愧意, 用非常小的声音想努力让阿庚少发火。

"干……" 老阿庚还是怒不可遏地发了一通火。

DEO发展模式

自从上次与阿辉在办公室一别之后，屈指一算又过去半年的时间，对爱情似乎不抱有任何希望的陈子茵因为一宗业务到了美国。处理完公司业务以后，怀着对年迈父母的思念，便匆匆忙忙回到已经将近一年没见面的双亲身边。

"爸、妈，女儿回来了！"走进纽约市郊外的那幢小别墅，陈子茵好像当年的小女儿一样热烈地与父母拥抱。

"子茵，你这东蹦西颠的到处跑，生意做些啥呀？"父亲是一个当年随国民党军败退到台湾的老人。由于经不起在官场中的相互倾轧，早年便随着老长官，带着大半生的积蓄来这里定居。因此，在这社区有不少都是从台湾迁居到这里的退役军人。

台湾呆不下去，大陆当年的老兵们只好在异国他乡找了一块栖身之处，重新开始了后半生的生活。当年在大陆、在台湾吃中餐，现在在纽约也开始了烤牛扒、吃面包、喝牛奶的生活。

因此，看到在地球村四处奔波的女儿回来，老夫妻有着说不出的欣慰。在战争年代，他们成家迟，自然生儿育女的时间也比较迟。生了两个孩子，一男一女。除了陈子茵外，还有一个小弟弟在美国大学毕业后，便在一家餐馆里当了厨师长,专做烤牛扒方面的工作。由于这弟弟勤奋又爱动脑子,他手下的厨师们烤的牛扒在纽约所有餐厅可以说是小有名气。偶尔他回来,还亲自给年迈的父母献上一手绝活,这给晚年有些凄凉的老人增添了不少乐趣和安慰。

"妈,我现在是飞利普(厦门)公司的总经理。"为了不让父母担心,子茵将自己的近况向老人汇报了一下。

"飞利普?"正在打瞌睡的父亲问了一声。

"是的,爸爸,就是做小家电的公司。"子茵回答父亲时有些自豪。

"嗯,那烤牛扒机是你们公司生产的吗?"母亲听见父女俩在一问一答,也绕有兴趣地问道。

"是呀!我们公司什么小家电都有制造啊!"子茵边答边在思考,烤牛扒机前几年家里便有了,不知道老人家怎么会今天变得如此感兴趣。

"你看看,子敬前一段给家里买了一架烤牛扒机多好,不滴油,又快捷,而且烤的牛扒又鲜嫩。"母亲补充道:"以前的那架,虽然外形挺漂亮,但中看不中用。"

"是吗?"子茵对事业是一个非常执着的人,听了母亲的话,有些半信半疑。因为,这世界上从事小家电生产的大大小小厂家很多。但能听到消费者赞扬之声的,自己还是第一次。被母亲一说,子茵有些半信半疑。

"以前那架是你买回来的,是吗?"母亲用眼光看着女儿。

"对!妈,你真好,这么久还记得清楚。"子茵满心欢喜,趁机在母亲面前撒起娇来。

"那架不好!"母亲对女儿毫不留情面。

"那是为什么?"正在自鸣得意的子茵被母亲一说,多少有些失望。

"那架牛扒机,人一刻都不能离开,而且油渍到处流。牛扒烤下来了,我站得腰酸背痛还不算,清理那油渍更要我的老命。"

"那,那……"子茵被母亲一说,真有一点口吃起来:"那子敬买的那架呢?"

"这架可好了,只要电源接上,按一下功能键便OK了。"老人说得眉开眼笑:"既不用担心烤焦,更不用担心去清除油渍。"

"我看看，是什么品牌，什么公司生产的。"子茵平时几乎不进厨房，自然不知道牛扒机的好坏优劣。听了母亲这一说，倒来了兴趣。

走进厨房，子茵开了灯，眼前被母亲吹得神乎其神的牛扒机无论从外形还是功能都与自己公司的产品几乎没有多少差别，唯独有明显标志的是按键改为触摸式的，而那触摸式的有比较明显的突出部分，再细细端详是中国厦门安泰电器公司制造。

这，多少让子茵有了不大不小的惊讶。

"妈! 妈……"子茵大呼小叫地喊道。

"怎么啦?"听到女儿呼喊，母亲匆匆忙忙地赶了进来。

"你切一块牛扒烤给我看!"

"你肚子饿了?"对女儿的大呼小叫，母亲有点不以为然，心想中午饭刚吃过，离晚餐时间又还很久，烤什么牛扒啊。

"你不是说这牛扒机好吗? 我得要看一看，好在哪里?"子茵有点迫不及待。

"这不是你们公司生产的吗?"

"不，不，不是。但是，却是我的一位朋友生产的，他是台湾人，现在也在大陆厦门! "子茵一阵兴奋，兴奋得有些唠叨。

"这样啊! "面对子茵有些不解地发问，母亲却一声不吭地走进了厨房。

讲实在话，对厨房里的一切子茵非常陌生，可是朦朦胧胧记得，小时候每当母亲烤牛扒时，自己总是站在她身后一口又一口地咽着口水，催着母亲快一点。可是，这牛扒机如果温度开高了，容易烤焦。温度低了，则速度很慢。这温度高与低之间没有一个准则。由于难以把握，烤牛扒的人只能老老实实，一刻都不能离开地站在一旁守候着。

可是此时的母亲却如此轻松、自信，不能不让子茵难以理解。

十几分钟后，一块香喷喷的牛扒烤出来了。母亲端在手中递给女儿："你看看，有了这架烤牛扒机，我被解放了。"

"……"子茵没有回答母亲那话，径自走进厨房看了看灶台，干干净净，连一滴油渍也看不到。不禁感到欣慰和奇怪："那油呢? 油到哪去了?"

"呐，那匣子! "母亲用手指了指装在烤牛扒机内装置的一个用不锈钢制造、而且不沾油的小匣子，轻松地将之取了出来。

那是储存了大半盒的油。

"……"子茵看了以后没有再吭声，她默默地走出了厨房，心里暗暗地被阿辉安泰公司的巧妙设计所征服。

一架传统的烤牛扒机，经历了几十年，谁都嫌这种机器麻烦，却没有人对设计工艺作一次小小的改进。可是，安泰却用心良苦，这虽是一次研发工艺的小小变革，却带来了难以估量的经济效益。

这一夜，父母都入睡了。可是，陈子茵却难以合眼。下午经历的一件小事，让她的心很难平静，作为安泰公司的同行，自己所在的公司远比安泰公司历史悠久，自己的研发力量在世界上说不上数一数二，但绝对是名列前茅。可是，对这么一个问题却熟视无睹，这说明了阿辉对生活观察得多么细微，对事业追求多么用心。

陈子茵心情难以平静，更重要的是住这个家比住酒店的时间还少。人生四十有余，一个人吃饱，全家撑着，四处奔波，虽然在事业上比上不足，却比下有余。这与白手起家的阿辉相比真是天壤之别。

家门口是一片茵茵绿草，此时已是午夜时分，她走出家门，四周静悄悄的，原本人口不多的郊外几乎看不到有一个行走的人影。望着这布满繁星的星空，她不觉得有些浮想联翩。

这个时候东半球的中国大陆正好是中午。

想到大陆，子茵的脑海里阿辉的憨仔形象便禁不住浮现眼前。

这个阿辉呀！

他的命真歹，少年失父母，中年丧妻子。

人生三大不幸他经历了两场。可是，就是这样一个白手起家，连一天正规学校也没上过的学徒，竟然赤手空拳打开了一片天下。自己以前从远处，隔着东西两半球去看他、去欣赏他，实际上对他了解和认识得是那么肤浅。从这架烤牛扒机身上，却折射了他的坚韧，他的用心和他对事业追求的一种细腻与执着。

难怪自己盼了二十年，却只能在他身边的几公里处隔岸观火而走不进他的生活。自己苦苦追寻、苦苦等待，那是自己缺乏了解，缺乏一种共同的抱负和执着。

一阵深夜的凉风吹来，吹去了子茵眼角上的泪水。这时子茵才感到自己的眼里已经情不自禁地流下了泪水，也吹得让她的头脑有着些许的清醒。

阿辉是一个重情重义的憨仔。

这点在二十年的相处当中，子茵已经有了刻骨铭心的记忆。只是，自己与阿辉之间，那是一种朋友的情感，一种兄妹之间的情感，说穿了，那是感情，而绝非爱情。

"既然我们做不成夫妻，便作为朋友吧！"子茵想起那天伤心地离开阿辉办公室时，耳边还留存着阿辉的那句话。

"对！回到厦门应该跟阿辉好好聊一聊深度合作的事。这牛扒机主要市场在欧洲、在西方，如果用DEO的贸易形式，与安泰公司结成战略合作伙伴，必定能给双方造成一种双赢的局面……"陈子茵想着想着心情豁然开朗起来。她不再犹豫，拿起手机拨通了阿辉的电话。

"嘟、嘟、嘟……"不一会儿，东西两半球间的越洋电话接通了。

"你好，子茵。"电话那头的阿辉声音非常清晰地传了过来。

"阿辉，你们研发的那架烤牛扒机真是巧夺天工啊！"陈子茵难以抑制内心的兴奋。

"你怎么知道的？"

"我母亲告诉我的，而且我还亲自见证了。"陈子茵快言快语。

"你母亲？"

"对！我现在在美国家里，老太太可是赞不绝口。"

"是吗？我正担心还有许多不足，正想推出这款产品之后，去征求消费者的意见，然后再进一步改进。"阿辉听了子茵的话，内心一阵高兴，但仍用非常恳切的话告诉子茵："子茵，非常感谢您给我提供的这个信息。"

"感谢就不用了，你能告诉我，这是谁设计的吗？"

"有这个必要吗？"

"当然！"二个人用越洋电话煲起粥来了。

"你猜呢？"那头阿辉这几天心情非常好，也乐呵呵地浪漫起来。

"这……？"子茵在思考，片刻突然大叫一声："非你林信辉莫属！"

"一百分！"阿辉兴奋地答道。

实际上，此时的阿辉刚吃过午饭，他的心情难得的好。

上午，他召开了安泰公司管理层开了一次经营决策的会议，各项工作顺利进展，足足让这位学徒出身的小家电领军人物兴奋不已。

"董事长，上半年我们公司的销售情况业绩骄人。"主管销售工作的副总经理孙玉胜摊开手中的业务报表兴奋地报告了一系列的数字：

上半年销售总收入突破二亿美元，与去年相比增长超过1.5倍；

其中，咖啡机销售6000万台；

电烫斗销售2500万台；

煎烤器销售4500万台；

牛扒机销售150万台；

……

阿辉一边听，一边满意地点了点头，然后用目光看了一下张云山："你对这半年的运营情况作一个分析。"

张云山手里拿了一叠资料，本来想在孙玉胜之前报告的，结果孙玉胜抢了先。现在董事长点了名，便胸有成竹地说："上半年可以说是产销两旺，总产值接近二点五亿美元，除了刚才孙总报告已经资金回笼的二亿美元外，还有近四千万美元合同已经签订，货物近日将发出，也就是说基本上做到零库存，产销工作协调稳妥。另外，今年一个很重要的信息值得我们注意，在二点五亿销售总额当中，大约是五成左右的比例是DEO形式产生的。这种形式比DEM所产生的效益高出一倍多。以电烫斗为例以DEM形式的销售FOB价才15美元；而DEO形式销售的FOB价却在23美元左右，也就是说同样的产品，由于我们自行设计的订货形式比来样加工多出足足8美元……"张云山说到这里有些兴奋，他接着说："安泰要快速发展，并在现存的条件下尽可能拓展企业的经济效益空间，进一步提高自己的工业设计能力与水平，拓宽DEO发展模式是非常重要的。"

"嗯，云山说的有道理。"阿辉不停地点了点头，又将眼光盯向朱云生："你把最近几款小家电设计的情况说一下吧！"

"是！"朱云生慢条斯理地说："搞好工业设计是安泰常抓不懈、持之以恒的一项工作，这一段时间董事长也一直关注这项工作，现在我们如果将安泰产品分成电热管类和马达类的话，可以分成两大类近五百个品种。但目前重要的是创新设计。譬如电烫斗从传统的单一电热管的烫斗，发展成蒸汽电烫斗和挂烫式的电烫斗；咖啡机也从传统的滴漏式发展成为半自动和全自动两种……我们准备那么多款式的产品，目的在于秋季小家电订货会能获取更大的订单……"

"现在设计人员有多少？"阿辉一直关注这支队伍的建设。

"人数已经接近200人了！"

"高级工程师、教授这样的高层次人才有多少了？"

"高层人才大约占百分之五十。"朱云生说："从这支队伍来看，团队协作精神不错，整体素质也比较高。"朱云生回答时心里充满着一种自信。

"这支队伍从目前看还真不错，如果公司还要再发展就成问题了，我们对外延揽人才的工作不能松，凡是有用的人才多多益善。"此外，阿辉沉思了一下接着说："自己学院的培养人才计划切不能放松，自己的人才知根知底，不会水土不服。若莹，安泰学院的学生培养了一年多怎么样？"

自从开会以后，林若莹几乎没有讲一句话，这与她原先的性格格格不入，其原因很清楚！原来她是董事长特别助理，现在大家都知道她与阿辉的关系，为了尽量不因为自己的情绪影响阿辉的决策，她有不同意见总是私下里和阿辉单独交谈。从而在公司上下培养一种习惯，维护阿辉作为董事长的形象。现在阿辉点名要自己发言，她冷静地说："这一届工业设计专业的学生以前几次我都介绍过，素质不错。有几个学生如张文、赵明英在班里出类拔萃，有着非常可喜的素质。但他们毕竟是学生，没有实践经验，设计视野的局限也影响了他们设计的理念和思路。因此要他们独立担当一项工业设计，甚至在某些方面有一些突破还需要有一个过程……"

"嗯……"阿辉听了林若莹的话点了点头表示赞同。他正想将几个管理层领导的意见归纳一下，提出下一步工作思路，秘书却推门进来。

"有事吗？"看着秘书眉开眼笑的样子，阿辉料定一定有什么好消息。

"董事长，飞利浦公司陈子茵总经理发来一份传真。"秘书说。

"哦……"陈子茵刚刚才打来越洋电话,那电话里透出一种难得的欢喜。现在才几个小时又发来传真,这着实让阿辉心里有些激动。这个喝洋墨水,吃牛扒长大的同胞,不知又有什么新花招。

阿辉的脸上表情在发生变化,林若莹的心里也七上八落。她知道陈子茵二十年来在苦苦追寻阿辉,自己还亲眼看到了那不愿看到的一幕。尽管阿辉告诉自己已经明确拒绝她。但这种男女间情感纠葛的事,局里面的人难免会有稍稍的不安。

"你把那传真内容念一下吧!"阿辉自己在脑海里迅速变化的瞬间,无意中也看到了若莹脸上表情的变化。于是非常坦然地告诉秘书。

"好。"秘书爽快地答应了。

第七章

DEO发展模式

"安泰公司董事长阿辉贤弟亲鉴:贵公司研发的AXM2烤牛扒机,设计理念先进,市场反映甚佳,经报告董事长本公司今年以DEO形式预定一千万台,要求半年内悉数交货。"

"好啊!好啊!……"孙玉胜听了以后第一个兴奋地站了起来。

"等一下,传真内容没有完。"秘书站在一旁继续念着那传真。

……

"另贵公司原来设计课长张武,目前跟我联系希望到飞利浦公司求职,该年轻人已将自己在安泰所犯错误坦诚告我,其悔恨之心令我落泪。我深思再三,特告贤弟,如无异议,我便给予适当职位。古人言,浪子回头金不换。有朝一日张武想返回安泰,我将一如既往予以支持……"

这是陈子茵用书写的传真,足足一页纸。内容很简洁,一是对阿辉亲自设计的牛扒机在市场的开拓充满信心,预购一千万台,自然这是一笔不少的业务;二是对张武到她那求职表示支持,同时待他心里平静之后想返回安泰时,予以成全。

"这第一件事对安泰也说是一件好事,可是第二件事大家怎么看?"阿辉晚上没有任何的表情。第二件事却让他多少有些难堪。因为春节前自己曾专门找到这个员工谈过话,可是春节回来后便接到他的辞职信。

那封信足足九页打印纸,张武讲到了自己的内心忏悔,说到了自己内心的愧疚和难以面对父母、哥哥和赵明英。他希望自己找一个陌生的工作环境，踏踏实实练就一身本事之后再返回安泰，以实际行动报答公司领导的关怀，弥补因自己不慎给公司造成的损失……。记得，春节回厦门后，当阿辉拿到张武那份辞职信之后足足反复看了六、七遍，每看一次都流下泪水，总想再找这位年轻的员工再聊一聊。可是，无论怎么找张武都没了信息。想不到，这小子跑到飞利普去了。

"……"。几个领导面面相觑，他们不知道此时阿辉问这句话的意思，更不知道怎么来回答。

"云生，你看呢？"阿辉看到大家都不吭声，便问了一下自己的老师。

"这个……"朱云生还拿不准意见。

"不要紧，大家都谈一谈。"阿辉换了一个坐姿，用信任的目光看了看他。

"我看，这也不失为一个好办法，张武犯错虽然有其主观的原因，但客观的因素却不能忽略。他是一个本质不错的青年，就是心急了一些，浮躁了一些。这跟当前的社会普遍存在浮躁的原因是不可分割的。现在，他感到在安泰呆下去有许多困难，换一个环境不是坏事。"

"张武从安泰辞职，不是投靠东林公司，而是到飞利普求职，这个可以说明张武的反思有一定的效果，真的认识了自己犯错的根源所在，再加上陈子茵是我们的合作伙伴，现在又表示到时支持张武回到安泰，自然应该是上上之策。"林若莹对张武的事一直不敢释怀，听了朱云生的话她坦露了自己的看法。

……

几个领导都发表相似的意见。

阿辉看到时间不早，便点点头，露出了笑脸："我完全同意大家的意见。设计工作已经很有成绩，下一步步伐还要迈得更快一些。各部门要继续按照这个思路开展工作。张武的事情要按照陈子茵的意见办。若莹你适当的时候去看一看张武，不管他以后想不想回来，毕竟原来是我们的员工，就像嫁出去的女儿，娘家人要经常惦记着他。"阿辉讲到这里有些动情："一个企业，一个人要成就事业一定要深得民心，这就是大陆政府一直在讲和谐的缘由。张武的问题是个案。张武的问题发生，不但他个人要负责，安泰公司也有责任。教育好张武，是对张武的关心和负责，更是对安泰公司几千名员工的一种教育和激励……"

福德之春

阿辉讲到这里，话音戛然而止。他拿起面前的茶杯不停地喝着铁观音，不停地喝着……许久，许久，才好像有些自言自语地说："如果，我们公司有男女职工宿舍，如果每个员工的工作生活都能感到称心如意，那么这些事情便不可能发生……"

会议在这种没有尾声和总结中结束了。

可是，当大家都已离开会议室时，阿辉还坐在原来的位置上一动不动。他感到张武的问题让自己的心受到强烈地震动。要发展安泰公司的各项事业，必须有一批出类拔萃的人才，而得到这些人才，除事业之外，还必须有良好的生活条件、福利条件。否则，安泰公司将会在这场商业竞争中逐渐地失去优势。

第七章

DEO发展模式

台干宿舍的喧闹声

农历六月的厦门是盛夏季节，火一样的太阳烤在湖里工业区那宽阔的柏油路上，有些地方都冒起了一个个气泡，汽车的车轮从路上辗过都会留下一道深深的痕迹。安泰公司厂区里绿化树上的知了没完没了地鸣叫着，好像叫得越凶，它体内的热气散发得越快似的。

开了一天的会议，尽管都是好的信息，可是前一段到那荒坡地里察看的情形却一直在脑海里翻腾着。尤其是今天开会张武的问题提了出来，让阿辉举一反三，产生了许多联想，也形成了一种无形的压力。

吃完了晚饭，林若莹看到阿辉还在房间的沙发上一动不动，愣愣地想着心事，不免生出了一种怜惜之心。四十多岁的人有了一番这么大的事业，却还如此不要命地追求，"人生奋斗有止境的么？还是要稍稍休息喘口气的吧！"

林若莹摇了摇头，想劝他出去走走。

是啊！太阳下山了。

安泰公司座落在仙岳山脚下，尽管别的地方酷热难忍，可是这里坐拥地利优势。这公司的后山便是一望无边的参天大树，绿树成荫充满生机的仙岳山，那铺天盖地的大树把那炽热的阳光遮盖得严严实实，一到太阳下山更唤起阵阵凉爽的山风，与距这不足千米的大海刮来的海风相互交织，形成无限的惬意。怪不得坐在办公室只要打开窗便凉风习习，一年四季连空调也用不着，电费也省了不少。

"出去走走吧，散散步，放松一下神经吧！"林若莹建议说。

"嗯，可以。"阿辉点了点头。这个林若莹有一个特点，无论工作再忙，每天只要有空，总会提醒自己出去走一走、散散步。现在听到若莹的建议，阿辉自然心领神会。说实话在这仙岳山的林荫道上漫步，身边有这么一个才貌双全的妻子相依相偎，常常令路人刮目相看，这也给阿辉一种心理的自豪与满足。

"走吧！"若莹看见阿辉同意，便比划了一个非常优美的姿势。

"走……"阿辉站了起来，却听见身边的手机不迟不早地叫了起来。

"张云峰董事长的电话。"若莹看见阿辉正在换鞋，拿起手机递给阿辉，却清晰地看到了电话显示了张云峰的信息。

"哦，这长辈怎么亲自打电话来了？真是想不到！"阿辉边接过电话，边说着。

"喂，阿辉老弟吗？"阿辉一打开电话，便传来了张云峰的声音。

"哎呀！我的长辈怎么今天太阳从西边出来了，亲自给我挂电话？"阿辉听到老人的声音，脸上泛着光，高兴地说。

"在厦门吗？晚上有空吗？"

"有！我请您喝茶。您看到哪间茶楼？"阿辉知道已经近八十岁的张云峰身体硬朗，耳聪目明。但他不喜欢喝咖啡，也不像年轻人一样喜欢上娱乐场所。惟一嗜好便是喝一些上好的铁观音。然后交谈一些生意场上的事情，借以放松心身。

"不，到您公司去。我马上去！"说完，张云峰放下了电话。

听到张云峰老先生要亲自登门，若莹多少有些失望。但张云峰是长辈，既是台湾商界大佬，又是厦门台商协会会长，屈尊登门拜访一个年纪同自己儿子辈的阿辉，却又让他们感动不已。

"张云峰先生来，可这却拿不出任何东西来招待呀！真是……"若莹原来就没有多少持家经验，听说这么有名望的长辈光临，实在有些不知所措。因此，

第八章

台干宿舍的喧闹声

接到电话后能做的工作就是烧好一壶开水，将会客厅整理得更干净一些外，然后有些难为情地对阿辉说。

"是啊，但这老叔又不愿到茶楼和酒楼去。"阿辉双手一摊也想不出更好的办法。

"别把我当外人。自家人呀！"正当他们二人你一言我一语商量对策时，那张云峰带着一帮朋友已经踏进家门。果不其然，他的身后还带着好几个在厦门投资的台商。

对这几个人阿辉似曾面熟，但交道打得并不多。

"欢迎，欢迎！这么多兄长登门，真是蓬荜生辉呀！老叔您这财神一来，我阿辉今天不发都没有办法"。阿辉不知道今天会有这么多贵宾临门，一阵欣喜，赶紧让座。

"若莹，请秘书来帮助泡茶，招待客人。"阿辉看到来了五个客人把客厅挤得满满当当，想起了秘书。自从跟若莹确定了关系后，他没有再聘请特别助理的职位，而聘用一位硕士当自己的秘书，他是读经营管理的一个本地小伙子，人机灵，也勤快。

"阿辉老弟呀！你真是有福气呀！娶了这么一个有福气的太太！"张云峰一进门便有说有笑。他是一个心直口快的人，看了一眼，便对若莹赞不绝口。

"长辈是拿晚辈当笑料了。"若莹被张云峰说得满脸通红，边应着，边冲洗杯子准备给大家沏一杯茶。

"我张云峰八十有余，人世间的大事小情看了不少，但唯独不会开玩笑。阿辉呀！你看，古话说，男看天窗，女看地托。这弟妹呀下额既空阔，又平坦。这可以肯定是一个贤慧勤劳，心胸开阔，有包容心，同时，又非常旺夫的命哟……"张云峰又称赞一番。

"对！对！对。凡是张董看过的并作了断言的，大概八九不离十。"说话的是同来的一位台商，他是一家家具厂的董事长，叫李光明。

"别的我不敢肯定，可是看相这个绝活，张董是见多识广，从来不走眼……"宝岛眼镜公司的董事长张柏源也附和着说。

……

几个同来的人七嘴八舌，但话归结为一处，便是对若莹的长相倍加肯定。对阿辉的后半生能娶上这样一位太太倍加赞赏。

阿辉自然而然乐得个眉开眼笑，只是含蓄地"呵、呵、呵"不停地点头表示谢意。

"我们这次登门是来道喜的。新娘子，今天我们不喝喜酒，而是要喝喜茶。"张云峰见大家都很开心，便接着说。

"喜茶？"不论阿辉，还是若莹都不知这张云峰话中的意思。

"对呀，不肯给我们喝么？"李光明也是一个乐天派，看见张云峰老哥这么开心，也跟着起哄。

"……"阿辉和若莹俩个你看着我，我看着你面面相觑。

"咳，弟妹你不是林万寿老先生的宝贝女儿么？"张云峰看见若莹俩个不知所措，便启发说。

"对呀！你认识我爸？"若莹有些惊讶！

"你说呢？"这张云峰像一个老顽童"我在没有认识你之前便认识你老爸了。而且还喝过你家里的那个，那个，那个……"他那个不停，故意卖着关子。

"哦，我知道了。"若莹恍然大悟地轻轻一拍自己的脑门，走进厨房从冰箱里拿出一包茶叶，笑吟吟地说："张老先生，你讲的喜茶一定是这个……"

原来，林若莹的母亲是一个目不识丁的家庭妇女。可是除目不识丁这个唯一不足之外，她却是勤劳节俭，又特别善于持家。当年嫁给林万寿之后，便在仙岳山的一个山坡上开了一块地，种了不到一亩地的茶叶。这茶叶种来既不是当作商品在市场上卖，因为当时大家生活水平低，谁也不可能在肚子里没有油腥的情况下，去喝刮油的茶；也不是种来家里喝，因为林万寿同样也是一个非常节省的人，三餐除了吃饭之外，并无任何嗜好。

这茶是专门种来祭拜土地公的。

那块小茶园，从不用化肥，更不施农药。每到采茶季节，老母亲自己上山采茶青，用双手揉茶，然后用大铁锅烤得香喷喷后便收藏起来。由于那茶园面积小，清明茶、秋茶加上雪片一年四季总产量也不足十斤，只是用于拜祭土地公之用。因此，只有为数不多的几个父亲的至交才有口福品尝到的。

现在，这个消息怎么就被张云峰知道呢？这可是道道地地纯天然的茶呀！只是到前一段，林万寿看到阿辉很辛苦，便告诉老太婆，弄一点滋阴的东西送去。而这老妇人天生的就偏心女婿，尽管若莹与他还没摆桌请客，但大局已定。于是，一次阿辉登门拜见岳父母时，若莹妈妈便偷偷地塞了一小包。

那包的份量最多不会超过500克。

一壶水烧开了，按照张云峰的指点，若莹有点笨手笨脚地沏了一壶茶。那茶叶由于纯手工、纯天然，自然没有所有的商品茶那么有卖相，但开水一冲，顿时一股浓烈的香味扑鼻而来，几个大老板品了一口茶，个个喜形于色。

"这香特别醇，回甘、滑口，很好。难得！难得！"

"不错，不错，喝了一辈子铁观音，今天才感到是一种享受……"

"阿辉，你真是冰糖掉到蜜糖罐里去了……"

"……"

又是一阵赞美，又是一种开心，会客室里热气腾腾。唯独阿辉很冷静，他在心里一直思考，这些个个身家数亿的大老板每天为企业发展东奔西跑，今天总不至于专门来喝一杯仙岳山的铁观音，而且是若莹母亲制作的铁观音吧。可是他想归想，却不敢有半点的流露，只是陪着笑脸，等待这些长辈们的指教。

真的，来的这些客人最年轻的起码都在六十岁以上，百分之百是自己的长辈。

"阿辉，听说你想开发那边荒山坡地作为工业城？"果不其然，喝了几杯茶，满嘴生香的张云峰开口了。

"我正在思考，长辈你的消息好灵通哟！"阿辉的心里微微一惊，这件事自己刚迈出第一步，想不到这老人家便有了信息。

"很好，佩服后生家的勇气。怎么样？有困难吗？"张云峰很关切地问了问。

"……"阿辉没有回答，只是微微地点了点头。

"什么问题？资金？人力？……"张云峰又追问了一句。

"对。长辈不瞒您说，都有！"阿辉面对这么多长辈坦诚地说："您及各位长辈都知道我的底细。开发那块地，建筑一个工业城我粗略估算一下，没有十几个亿是不敢问津的。但民族小家电品牌要培育，靠现在的安泰显得势单力薄，中气不足。我们既要有质的提升，还要有量的扩张。不然，你们看那东林公司、东芝、松下、飞利浦一个个都比我们强大好几倍，战胜他们，立自己之于不败之地着实吃力得很呀！可是，开发起来，又觉得心有余力不足……"说到最后阿辉声音觉得有些无力，他的内心流露出一种矛盾和压力。

"有跟陈茂祥和杨金威他们商量过么？"张云峰很关切。

"还没有！"阿辉应道。

"为什么？"张云峰便是那么认真，非打破砂锅问到底。

"这两年世界经济不景气，他们的手头也不宽松，我开不了这个口。因此，正为这件事犯愁。"阿辉说到这里好像有些不好意思。

"贤弟，"听了阿辉的话张云峰语重心长："今天来，我们有两个任务。一是对你和弟妹的结合表示道喜，祝你们美满幸福。你们年龄相仿，但出身和成长的背景分别在两岸，差异大，要多包容，以后要经常一起洗澡。为什么？因为每个人自己洗澡时哪个部位里都可以洗得清楚，唯有背部无能为力。如两个人经常在一起洗澡，你替我搓背，我替你搓背，唯有这样才可以取长补短；二呢，建设安泰工业城是一个有远见之举，也是必然的发展趋势，今天我带来了这么多兄弟来，便是给你当参谋，也是表示一种心意。众人拾柴火焰高嘛！你可以拿出一个意见，群策群力……"

"多谢，多谢长辈……"话到这里还在心底里猜测的阿辉终于明白了这位长辈带这么多人来喝茶的目的，他心里的压力立刻缓释了许多。

"走了。"看到阿辉的脸上皱纹展开来，张云峰站起身，一帮兄弟也纷纷告辞。

阿辉两个自然一路相送到公司门口，直到他们的一行车队消失在夜色当中才准备回到家中。可是，当他们转过身时却惊呆了，他俩的身后张云山正沮丧地站在灯光下，木讷地站在那里发呆。

"云山，怎么啦？"阿辉有些不解地问。

"阿辉，我有事想单独跟你聊聊。"张云山用忐忑不安的眼光看了看若莹。

"好，若莹你先回去吧！"阿辉看了看张云山那神色，预计有些事情不想让

若莹了解，便打发若莹先去。

厂区的路灯很亮，上晚班的工人还在繁忙地工作。因此，路上除了偶尔有保安在巡逻之外，几乎没有行人。

阿辉跟着张云山肩并肩地走着，走了将近上百米路，却听不到张云山讲一句话，这使阿辉多少感到一些奇怪。

张云山平时性格比较开朗，今晚约自己出来，却又这一声不吭地逛着路，实在有些反常，阿辉心里不觉的有些疑问。

"云山，你是不是有心事？"阿辉终于忍不住开口了。

"阿辉，老朱出事了。"许久，张云山才从嘴里说出了约阿辉的原因。

"出什么事了？"阿辉心里一惊，着急地追问道。

"他，他因为寂寞去找小妹，被公安抓走了，刚刚派出所来了电话，要行政拘留，并罚款五千元人民币……"被阿辉一追问，张云山吞吞吐吐地将原委简单地告诉了他。

"朱云生，找小妹？"张云山不开口也罢，一开口实实在在让阿辉吓了一跳。朱云生是自己的老师不假，但他在自己的眼中一直是老成持重，生活非常严谨的人。怎么会呢？他有些不敢相信。

"是的，新区派出所的电话是挂给我的，我一急想不出应对的办法，便来找你了。"张云山真慌了。他将目光盯着阿辉："罚五千块钱倒不是什么问题，关键是行政拘留十五天，如果被公司员工知道了，影响工作是一件大事，以后老朱还怎么在这公司里呆呀！"

"你们这些人呀，简直是……"阿辉感到一股血直往脑门冲，他的浑身上下急成一团火，这样的事情怎么解决呀！他想发一通火，把朱云生、张云山臭骂一顿，甚至骂个狗血喷头。但话到嘴边他终于忍住了。

现在关键的问题是如何尽快把朱云生从派出所里抢救回来，尽量缩小负面的影响。

"找谁帮忙呢？……"张云山看到阿辉怒不可遏，却又束手无策，他用非常无助的眼光看着阿辉。

"……"阿辉在原地站立着，抬着头久久地望着星空，嘴里不停地吐着一阵阵的粗气。

"阿辉，我们给你添烦了！"此时的张云山好像一个犯了错误的小孩，讲话都怯生生的。他不敢看阿辉，更不敢把眼睛正视他，只是站在一旁焦急地等待着他拿主意。

"只好找张云峰老叔帮忙了。"两个人在路灯下沉默了十几分钟，阿辉终于想起来访而又刚刚离去的张云峰老前辈，他是台商协会的会长，有影响力、有威信、更有丰沛的人脉。于是从口袋里取出手机拨通了张云峰的电话。

"老叔，我是阿辉，有一件事务请您帮忙……"阿辉尽管说起话来有些不自然，但部下出了事自己理应出面。此时他用非常诚恳的口气跟张云峰报告了事情的来龙去脉："请您想办法出面，请求新区派出所关照一下，罚款，照罚。但人最好今晚给放回来。我叫他写一份悔过书，保证今后不再发生这样的事……"

"就这样子吗？"张云峰反问了一下。

"这件事都让我很难启齿了，动到您老人家，我心里挺不安的。"阿辉发自内心地回答。

"好！但阿辉呀！人有七情六欲，你办工厂办得不错，手下几员大将也百里挑一，但要他们工作，还要照顾生活呀！像这种事是人之常情，也要解决好……"张云峰答应了阿辉的请求，可是后面还特地叮嘱了几句。

"嗯，长辈所言极是，我疏忽了。"阿辉有些愧意地边说边点头。可是，阿辉正在向张云峰前辈求助的过程中，却不时用眼光观察张云山，发现今晚的他也心神不宁，他的手机尽管放在静音位置上却不停地发出振动的声响，而张云山又不停地掐掉。细心观察，今天他自始至终都显得非常慌乱，甚至给人一种心事重重的感觉。

"云山，你是不是也有什么事情呀？"阿辉用咄咄的目光盯着张云山。因为，彼此相处这么长时间，他发现今晚的张云山有些反常。

"没，没，没有。阿辉。"心不在焉的张云山被阿辉一问显得有些慌乱。

"云山，你今晚的一切已经告诉我，你心里有事。有问题说出来，别把小事变成大事了，那时就为时已晚了……"阿辉有一种自信，他感到自己断定张云山心里有事决不是空穴来风，你瞧，一脸焦虑六神无主。虽然表面上来替朱云生求

第八章

台干宿舍的喧闹声

助,可是他魂不守舍的样子让人一目了然。

"……"张云山沉默了,他将头低了下去。

"你又怎么啦?"阿辉听到朱云生出事心情已是一团糟。现在看到张云山如此沮丧,证实了自己的怀疑。这可是自己的左膀右臂呀,来了几年,自己每每给他下达工作任务,却忽略了他们的生活……

朱云生出事了,张云山是不是同样出了类似的问题呢?

"阿辉,不瞒您说。我的后院也起火了!"张云山没有将头抬起来,心情有些沉重。

"什么原因?是不是你也去找小妹了?"阿辉心里有些愤怒。刚想发作但脑海里想起刚才电话中张云峰老前辈"人有七情六欲……"的话,又不得不将头脑冷静下来,男女之爱在别的国家和地区那是一件简单的不能再简单的事。可是,现在的公司是办在大陆,这里的社会制度不同。对这样的事特别敏感,于是换了一种温和的态度指了指路旁的石靠背椅说:"坐吧,什么事造成了后院起火?慢慢说!"

"阿辉……"张云山的头脑也开始冷静下来了,说了这几年的经历。他的声音很小,但很坦诚,让人听了以后感到一种难以言表的沉重……

原来,当时阿辉要投资厦门并指定朱云生、张云山随行时,家里的太太心里不乐意。但中国的女人又很传统,她们知道男人要有作为必须走出去,总不能绑在自己的裤腰带上。因此,对张云山到厦门来发展尽管心里有一百个不乐意,可行动上还是表示支持的。

安泰公司从建设到发展,自然不会轻松。尤其是遇上阿辉这个对事业执着追求的董事长,每一个阶段都会设置新的奋斗目标,自然他的部属们也几乎没有轻松的时刻。

慢慢地返回台湾与家人相聚的时间少了,周期也越来越长。可是在台湾的太太,她有一份属于自己的事业和工作。而这边的张云山也包括朱云生在繁忙的工作之余,内心常常出现焦虑,并且从内心的焦虑发展到一种性方面强烈的饥饿感。

张云山正值壮年,朱云生也年纪相差不了多少。他们在难以忍受这种饥饿的时候，便相约到娱乐场所、酒吧、咖啡吧，用一种渴望的眼光去搜寻那穿得一身清凉甚至比较暴露的异性……

朱云生今天有些不慎出事了。

而在前天，张云山的太太在没有任何预警的情况下，突然从台湾来到厦门，走进张云山居住的房间在他没有丝毫准备的情况下发现了一些女性用品和一盒保险套……

爱情是非常专有的，它具有强烈的排他性。张云山的太太看到丈夫房间里的这些令自己心碎的用品，自然免不了大闹一场。

她砸东西，一把泪水一把鼻涕地号啕大哭。

她歇斯底里地大发作，把房间掀得天翻地覆。

"这个赤扒扒……"张云山自知理亏，却又觉得无力去劝慰满心滴血的太太。正在束手无策时，住在隔壁房间的朱云生感到心烦意乱便躲了出去，想散一散心，结果又出了那档子事……

"……"阿辉没有插话，他静静地听着张云山那追悔莫及却又充满无奈的倾诉。他想用几句话安慰自己的兄弟，但搜肠刮肚又找不到合适的语言；他想臭骂他们一顿，同样内心充满着矛盾、同情与怜悯；他感到自己的内心有一种难言的痛楚，感到许多无以言表的愧疚……

"阿辉……"张云山看到阿辉默不作声，他的心情好像变成冰点，浑身上下软绵绵的。此时此刻他好像一个犯错的孩子，泪水不停地流了下来。

他不知道阿辉会怎样处置自己，包括朱云生。

"……"两个人各想着心事，在那灯光下都沉默不语。

"您先回去吧！自己做错事好好给夫人赔个不是。这些问题我忽略了，对不起你们。下一步怎么办？容我回去好好考虑一个办法。"许久，阿辉才有些伤感地说。

他站了起来，无言地拍了拍张云山的肩膀，心事重重地返回自己的宿舍。

第八章

台干宿舍的喧闹声

第九章

志定那块荒山坡

阿辉告别张云山刚踩进家门，张云峰的电话便打了进来。

"阿辉，你交代的事情已经办妥了。派出所长已经同意，你那个朱副总由我们两个负责接回来。"张云峰告诉阿辉这是以他台商投资企业的身份去担保的。

"谢了，谢谢老前辈！"阿辉刚刚还非常沉重的心情有了些许的轻松。但从张武的事情开始，加上刚才张云山的倾诉，他从内心深处感受到了，作为一个企业董事长下一步面临的困难与问题。

"发生什么事情了？"从阿辉一进门，林若莹已经从他那脸色上看出了一些端倪，递上一杯热茶后便关心地问了一声。

"没，没事！"男人间发生的这些丑事，他不想让若莹知道，而且自己已经处理了，便撒了一个谎。

"没有就好，没有就好！"若莹知道阿辉一定碰到了什么事，既然他不愿意告诉自己，总有他的原因，也不便再问。只是今晚原想跟他散散心，放松一下身心，结果张云山的出现使自己的一切努力都变成了泡影，这多少让她的内心有些遗憾。

"肚子会饿吗？我给你煮些点心？"见阿辉满腹心事，又不告诉自己理由，若莹转移了话题问了一声。

"不用，我不饿。你先洗洗休息吧！"

"你呢？"若莹关心地问。

"我稍慢一些，有些问题我还得想一想。"

"那我先洗了。"夏天的厦门尽管有山风和海风调节，但浑身粘糊糊的，不冲洗一下是难以入睡的，每一个厦门人都有睡前冲洗的习惯。听到阿辉叫自己先洗，若莹也不再多说，便走进盥洗室。

兴许是一生艰难的成长过程，阿辉除每天喜欢喝一杯铁观音外，对烟酒几乎不碰。只是在心情十分烦恼的情况下，会点上几根烟用于缓释心情。

此时便是这样，多年来一直追随自己左右，几乎如同左膀右臂不可或缺的朱云生和张云山都出了感情上的问题。不，准确地说，应该是生理上出现了问题。

看到若莹走进卫生间，坐在藤沙发上苦苦思索的阿辉情不自禁地走进自己的办公桌，拉开抽屉，那里还备着一包厦门产的蓝石狮香烟。这种烟在当地是一种大众香烟，价格比较低廉，据说尼古丁含量也比较低。可是他不顾这些，抽烟好坏并没有多少差别，只是在重重心理压力之时吸上几口，自己那满腹的压力却会在吞云吐雾中得到化解。

从烟盒里抽出一支烟，当打火机拿在手中的时候，手有些微微的发抖。"叭"的一声，打火机冒出的红红的火苗瞬间将那支烟点燃了。阿辉不像别人吸烟那样，吸一口，然后停下来，吞到肚子里，经过腹腔九曲十八弯，才惬意地吐出来。而是猛然地狠狠地吸了一口、两口、三口……，直到那支烟被吸了半根，他才张开嘴巴，把一股浓烈的烟慢慢地吐了出来。

因为那支烟可能被吸进去很多的缘故，吐出来的时候很浓很浓，那味道更是呛人呛得很厉害。

原本空气十分清新的屋里，瞬间也变得浑浊起来。

"阿辉……"阿辉正沉浸在香烟尼古丁的麻醉当中，他的脑子还在紧张和激烈地工作，却没有注意到已经沐浴走出卫生间的若莹站在自己的身后，她一边用浴巾擦洗着湿漉漉的头发，一边心疼地叫着自己的爱人。

"哦，你，你洗完了。"阿辉被若莹叫了一声，从沉思中被唤醒，他有些不好意思地赶紧将手上的烟掐灭，转过身看到了若莹投过来的不安的眼神。

"到底发生了什么事情，那么保密吗？"若莹站在原地，好像有些生气地问。

"没……"阿辉对张云山刚才报告的事，实在难以向若莹说出。如果别的事他绝对不会有任何保留地告诉她。

"到底有多大的事情呀？非要把自己折磨成这样啊？"见阿辉仍然不肯开口，若莹有些发怒地追问了一句。

"若莹，如果建设安泰工业城大约要多少投资？"被若莹埋怨，阿辉又不愿将朱云生他们的事情说出口。他灵机一动，没头没尾地问了林若莹一句。

"这个，我真的还没有思考过！"若莹用一种陌生的眼光看着阿辉。这大约九平方公里的荒山坡地，要搞多大的厂房和相关设施？自己确实没有想过。"怎么突然提出这个问题呢？"

"若莹，这一段杂事太多，那块地看了也有一段时间了。不抓紧实质性地推进不成。安泰要发展，没有人才不成，如果按现有条件，别说吸纳更多高层次人才，就是现有人才也保障不了。说不定朱云生……"阿辉的思绪比较乱，他本来想如果照此发展，像朱云生、张云山这样的高管的具体问题解决不了，一旦造成家庭决裂，迟早会离开安泰。况且，要达到建设安泰工业城的目的，还需要多少人才呀。

人才是保证安泰公司成功和胜利之本，可是要吸引人才，留住人才不能光喊口号。

"朱副总怎么啦？"阿辉无意中的说漏嘴，却让若莹不大不小吃了一惊，她想到刚才张云山的举动，心里一阵紧张，以为朱云生要辞职。

"没有，没有。"阿辉自知自己心情不好，逻辑思绪和表达也出现了一些漏洞。赶快作了修正："可是，要开发那块地，如果没有十几个亿资金是不敢动土的！"

两个人在你一言我一语地对着话。这时，阳台里吹了一阵风，接着噼里啪啦地一阵又一阵豆大的雨点打在玻璃窗上，而且越下越大。阿辉平时不大喜欢开空调，尽管这座仙岳山下的房子坐拥地理优势，多少会比别处住宅少了一份暑意，但对于若莹来说总有一些不适应。唯有阿辉在热得难受时，手里拿着一把蒲扇不时扇着风，最多也只是把落地扇打开。因为他感到人需要有一些耐力，况且吹吹电风扇节能又环保，对保持人体的适应能力和免疫力多有裨益。

"怪不得那么热，原来要下雨了。"若莹自言自语地走向阳台。因为那雨不小，豆大的雨点从屋外斜着打进阳台，只在片刻功夫，那阳台上已有不少的积水。

"别关了，下雨正好凉爽一些！"看见若莹要去关闭阳台的窗户，阿辉想制止。但是话一出口，却发现若莹竖着耳朵站在阳台前认真地辨别着什么东西。感到有些奇怪地走进他身边。

"阿辉，好像谁家在吵架，而且吵得很凶！"若莹说。

"是吗？哪个方向？"刚才一阵剧烈的大雨稍微小了一些。风雨过后，噪音小了，可是那吵架声却更清楚了。这声音便在隔着几栋楼的那边——台干宿舍。

"不对，这声音就在公司范围内，好像就在咱们的台干宿舍。"若莹说着，将头从阳台上伸了出去。除了厂房和办公楼，住在这里的只有阿辉自己和朱云生、张云山两个。

第九章

志定那块荒山坡

他们隔着这里两幢楼，如果没有听错，那吵架的声音一定是从那传出来的。阿辉心里一怔，他明白了那声音来自张云山的宿舍，那伤心哭泣的女人，便是他的老婆无疑了。

"朱副总和张副总太太来了么？"不用再解释，若莹已猜出了那吵架声来自于两位副总的一家。

"我……"阿辉默认了，他的头无力地低了下来。

"他们……来了，你作为董事长不去看看？"若莹看到阿辉一个晚上那种支支吾吾的表情，又听到那隔着房子的吵闹声心里产生了许多疑问。想问，但欲言又止。不过这一来，她感到朱副总和张副总后院一定起火了。

"明天再去吧，今天已经很晚了！"阿辉心事重重。真的，自从张云山说到朱副总出那档子事，再听到张云山说到自己家后院起火，现在那随着雨中飘来的吵架声，真让他惴惴不安。

"阿辉,你讲实话,你对建设安泰工业城的心情非常迫切吗?"若莹是一个智商很高的人,尽管阿辉没有给自己说明建设安泰工业城的工作有多么急迫,但从一个晚上的形态上看,一定是有一件什么事情,刺激了他那根敏感的神经,让他产生了一种刻不容缓的紧迫感。可是他又是非常务实并脚踏实地的一个企业家,尽管公司在不到二十年时间里迅速发展壮大,他已经从一个学徒白手起家的小铁皮屋公司发展到现在的规模,但企业的实力只有他自己最清楚,在眼下要投入十几亿的资金投资一座工业城,其压力之大是心照不宣的。

"嗯……"阿辉很坚定地点了点头。

"资金筹措呢?"看到爱人如此坚定地点了点头,若莹关切地问了一声。

"我想如果自有资金不足,再争取在厦台商投资参股!"

"你既然已经决定要办的事,那便放手去做吧,投资总额的预算问题我这几天了解一下,再拟一个方案给你作参考。"看到他思想压力如此之大,若莹似乎有些心痛。在大陆国营企业、政府项目要一笔投入十几个亿,除了项目可行性论证要许久之外,上上下下审查论证,无数的人熬更过夜,没有几年是很难有结果的。可是阿辉却如此执着,作为妻子唯一的工作就是做好参谋、当好助手,创造条件成就他的事业,努力减少他工作的失误,让他少走弯路。

屋子外面的雨还在稀稀拉拉地下着,那声音从阳台上的窗户传了进来。半个小时前从台干宿舍传来的吵闹声也慢慢地安静下来。

是啊!此时已是凌晨一点多,不管是朱副总家,还是张副总家,也许吵架可能吵累了;或许通过吵架达到了沟通的目的。

夫妻呀!是一对冤家,生活在一起免不了碰碰磕磕。可是,分开了却感到那么相依相恋。分开久了,又会出现这样和那样的问题。然而,作为一个企业家,考虑问题却必须站在高位上去谋划。一个小家庭况且麻烦事这么多,一个公司,一个拥有数千员工的企业能没有压力、没有矛盾吗?阿辉在阳台与客厅间不停地来回走着,来回地思考着如何尽快解决面临的问题。

只有将那块地征下来,规划建设成安泰工业城,力求能够做到几个小家电生产种类达到世界单产产量第一,才能实现站在高位,进行规模经营;

只有几个种类产品首先实现数量上的突破,才能真正朝着DEO的模式发展；

只有将生产基地向更大的空间外延拓展，将这个位于城市中心的生产厂房进行改造，建立能够有更大规模、更有研发能力的文化创意中心，才能为安泰工业城提供设计创意的支持，实现制造向创造的转型和发展；

只有拥有那块空间，建设一批公司高级管理人才和中层骨干的生活基础设施，才能让现有的人才安心，才能更多地吸引高层次人才加盟安泰，成为发展安泰的技术人员、管理人才的强大支撑和保障；

……

"阿辉，是不是先考虑一下我们有多少财力可以投入，譬如先框定建设规模、资金总量，然后再思考从几个渠道筹集资金。否则，就会像父亲以前常说的，在荒山坡上抓猪，满山遍野乱跑，结果满身大汗，疲惫不堪又难达目的。"看到阿辉在阳台上住了脚，若莹走上前去关切地提醒阿辉。

"噢，是！"阿辉的思绪还在自己的王国里，他应了一声。

厦门安泰公司上市之后，股价走势倒十分强劲，最近略一估算，大约总的市值已超过三十亿元人民币，抽出10亿左右进行股权转让，这一点自己的持股虽然是减少了，但资金的问题解决了。另外，将台湾安泰在美国纳斯达克上市的股权再转让2亿人民币左右，再向银行贷上几个亿，请张云峰老前辈投资两个亿，总共筹集20个亿资金，花一年左右的时间进行建设。那么，这个问题将基本解决。静悄悄的夜色中，阿辉开始构筑安泰工业图的框架和资金筹措计划，并将自己的想法简单地告诉了若莹。

"股权转让？"

"对！这是当前安泰公司惟一可行的办法！"

"大陆这边的上交所上市的股权转让倒不是问题，向证监会申请批准便可以操作了。但台湾那边在美国纳斯达克上市的股权在台湾转让行吗？"若莹毕竟是女人，尽管对股票管理尤其是台湾的股权转让，她了解不多，听了阿辉的话便提醒道。

"一样的道理，没有问题的，只是时间长短的问题！"大概是阿辉出于急于求成的心愿，他不加思索地回答。虽然语言利落，却发现事情可能不会那么

简单。

"如果能操作那钱便解决了。钱解决了，问题便一了百了。可是你何必如此烦恼呢？"若莹对阿辉今晚的烦恼有些不解。

"事情不会那么简单，除工业厂房建设的投资外，还有员工生活区及其配套公共建筑的投资。此外，一旦厂房建设之后，员工将达三万多人，生产规模上去了，设备投资、流动资金没有几个亿是不成的……"

"那些资金，不是可以通过银行贷款解决吗？"讲实话对设备投资和企业生产流动资金这一块需要多少，若莹心里没有数。

"这样一笔巨额贷款银行能放吗？"阿辉听了若莹的话感到不无道理。但对是否能从银行贷出这么一大笔贷款又有一些担忧。

"可以抵押贷款呀！我们厦门安泰公司现有的厂房和设备何止十个亿，纵使按七成抵押也足够的呀！"若莹已深深感到，建设安泰工业城是阿辉的追求，他的决心已下，烦恼的是资金的不足。帮助他理清思路，不论是作为妻子，还是作为助手都是一种职责。她想通过自己的努力当好参谋，让阿辉从沉重的思想压力下解脱出来，轻轻松松地过好每一天的生活。

这人呀！可以吃得差一些，也可以穿得破旧一些，可是如果每天都在沉重的思想压力下生活，那么将会引发一连串的疾病。

若莹心疼自己的丈夫，不希望他的身体有半点的闪失。

"阿辉，今后有什么困难能如实告诉我好吗？我虽然没有你的那些丰富经历，但既然有缘走在一块，那便是风雨同舟、有福共享、有难同当。"若莹看到通过这一段时间的沟通和交流，阿辉的心情似乎有些放松起来了，非常诚恳地说。

"……"阿辉默默地点了点头，他被若莹的豁达感动了，站起身来伸出手将若莹拉到自己身边，终于将朱云生、张云山的事说了出来。

"……"这回轮到若莹沉默不语了。她用一种惊恐的眼光看着阿辉："你们男人都这样吗？"

"……"阿辉摇了摇头，而且摇得非常伤感，他怕若莹由这个问题引起一连串的联想，引起不必要的误会。

"那刚才为什么一直不告诉我？"

"是这样的。我一直认为，朱云生也罢，张云山也罢，出现这些事情着实不应该。但我又不能不设身处地为他们考虑，凡事每一个人都有七情六欲，他们长期远离家庭，与妻子聚少离多，更重要的是在厦门安泰工作这几年，公司处在创业初期，工作压力之大，晚上又没有任何文化娱乐活动，生活枯燥时稍有外界因素的诱导，便难免出现越轨的行为……"他在努力为两位助手开脱。

"……"若莹刚才一种埋怨的情绪随着阿辉的解释慢慢平顺下来，虽然她不接受阿辉对两个副总的所作所为的辩解，但她却深信阿辉作为董事长对部下的那份感情、那种宽容。

"若莹，尽管我不是女人，但我理解女人的心，更理解爱情的排他性。如果安泰公司要发展没有相对优越的工作和生活条件，如何留住人才？我毫无疑问地告诉你，尽管我反对他们的越轨行为，但此时此刻将他们辞掉，让他们返回台湾，他们凭着自己的才华混一碗饭吃，甚至混一碗比安泰更好的饭碗应该不成问题。而安泰要马上招聘朱云生和张云山这样的人才就不容易了……"

"那怎么办呀！"若莹叹息一声："那难道就让他们这么下去，让这两个家庭天天吵架，甚至走向破裂？"

"当然不成，这也是今天晚上我一直为之烦恼的原因。"阿辉的话带着一种深深的愧意。不难看出，他内心深处充满着矛盾："我多么希望每一个安泰的员工工作顺利、生活美满呀！"

"但建安泰工业园也得要有时间呀！那毕竟不是纸糊的，不是电脑上可以制作出来的呀！"若莹算是理解了阿辉的话，心里也出现了一种无奈的感叹！

"那也要做，再大的困难也要做。这不仅仅是实现自己的多年追求，也是让每一个安泰公司的员工看到未来、看到希望……"

"张云峰老前辈面前你为什么不说？他实力强，又有经验，为什么晚上来时不请教他？"

"我的紧迫感便源自于他今晚的话。不过他的话音刚落便听到了朱云生和张云山的事情，来得那么快，让我在思想上、行动上都反应不过来。"阿辉盯着若莹，想从另一个角度引导她，理解自己，支持自己。

"我劝你最近专门请张云峰和陈茂祥、杨金威、李作良几位股东一起来坐

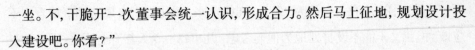

一坐。不，干脆开一次董事会统一认识，形成合力。然后马上征地，规划设计投入建设吧。你看？"

"我正是这么考虑的。今晚我都快坐不住了。但是，眼下最着急的问题还是要先解决朱云生、张云山两个人的妻子的工作问题，在公司给她们安置一个工作岗位，各解决一套房子，稳定下来，再谋划下一步的发展……"阿辉心情平静了，思路也清晰起来。

"应该，明天我先去张云山家看一看，找他太太聊一聊。"若莹看了看阿辉，投去征询的目光。

"最好，这种事情女人去好沟通。我联系几个老前辈，尽快开一次董事会，将建设规划定下来。"阿辉下定了决心。

夫妻俩越谈越默契。这时安泰公司四周已经静悄悄的了。

屋外的雨不知道在什么时候已经停了，一股清新的空气从阳台上的窗户飘了进来，通过沟通达成了共识，尽管彼此都有一些倦意，但却亲密地相视一笑。

"休息吧，天快亮了！"阿辉看了看手腕上的表时针已指向五点三十九分。他怜惜地看着若莹歉意地笑了一笑："我是一个歹命人，你跟着福没享着，却日如一日地吃着苦，请原谅！"

"没有什么。我已经有足够的思想准备！"若莹莞尔一笑。虽然笑得不如往常灿烂。但从内心深处却真真切切地感受到了一种难以言表的开心。因为经过几乎一个晚上的交谈，她从中深切地感受到作为丈夫的阿辉，除了对事业有着执着的追求外，还有一个男人在情感当中少有的细腻，以及丰富的精神世界。

他是一个敢担当、能负责任的男人，是一个可以依靠和信赖的丈夫。躺在床上，被阿辉搂在怀里，若莹心里甜甜地想着。

第十章

又是秋天收获的季节

夏天过后便是秋天。

闽南人也罢，客家人也罢。儿女到了当婚的年龄都会选择在这个季节大办酒席，了却一生的愿望。林万寿也不例外，看到阿辉这后生仔憨憨的，为人忠厚老实，且有一番事业心，女儿选择了这样一位后生作为终生的依靠，老人也就心满意足。于是便一再催促把这件事给办了。

若莹的思想比较新潮，特别是有这么高的学历，又到了这番年纪。别的女人到自己这个岁数孩子都上中学了，自己再来一个披婚纱、露着一副白花花的肩膀去迎接客人喝喜酒，多少感到有些难为情。因此，推脱了几次。反正她有她的想法，只要男人靠得住，这一些烦礼缛节都可以省略。

但父命难违，况且自己是父亲唯一的骄傲。父亲生自己，养自己盼什么？便是盼这一天，让女儿找个好人家，一生有一个依靠。于是经过几个月来父母的反复催促，便点头答应了下来。

秋天在全国各地都是最好的季节。尤其是地处南方海滨城市的厦门，万里无云的天空，湛蓝湛蓝的大海，山上三角梅、凤凰花，还有许多叫不出名字的花卉争奇斗艳，把郁郁葱葱的城市点缀得分外妖娆。那红的、黄的、粉色的花朵与满城的翠绿相互映衬，相辅相成，相得益彰，构成一幅幅美妙无比的山水画卷。

改革开放十多年了，除了经济建设、城市建设及各项社会事业都发生了翻天覆地的变化之外，莫过于人们的思想观念、精神风貌。呈现在人们目光中的最明显的标志则是那些新潮时尚，而又色泽光鲜的服饰。你瞧，大街小巷，工业区的道路上，尤其每到夜幕即将降临的时候，一对对情侣们他们穿着色泽艳丽、款式新颖的服装，谈笑风生地漫步街头，或勾着手，或搂着腰，引来行人无限羡慕的目光。

看到这一切，正在手牵手散步的阿辉和若莹相视一笑。前一段夫妻俩商量了安泰工业城的建设，同时又跟公司董事会的几个大小股东通了气，决定最近召开一次专门董事会对那块土地进行现场勘察。然后组建筹建班子，开始安泰工业城的实质性建设。

张云峰先生是安泰工业城投资的极力推崇者，他已经决定作为主人在厦门迎接从台湾来的其他股东。

明天，台湾的股东们同时搭机到厦门。

一场紧张的工作就要临近，今晚两个人也难得轻松走到这仙岳山下的道路上丈量土地来了。

"阿辉，干脆明后天把酒席办了吧！省得阿爸没完没了地催着，也赶上台湾那么多长辈来。"看到那一对一对的情侣们，若莹心情特别兴奋，她不再羞涩。因为前几个月他们已经到婚姻登记部门作了登记，已是事实上和法律上的夫妻。只是乡间还有那么一个习俗，没有摆几桌酒席，请几桌客似乎缺了一道程序，好像拿了结婚证，仍然不合法似的。

"明天九月初八、后天是初九，倒是一个好日子。"阿辉在农村长大，乡间常有挑日子不如撞日子的说法，而且随着改革开放了，人们的认知也发生改变，八是发；九是长长久久。而九月初八，寓意长长久久地发，九月初九则表示夫唱妇随，长长久久。但毕竟婚姻大事，还是由若莹阿爸最后敲定吧。于是说："我完全同意，要么你去问一问阿爸？"

"这倒不是问题。问阿爸，阿爸必定又要到土地公卜杯的！"若莹了解父亲，她知道阿爸大半生与土地公有着不解的情缘，这样的大事情他一定会去卜杯。当然，土地公也一定会支持的。"但是……"

"还有但是吗？"听到若莹满口同意之后，来了一个迅速的转折，阿辉有一些不解。

"有啊！我们办酒席，儿子小俊却远在异国，他没有在场我觉得是一种缺憾。"若莹说出了自己的担忧。是啊！静娴姐走了，留下一个儿子，自己自然有一种责任去关心他，弥补他心灵中缺少的母爱。可是这傻小子又不来大陆，自己又过不了台湾，隔着海峡，若莹感到心有余而力不足。

是啊！能嫁给阿辉一切都好。唯一的不足的是有一个20多岁的儿子。这小俊正在青春叛逆期，从小阿辉为了事业四处奔波，几乎不在身边，再加上他到了美国留学之后接受了西方的一些观念，跟父母的感情渐行渐远。

静娴去世后，为了弥补小俊这种母爱的缺失阿辉找了若莹，曾几次电话与之沟通，结果这小叮当觉得父亲找的是一个大陆妹无法接受。按照留学时间，他本应该结束在美国的生活回到台湾来，可是至今杳无音讯。

阿辉多么希望儿子能回到台湾，当然能够来到大陆帮助他和若莹撑起安泰公司这间大厦呀！可是，那小叮当硬是一推三六九。

当前公司极需用人，尤其是小俊学的是企业管理。如果能在身边的好好培养，又可增加一些亲情。这是阿辉思考了无数个日日夜夜的事情，可是事到如今毫无收获。这件事，每当想起总是让他不安和难堪。

继母难做。林若莹这个继母又必须面对阿辉前妻生的小俊，这件事对她来说也是摆在面前的一件难事。

"你不是说小俊近期可能回台湾了么？"若莹记得前几天阿辉曾说过一声。

"可能吧，要不我试着给他挂一个电话，叫他明天随几个长辈过来，你先跟阿爸说一声。"阿辉想想请客是一件非常容易的事，只要将来客的数量大致估量一下，给酒店下一个订单便解决问题了。现在请客与当年跟静娴结婚不同，采购食材好几天，还在田间砌龙灶，几百号人围着桌子大吃大喝，客人走了，主人好几天还腰酸背痛。

"好，我先跟阿爸联系，先确定日子吧！"若莹做事历来雷厉风行，她给阿爸拨了一通电话："阿爸，你在哪？"

"我在仙岳山土地庙管委会!"阿爸不知道女儿突然打电话要说什么事。

"你看一看明后天的日子吉利吗?"

"办什么事?"老人很讲究,这日子用来办什么事,还得问清楚。

"我和阿辉要请你吃大餐呀!"女儿调皮地说。

"噢,好!好!好!我问一下土地公!"老人很开心,在话筒里也难掩他的兴奋的心情。

"你爸爸可是好福气呀!"阿辉自言自语。

"……"若莹对阿辉这没头没脑的话是出自何意感到不解,她将疑惑的眼光看着丈夫。

"为什么用这样的目光看着我?"

"我爸也是你爸呀!"

"没错。可是,我的爸妈却在我未成年的时候便离我而去。从此之后我的一切,只有他们远远地站在天上看着我了!"阿辉心中涌现了一阵伤感。

"是!阿辉你这半生够苦了。爸爸妈妈在天之灵会保佑我们的,土地公会保佑我们的。我相信此后我们一定会顺顺利利的。"

"……"阿辉没有回答,只是点了点头。人们总是对未来充满期盼。但人生的道路已经让他感受到,那仅仅是一种美好的愿望,而现实就是现实,不可能跟想象一样浪漫。

"叮铃铃,叮铃铃"两个人越走越亲密,越谈越默契。这时若莹的手机响了起来。那是父亲打来的,她拿起电话:"爸,吉利吗?"

"若莹呀!好日子,好日子,后天是大吉大利的好日子。"林万寿兴奋地告诉女儿。

陈子茵从欧洲经香港转机回厦门。

飞机一着陆打开手机便收到阿辉给她发来的短讯:"子茵,给您打了几通电话都关机,只好给您发短信,希望您能看到。我和林若莹拟于农历九月初九十八时在厦门仙岳大酒店福德厅举行婚礼,敬请光临,不胜感激。阿辉。"

走在到达厅,步履匆匆的陈子茵禁不住停下了脚步,她反反复复地看着那短信，心里如同打翻的五味瓶，甜酸苦辣涌上心头。因为与阿辉有这么一段感情的纠葛，此时的她内心异常复杂。去，如看到阿辉与林若莹成双成对，自己难免一阵伤感；不去，以前自己曾讲过从此与阿辉姐弟相称，如果阿辉知道自己人在厦门而不参加他们的婚礼，于情于理都不合。

此时陈子茵才感到后悔，为什么自己迟不回来，早不回来，偏偏在他们办婚宴的时候回到厦门，让自己处于如此尴尬的境地。

"这老天爷总是喜欢跟人开玩笑呀！"陈子茵心事重重地摇了摇头，不禁从心里不停地叹息着。

"陈总！"正当陈子茵的脑子在思考如何应对这件事时，到达厅出口处传来了一声呼唤，张武在向自己不停地挥着手。

第十章

又是秋天收获的季节

"张武！"见到这身影的子茵不禁一声感慨。心里不觉得好笑。中国古话说，人挪活、树挪死真是不无道理。别的暂且不说，眼前这个张武却是最好的例证。他原先学的是工业设计，按理去当一个设计课长是专业对口，顺风顺水。可是，他在安泰这个不错的工作环境里，却状况百出，以致差一点坏了安泰公司……

记得春节后不久，自己带着一天工作的疲劳到临天黑才走出公司办公楼，却见路灯下有一个年轻人拦住自己的去路。

"请问，您是陈总经理吗？"

"是的，你是？"陈子茵抬起头看到，站在自己面前的是一位脸上充满沮丧的年轻人。可是，脑海里如何翻腾，却对他没有丝毫的记忆。

"我是安泰公司的张武，我想到你们公司工作，不知道总经理能否给我一个工作岗位，准确地说给我一碗饭吃，我不会辜负您的期望的。"这个张武开门见山，一口气直通通地表达了自己的诉求。

"安泰公司？"这张武不讲也罢，这一讲让陈子茵立马警惕起来。除了阿辉是自己的老朋友外，她对安泰宽松的工作环境是多少了解一二的，眼前这个年轻人怎么啦？如平常，她绝对会婉言谢绝，但此时基于是安泰这个商号，基于安泰是阿辉的公司，她不得不停了脚步，对这个年轻人的求职表示出兴趣。

"是的，陈总请放心。我在安泰犯了错误，但我还年轻，我想换一个工作环境，这对公司、对我自己都有益处。"张武话说得很诚恳，他的泪水充满着眼眶，但他努力不让这泪水涌出来。

"那……"正好今晚没有交际，陈子茵对是否继续与这陌生的年轻人谈下去充满着矛盾，她在犹豫之中。

"你能否听一听我的介绍，再决定是否要收留我？"看到陈子茵在矛盾之中，张武有点可怜巴巴地望着陈子茵。

尽管陈子茵在海外长大，但她也经历过年轻时代。看着眼前这个张武既沮丧，又一脸纯朴的眼神，陈子茵从胸中涌出了一种怜悯之情。她终于点了点头说："那到我办公室坐吧！"

一到办公室，张武便如同竹筒倒豆子将自己如何与贵州村的年轻人一同应聘到安泰公司，如何应征设计作品，后来在黄海林的引诱下慢慢走上歧途，差点造成安泰公司重大损失，女朋友又如何离开自己的事一五一十说得清清楚楚。

"陈总，我走出校门没有社会经验，加上思想浮躁，犯了大错。可是，阿辉董事长和朱副总、张副总、林若莹董事长特别助理却没有嫌弃我，还将我留下来当教师，可是我又无法面对哥哥张文和赵明英，无法面对贵州村的发小们，更无法面对公司的阿辉董事长他们……"说到动情之处张武像一个女人一样，竟止不住嘤嘤哭泣起来。

"那你到飞利普来就可以面对他们了么？"男人怕女人的哭声，女人也怕看到男人的哭泣，尤其是眼前刚出校门不久的张武这样的年轻人，这样一个生在贫困山区，对改变命运却又充满急切与渴望的年轻人。

"我要用自己的行动重新塑造自己的形象，改正自己的不足。"张武抹了一把脸上的泪水说："陈总，我有一些文化知识，我能吃苦，我什么苦都能吃，请你相信我……"

"那……"陈子茵被张武的坦诚感染了。她想答应收留他，可是转念一想，收下来安排他到什么岗位上呢？而且自己一旦收下了他，阿辉他们又会怎么看待这件事呀？

"陈总……"看到陈子茵还在犹豫，张武有些着急，他眼睛看着陈子茵，不断地咽着口水，泪水汩汩地往下流淌着。

"好吧，你明天来报到，到什么岗位我再思考一下。但张武你要记得，走错路只能一次，人生的一切都要自己去把握。更重要的是，我告诉你，阿辉董事长是我的好朋友。"陈子茵终于下定了决心。"你原来所走的道路是人生最大的错误，知道吗？向东林公司提供安泰公司的商业秘密那是什么行为？战争年代那是叛徒、是汉奸、是最不齿的行为。阿辉董事长他们只是念你无知，念你没有社会经验和浮躁的行为……"

那天结束谈话前陈子茵的口气非常严厉，话说得很重，每句话都重重地敲打着张武的心灵，让他受到一阵阵剧烈的震动。

就这样，陈子茵跟阿辉沟通，并取得阿辉同意后，张武留在飞利普公司，并且安排在营销部负责产品推销工作。

现在时间已经过去半年多了。让陈子茵想不到的是，张武倒还表现了其难得的机敏和应对能力，让陈子茵的心感到一阵一阵的宽慰。

年轻人果真非常勤奋，而且肯动脑筋，又有十分敏捷的洞察能力。上次一听到安泰公司开发生产了一款新的烤牛扒机之后，立即作了市场调查与分析，并向子茵建议订购500万台在欧美市场销售。当时陈子茵只是在家中感到那台烤牛扒机性能不错，较好地解决了油渍处理问题，但对其市场前景估计不足，当张武将市场分析报告递上来之后，便支持以DEO的形式一次订货500万台。想不到这一笔业务带给飞利普公司纯收入一千多万美元。这，不得不让陈子茵对他的才华更加刮目相看。

"陈总，您辛苦了！这里又有几款安泰公司生产的产品介绍。其中，挂式汽烫斗很有新意，而且适用性强，又美观。我作了初步分析应该有一定的利润空间，公司可否同样预订一批？"上了车张武充当驾驶员，他发现陈子茵在后座位置上一言不发，想开口又怕打乱她的思路。因此，张了几次口终于将想法说了出来。

"是吗！"陈子茵的回想被打断了，她接过张武递过来的材料，认真地阅读起来。

"这款挂式汽烫斗拆装都很简便，美观实用，价格也不高。如您以为合适，

我建议每年订一千万台面向欧美市场，应该有把握。"张武很认真地报告。

"我看看，我看看……"陈子茵对张武的汇报饶有兴趣，又看手中提着的那叠资料对该产品的性能、市场分析、利润空间都作了详细的阐述，而且论据十分充分。喜悦之情不禁涌上心头："张武，你对工作很用心，谢谢你！"

"别这么说，陈总您能收留我，已让我感激不尽。讲实在话，我每时每刻都生怕自己干不出成绩，辜负了您的期望。"这句话是张武发自内心的肺腑之言。记得半年前，陈子茵决定收留他，然后又鬼使神差地安排他到营销部工作时，张武的内心惴惴不安，因为上大学读的是设计专业，自己刚踏入社会，干营销不论是社会知识，还是人脉资源都十分缺乏。当时真为自己能否干好这份工作，端稳这碗饭而担忧。

为此，这个张武横下一条心，认定此生一定要记住阿辉董事长和林若莹助理的要求，时时将感恩之心牢记心间，经常到市场上去了解商业信息，又通宵达旦地从网上搜寻商业行情，在这基础上再进行认真地筛选分析，他希望以此开拓一番自己的事业。

尤其是安泰公司每研发一款新产品，他总是认真研究新产品的性能、价格及市场前景。因为那家公司自己工作过，那里的领导有恩于自己，尽管自己有负于安泰，可安泰却对自己如此宽容。张武每时每刻都思考着如何多做一些有利于安泰、同时也有利于飞利普的实事，用以弥补自己的过失与不足。

"能将安泰公司的产品推销出去，又为飞利普公司赚一些利润当是自己的职责。"张武暗暗地思考。

"张武，你以后还会想回安泰去吗？"陈子茵看了他递来的挂式汽烫斗的市场分析资料，感到非常地满意。从内心深处感到这是一棵好苗子，是可以栽培的好苗子。但前一段自己已经电话上承诺阿辉，一旦张武成才，一旦张武愿意回到安泰，自己还是会忍痛割爱的。

"怎么啦，陈总我干得不好吗？"张武正将车开到一百迈的时候，耳边听到陈子茵的话，他心里愣了一下，不知不觉踩了一下刹车，那车迅速减低了速度。

"哈！哈！紧张什么？"陈子茵感到内心一阵发笑，"你干得不错，我给你打95分。"

"真的吗？我以为你对我的工作不满意，又要对我除名了！"

"怎么会呢？！你是从什么地方接收到这样的信息的？"

"……"张武有些不解地欲言又止。

"我一直认为，阿辉和林助理一直非常关心你，你也很争气。将你放在营销部门可能比设计部门更恰当，回到安泰公司比现在呆在飞利浦公司更能施展拳脚。"陈子茵在想，这种人才应属于安泰公司，如果张武提出回去，自己一定要倾力予以支持。这，也是自己唯一能帮阿辉做的一件事。

"陈总……"陈子茵的讲话虽然没有说透，但前面开车的张武已经感悟到了她的一片真心。尤其是以前，他也多多少少听到这陈总和阿辉董事长间的一些事。只是当时是耳闻，听听而已，并没有当一回事。现在，陈总的一席话让张武引发了许多联想。

为人处世，诚实、勤奋与常怀感恩之心是一个起码的为人之道。

"是啊！做人难，难做人呐……"陈子茵的思绪不知不觉也在起伏当中，她坐在小车的后座在与张武交流意见后，却莫名地叹息起来。

"陈总，你有什么难事要我帮忙的吗？"尽管陈子茵的声音不大，但那叹息张武却听得清清楚楚。

"你？"陈子茵又问了一声。

"对！陈总有什么事我可以帮的吗？请相信我！"张武此时言辞恳切，在子茵眼里他不再是一个小弟弟，而是一个老成持重的小哥哥。便张开口将接到阿辉给的短信内容大致说了一下。

"这事啊！"张武一听反而难住了，他理解到陈子茵之所以叹息的原因。

"张武，如果是你，去？还是不去？不去该托谁带去什么样的祝福？"陈子茵将解决自己面临难题的希望完全寄托在这位小弟弟的身上。因为，这一段时间近距离的接触，陈子茵感到经历人生的挫折，原本聪明过人的张武是一个可以信赖的同事。

"如果你从心底里不愿去，便不去也罢，免得尴尬。但我理解你的心情，礼还是要送的！"

"哦，说说看。送多大的礼？"陈子茵想不到这张武会说出这样的话。

"不，送一份DEO采购一千万台挂式电汽烫斗确认单，到时我送去。"张武振振有词。

"那，我……"

"陈总，你再发一条短信，说明你在国外无法应邀参加，再配以祝贺之辞。"

"行吗？"

"行，一定行。一份一千万台挂式电汽烫斗的采购确认单的支持，它的价值远远超过其本身。您说是吗？"

"……"陈子茵没有回答，她只是用一种感激的眼光看了张武一眼，然后点了点头。因为这件事从飞机一着陆到现在，自己苦苦思考却找不到一个恰当的解决办法。可是这个张武的脑子怎么就那么好使呢？

张武是一个可以培养的人才。

过了这一段，自己一定要去拜访一下阿辉，张武应该属于安泰公司。送他回去，这也是对阿辉事业的一种支持与帮助。

第十一章

创意那些新鲜事

朱云生被弄到派出所，自然一定被扔进了留置室。

一脸的羞愧，让这个读书人有着一种说不出的痛苦。有头有脸的人丢一点钱，罚一些款倒不是问题，丢了面子却是任何金钱都赎不回来的。这几年在厦门过着独身而又枯燥乏味的生活，与张云山两条光棍汉开始在闲来无聊时去逛一逛街，到娱乐场所，结果稍有不慎便一发不可收拾。当时，还以为这些事情，悄悄而来，悄悄而去，出不了大事。可是日子一长问题便暴露了，这真是应验了"夜路走多了，自然总会碰到鬼"这句古话。

留置室里的蚊子很多，那不足八平方米的房间里地上放着一张草席，躺在上面双手反枕着脑袋，可是那成群结队的蚊子，比狼还狠，比虎还凶，轮流进攻。朱云生感到置身蚊子窝里坐立不安。他开始挥舞着双手不时地拍打着浑身上下的蚊子，后悔的泪水忍不住涌出了眼眶。

朱云生在一片嗡嗡嗡蚊子的叫唤中开始反思，开始在思量出去以后的工作。

大概经过几个钟头时间，这周边的蚊子也吃饱喝足了，而且事到如今已经再没有坐立不安的焦虑，朱云生头脑冷静下来了。

应该说，安泰公司从初始阶段自己便是参与者，自己一路见证了安泰的成长与壮大,更从中汲取了智慧,汲取了力量。

从铁皮屋的那台制造电热器设备开始,到今天安泰有了几千员工的小家电制造企业;

从当年小打小闹,寻找代工订单,到前几年的OEM;

从前几年的来样加工到现在的ODM贸易形式;

安泰公司20年时间三步跳,每一步都跳得那么踏实,那么稳健。

尽管经历了许多曲折,但总算平平稳稳地发展。一年前,阿辉决定以ODM的发展模式,建立以设计整合为核心的世界级的生活产业的理念。大大提升了对小家电研发的层次与水平,也大大地拓展了企业的利润空间。同时又促进了企业产品的不断升级模式,往事历历,总会让自己处于永远不能停留而不断奋进的境地。

自己主管研发,从生产单一的电热管开始,到目前已经有大小二十个类别,四百多款各式小家电产品。可是,心细的朱云生却感到有一个瓶颈自己突破不了,那就是品牌效应。

以前一段推出的烤牛扒机为例,阿辉亲自设计的烤牛扒机,恰到好处地解决了烤牛扒过程的火候掌握,油渍收集等难题。同样一台烤牛扒机,用福德安泰的品牌推向市场和以飞利浦品牌推向市场的价格却每台整整相差五美金。正因为这个原因,张武这小伙子看到了这一个现象,并巧妙地利用这一现象,向陈子茵提出建议,一次向安泰公司定了五百万台,贴上飞利浦的商标,用了飞利浦的品牌,左手转右手,轻而易举赚了一千多万美元的纯利润。

如果安泰能将所有的OEM向ODM发展,如果通过自己的努力让福德安泰的品牌跟飞利浦品牌同起同坐,那么安泰公司目前这样的产能,目前这样的技术力量,企业利润将会翻几个番。

可是,如何培养这个品牌呢?

朱云生在地铺上的草席上不停地翻着身,连头皮都想得发麻,却想不出一个所以然来,他似睡非睡,感到难以言表的困惑。

阿辉反复交代要在小家电设计方面有一些新的突破,这几年自己竭尽全力,虽然出了几款新产品,可是跟市场需求却难以满足。前一段张云山不知从什么地方搞来一份资料，又是品牌培植、品牌经营，又是创意、创新。这些新鲜理念让自己感到眼花缭乱、头晕目眩……

工作没有做出成绩，自己倒进了警察局，而且还关进了号子里。朱云生想着想着好像有一种无地自容的感觉。

"朱云生，出来。"正当朱云生脑子乱成一团麻的时候，有一个警察喊了他的名字。

"谁？"朱云生脑子有点迷茫。

"老朱啊！你也有这么狼狈的时候呀！"突然一声熟悉的声音从外面传了进来。人没见到声音先到，朱云生已听出这是张云峰老前辈的声音。

原来，阿辉向张云峰求助后，已是半夜时分。经过张云峰多方联系并出面向派出所担保后，约定天一亮与阿辉一起，以台商协会会长的名义将朱云生保出去。现在看到朱云生一脸狼狈样便半开玩笑地说："云生啊！这没什么！哪有男人不偷腥呀！只是下次讲究一下方式、方法便是了。"

"老前辈、阿辉，让你们见笑了。"朱云生看到张云峰身后的阿辉，一脸的愧意。

"走吧，有话回去说。"阿辉一个晚上都没有睡，他想接完朱云生后，再去看一看张云山。这个问题这么多年来没有进入他的思考范围。现在，一个晚上这些问题都暴露出来了，作为董事长也好，作为兄弟也罢，应该尽快采取措施解决好这个问题。不然队伍出状况、不稳定，企业怎么能快速发展呀！

阿辉和朱云生送走那乐呵呵的张云峰，却见这老顽童临上车还不时地给朱云生眨着眼、扮着鬼脸。

"对不起，阿辉让你受累了。"朱云生上了车，心里感到有些不安。

"这个……"阿辉张开口想应一声，可是不知该说什么好。自己这几年公司的事、家庭的事太多，许多问题顾此失彼，以致对身边的兄弟光安排工作，个人的事却没有考虑多少。现在事情摆在面前，他在思忖着如何处理。安慰朱云生？自己作一个道歉？都不合适；狠狠地骂一顿，又显得不合情理。他在思考着不知如何表达。

两人坐在小车上一路无语。

回到公司的台干宿舍，阿辉将朱云生和张云山找到一起，三个人目光短暂相遇之后，阿辉终于用一种不安的声音说："我对不起你们，这几年几乎没有过问过你们的生活。一个人事业兴衰，后院很重要，也很关键。这样吧，你们的房子我马上让行政科进行整修，分别改成四房两厅的公寓楼；你们回去动员太太搬到厦门来一起生活吧。工作呢，安泰公司合适的岗位自己挑，我负责落实。"

"我……"张云山看到阿辉今天心事重重，心里也感到有些愧意。

"阿辉，以后我会注意的，吃一堑、长一智……"朱云生也在一旁如同反省一般。

"都不必说了，事情已经过去，我也是一个男人，你们按照我的意见去办。如果你们太太不来，那么你们连续上一个月班，便可累积假期回去六天，往返旅费公司全额报销。"

"这……"两个人异口同声。

"云生、云山，有家的时候，你们可能不以为然，可是一旦失去了家，那种感受是难以言表的。去年静娴走了以后，我对这方面感悟更深。请理解我这番话！"阿辉心里沉甸甸的，他似乎还有话要说，可是无法表达。

是啊！后天安泰公司的各位董事将从台湾和大陆的其他城市汇集到厦门来了，要对建设安泰工业城这件大事进行研究决策，还有许多工作要去准备。

"明天开董事会吗？"张云山突然想起那天阿辉告诉自己的话。

"唔，明天晚上我和若莹请大家吃饭，同时把婚礼办了。"阿辉讲到若莹好像心情突然宽松起来。

"怎么事先不先预告一下，我们将气氛搞得隆重一些？"朱云生感到后悔，因为自己的事，让阿辉费了神，这件事没能好好帮上忙。

"心领了。若莹是一个非常实在的人，按照她的意见是不想请客的，分一些糖果便了事。可是，她阿爸却一定要有一个仪式，我们商量了一下，趁开公司董事会的时候，请九桌客，表一表我们的心愿……"

"九桌？"朱云生有些不解。

"对，长长久久的意思！"阿辉回答得很肯定。

"那我们来操办吧，你别再操心了！"朱云生说。

"你们对宴会的事不必考虑了，由若莹的家人去筹备，不穿婚纱，也不讲那么多的礼节，在仙岳山大酒店福德厅举办，到时你们去。"阿辉说着，突然好像想起了什么又补充一句："云山，你太太也一定要去，就说我请她务必参加。这两天她如有空，倒可以请她帮忙操办这件事。"

"我知道！"张云山声音很小。

"请得动吗？要么我亲自去请她？"阿辉轻松地笑笑："知错便改，态度诚恳一些！"

"嗯！"张云山被说得有点不好意思起来。

"你们两个做两件事：一是将这情况通报给湖里区的陈永清书记，我希望明天对那块地能够拍板下来；二是股东们下午便乘飞机从香港到达厦门，到厦门住下来后，便参观公司。你们把贵宾室、产品陈列室布置好，尤其是新开发的产品要让我们的股东了解。"

"知道了。云生，你联系区委，我负责公司里的工作。"朱云生似乎已经忘却了昨晚不愉快的经历。

阿辉心里还有事，他叮嘱了两个部属后便匆匆忙忙回到家里，那里还有一堆事在等着自己。

当然，这些事情当中让自己最难过的是自己那宝贝儿子小俊。昨晚阿辉给儿子打了电话，原以为这里半夜恰好是美国的中午，联系儿子是最好的时间，可是打了老半天，电话倒是通了，却始终没有接。

今天早上，自己约好张云峰要去派出所接朱云生的时候，他却回过来了。

"有事吗？"电话接通，小俊那缺乏热情的声音传递了过来。

"小俊，你在哪里？"阿辉一阵兴奋。尽管儿子话语中没有热情，但总算是回电话了。

"台北啊！"

"什么时候回来的，怎么不告诉我一声？"

"没什么事，有什么好告诉的。"

"小俊，你今天来大陆好吗？明天我跟你若莹阿姨要办酒席。另外，安泰公司准备征一块九平方公里左右的地，建设一座安泰工业城，今天所有股东都会

第十一章

创意那些新鲜事

来。"儿子毕业了，又是读创意设计专业的，阿辉多么希望自己的后代能子承父业，喝了洋墨水回来助自己一臂之力呀！

"我没兴趣，也没那份意愿！"儿子的话冷冰冰的，让阿辉从头凉到脚后跟。

"为什么？小俊，我就你这么一个儿子呀！"阿辉的心如同掉到冰窟窿里，他的话似乎是一种哀求。

"……"电话那头没了声音。

"小俊，你说话呀？你怎么会有这样的想法？"

"我怎么就不能有这样的想法？我长大了，有自己的思维方式和为人之道。"小俊终于再开口了。

"那也总得有理由呀！"阿辉这时才感到在公司决策上自己是那么雷厉风行，是那样的说一不二。可是电话那头的是儿子，在儿子面前自己却是如此无力，似乎此时此刻他是董事长，自己却是一个非常不起眼的小员工，一个可有可无的小员工。

"台湾女的多了去了，找一个大陆妹，算是怎么回事？你那安泰公司充其量是一个铁皮工厂，只懂得制造、制造，却不懂得创意，不懂得通过创意去获取更多的企业利润……"小俊讲到后面有些激动，对父亲苦心经营好不容易建立起来的小家电王国嗤之以鼻。

"那你可以到安泰公司来创意呀！"阿辉似乎在乞求自己的儿子。真的，静娴走了，自己就这么一个宝贝，他真想让小俊来到身边，让他在安泰公司里大展拳脚，用他在美国学到的本事，推动企业的发展。自己尽管年纪不大，也尽管在这大半生当中在欧美等国际市场上闯荡，但毕竟当年没有上过一天正规学堂，知识的贫乏在推进每一项工作时总会处处感到力不从心，甚至疲惫不堪。

"用不着了，我已经跟几个同学商量在台北注册一家文化创意咨询顾问公司。你别管我了！"小俊说完，没有等到父亲回答便撂下了电话。

"嘟、嘟、嘟……"小俊那边的电话撂了，阿辉却还死死捏着那已经出汗的手机，他不知道小时候如此可爱的儿子小俊，长大了为什么变得如此没有一丝亲情，对自己如此渴望的亲情如此冷漠。

阿辉的心被剧烈地撞击了一下。如果说，前半句话让他愤怒的话，那么后半句话却让他感到多少有些欣慰。这么多年来，自己在创业中一直在思考，努力将福德安泰这个品牌培育起来。可是，十多年过去了，同样自己做的一台电吹风贴福德安泰的牌和飞利普或东芝品牌价格却大不一样。

对这件事，自己苦苦思考了几年，始终没有找到一个答案，还没寻求到一条解决问题的突破口。

难道小俊所说的创意就是解决这个问题的关键么？阿辉尽管心情不好，但冷静下来思考却越来越感到有些新意。这与前几年到德国认识的彼得先生的思维是不是同一回事呀？

阿辉回到家里，若莹不在家。

他走近自己的办公桌上用笔一连写下几组名词。这是上次在德国与彼得的谈话时自己悬在脑海中未解透的问题，刚才儿子丢下的那句让自己为之一震的话，以及人生这几年一路走来时隐时现的思考。

铁皮屋企业——代工；

OEM——ODM；

制造——创造；

福德安泰——世界品牌。

阿辉突然有一种尽快理清这一思路的紧迫感。这半生为了创业往往病急乱投医，加上自己肚子里的墨水不足，不能站在高位来谋划自己的发展。但有一个问题却常常刺痛自己，自己研发的产品贴上福德安泰的商标，与自己的产品贴上飞利普、东芝、松下的商品对比，市场的价格却相差甚远。因此，安泰公司每年几十种产品，几千万台各款小家电，可是效益却不能达到最大值，利益也不能达到最大化！

他在客厅里来回走动着，可是不论如何绞尽脑汁却仍然一无所获。突然，他想起了妻子若莹，想起了分管营销工作的孙玉胜副总经理。这两个都是硕士，都是对企业经营管理有着一番见地的人，兴许能给自己一些积极有益的帮助。

主意一定，阿辉给若莹拨了一个电话："若莹你在哪？"

"我在孙副总办公室！"若莹的回答带有一种神秘。"你有空吗，一起过来吧，朱副总、张副总都在这里。"

"什么事呀？那么急！"阿辉觉得很奇怪，自己刚刚接朱云生回来，看到他一个晚上没睡被累成死狗一样，自己还好心让他休息，他倒好跑到那聚会去了。

"好！我马上过去！"阿辉顺手拉上了门。

"刚刚朱副总提出的问题也是我一直思考的问题。中国大陆改革开放以来，制造业的发展让世界所瞩目，成了一个道道地地的世界工厂。门类齐全，产能巨大，它的产品遍布五洲四海。可是，这么多年大家都忙着搞产品、扩品种，却很少有人花精力去打造自己的产品品牌。结果呢……"这是孙玉胜的声音。

"其结果是质量上乘，却价格低廉。在国外我们的产品上不了大卖场；纵使上去了也是贴了别人的商标，也就是世界知名品牌的商标。"这是若莹的声音，她没等孙玉胜讲完，便抢过话题。

"对！对！对！这对于安泰公司产品来说，也是一样的道理，一样的问题。刚才我理不出头绪，我感到一种困惑……"阿辉还没踏进门，也急不可耐地接上了话。

"这十几年我们不是也一直在培育福德安泰这个品牌么？"张云山有些不解。

"是啊！十几年呀！我们也算是持之以恒呀！也算是从来没有歇过脚呀！昨天晚上我想了一个晚上，如果我们每研发一个产品便能达到飞利浦一样的价格，我们的利润将增加大约八千万美元。八千万美元呀！那是一个什么概念？"朱云生的思维还没有走出来，说到这里似乎有一种伤感。

"是啊！陈子茵的公司可以不费吹灰之力，便白捡这一大笔丰厚的利润。"又是张云山的声音。

阿辉没有答话，他在静静地听，默默地思考。想不到自己在思考这个问题的同时，大家也在思考同样一件事，真是心有灵犀一点通啊！可是，心有灵犀归心有灵犀，如何化解这个问题才是关键，只有解决眼下从何处着手才是至关重要的！此时，阿辉的内心深处才感到尽管儿子小俊的那些言行有些可恨，但年轻人的一些思绪倒很值得自己去深思、去探讨。

若莹说了自己的想法："如果我们用文化的手段，譬如投资一间文化公司，专门投资影视动画，策划构思制作福德安泰影视动画产品，通过媒体广为传播，是不是可以有效地提高福德安泰的品牌效应？"

"董事长，若莹的意见倒不失为一个很好的意见。此外，根据我所了解的资料，是否还可以走一条更佳的便捷的路径，譬如请名人作为产品代言，像烤牛扒机请世界长跑冠军迈克作为产品代言，不也可以借助他的名人效应提升产品的知名度吗？"

阿辉听得很入神，他感到平时公司几个领导各忙各的，少有这样的机会坐下来交谈。但对于公司品牌的培养问题大家都有共同的感悟，却没有沟通并形成共识。自己这一批从台湾乡下田里爬上来的企业家，有吃苦打拼的精神，却缺少一种品牌培养的能力和技巧。现在通过沟通，话讲明了，问题摆出来了，就必须抓紧采取措施去研究解决。

"这样烤牛扒机不是更大力度地拓展市场了么？孙副总你能否通过各种渠道联系那个世界冠军迈克作为品牌代言人？然后用广告在媒体中广为传播？若莹，成立文化传播公司的事也不失为是一个好办法，将原本投入广告的费用，策划创意成动画，传媒手段和平台，让福德安泰品牌效应放大。这样，今天股东会决定建设安泰工业城之后，整厂搬迁新址，这个厂房我们便可以改为安泰文化创意园。"阿辉讲得很自信，而且有些许激动。

"那要多久才能办呀？"张云山想想，九平方公里的建筑那绝非一件简单的工作。

"不会太久的，最长两年、最快一年。"阿辉果断地说。

"那么快？阿辉！"听了以后连若莹都有些吃惊，甚至有些不敢相信。

"政府四通一平之后，我们的厂房采用钢架结构可以大大加快建设步伐，缩短建设周期，预计几个月便可完工！"

"又是铁皮屋呀？"张云山听了一下好像有些吃惊重述了一句。

"对！但这个铁皮屋不是当年那种，而是具有现代化元素的。再说这个铁皮屋只是一个名词。但经营管理却要现代化，要讲品牌、讲创意。"阿辉说到这里自己也忍不住带头笑出声来。

"哈！哈！哈"一阵快活的声音充斥着孙玉胜的办公室。

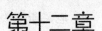

第十二章

股东们喜笑颜开

陈永清这个刚过知天命之年的市委常委兼湖里区委书记，刚一上班办公室便报告，明天安泰公司要召开董事会商定建设安泰工业城的问题，请求区委、区政府领导能到会指导。

这是一个在经济特区建设时期从年轻干部当中破格提拔的领导干部，在特区建设之初以清廉、勤政著称。经济特区扩大到全岛之后，为了让工作有延续性，中央和省里决定让他作为市委常委兼任区委书记。这一兼便是十年，上级曾几次将这位能干的领导干部提拔到上一级岗位，都因为当地群众和区内外资企业老板们联名请求，又把他留在现在的岗位上。后来有人说，陈永清虽然是市委常委，但他的级别与市委书记一样，只是他的职务后面加了一个括号而已。

上次安泰公司董事长阿辉在没有任何联系的情况下突然带着几个人看了区里东边的那块荒山坡地，陈永清就预感到这块尽管目前还冷冷清清的荒山坡，将在几个月内变得热火朝天起来。陈永清善于观察人，也善于思考工作中碰到的问题。讲实在话，安泰公司这样的企业在区内投资的所有外资企业当中，投资总额和规模属于中间偏下，说透了是一家名不见经传的企业。可是这个年轻的老特区却对每一个投资者有过认真的分析，阿辉的人生创业经历足以让他敬仰不已，尤其是作为湖里村的子孙如此感恩实在让他难以忘怀。因此，那次一见之后他便断定这块地的开发非他莫属了。

回到办公室他便将几个随行的局长留下来，下了死命令：三个月之内做好规划，这个项目安泰公司不动则已，一动便会高速度地推进。如何按照自己的承诺最快将"四通一平"的土地交付使用，对于加快安泰工业城的建设至关重要。因为这块地区政府也曾想自己开发，但开发土地容易，要引进几个平方公里的入驻企业尤其是大企业谈何容易？

更重要的是，引进了安泰建设一座工业城，粗略估算可以增加三万多个就业岗位，每年增加近两亿的税收。

还有一笔账不能不算，这块荒山坡地连同这块地附近的六十几户村民是区里收入最低的乡村。如果一旦工业城建成，光几万人的消费便可一夜之间让村民们的收入几十倍的翻番。

因此，在决策上陈永清说服区委、区政府各套班子的干部将眼光放得更长远，放弃眼前的一些利益，想办法留住安泰，创造条件让安泰迅速起步发展，将这块冷冷清清的土地迅速变成区里外商投资的一块热土。开发这块地，可以带动一大片呀！陈永清在盘算着、思考着如何做好组织和服务工作。

"立即通知上次参加的各局长做好准备、参加洽谈，并务求洽谈成功。"陈永清没有多言，用一种不容商量的口吻告诉秘书，"还有，各部门如何做好服务的措施要具体、要实实在在。"

"好！"秘书转身出去了。

第十二章

股东们喜笑颜开

现在，正是早上九点多钟的时间，秋天的上午不冷不热，天上不见一丝云彩，在这几平方公里的土地上，既没有特区开发核心地带的喧嚣繁忙，也没有尘土飞扬的环境。

一群半大的孩子在追逐，他们光着上半身，下半身穿着短裤嬉戏。

一群群黄牛、水牛，还有几十头小山羊旁若无人而又悠然自得地啃着荒山坡的杂草。

那小山坡后面是厦门岛的备用水源水库，从那引出的给乡亲们饮用的水渠正源源不断地流淌着清澈见底的水流。因此，这一片尽管是荒山坡，由于水源充沛，到了秋天倒也绿草茵茵，很有一番乡间的田园景色。陈永清此时站在这里，不时地对不久之后这里将呈现的现代化工业城做一些猜想，五、六平方公里一幢连一幢的现代化厂房；熙熙攘攘充满朝气与活力的上班人群；不见首尾的物流车队在穿梭；还有二、三平方公里一大片拔地而起的员工生活区……

他深深地感到，作为一个经济特区的一个基层干部任务是那么繁重，而又那么光荣。是啊，这是自己这一代人的幸运，又是自己这一代人的担当。重任在肩，他多么希望在自己的任上引进更多的大企业，高科技企业，让特区建设发展得更快，让国家更加繁荣啊！

"陈书记，安泰的客人来了。"正当陈永清还在思考下一步工作时，秘书用手指了指公路上刚停下的一部中巴。

陈永清抬头一看，没错，领头的是台商协会的张云峰会长，后面紧跟着的是阿辉董事长和一大批客人。一阵欣喜，他不加思索地加快步伐上去迎接。

"欢迎，欢迎各位！"陈永清十分高兴。

"陈书记，怎么惊动了你呀？"张云峰开了一句玩笑。这个老江湖大约是有台商协会会长这顶桂冠，他对全市甚至各区领导都非常熟悉，加上他那永远的乐天派性格，一见面有说有笑。

"哪里话，您老人家都出山了，我哪敢怠慢。要不，一定会有人骂我没良心！"陈永清见到老朋友也哈哈大笑起来。

"我们这些股东想投资安泰工业城，就在这块地上，你看行么？"张云峰一一介绍完台湾客人之后，便问陈永清。

"只要你说行，我们一定服务好！没有二话。"陈永清回答得很简洁："您看，我的所有说话算数的部门领导都来了。"

"说吧！阿辉董事长都是自家人，有什么想法直说。"陈永清点了点头。

"这块地我预估应该是九平方公里左右，以这条公路为界，路西边大约六平方公里我们准备规划建四个组团：第一组团是熔铝工厂，这个工厂负责全公司的原材料生产和储备，大约占地一平方公里；第二组团是马达类小家电生产厂，占地1.5平方公里；第三组团是电热管小家电生产厂，同样占地一平方公里。剩下大约还有不到二平方公里作为仓储和物流区。"

"嗯……"陈永清点了点头。

"公路南边大约二平方公里的土地全部建员工生活区，初步设定按三个层级：公司领导层每套四房两厅两卫，150平方米左右；中层干部领导每套三房两厅两卫，130平方米左右；骨干每套两房一厅80平方米左右；还有大批一房一厅的给一线骨干员工租住。此外内设一所幼稚园，一所小学，一所中学，一所卫生保健中心、购物中心和文化娱乐中心。当然，这些公共文化服务配套项目同样服务这里的乡亲们！"

"嗯，很好，很有气魄，这正与我猜想的一样。尽管这里现在还比较荒凉，但不久的将来，也许是一、二年之后，这里是地地道道的一座新城。"

"是的。但我希望一年内能达到这个目的！"阿辉的话说的很肯定。

"还有别的计划吗？"陈永清问道。

"没有了！"阿辉摇摇头。

"你可是我们湖里人的儿子，又是女婿哟。自家人，不能客气的！"陈永清开了一句玩笑后，用头在人群中一扫，最后将眼光落在林若莹身上："如果我没猜错，那位一定是我们的女儿。"他特意将"我们"两个字讲得很重、很清楚。

"书记好，书记真会开玩笑！"被陈永清一点名，林若莹的脸上泛起一片红晕。

"哈！哈！哈！"又是一阵欢笑。

"那我请教几个问题！"陈永清问道："一、这厂区建设您准备请哪家施工企业？"

"如您不嫌烦，那么一切委托区里办理！"阿辉也干净利索地回答。

"好！这二，员工宿舍我们可以按工业用地办理用地手续，这样地价比较便宜。但是因为不是商品房，用地便不能办理产权。因此也不能进入二级市场。"陈永清言辞非常恳切地问："这样可以吗？"

"可以，员工工资不多，我们想采取集资建房，然后按成本价给员工。一旦他们辞职离开安泰，我们按折旧回购。"阿辉对这件事早已深思熟虑，这房子是用于吸引人才，保证职工队伍稳定而建设的。况且集资建设，按成本价分配，公

第十二章

股东们喜笑颜开

115

司还可减少投资的压力。

"有这样的打算便更好了，此事不再沟通了。"陈永清一阵欣喜："那么，还有一句题外话，如果安泰整厂迁到这里，那老厂房怎么处理？"

"那边建文化创意园。成立一家工业设计公司，一家文化创意公司，还有安泰学院……"阿辉胸有成竹地说。

"哦，搞小家电制造的老板却突发奇想要搞文化创意了，奇思异想啊！"阿辉话音刚落，陈永清有些惊讶，他不知道这文化创意目前还是那么生僻的字眼却从阿辉这个董事长嘴中说了出来。

"是啊！这个问题昨天我们几个在沟通交流中才作了准确定位的。"阿辉只是用一种非常淡定的口吻回答。"我们的意见如果陈书记同意的话，我会叫设计人员进行设计，然后对整个工程进行预算，签合同，按工程进度将工程款按计划拨过去给您。可以吗？"

"没问题，今天我们定大的原则。下午由你具体负责这项目的相关人员与我们台商投资服务中心洽谈具体细节，签定合同后付诸实施吧！"陈永清与所有安泰公司的股东一一握手告别："我还有一个重要客商在等着我，先告辞了。"

"有事直接给我打电话！"车开动了，陈永清从车窗伸出头来补充了一句。

"若莹，你和三个副总一块跟台商投资企业服务中心的主任谈吧，我带几位前辈再踏勘一下地形，再将具体情况交流一下。"看到陈永清的车子飞驰而去，阿辉将若莹叫道跟前交代了一句。然后叫了几个股东："我们站在那小山坡上再看一看整个工厂的布局如何？"

"可以，今天正好让我舒展一下筋骨！"张云峰是一个乐天派。虽然快八十岁的人了，但精神头十足，脚步也十分轻盈，阿辉说完他第一个走在前头。

"走，走，走。这是一块风水宝地，我们大家先享受一下。"陈茂祥、杨金威接着响应。

这几个老先生可以说都是半仙式的人物，大家从心眼里佩服阿辉的用心，更佩服他的远见，当世界各地的投资商目光还在中心地带搜寻的时候，他却将目光投到这边缘地带，而且还看中了这么一块让人看后垂涎欲滴的风水宝地。

这些台湾商界的大佬喜在心头，乐在怀中，只是刚才陈永清书记在场，他们没有笑出声音来。

对于这块地之前我们已经简略地介绍过，它原先是一块采石场。厦门这地方盛产花岗岩，兴许是以前建筑集美海堤的时候，为了填海筑堤，建设者们将那一座花岗岩石山搬去填海了，除了后面围着一座半圆形的小山包外，这几平方公里的土地便成了堆积石片、石渣的荒地。正因为如此，这荒地上没有农田、没有作物，连征地补偿款都可以节省下来。更重要的是，它的基础是花岗岩，一旦清除废石渣，对土地不必进行太大的整理。而且地基好，还可节省不少的建设成本。

此时，一帮股东来到这小山包的顶上。

说起小山包也只是相对而言，海拔也约莫几十米高，小山包后面的湖边水库却是早年厦门的储备水源地，几千亩的水面波光粼粼，清澈见底，一群群鱼儿在那欢快地游弋着，偶尔有一对对的野鸭在那伴随着白鹭在和谐地时而飞行着，时而落在水面上觅食。

"李主任，现在这水库的水还作为城市饮用水源么？"阿辉走进湖边内心有着说不出的畅快，问了问陪同的台商投资企业服务中心的李主任。

"哦，现在城市饮用水已经从九龙江用暗渠引入，这里作为备用水源。市里决定一旦这块地开发，这水库将作为城市一个公园加以建设完善。"服务中心李主任是一个年轻人，快言快语，而每句话都那么自信。

"各位股东，我在此之前曾到过这里几趟。"见几个老人都站在自己身后，阿辉手指着脚下的那片土地说："我设想，熔铝厂放在最下面那块，那边靠近码头，所有的锅棒、半成品均从码头运到厂区；由那一直往东便依次布局马达类工厂和电热管类工厂及物流仓储区。"

"阿辉呀！这么漂亮的地皮，环保可是一件大事呀！"李作良一路走来没有说话，现在登高望远，他既为自己的企业能坐拥这一风水宝地而高兴，却又不得不为环保问题而担忧。真的，企业家应该有一种社会责任，自己面临的是建一座新城，那么就有义务将这座新城建成环境优美的宜居、宜工的新城镇。

"这个我已经充分考虑过，首先那是下风向，厦门岛的风是从东向西的；另外，在投资时按照目前世界最先进的除尘设备和技术加以配套。这样投资可能

要增加三千多万，但有必要，也值得！"阿辉早已将这个问题考虑进去了，回答起来胸有成竹。

"到时这一片小山包还应该种上常青常绿树，这是后山，是风水山、财富山，一定要绿化好。"张云峰看了以后说："这投资后山的绿化表面上需要一笔大资金，可是积蓄财源，回报却是无形。我们小时候长辈告诉我们那是明着出去、暗中回来，而且还会加倍回来。"

"我倒是觉得厂区生活区绿化工作要与建设厂区同步，种榕树，那是常青常绿树。另外再种一批凤凰木，那是厦门的市树，红红火火的花在夏天盛开时与榕树的常青常绿相互映衬，那自然美不胜收。"服务中心的李主任嘴一张开，总有一番浪漫情调。

大家一边漫步一边畅谈。突然小山包下有一个年轻人快步走来，大声呼喊："董事长，董事长……"

"这叫谁呀！"李作良回头笑一笑。这满山遍野都是董事长呀，这后生到底在叫谁？

"哈！哈！哈！"听了李作良的话，林若莹禁不住大笑起来："现在大陆改革开放这么多年了，各种经济成份的公司如同春笋一样冒了出来，董事长、总经理遍地都是。有人开了一句玩笑扔了一块石头出去，一下砸伤八个人，结果其中七个是董事长。"

"那还有一个呢？"张云峰老先生总是乐此不疲，他追问了一句。

"还有一个是总裁！"林若莹还没答完，自己又"咯、咯、咯"地笑了起来。

"哈、哈、哈。"一帮股东们也忍不住哈哈大笑。他们会声一笑之后切身地感受到这大陆社会的进步与发展，感受到置身其中的一种快乐。

"林助理！"正当大家乐在其中时，张武气喘吁吁地走近人群，叫了一声林若莹。

"张武，你怎么来了。"若莹已经有一段时间没见到张武，此时见他满脸是汗地出现在这里，心里有些吃惊地问。

"陈子茵总经理从美国打电话过来，叫我送一封信给您和董事长。"张武的眼睛闪着狡黠的光，但却是那么真诚。

"真的呀!"林若莹一阵欣慰,看到此时的张武脸上充满着阳光,便把他拉到一边问道:"张武,你在那边过得好吗?"

"林助理,谢谢您。我过得很好。陈总对我也非常关心。"张武说到这里头微微低了下去:"只是,我感到很惭愧,在安泰公司工作期间让您和董事长失望了。可是……"

"可是什么……?"看到刚刚满脸阳光的张武,此时飘上一丝乌云,若莹非常关切地问。

"可是从我学校毕业应聘到安泰公司那一刻起我却是每时每刻都想将工作做出成绩来的……"张武的话讲得很小声,而且充满着一种负疚之心。

"好,这事过去了,总结经验教训。你在陈总那先干,如果有朝一日想回来,陈总又愿意让你回来,我再为你安排工作。"若莹像姐姐一样安慰这位小弟弟。

"我们安泰公司要搬到这里来建吗?而且还建宿舍?"若莹本想问张武,陈子茵的信在哪里,可是张武又提出了一个新问题。

"嗯,初步设想按成本价卖给骨干。"

"可惜……"张武只是淡淡地说了一声,吐露了内心的一种遗憾。

"张武别灰心,只要脚踏实地地工作、去生活,一切都会有的。你相信吗?"

"……"张武没有吭声,只是默默地点了点头。然后从身上掏出一封信递了过去。

这是一封烫着金字红双喜字样的由红色纸装着的信。若莹拿在手上反复地看了几遍。然后从红纸包里掏出一张用商业信函注明的信,上面用打字机打印的内容清晰可鉴:

厦门安泰电器有限公司:

本公司确认从贵公司用ODM方式购买贵公司挂式电汽烫斗一千万台,厦门FOB价格由贵公司确定后告知。

厦门飞利浦电子电器公司陈子茵

1996.9.8

"一千万台挂式电汽烫斗?"这么大的一单贸易合同,安泰公司还是第一次

接过。若莹拿在手中沉甸甸的。此时，她的内心非常复杂。她了解这陈子茵总经理与阿辉的情感，更了解她近二十年时间在事业上给予安泰公司无私的支持与帮助，今晚请客阿辉决定向她发出邀请时，也征询过若莹的意见……

"陈总此时在哪里？"若莹着急地问了一声。

"她来电话说在美国，并要求我立即送到你们手中。她说，这是飞利普公司给你和董事长的一份贺礼。详细的情况她会给你们发短信……"为了不让若莹失望，张武努力地将话说得很圆。因为，他理解若莹助理和阿辉董事长，也了解陈子茵总经理，而且这主意也是他出的，他真心希望自己认识的人都能开心和愉快……

"谢谢你，张武。请代表我和阿辉董事长转达对陈子茵总经理的谢意。"林若莹此时的心情异常的激动。

她从内心深处由衷地敬仰起陈子茵来。

"林助理，那我先回去了，公司还有事。"张武看看自己的任务已经完成，便告辞而去。

"再见！"林若莹送走张武，看了看手表此时已是下午三点多钟，大家兴奋地忘了疲劳，忘记了吃午饭，还在这块土地上流连忘返，他们兴趣盎然地议论着安泰公司未来的发展前景。

第十三章

安泰学院的毕业生

安泰工业城的建设序幕一拉开，为了适应一年后企业发展的需要，有很多工作要做。因此，董事会结束后，林若莹带着几个副总经理足足熬了几个通宵与台商投资企业服务中心的李主任签定了委托合同，将所有建设事项全权委托当地政府去处理，这样既可以将建设速度提到最快，又可以解决目前公司产品研发和品牌培育之间的矛盾。

公司的发展速度要加快，人才问题便接踵而至摆在安泰公司面前，为这事阿辉着急得上了火。又要筹集资金，将近20亿元人民币的投资啊！除了钱，便是人，没有人不行，没有一批人也不行。为这事阿辉忙得连轴转，连嘴唇也长起一个一个血泡。

"阿辉，今年安泰学院的首届毕业生赶来应急了。"那天，阿辉正为人才奇缺而苦恼不已时，若莹兴冲冲跑回家来了，她手里拿着一叠毕业生的花名册。

"是吗？你看我正急得上火找人才呐。"阿辉立即兴奋起来。

"这岂不是现成的，拿着金饭碗还去讨饭。"林若莹是安泰学院的院长，对自己学生的了解比别人多了一种感情。她有点骄傲地将一份毕业生名册递给阿辉。

"这些都是学生，刚毕业能顶得上去吗？"接过名单阿辉却又有一些顾虑。

"不但可以，而且相当可以！"若莹充满着自信地告诉阿辉，这250个学生原先入学时便是从优秀员工中选录的，这两年的学习基本上与公司的生产和研发紧密地联系在一起，个个都有很强的工作能力。"刚才，我将这些学生的情况跟几个副总经理沟通过，好中选优地挑了十个骨干交给你安排。"

"这样啊！"阿辉听了若莹的话，心稍稍放了下来。"现在，最急迫的是要组建一个工业城筹建管理班子，抽调一批最能干的人去。"

"我去吧！你还得两岸跑，又要筹集那么大笔的资金。"若莹看到急成满嘴血泡的老公，心疼地说："这是阿爸刚送来的金钱草，我等一下用盐巴捣成汁让你先喝下一碗，清一清火。"

"没事。以前更苦、压力更大都熬过来了，现在碰到的根本谈不上困难。"阿辉讲的是实情，这一段的工作除了比较累之外，实际并无太多的难事，尤其是加上若莹这个能干的老婆，里里外外已经替自己分担了许多工作。下一步除了可以预见的筹集资金需要自己去努力外，已经没有太多的困难了。

现在，唯一的问题是将那个安泰工业城的筹建组人员配套好，那么工作便迎刃而解了。

那么，这个工作谁挂帅呢？

朱云生？他主管制造工作，这一项工作非常重要，不能动；

张云山？他主管研发工作，这一项工作同样不能少；

孙玉胜？他负责营销和品牌培植工作，千头万绪，照样不能动。

刚才，若莹谈到由她去担当。自然是一个最有优势的人选。她是自己的老婆不说，而且还是本地人，与当地政府的关系又相当熟悉，这一点在发生困难和问题时，沟通起来远比别人要顺利得多。

"可是，若莹她……"当阿辉想到自己妻子时，内心出现了一丝犹豫。因为，前天晚上她曾偷偷地告诉自己，她已经两个多月没有那生理周期了！

而且，两个人还为此闹了一个不大不小的不愉快。

林若莹跟静娴相比同样有一个强烈的事业心，对事业的追求好像有一种难以言表的执着。与静娴相比她的学历更高，而且经历了上海大型国营企业总经理岗位的历练。因此处世风格要细腻了许多，考虑问题也比较周密，更重要的是性格比较贤淑温柔。

"最近公司的事情很多，这孩子就算了吧！"阿辉听到若莹有了身孕兴奋不已，他有一点忘乎所以，趴在妻子的肚子上贴着耳朵有模有样地听着。尽管他知道不足两个月，那肚子里不可能有任何的动静。中年得子，却让他像年轻的父亲一样在若莹的肚皮上又亲又吻。同时那双手还不停地在若莹那丰满的乳房上抚摸着，用以表达自己内心的欣喜。正当儿，若莹却平静地说出了自己的要求。

"什么？你说什么？"阿辉陶醉的心情突然变得发怒起来，他的眼睛瞪得像一对铃铛，圆圆的，好像不认识地盯着若莹。

"你怎么啦？话没听清脸却变得那么快？"若莹赤身裸体躺在床上，正陶醉在丈夫的抚摸当中，她为阿辉听到自己的话发生如此强烈的反弹而不解。

"我只是告诉你，凡是我们的后代越多越好，你从现在开始一点事也不必干。任务只有一个——养胎、保胎！知道吗？"夫妻生活那么长时间了，若莹第一次发现阿辉会那么生气，发那么大的火。

"我又不是不要孩子，只是现在不是时候，过一年再要不成吗？"若莹有些委屈，她生气地扭了扭光溜溜的身子，还趴在那聆听胎音的阿辉差一点猝不及防掉到床底下去。

"不行，没得商量！"阿辉用不容商量的口气吼道。看那样子与平时憨憨的性格截然相反，却是一个道道地地的农民一样。

这件事过去已经两、三个晚上了。尽管若莹不再提这件事，在公开场合也还如往常一样亲亲热热，可是每天晚上阿辉想和她亲热时都被一律拒绝，这让阿辉多少有些不适应。

"现在难道又叫她去当筹建处主任，这对自己前两天说过的话岂不是自扇耳光吗？"阿辉的内心确实有一种重重的矛盾。他在反复掂量，反复权衡，自己是一个做过父亲的人，女人有身孕别说眼下的妊娠反应，再过几个月挺着一个大肚子还在跑工地，行么？纵使别人的老婆行，我阿辉的老婆也不行。

阿辉真是左右为难，可是这脑袋都想疼了，想的好像要裂开了一样，却始终想不出一个合适的解决方案。

阿辉这种左右为难的样子让看在眼里的若莹心里直发笑。说真的，这个阿辉呀，表面上看是一个憨气十足的家伙，可是心底里除了有一份韧劲之外，还有着一种男人身上难以找到的细心。尽管他事业做得这么大，每天千头万绪，但夫妻间若莹却发现了他对家人的那份责任与担当，实在是令自己欣喜不已。

"哎……"灯熄灭了有几刻钟了，这憨仔还在叹气，还在辗转不宁。

"吃、吃、吃……"终于若莹忍不住地笑出声音来了。

"你答应了……"焦虑当中的阿辉没头没尾地问了一声。

"我答应什么了？"若莹明知故问。

"生孩子，把孩子生下来呀！"阿辉迫不及待地转过身子，将老婆抱在怀里。

"你真是一个……"若莹难掩内心的高兴，娇嗔地说："你是一个干大事业的人，怎么这么一点小事便会如此焦虑呢？真是……"

"我呀！这几年最大的希望便是多生几个儿子，长大了接我的班。加上我是台胞，生几个孩子又不受大陆政府的限制。"阿辉一边自我解嘲，一边忘情地抚摸着若莹。

"哎哟，轻一点，痛死啦。傻瓜。"阿辉有一点忘情，可若莹却尖叫了一声。

"噢，对不起，我太高兴了。"黑暗中他歉意地说，却早已迫不及待地爬到她的身上。

夫妻之间历来没有隔夜的仇，况且阿辉与若莹之间本来便没有什么仇，只是一个小小的争执而已。实际上两个人都是十分喜欢要孩子的，现在一场亲热之后，那些一丁点儿不愉快早已在夫妻的翻云覆雨当中烟消云散。

"这筹建处主任还是我去兼吧。"末了，若莹看了看丈夫。

"身体吃得消么？"阿辉不无担心地问道。

"不行，便配两个能干的副手吧。一旦妊娠反应强烈之后，我便张张嘴指挥他们干便完事了。"若莹说得很轻松。

"那好吧！"

"我想把行政课的课长刘明，另外便是张文，就是那张武的哥哥带去。你看行吗？"

"这刘明倒不错。行政科长谁来当？那可是大内总管呀！"阿辉对行政课一直比较关注，一个几千人的企业，那一摊如果出问题，这职工队伍后勤保障跟不上，队伍便不会稳定。以前刘明刚上任时干得不怎么样，现在经过历练已经相当不错了。这个人派去给若莹当助手自然不错。

"叫赵明英去接！"若莹胸有成竹的说。

"赵明英？"阿辉突然问："他不是张文的未婚妻吗？"

"对，最近要结婚了！"若莹答道。"这女孩很能干，在安泰学院学习时当学生会生活部长，当得很出色！"

"好吧，听你的！但你要答应我注意休息，把儿子养好！"阿辉少有的浪漫，又扑上前去，给若莹一个深深的吻。

"你怎么知道是儿子呀，真是一个憨仔！"若莹扭了一下很好看的身子。

第十三章

安泰学院的毕业生

再说张文和赵明英这一对小情侣，那天人事课长给他宣布董事会决定，聘任张文为安泰工业城筹建处副主任，聘任赵明英为行政课副课长之后，几乎不敢相信自己的耳朵。当晚回到寝室旋即将门关了起来，深情地拥抱在一起，并激动得嘤嘤哭出声音来。

同生在一个村，长在那黑漆漆的石板屋；

同在小学、中学读书，

又同时没有钱上不了大学。

只是张文抽了空签，赵明英是父母亲明令她将上学的机会留给弟弟的。

又几乎同时跟着各自的父母来厦门打工。只是命运捉弄了他们一番，开始有意安排在贵州村里隔着一层厚纸板住了四年，亲亲热热无休无止地在一千四百多个夜晚进行交心交谈。

当时彼此双方都以为此生一定是天作之合的美满姻缘。可是，赵明英日盼一日，月盼一月，期盼着这个张文能先开口，向自己示爱。而张文却是一个实诚的人，他感到自己没有那份条件，没有那份实力，尽管无数个夜晚，无数个不眠之夜想将赵明英娶进门，但苦于感到自己中气不足，讲透了是没有钱。

"抓鸡也要一把米呀！娶老婆没有一间屋，也没几千块钱存款，怎么娶呀！"张文常常在深夜中思考，却没有一丝勇气表达出来。

弟弟张武大学毕业又到厦门经济特区打工，让这件事掀起了一个巨大的波澜，也给这对年轻人的内心留下深深的创伤。

赵明英盼望着张文早日开口示爱。自己已经26岁了，因为在家乡21岁上下的女孩早已有了婆家，甚至孩子都上幼儿园了。可是，眼巴巴等着张文开口，他却像没事一样。而他的弟弟张武却是捷足先登，明里暗里向自己发起了攻势，让自己的感情顷刻间失衡，迅速倒向张武一边。

这是怎么回事呀？与张文谈了四年却无声无息，无疾而终。而张武就那么几天便获了自己的心。

"这真是鬼使神差呀！"赵明英的脑海里浮现起这段不堪回首的往事，却让她禁不住泪水横流。

记得张武出事之后，那不足十平方米的房间又重归自己和张文了。那天晚上自己和张文静静地坐在各自的床上，一声接一声地叹气。他们原以为张武赌一赌气便会重新回到这间屋子，重新回到自己身边。可是赵明英彻底地失望了。

那天晚上张文和赵明英隔着布帘默默地坐着。

一直坐到天亮。

张武始终没有回来，甚至那窗户边连影子都没有出现。

张文和赵明英急了，一起赶回贵州村以看望父母为名，试探着看看张武有没有回到那里去。

可是，没有。

那是事情发生已经一个月左右。她了解到了张武离家出走，然后又被找回来的全过程，开始对张武所做的一切失去了信心。更为自己当时没能耐得住寂寞，而将感情的天秤倾斜于他感到万分痛苦。

还是那间不足十平方米的寝室。

下班后，张文一声不吭地像往日一样煮好了饭端到赵明英跟前，用非常关切的声音告诉她："张武找到了，他犯了一个大错，差一点给安泰公司造成了巨大的损失。现在在若莹助理他们的努力下，终于挽回了损失……"

张文原本表达能力就不及张武，加上心中充满着对弟弟、对赵明英的愧意，好像有点语无伦次。

"我知道了,你先吃吧……"赵明英回答得非常勉强,一种极其矛盾的心让她很难表达此时此刻自己的心情。是啊,一个农村姑娘,一个第二代农民工,将自己的身体送给了弟弟,又鬼使神差给了哥哥。现在弟弟出走了,不要自己了。

自己下半辈子怎么办?

自己与张文这样不清不楚地长期交往下去么?

那死张武现在又如何呢?

人,总有情感的,有了情感便有着千万种的牵挂。尽管赵明英当初轻率地将自己的感情的天秤向张武倾斜,如果张武能够一如既往地关心自己,如果不是他后来对自己的冷淡,让一帘之隔的张文陪着自己独守空房,如果……赵明英的内心有着千万个矛盾在交织着,犹如百爪挠心,让她痛苦万分。她既为十几天没了任何音讯的张武担心,又为一直默默陪伴自己的张文挂念,更为自己今后的路子走向而深深地担忧。

屋里的一盏十五瓦的节能灯发出苍白的光线,照在十几天没有休息而变得满脸憔悴的张文和赵明英身上,悲伤和愧疚的气氛笼罩这间十平方米的房间。赵明英重重地叹息着,她没有再哭泣,只是默默地趴在自己的膝盖上……

这场爱情来得太突然,连一句我爱你的话都没有表达完全,都没有表达清楚;

这场爱情走得又是那么仓促,只那么不足两个月,便匆匆离去……

张武走了,连一句告别的话都没有;

张文就在身边,他仍然那么无声地坚守;

这个阶段,每一个人都是最浪漫的,自己既没有追求金钱,也没有追求荣华富贵,只追求心爱男人给自己一份真爱,一份每晚都能那如胶似漆的拥抱。可是,现在由于自己的焦虑,自己的不慎,来得如此匆匆,走得也那么匆匆。

自己的下半生怎么走?

张武离开自己了,他将不可能再回到自己身边。

张文还坚守在自己身边,他会留下来陪伴自己一生么?

想着,想着,已经哭了十几天的赵明英本已没了泪水,可此时那伤心的泪水,

那近乎枯竭的泪水却禁不住一次又一次地涌出眼眶。张文看到她那抽搐的伤心的样子，没有吭声，也无言以对，只在一边不停地叹气。

他们又这样默默地坐了几个小时。

大约凌晨时分了吧！

突然，张文霍地站起身来，伸出手用力将隔在两个人之间的布帘子用力一拉，"嘶啦"一阵清脆的布帘子被活生生地扯了一下，也许是他用力过猛，原先自己帮忙钉在墙上用于挂帘子的钉子也一同拉扯了下来，叮叮当当掉落在地板上。

"你？张文？"正趴在膝盖上沉思的赵明英猛然抬起头，吃惊地看着充满阳刚之气的张文问了一声。

"明英，别难过了。我也算是一个男人，男人要敢作敢当。从今以后，我们便将那帘子扯掉，我娶你，一定爱你一辈子！"张文声音显得非常激昂，一张脸憋得红通通的。

"……"赵明英没有兴奋，她只用一种迷茫的眼光看着张文。她多少有些吃惊和不解，这个平时少言寡语的发小，今天怎么会如此冲动起来。

"你不相信吗？我如食言，雷……"张文看到赵明英那投来的狐疑的眼光，准备发毒誓。

"别……"就在这时赵明英一跃从床上跳到地上，用手捂着张文的嘴巴，边哭边劝张文："别说了，别说那些不吉利的话。"

"那你还有什么顾虑？"

"那张武怎么办呀！"赵明英嚎啕大哭起来，而且越哭越伤心。

"张武已经走了，他已经另外租房子了。"张文无奈而又伤感地告诉赵明英，自从官司打赢之后，张武已经跟另外一个工友挤在一张床上。

他已经放弃了赵明英。

张文走近赵明英，紧紧地把她搂在自己的怀里。一边安慰她，一边劝说："来，我们把两张床并在一起，从此不再分开了，好吗？"

"……"赵明英轻轻地点点头，用力地擦掉了脸上的泪水，两个人齐心协力将原来隔开的两张床并在一起。

"明英，以前的事就让它过去吧。相信我，也要相信你自己。我们既不缺胳膊，也不缺腿，别人能办到的事情，我们为什么不能办到？"快天亮了，但两个人都没有一丝的睡意，张文索性从床上坐了起来告诉赵明英一个好消息："公司要办安泰学院，从那里毕业将拥有大专文凭，我们何不去打拼一下？两年后我们也是一个大学生了！"

"能考上吗？"赵明英怯生生地问道。

"有志者，事竟成！只要我们努力。况且，当年我们都考上了不错的名牌大学，我相信自己，你也要相信自己！"

……

这是三年前的往事，至今仍历历在目。

现在，公司同时聘用他们，一个任筹建处副主任负责安泰工业城员工生活区的筹建工作，一个接任行政课副课长。对于这样一个结果，两个青年男女兴奋得几乎要疯了，几乎要崩溃了！

"张文，我们一定要好好做，要懂得感恩。此生如果不是两年前的弯路我们不会自警自省，如果没有安泰公司我们不可能有今天……"赵明英说着说着又伤心地哭出声来。

第十三章

安泰学院的毕业生

第十四章

喜宴的启示与压力

为给若莹结婚办一场喜宴，林万寿跟老婆闹了一场不大不小的矛盾。老太太虽然没有文化，但都具有闽南农村妇女那特有的个性，那便是死要面子。说起来也不是没道理，夫妻俩辛辛苦苦劳碌了大半辈子，现在都已经是六十快奔七的年纪了，还没有正正当当办过一场让自己感到满意的喜宴。

在乡间能办喜宴的无非是生儿子、建房子、建坟墓。而恰恰这一生她没有给林家生下一个儿子，说起来现在还心有愧意。可是自己虽然儿子没有生出来，却生出一个如花似玉的女儿，而且还是中国一等一的名牌大学的硕士研究生。尽管若莹是女儿，撒尿上不了墙壁，可是远近闻名的才女呀！凭这一点林万寿的老婆总是人前人后不时地夸自己的女儿。自然这种夸奖女儿的背后，又为自己没能生下儿子开脱。

"谁说我不会生儿子呀？我生的女儿比哪个儿子都强一万倍。"老太太逢人总是说这句话。

现在老夫妻碰上了一件难事。

若莹是一个新潮的人，按照乡间风俗，以前嫁女儿是八抬大轿，乐队吹吹打打，一定要让十里八乡都妇孺皆知。现在虽然没有了八抬大轿，没有了乐队的吹打，但取而代之的是头不见首、后不见尾的豪华迎宾车队。请起客来九九八十一桌，龙虾海参鲜鲍，山珍海味佳肴，那是极尽豪华，彰显荣华富贵的排场。而前一段，这若莹连请客的意愿都没有。

"若莹，你也该请几桌客了，招待一下叔叔伯伯，乡里乡亲的。"林万寿心头的这句话想了千万遍，看到女儿三缄其口，终于在一个傍晚时分，她与阿辉来家时才鼓足勇气说了出来。

真的，苦了一辈子，现在改革开放了，征地拆迁补偿了上千万的人民币，搁在那里靠生利息都吃不完，用不完。林万寿一辈子都梦想风风光光地找一个由头请几桌客。现在女儿出嫁便是一辈子难得的机缘。

"阿爸，请什么客呢？"若莹不理解老人的心。

"报答乡亲，省得人家说我们一毛不拔，让人瞧不起、没面子。"老太太看老公出面，女儿也不给面子，也插上来唠叨一番。

"妈，这什么面子不面子呀！事业兴旺了，阿辉对我好了，比什么都有面子。你说是吗？"若莹仍没有退让的意思，她还是没有请客的意愿。

"若莹……"阿辉看到这连忙打圆场，"请几桌客何妨，我们不是要召开董事会，研商建设安泰工业城的事么？到时两边的亲朋好友热闹热闹岂不两全其美。"

"嗯，那听你们的意见吧。"若莹用眼睛瞟了一下丈夫，那意思很明显责怪阿辉没有原则，尽讨好两个老人。

"呵！呵！呵！"阿辉心领神会，只是呵呵一乐，借机告诉岳父："阿爸，想怎么请，你定吧！"

"这还差不多，还是阿辉识大体。"岳母终于在脸上露出了笑容。

那天晚上林万寿正在仙岳山土地庙举行福德文化管理委员会理事会，若莹打电话要求确定九月初九晚上举行宴会，林万寿听后乐得眉开眼笑，先给土地公烧了一炷香，然后许了愿，结果三次卜杯，三次都是上上签，自然乐得老人家胡子眉毛都笑歪了。

"喂，老哥！别乐了。听说台湾人请客很毛的，不要为了省钱连吃都吃不饱哟。"林水木是秘书长，更是一个较之他们有见识的人，平时接触台胞也比较多。他有点诡秘地说，我们湖里人请客少说要十几道菜，道道海鲜佳肴，盘盘堆得像小山一样，吃得大家滚瓜溜圆，可桌上的菜才吃掉一个小尖。可是那台胞可小气呐，有一次我跟一个台湾朋友去吃饭，一盘螃蟹蒸粉丝，就一只螃蟹。结果你们不知道吧，那几块螃蟹吃完了，粉丝吃完了，可那盘里剩下一点螃蟹汤台胞都舍不得收掉，特地再要了一个馒头将那一点点螃蟹汤沾得干干净净才罢休。啧、啧、啧……"

"哈！哈！哈！你言过其实了吧。"一拨人听见那林水木绘声绘色的描述哈哈一笑。这些人平日里个个都是千万富翁，特区建设一夜暴富，富得想关起门来，可是那钱却非跟他们过不去似的，从每条门缝里涌了进来，让他们看到自己账户上的存款像泉水一样冒了出来，感到有些无所适从，甚至有些惊慌失措。

"难道我们就这样无所事事，坐吃山空么？节省有什么不好？浪费东西又有什么好？以前穷的时候，我们连饭都吃不上。现在有钱了，长期这样下去也会坐吃山空啊！"这是理事会的一个理事，他一直在听着几个理事们忘乎所以的议论，看到越说越离谱。不是么，一个个都是五、六十岁的老人了，早到了教子教孙的年纪，有钱了要教育子孙后代学好。

"……"老人一串话，让本已笑爆了的会议室立即鸦雀无声，这些都是经历过人生困难的人，这几句话似乎是一种清醒剂，立马让大家热得发胀的头脑冷却了下来。

"这倒是正话，现在每家每户的钱都在千万以上，坐等生息，不思奋斗，贻误子孙后代呀！"这个问题实际上林万寿思考了无数次。作为村主任他感到自己有一份职责，将这些钱组织起来发展事业，让大家走出家门去创一番事业。不然，老的每天喝酒讲黄段子度日，小的无所事事，沉溺于娱乐场所，甚至还不足20岁便去了那些不干不净的地方享受，弄得派出所长老带着警察来走访。可是，难就难在自己几乎目不识丁，而这帮理事也罢、村两委的干部也罢，一说到如何引导这笔巨资到哪个项目上去发展，个个哑口无言束手无策。

人总是这样，以前穷，穷到穿一条裤子补了又补，这个破洞连着那个破洞，大家穷怕了。现在眼睛一睁开，钱哗啦啦像海水涨潮一样涌进了家门，好像地上的家什也被涨潮的海水浮了起来，大家倒束手无策了。

是啊！钱多了是一种负担，钱多了既贻误我们这一代老年人，也会误了自己的年轻后代。大家忘了吃苦、忘了创业、坐享其成，那么，何时才会有一个了呀！

这些昨日还在田里耕作，还在面朝黄土、背朝天的庄户人家，坐享地利优势，最先享受了改革开放和经济特区建设成果的群体，这一夜之间的突变，让他们没有任何的思想上、行动上的准备，连腿上的泥浆都还没洗尽，却对自己一夜之间变成千万富翁，被巨额财富堆满的家有点茫然。现在，在玩笑当中却被一个很严肃的话题呛住了，大家面面相觑、无言以对。

"那么，我们也集中资金开一间KTV吧！"还是那位林水木，第一个提出自己的主张。

"干什么？唱歌？我们五音不全。泡妞？我们现在已经光有想法，没有办法啦。"在会议室的一个角落里不知谁嘀咕一声。

"哈！哈！哈！也是。"又是一阵哄笑声。

"开一间咖啡厅？"又有人提议。

"那又苦又涩的东西有什么好喝的，又那么贵，我们都不想喝，还想赚钱……？"又被谁否决了。

"开小炒店，平时大家闲来无事，还可以随时聚一聚。"又是一个主意。

"人家外来户开得比我们好，而且这种店很辛苦，又不必投资几块本钱……"

"那……"

平时大家讲吃讲喝讲享受，现在问题提出来了，对投资大家倒觉得有些茫然，才感到自己的脑子里是那样的空空荡荡，没有任何的思路。尽管都想做，可是却没有一点想法。

这能怪谁呀！怪自己这代人没上过几天学堂，怪这样每天无所事事、孤陋寡闻，又天天在家没有一点见识，能想出什么招来呀？

怪土地公吗？自己这些人拜土地公比谁都勤，初一、十五，刮风下雨从不间断。可是人家一拜便事业兴旺，财源广进，我们拜那么多，却只能天天喝酒打嘴仗、逛大街，真是！

"喂，万寿叔，你家若莹不是嫁安泰公司的阿辉董事长吗？"正当大家一片茫然时，又是那位林水木问了一声。也许在这么多理事当中他相对比较年轻，见识多了一点，思路也活络一些。

"是啊！你现在还不知道吗？真是！"林万寿不知这位侄辈问这话是什么意思。

"我们能不能办一间加工厂，生产的东西给他安泰配套呀？"林水木语出惊人："投资的款项我们按股投入，技术请他支持，产品他们收购。这不，阿辉是自家女婿，做这样的投资对安泰有利，对我们也有利呀。"这林水木果真还想出了一个不错的点子。

"而且我们村还有那么多公共用地，也可以像像样样建几幢厂房，也招一些大学生来，岂不好事？"

"事是好事，但凭我们这些人要办工厂，要生产那么漂亮的小家电吗？"又有人持怀疑的态度。

"真是怂，我们只生产配件，这配件再由安泰公司收购。"那林水木这下认了死理，觉得自己出了一个很好的主意。但对安泰公司的小家电制造的过程中，哪些行当，哪些部件自己能做，他没有一点数，所以中气好像也不十分足。因此，被人一直追问多少有些感到招架不住。

林万寿此时倒是在不动声色地思考，他觉得这林水木平时溜溜逛逛，正经事没干多少，但他的思路确实可取，心里一动，便寻思找女婿商量一下。因为在这么多人当中只有自己这个老丈人有机会进入安泰厂区看过，别的不说那生产果汁机的马达，电吹风的马达，不就是几台绕铁丝的机器吗，请几个人教一教，上马非常容易。可是，细细想这毕竟是女儿、女婿的事，自己不能做主，非得跟他们商量以后才能说。话说大了，容易让后辈为难。

"喂，万寿哥，你又是老泰山，又是村主任，又是理事长，你表表态，行不行？"那位老理事觉得自己这帮行将就木之人，原先说那些不着边际的事，让人发笑。但说来说去，后面这个想法，却越来越靠谱，便问了一声林万寿。

"这样吧，我觉得很好。但这东西我们都不晓得。过两天女儿婚宴的时候，我们一块问一下阿辉，看看可行不可行，好不好？"林万寿知道后辈创业艰难，他的话没有说满，又给自己留下一个台阶。

"我看行。"那林水木替大家表了态，脸上也露出了得意的笑容。

一个晚上扯出了一个话题，又热热闹闹议了一个晚上，为大家口袋里的钱找到了一个出路，寻求了一条生财之道，每个人都很兴奋，听到当年耕田的人要办工厂了，都很兴奋，意见也很集中。

转眼间，两天时间一晃而过。

当晚若莹和阿辉的结婚喜宴规模却大大突破了原先九桌的计划。由于张云峰、陈茂祥、杨金威这些长辈又是股东的参加，尤其是加上张云峰这个台商协会会长在厦门这地方的影响，听到阿辉的喜讯个个都争先恐后表达祝贺之意，许多台资企业的投资者，当地政府的官员都为这桩美满姻缘而高兴。当张云峰了解到阿辉和若莹要办喜宴之后，那老顽童的心态便表现得淋漓尽致，他不跟任何人打招呼，便拿起手中电话立即给秘书打电话。

"你通知台商协会的理事以上单位的董事长、总经理今晚六点准时到仙岳山大酒店参加安泰公司董事长林信辉先生和林若莹小姐的结婚喜宴，注意一律免礼！"张云峰好像自己儿子结婚一样那么开心。

"张前辈。"在一旁的阿辉看到张云峰如此高兴，又想起当时与若莹的约定，想与他商量个万全之策，但张云峰却一点也不理睬。

"那市委市政府、区委区政府的领导呢？"那秘书跟随张云峰已经有些年头，便补充地问了一句。

"那些长官我亲自打电话！"张云峰哈哈大笑起来。他告诉几个股东，喜事就是要酿造一种喜庆的气氛，俗话说一喜化三灾。喜事，可以战胜灾难，带来喜气，振奋斗志，而又将会助推事业的发展。现在，这安泰工业城要建设，是大事，是所有在座人的喜事，必须喜上加喜。他知道阿辉一直在艰苦创业，平时非常节俭，但这次无论如何，得要有点"派"，脸不能丢。再说，不就几十桌客吗？你阿辉要省、有困难，我张云峰这个长辈买单。不然，十几年来，一声声长辈、一句句云峰叔地叫着，我张云峰不是很漏气么？

张云峰这么说，陈茂祥、杨金威、李作良一个个点头称是。于是，张云峰又给秘书打了一通电话："你给仙岳山大酒店陆总打个电话，今晚安排四十九桌，

七七四十九吉利，席面要好一些，不能掉链子。对，对，对，就说我交代的。"说罢，老人一边装了一个鬼脸，一边便又不停地给市、区领导相关打起了电话……

从九桌到四十九桌？这变化也太大了，阿辉觉得有些不知所措。但看到所有长辈都那么开心，也只好无可奈何地陪着笑出声来。

他想转过身去跟若莹商量，却发现她已经站在自己身边，趁人不注意用手捏了捏自己的手，递来了一个贤淑而又开心的眼光。

现在，阿辉和若莹正在宴会厅前迎接参加自己喜宴的客人，披上婚纱，若莹似乎多少有些不自在，但看到一批批迎面而来的亲朋好友却难掩内心的兴奋。

第一批客人便是湖里村的那拨老人们。

今天喜宴他们是娘家人，用现代时尚的话说便是主宾，是要上重要桌席的。可是此时这拨老人们往日嘻嘻哈哈，现在却一本正经，一来是阿辉是大老板，是"头鸡"，不敢放肆；二来又是林万寿的女儿、女婿，林万寿在村里也是"头鸡"；三来今晚几个老人一商量想将办厂的事告诉阿辉，请求阿辉出手帮助。因此，一见面便显得有些局促，有些一本正经。

"各位长辈，欢迎您！"阿辉给长辈行了一个大礼："请到里边前几桌坐下来。"说着叮嘱一下服务生："务必要帮我照顾好这批长辈。"

"不，不，不！阿辉董事长。"见那样子，林水木有点迫不及待地说："我们几个商量了两天，有一件事务必请你帮助。"

"哦，阿哥。别客气，直说无妨。"阿辉彬彬有礼地应道。

"叫你阿爸说吧，他是头鸡！"那林水木平时也是爱开玩笑的人。

"我……？"林万寿看看自己那一拨老头。

"对呀！我们补充。"

"阿爸，还那么客气干嘛，有事你交代一声！"阿辉看到这一拨老人神神秘秘的样子，感到好笑，又感到不解。

"这样，阿辉。大家身上都有一笔数目不小的钱。因此一商量想集中起来办间工厂，资金三、五千万不成问题。如果你安泰公司一些零配件分包给我们做，然后你收购，可以么？"尽管面前的是自己的女婿，可是林万寿对办工厂却一窍不通，讲话很慎重。他不想给下辈添麻烦。

"这个……"岳父这件事提得太突然，阿辉一点思想准备都没有。

"如果有困难便算了，就当我没说。"听到女婿说一句"这个"，林万寿赶快作补充说明。

"不，不，不！"阿辉知道岳父有些误会了，忙解释说："可以，可以！阿爸，以前我也考虑过，连若莹前几天也跟我提过这个问题。现在大家都有一大笔闲钱找出路。我刚才想了一下，没有问题的。譬如生产马达中的线圈、挂式电汽烫斗的支架、水箱，还有，还有……总之很多配件都可以交由村里去做。"

"真的吗？"林水木听了以后，高兴得眼睛睁得溜圆，他为自己出了这么一个好主意而有些得意。

"那……"林万寿也觉得很有面子，自己女儿找到这么一个好女婿能不值得骄傲么？

"别急，今天晚上好好喝酒。明天我派一个主管副总经理去跟你们具体商量，然后规划一个方案出来，行吗？"阿辉在长辈面前非常谦逊，让几个老人家赚足了面子，不禁让若莹的娘家人心花怒放起来。

"哈！哈，林万寿老叔公，你尽占风光哟。"正当阿辉与老岳父他们谈论办厂的事，区委书记陈永清和刘志辉区长一帮人站在身后哈哈大笑："这个问题也一直在困扰着这些地方官员。现在特区建设大面积的土地开发，原先的农民家家户户的土地补偿款都在几百万元之上，再加上外地人口的涌入出租房，服务业的收入与日俱增，可是缺少一个领军人物，又缺乏投资企业的经验，只好守着这笔巨款每天无所事事，吃喝玩乐，日子久了，坐吃山空还不算，还会毁掉几代人。"现在这帮领导听到了湖里村这个想法，岂能不乐？于是，他转过头跟区长相视一笑："看起来我们的服务也要跟上去，他们合作过程中的问题一定要指导好，做出经验，做出成绩，然后在全区推广。"

"没错！"刘志辉是一个年轻人，也自信地点了点头。

正说着那服务生在阿辉耳边说了一声："董事长喜宴开始时间到了。"

"好！好！陈书记、区长，各位嘉宾请入席。"阿辉牵着若莹的手进入宴会厅。

一个巨大的宴会厅，四十九桌摆得满满当当，两岸嘉宾云集在一起。陈永清

第十四章

喜宴的启示与压力

与刘志辉相视一笑，看到这么多熟悉的面孔个个脸带喜气，似乎受到感染似的，也精神抖擞起来。

"陈书记，你看到没有，我娶媳妇没娶错，你找女婿也找准了。"张云峰喝了几杯葡萄酒便一脸通。此时他又端了一大杯红葡萄酒走了过来，他的身后跟着一大拨台商："我们敬你和区长各位长官，祝愿在厦门的台资企业发达，祝厦门市发达；同时祝阿辉、若莹这对美满夫妻一生平安、发达！"

"好！干杯！"陈永清和刘志辉也不含糊，杯子端起，一大杯酒便进了肚子，整个宴会厅瞬间热闹起来……

第十五章

产品展示与订购会

"知遇之恩，知恩图报，知……"天刚蒙蒙亮，仙岳山上的小鸟却啾啾不停地叫着，朱云生再也没有睡意，他起床从窗户往外看，城市还没有完全苏醒，便又回到床上，他倚靠在床头默默地思考着昨日阿辉给他的谈话。

想着想着他有着一种难以言表的悔意，四十好几的人了，自从当年阿辉开始创业自己便辞去职业技术学院的工作，开始了追随自己学生创业的生涯。应该说自己年纪比阿辉大不了几岁，但却一路看着阿辉跋涉前行，看着他一步步的成长。每当看到安泰公司，从无到有、从小到大，心里总有一种成就感，总有一种说不尽的欣慰。

屈指一数，来厦门创业也三年多时间了。这三年夫妻之间聚少离多。这几年尽管每两个月便有一次回台湾探亲的假期，可是正值壮年，对夫妻生活的渴求往往困扰着跨过海峡到厦门创业的壮年男子。朱云生进入了沉思，在台湾那边，有一个貌美的妻子和上高中的儿子。尽管妻子不能说风情万种，而且过了不惑之年，由于善于保养，加上特有的气质在自己心目中还有着难以抵御的诱惑力。可是，两个月见一次面，而有时运气不好，这边带着饥渴、带着无限冲动乘上飞机途经香港，经过一天劳顿回到家中时，妻子身上却竖着那禁行标志。于是，只好带着失望，带着熊熊欲火返回厦门。

人生创业，要成功便一定会有付出。这男人呀！却天生都有一种强烈的占有欲，人生路漫漫，随时都要警醒自己。不然稍有松懈，便容易走偏道路。

前几天，朱云生被派出所叫了进去，在那留置室呆了一整天，蚊虫叮咬一夜尽管难受，可是心灵的撞击却让他难以忘却。足足让这个严格要求自己，并誓言要为人师表的他几天来彻夜不眠，辗转不宁。

那是两年前的一个晚上，下班了。

闲来无事，朱云生便约着张云山出去走走。正好遇见一帮台干在咖啡厅的包厢里喝咖啡，都是一群海峡对岸的光棍汉，坐下来尽管大家都不敢去碰触男女之间的话题，可是离开老婆久了，说来道去，三句话却不离开本行。一谈到男女之事每个臭男人便神采飞扬、滔滔不绝。

这时，灯光下不知哪位弟兄谈到了厦门有一个小区叫凤凰小区。

"那可真是一等一的高尚小区，结构合理，每套房子户内面积超大，屋外绿化比公园还漂亮。可是，在厦门的台商台干及其家属超过十万之众啊！而这十万大军当中足足有七成以上是男子汉，个个充满着阳刚之气，个个如狼似虎。"那位兄弟谈到这个话题眉飞色舞："现在，变成什么啦？你们知道吗？"

"……"几个人不知道这位兄弟发布这道新闻的用意何在，只是摇了摇头。

"老土！"这位兄弟嘿嘿一笑："现在成了远近闻名的台胞二奶村了！"

"……"对于凤凰广场大家倒有些耳闻，但变成台胞二奶村那倒是爆炸性新闻。几个同是出外打拼，又同是台干，大家你看着我，我看着你，既对这位台胞兄弟的本事能量羡慕不已，同时又为自己晚上躺在冰凉的被窝里折腾而感到悲哀。

"你们知道吗？这些二奶都不是本地人，都是来自西南、西北和东北的女人，总之，整个中国大陆的人都有。嫩着呐！又白又高挑，该大的地方特大，该小的地方稍微用手一掐便断了，更重要的是白里透红。那脸上呀，白得连一根小小的血管都清晰可鉴。啧，啧，啧，那种女人呀，别说长期拥有是多么惬意，只要抱一抱、亲一亲也足以让你一生难忘。"这位兄弟非常有演讲天才，手舞足蹈，正在性饥渴当中的几个台湾干部听得津津有味，越谈越兴奋，越谈越坐立不安。

这一夜他们谈得很多，内容也十分丰富，但几乎都是这样的奇闻轶事。这臭男人们的话题如果没有了男女之事便如同白开水，听听这些东西着实也能引人入胜，让听觉受一受强烈的刺激，过一过耳朵瘾。

那晚，朱云生和张云山回到宿舍已经是凌晨时分，整个人在几乎通宵的时间里尽听那些虚无飘渺的故事，让每一根神经末梢都处于高度亢奋的状态。现在人虽然躺在床上，可是那思维却在屋外飘荡着……

朱云生彻底地失眠了，这是他自到大陆以后的第一次彻夜不眠。

张云山也是男人，那一夜同样没有入睡。

从那以后，朱云生便和张云山常常同出同入，而且内容越来越丰富，形式也越来越活泼，到最后便深深地陷了进去，隔三差五地走出去找小姐、寻乐子……而且日复一日，越发不可收拾。

朱云生想到那天早上，阿辉请张云峰出面将自己从派出所留置室领出来的情形，回想起那天阿辉严峻的脸色，感到真是无地自容，自己曾作为老师的颜面一扫而光。

人啊！到了后悔之时才感到没有后悔药可以吃。

现在，妻子带着孩子过几天将来厦门了。

她是阿辉亲自交代安排的工作，想想往事，朱云生感到见面之后不知如何面对几十年的妻子……

往事不堪回首，也无法逆转。

别人养二奶、寻小妹，让别人去吧。

但愿此次给自己留下深刻的教训，从此永生铭记于怀。

现在关键的问题是如何把阿辉交给的任务完成好，将自己分管的工作做得更出色，以此回报于阿辉的知遇之恩。

想到工作，朱云生便想到商品展示与订购会。那天阿辉已经信心十足表示要投入巨资建设安泰工业城，这么大的投资无论那个国家的政府都会三思而后行，而阿辉却执着地要在这几十年的不断追求中去实现。尽管可以预见困难不少，但有志者事竟成，一个人，最怕的是不自信，不执著。一旦有了自信，有了执着的追求，什么事情都可以实现。

"咚，咚，咚……"门外响起了敲门声，这敲门声很有节奏，不重不轻。不用猜，一定是那个文质彬彬的孙玉胜副总经理。朱云生在猜想着，因为这张云山绝对没有那么儒雅，每次敲门都像打雷似的，同时还伴随着大呼小叫声。

"孙总吗？"对往事的回忆被打断了，朱云生一边下床一边应着。两个人都是单身汉，在厦门一个人吃饱全家不饿。况且又住楼上楼下，来去自由，而且毫无禁忌。

"朱总，睡得好么？"孙玉胜一开口便文绉绉的让人感到温文尔雅。

"还好！这么说你也睡得不错？"朱云生一边让座，一边想烧水泡茶。

"不客气，朱总！"孙玉胜坐下之后叹了一口气很坦然地说："真的，我昨晚确实没睡好！"

"为什么？"朱云生有些不解。

"这次董事长布置的展销与订货会形式倒没问题，我已经向不少企业发出订货邀请。但实际收效却没有把握……"孙玉胜很坦诚，一种不安的情绪浮现在脸上。

"怕没订单？"

"嗯！"孙玉胜点了点头。

"看来阿辉有眼光，安泰公司招两个高管一是你，另一个是他的老婆若莹，你们两个实在是不可多得的人才。让我们这些台干都佩服得五体投地。"朱云生发自内心地感叹。

"朱兄，别夸了。"孙玉胜告诉朱云生，"那烤牛扒机已经请了世界长跑冠军迈克先生做了品牌代言人，广告也在这一段分别向大陆三十多家省级以上电视台投放，此外东芝、松下、乐声、夏普、飞利浦等几十家中外品牌制造商和大陆上百家一级批发代理商都发出了参会邀请，成功与否只等老天爷恩赐了。"

孙玉胜是加盟安泰公司以后，第一次负责策划组织这样的订货会的，更是人生第一次组织策划这样的订货会。尽管这几天不断地请教朱云生和张云山，但总觉得心里没有底，那颗悬在喉咙的心，只要没到收摊，总好像放不下来。

"从研发角度看，我为了呼应这次订货会已经设计了四大类二百余个品种。

就我所知这是我到安泰公司以来产品款式最多、最新颖、最丰富的一次订货会。老弟呀，如果我判断没有失误，这次一定能大获丰收。你呀，一千个放心、一万个放心！"朱云生毕竟比孙玉胜年长几岁，此时看到他如此焦急，便像大哥哥一样给他鼓励与安慰。

两个人谈得正投入，张云山也急冲冲地推门进来叫了一声："喂，还睡懒觉呀！走呀！订货会虽然没有开张，但客人已经来了。"

一对兄弟难免嬉闹了一番，便一前一后朝订货厅走去。

与朱云生三个人一样没有睡好的还有一个人，那便是飞利普公司总经理陈子茵。

那天阿辉和若莹结婚喜宴尽管阿辉给她发了短信，她反复思考和权衡，在举棋不定的时候采纳了张武的建议，撒了一个谎。现在回想起来感到真没有出息，自己口口声声表示与阿辉要以姐弟相待，可是人家大喜之日，自己却鸡肠小肚，前天晚上临到喜宴时，子茵感到一种后悔，而且是前所未有的后悔。

对于阿辉的感情，陈子茵的内心非常复杂。他们曾在飞机上萍水相逢，一眨眼人生过了大半，但他们之间的交谈大约有20余次。这个理着板寸头、憨头憨脑而且连正规学校都没上过的他，却在陈子茵脑海中抹都抹不掉。这一切绝不是源自阿辉现在拥有这么一份厚实的家业，而是他对事业的追求和执着，他对人生道路上碰到无数艰难困苦的无所畏惧和百折不挠。他就像父亲这一代人，吃苦、打拼、坚韧、不达目的誓不罢休。

"如果需要，哪怕是在大庭广众面前，我陈子茵一定会毫不畏惧地告诉众人，我喜欢他，我爱他；如果他愿意我将无怨无悔地嫁给他。"陈子茵常常这样想着。

正由于有这样的感情支撑，陈子茵一见到阿辉总会有一种冲动、一种强烈的冲动，想拥有他，即便一朝一夕都会感到心满意足。

可是，人世间的事情总是天不遂人意。有心栽花花不开。十多年的人生过去了，自己却始终没有得到他。

听到静娴去世的消息，陈子茵的心情异常复杂。一方面她为阿辉中年丧偶，

遭遇人生的不幸而悲伤;一方面又为自己有机会向自己心仪多年的男人毫无顾忌地发起攻击而庆幸。

然而,阿辉在自己与若莹之间却选择了若莹,这让自己很有一点心灰意冷。凭心而论,陈子茵常常扪心自问,自己实在不是那种心胸狭窄之人。她一次又一次在夜深人静的时候把若莹和自己做了对比,觉得若莹要远比自己优秀一些。这不光是若莹有年龄的优势,还有其比自己贤淑温柔和内外兼修。但是,一听到邀请自己去参加他们的婚宴却难免从心头上涌出一种酸楚。因此,事后听到那宴会整整摆了七七四十九桌,海峡两岸的贵宾尽数出席时,很少落泪的陈子茵终于忍不住流下了泪水。

后来,她采取了一条措施想用以弥补自己的过失,阿辉不是要举办产品订购会吗?自己何不利用一切人脉助其一臂之力,让其开得圆满成功?

于是,当晚那边仙岳山酒店喜宴灯红酒绿,喜气洋洋;这边陈子茵用手机分别给予安泰公司相关联的朋友们、同行们,一通一通地拨电话。

"东芝公司福田先生吗?我是飞利普公司陈子茵,安泰公司举行产品订购会,你一定得光临哟。据了解今年他们开发了许多优秀作品,很值得一看,去一定不会空手的。"

"哦,子茵小姐,我一定去,一定去。再见,再见!"

"您好,您是松下公司的鸠山先生吗?我是……"

"……"

陈子茵好像发疯似的,一个一个给朋友拨通了电话。自己不是给阿辉说过,从此以姐弟相处吗?我陈子茵现在在尽一份姐姐的职责,尽一份朋友之责。

这一夜,陈子茵几乎没有合眼,直到凌晨时分,她给所有的朋友拨通了电话,请他们务必出席。这也奇了怪了。尽管如此,她不觉得有丝毫的疲惫,这一夜过来却是那么忘我。

天亮了,陈子茵感到眼皮很沉、很沉。她从窗户往外看去,这沉睡的城市已经苏醒过来,那街道上的车辆在不断地飞驰,上班一族正匆匆忙忙赶往自己的工作岗位,一切又开始紧张起来,一切又恢复了白日的繁哗与忙碌。

她想起来,又隐隐约约觉得头有点昏沉沉的,于是便有些无力地仰靠在床上。但她很清楚，今天是安泰公司的产品展销会，自己不能缺席。于是她将手机定了一个叫醒时间铃，和衣躺了下去……

只打了一个眼花，陈子茵感到身上有一点冷。她此时才发现自己竟然睡着了，而且是因为没有盖被子被凉醒的。蓦然间，她才感到这被子的重要，这如同一个单身女人，尤其是一个到了一定岁数的单身女人对男人渴求的那种迫切。

匆匆洗刷，又略施脂粉，看看时间已经九点多钟，自己该出发了。子茵打开房门发现张武已经在门口站了许久，心里陡然涌起一种怪异的想法。

"陈总，您起来了。"张武看见陈子茵今天穿得特别得体，碎花粉色的连衣裙将丰腴的身躯包裹得起伏有致，里面的胸罩隐隐约约折射出一个成熟女人的魅力。

"噢，你这小弟来多久了，为什么不敲门？"陈子茵看着这小弟弟目光直勾勾地看着自己，不知不觉感到脸上一阵发热。

"有一段时间了，我怕影响您休息。"这后生讲话怯生生的，但眼光还不时地偷溜着看看陈子茵身上那最令人关注的部位。

"别急，这不足500米的距离，时间还早你先进来坐一坐吧。"子茵嘴里说着，可心里却一阵一阵地发慌，这一点她自己也不知是什么原因。

"我……"这张武也是一个机灵透顶的人，今天他好像也感觉到陈总表情的微妙变化，站在门口有些迟疑。

"我什么，进来吧！"陈子茵伸出手，轻轻拉了张武一把，然后随手关上了门。

张武在这与陈子茵牵手的时候，好像感到她那手有些微微的发抖，用一种不解的眼光注视着比自己年纪大十来岁的总经理，心里砰、砰、砰直跳。

"想喝些什么？用早餐了吗？"话刚出口，陈子茵自己都感到吃惊，这些话出自自己的口，似乎过于温柔，温柔得连自己都不敢相信。

"……"张武也感觉到了陈子茵总经理今天的反常，局促地只是点了点头。

陈子茵看在眼里，又转过身将眼睛朝窗外望去。她的一双手相互握着，胸部在不断地起伏着、起伏着，然后自言自语地说："可惜，你太小了……"那声音很小很小，兴许这张武根本没有听到，或者根本听不清楚。

"张武……"背对着张武，陈子茵叫了一声。

"嗯，我在这……"张武不知道今天陈子茵为什么会这样，他在思考着……

"张武……"突然，陈子茵转过身来，张开双臂像老鹰扑食一样，一把将张武紧紧地抱在怀里，而且张开嘴巴疯狂地朝张武亲去……

"陈……"张武原来感到这屋里的气氛有些窒息，正想催促陈子茵赶快出门。但当眼光触及到陈子茵那一走动便活泼得上下跳动的胸部时，却总控制不住贪婪地多看几眼，血气方刚的男人对那个部位特别敏感，而且特别有兴趣。现在，当陈子茵在几乎没有预警的情况下扑过来时，这后生猝不及防，陈子茵那富有弹性、又丰腴无比的双峰正好贴在自己的胸前。

这个季节都穿得很单薄；

这个空间里彼此都有着那种渴求。

当陈子茵发烫的嘴唇贴近张武的嘴时，这个热血沸腾的后生好像也一点都不客气，他的感情如同脱缰的野马。他的嘴跟陈子茵的嘴热切地吻了起来；他的手是那样的不安分，没有一丝胆怯地伸进陈子茵的内衣，迫不及待地把弄那富有弹性、又充满诱惑的双峰。

这双峰远比赵明英的丰满，远比赵明英的更富弹性，远比赵明英的更富诱惑力。

"张武，我的好弟弟，姐要，姐想你！"陈子茵不知是激动，还是源自于欲望积累的渴望，一边吻着张武，一边喃喃自语。

"陈总，陈总，我也，我也想……"这时的张武整个身心、整个精神世界已经一片空白，他的心目中抱着的陈子茵是一个自己渴求的女人。

她此时不再比自己大十来岁……

天大地大，不如急切解决两个人当务之急的欲望大。

大事急小事急，不如此时解决两个人的事情急。

陈子茵和张武此时已经忘记了一切，甚至几乎忘记了彼此。

……

十点多钟，当陈子茵带着张武出现在安泰公司产品订购会现场时，那里已是人山人海。生产商、批发商已经把这洽谈厅挤得水泄不通。

负责营销的孙玉胜副总经理和他身边的一拨助手们忙着签定一笔又一笔的合同；

负责研发的朱云生副总经理满头大汗在介绍产品的性能、质量；

阿辉、林若莹正陪着安泰公司的股东们参观，个个喜形于色。

"孙副总经理，今天可是大丰收的季节呀！"看到这场面陈子茵一阵欣喜，她挤到孙玉胜跟前问了一声。

"谢谢陈总，托您的福。现在已经签定合同将近20笔，成交额将近三亿美元了。"孙玉胜抬头跟陈子茵打了一下招呼，然后歉意地又埋下头审查准备签定的购货合同。

"祝贺您，祝贺安泰公司。"陈子茵打完招呼，她想再转转，除了上次阿辉结婚喜宴时确定订购一千万台挂式电汽烫斗之外，还有什么可以再订购的，准备再订一批货。

这除了对阿辉这个小弟的一种支持外，还有一个重要的原因是安泰公司的产品确实有竞争力，贴上飞利普的品牌其利润空间是十分可观的。

台南乡下深夜的灯光

春节刚过，台湾南部的乡下却是一片春寒料峭的季节。整个乡村沉浸在一片夜幕当中，只有偶尔一两声看门狗的狂吠，才让外界的人们感觉到这里有一个村庄的存在。

外面寒风呼啸，屋里也缺乏人气。

这时，唯独老阿庚的家里亮着灯光。他们围坐在木炭火炉边烤着火，旁边的电热壶里则咕、咕、咕冒着热气，他们正一边海阔天空地聊着，一边喝着去年从大陆带回去的安溪铁观音。

屋子里坐着四个人。

老阿庚和他的儿子阿福，东进一郎和黄海林。

俗话说物以类聚，人以群分。这有志向、有抱负的人尽管因为为事业打拼难得一聚，却老将彼此放在心里，惦记在怀中。而专门靠歪门邪道，坑蒙拐骗的人也有事没事将死党们约在一块，论长论短，寻找有利于自己突破的路子。

现在在这四个人便是后者，这么冷的天，这么深的春夜，他们没有睡，也没心思去睡，而是在寻思，下一步怎么办，怎么寻找活路。

前年秋天，东进一郎在经济特区设立的东林电子公司跟安泰公司打了一场自导自演的官司，结果这场官司打得很失败，败得丢盔弃甲、落荒而逃。这东林公司原来注册资本很大，但除了在厦门租下一幢别墅办公，挂了一个筹建处的牌子之后，便没有了下文。因为东进一郎原来的算盘珠子拨得哗啦啦一阵生响。以为中国大陆长期是以计划经济发展的国家，他一脚踏了进来，一可以尽抢先机，轻而易举捞它一桶金；二可以跨国公司的名义精心策划行业垄断，重新过一过当年在台湾进行行业垄断的美梦。

可是，东进一郎过高地估量了自己的力量，而且土地公是中国民族的土地公，他保佑自己的信众，坚守着诚实与和谐的民族美德，支持诚信的人们。记得当年东进一郎带着阿庚他们从台湾出发，雄心勃勃，誓言要开发大陆市场，深耕这块土地，抢占大陆庞大小家电市场的份额，精心布局和复制当年在台湾小家电市场的垄断。可是，土地公不保佑东林公司，老天爷也是非分明没有给他丝毫的面子，甚至让他在福德文化精神面前名声狼藉，不得不在那场自导自演起诉安泰公司败诉之后，关掉在大陆厦门的门脸，垂头丧气，又重新退守台湾。

历史，毫不留情地给他开了一个玩笑，打了他们一记耳光。一年以后，他又百无聊赖地将老阿庚、黄海林、阿福纠集在一起，思考他们的明天与未来。

四个人当中最早返回的是老阿庚。

不，准确地说应该是老阿庚的儿子阿福。

在大陆，阿福这种犯罪行为，按量刑法院可以处以三至五年的刑罚。由于安泰公司董事长阿辉多次到法庭请求，念及其是师傅的儿子，且没有对自己造成多大的损害，加上阿福到案后认罪态度较好，而且将盗窃去的掷茭毫无损伤地归还。合议庭经过反复讨论判处其三年徒刑，缓期三年执行，并联系了台湾红十字会遣返出境。

这是当时海峡两岸在没有司法协定情况下的一种特殊处理办法。阿福返回台湾后，还不能直接回家，经过相关部门七盘八问审查之后才心灰意冷地拎着那包简单的行囊，晃荡在台北街头。

"今后路在何方？"已经年过四十、却又毫无建树的阿福感到人生的迷茫。前几年想去大陆做一次发财梦，带去了这十几年积攒的几百万新台币，可

是，他的心思没有往正道上思考，人生的路子一步没走好，两步没走对。现在过了不惑之年，原先的几百来万的积蓄花得所剩无几，却弄得污头垢脸回到台北。

天慢慢黑下来了，台北城的灯光不约而同地亮了起来，他还没有下定决心。

回到台南乡下去，回到那多年未住进去的祖屋？回到乡下以什么为生？种田，吃不了苦；去做工，撕不了这份脸皮。

留在台北，租一间房子？这行囊里的资金过不了一年。不，过不了半年便将流落街头。

阿福这才感到有生以来遇到了最大困难，处于人生最低谷的艰难日子。找朋友帮忙，谋一碗饭吃，可是自己既吃不了苦，又没有任何技能；一心想发大财，可是半辈子过去了，财没发，却一头是包。

就这样，阿福在台北街头不断地转悠，到了深夜才在一条小街的客栈里登记了一间以往自己连一眼也懒得看的客房住了下来。他想在那好好住上几天，思考一下下一步自己的路子怎么走。

再说那老阿庚，当天在厦门和平码头看到儿子阿福被大陆警察遣送出境，然后又在租住地听黄海林介绍了阿福犯事的原因，气得半天说不出话来。他不停地叹气，等到深夜黄海林离开自己住地时，禁不住捶胸顿足、老泪纵横："老天爷，我老阿庚怎么命那么歹呀！自己混得那么失败，不肖之子阿福更是令自己无颜，我该怎么办呀！"

怨完老天爷，老阿庚想到自己那不肖之子阿福，父子之间已经几年没有联系了。尽管如此，父子之情让老阿庚不时牵挂着这个自己唯一的后代，他被遣返出境，回台湾会如何处置呢？

当天晚上一夜未合眼。

第二天又绕经香港，近在咫尺的海峡足足飞了一天，让这个七十多岁的老人赶到台北时已经精疲力竭，走起路来也摇摇晃晃。然而，一下飞机他便马不停蹄几乎拨通了台北所有故友的电话寻找阿福的下落。

一个黄土已经埋到脖子根的老人还要为儿子而奔波劳累，确是不幸呀！老阿庚在台北街头四处寻找。

他想赚大钱、发大财，这一切都与自己离得越来越远。老阿庚已十分明显地感到这次打击、这次失败让自己遭受到空前的挫败感，明显地感到精力的不济和体力的难支。

他感到自己的脚很沉，背也在奔波中弯了下来。但只要自己还有一口气，便一定要给儿子铺好人生的路，因为这是唯一能够延续自己香火的种子啊！

三七二十一天。

思子心切的老阿庚连自己都不明白，不知哪里来的那么一股精气神，他托朋友，探客栈，终于在台北市郊一间不起眼的客栈房间里找到了儿子阿福。

记得那天，天既没有下雨，也没有出太阳，当老阿庚被客栈管理人员领着推进房门，看见儿子胡子拉碴，一脸颓废地蜷缩在床上的时候，一种悲伤的情感再也难以控制。他像年轻时抱起年幼的阿福一样，紧紧地把儿子搂在自己怀里，不顾管理人员在场，竟嚎啕大哭起来："阿福，我的儿子，你怎么会混成这样啊！怎么会……"

老阿庚本想埋怨这个不争气的儿子，教训一下这个不肖之子。可是，当他发现自己搂着的这个已过不惑之年的儿子没有任何反应，只是一阵紧接一阵瑟瑟发抖的样子时，怜悯之心让他的愤怒戛然而止。

阿福的少年和青年时期都是在少爷一样环境当中成长的，没有吃过苦，更没有经历过人生的挫折。像乡下人常说的是一个叶下桃子，风吹不到，雨淋不着。他有自己的想法，也看不惯父亲的那一套为人处世之道，他想闯一闯、走一条由自己策划的人生道路。可是天不遂人愿，他每跨出一步总是那么不顺，总是那么不平坦，以致焦头烂额，每每充满激情出发，总是一脸沮丧回来。尤其是这次到大陆，他想去闯一番自己的天地，开拓一下自己的事业。那湖畔咖啡店开得也还凑合，虽然没有惊人的利润，但保本之余，还小有利润。如果不是那黄海林一番馊主意，自己安安稳稳，也是可以平安度日的。

还有便是那张小红，多么清纯，多么令人怜惜。她以为自己弄到的那掷茭是一副价值连城的古董，经不住黄海林的唆使，她的诉求变味了，她的价值观扭曲了，最后阿福自己失去了三十多万元，分道扬镳……

"阿福，你有什么想法？"老阿庚看着那一脸木然甚至已经呆滞的儿子

第十六章

台南乡下深夜的灯光

问道。

"……"阿福没有应答。

"我们回台南乡下去吧,那里还有祖传的房子,那是我们的家。"阿庚似乎面对的不是四十多岁的儿子,而是一个未成年的阿福。

"……"阿福还是面无表情、一片茫然。

"走吧,儿子。回去我们把房后的那块地翻一翻、种上菜,我们不会饿死的!"老阿庚心碎了,他一手拎起儿子的那个有些发臭的行囊,一手牵着阿福走出了客栈,走到了大街上。

这街道还是几年前的街道;

这人流还是几年前那样川流不息。

可此时的老阿庚却少了当年那种趾高气昂的威风,少了当年自以为是的英雄气概。当年他有意无意昂着头、挺着胸,脚下那擦得锃亮的皮鞋踏在水泥地上,一步一声"喀嚓",自我感觉多么神气。此时只有埋着头走路,一只手死死抓住那一身污垢的儿子,他想赶快躲开人们的视野,躲到台南乡下去,躲到自己的破旧祖屋里。因为,在众目睽睽之下,他感到无地自容。

与去大陆时相比此时的老阿庚已经没了驾驶员、没了小轿车;阿福那部曾经在台湾招摇过市的洋跑车也早已易主。父子俩只好朝捷运站走去。

这一段路,以前乘车几分钟便可走到目的地,可是今天父子俩却感觉如此漫长。尽管老阿庚也明白自己并不是台北市知名的人物,纵使有许多人曾经认识,可这认识他们父子的人与城市人口相比几乎不成比例。但此时此刻他却感觉这人群中有几千双几万双异样的眼光在看着自己、盯着自己,好像一个个都幸灾乐祸在嘲笑自己,这让老阿庚无论从里到外,还是从外到里都有着如芒在背的感觉。

这一天,台北的秋风不停地吹着,尽管父子俩身上穿着的衣服也比较单薄,却是因为这些原因,老阿庚却感到大汗淋漓,气喘吁吁。

"走,快走!阿福。"老阿庚用哄小孩子的办法连哄带骗地牵着儿子,终于登上了南下的捷运。

刚坐稳,捷运便风驰电掣地飞驰而去。

窗外的现代化的都市在眼帘中飞过，富庶而又充满温馨的乡村美景如同电影一般。

儿子阿福两眼发直，这个在台湾被称为"草莓一族"的不惑之年的汉子原本就没有多少阳刚之气，此时经过命运的作弄已经变成被挤压的草莓，连形状都认不清了。他对今后的日子已经一片迷茫，已经失去了追求，失去了信心与希望。

而坐在阿福身边的老阿庚尽管心力交瘁却好像有些不甘不愿。他不知道自己从年轻时候开始便朝思暮想想赚大钱，过一过上流社会的生活；想精心栽培这个儿子，积攒更多的资产为他铺垫。可是忙乎了大半生却事事不如人意，到最后落到这个地步。但令他感到万分不解的是，在自己眼中憨头憨脑的徒弟阿辉，却靠着自己不懂使用的电热管制造器一路顺风顺水，如今在海峡两岸，乃至世界小家电制造行业都小有名气。

第十六章

台南乡下深夜的灯光

一方面背负骂名不顾一切设置障碍，却阻挡不了这死阿辉一路顺风；一方面自己千呵万护的儿子却混不成一个人模人样。现在，捷运在飞驰，坐在那舒适安逸的航空式的座椅上面，老阿庚却感到有着无数的针在刺着自己的屁股，让他坐立不安，只能无奈地不时叹气。

"回去以后怎么办呀！老祖宗风水怎么那么亏我呀！"老阿庚心里一阵酸楚，两颗浑浊的泪水不知不觉涌出眼眶。他怕被儿子看见，赶紧用袖子擦了又擦。

"阿庚课长，阿庚课长！"正当老阿庚想着伤心的事，忽然觉得耳边有人在叫他。这个称呼只有在厦门每天被人叫着。后来东进一郎让他到人事课结账之后，便再没有被这样称呼过。过了二十几天时间了，第一次有人这样叫着自己，老阿庚的心里多少涌起一种昔日的荣耀。

"谁？"老阿庚将头扭过去，在这飞驰的捷运车厢里有谁认识他。

"阿庚课长？"就在阿庚搜寻时，那人已经站在自己的身后。

"你？"老阿庚一看那人又是黄海林。对这个人，讲实在话阿庚并不高看，岁数比阿福还大几岁，连一个家也没有，充其量便是一个混混。可是此时他的出现对于处在人生低潮、心境糟得不能再糟的老阿庚来说，无疑可以增加一丝安慰。这种安慰比在老阿庚被聘为东林公司营销课长任内时送他几万块红包都来得更惬意。

"海林先生，怎么会在这里遇到你？"

"不，我是专门来找你的！"黄海林回避老阿庚那惊讶的眼光，有点神秘兮兮地将嘴巴贴近老阿庚的耳际轻声地说："是东进一郎先生叫我来找你的！"

"东进一郎先生？"老阿庚眯着眼睛将眼前的黄海林，一次又一次地看了个遍，最后，断然地将头摇成拨浪鼓。

"是的，我们一起走吧，你们现在到哪去？阿福！"黄海林看到被命运作弄得有些发懵的阿福，好像动了恻隐之心，走进他身边问了一句。

"……"阿福除了摇头之外，一言不发。

就这样三个人一路搭乘捷运，然后再转公共汽车回到了阿庚这十几年很少迈进的家门。一股浓烈的霉味立即迎面扑来；纵横交错的蜘蛛网随着门被推开，掉落在自己的头上；那客厅神龛里供奉的列祖列宗的牌位已经被灰尘遮得严严实实……

阿庚的一只脚在门外，一只脚在门内，他这才感到这脚下是那么的沉重，一种冷飕飕的风从头上迅速在身上、脚跟渗透着，紧接着一种晚年的凄凉弥漫着身心……

"列祖列宗，我阿庚有愧，这几年没有祭拜过你们呀……"老阿庚在内心忏悔着，他双腿发软真想在祖宗神位前泪水滂沱地痛哭一阵。然而，一边是自己那已经呆呆的儿子；一边是挥之不去的黄海林。

泪水从他那满是皱褶的眼角上流了下来，他用手拂起。经历了人生这么多的事，此时此刻他已经心灰意冷。

这一幕，离现在又已经过去几个月时间了。

东进一郎关闭了在厦门的门面也回到了台湾，并且于昨晚匆匆忙忙南下到了阿庚的家。

"阿庚，你就想这样虚度此生吗？"东进一郎看着已经没有往日风采和雄心的老阿庚父子，好像非常关切地问道。

"我已到了行将入土的年岁，不这样度余生，还能飞黄腾达吗？"对于黄海林将东进一郎引进这个家门，阿庚便有不安的感觉。如果说离开东林公司回到自己的家乡，没有一个亲朋和邻居来看望，这已经让老阿庚凉了半截的话，那么已经几个月没有联系的东进一郎的登门更让凉了半截的老阿庚产生了冰凉之后的阵阵恐惧。

"人生的路子很多，你虽人生七十，但按照中国有句名言叫人生七十小弟弟么？况且，你七十了，阿福不是正当年么？"东进一郎眼里充满着一种令人费解的诡秘。

"多谢了，别费神了。"老阿庚用不冷不热的语气回答。

"不！阿庚。我给你讲一件事，你一定会感兴趣的。"于是这东进一郎饶有兴趣地给阿庚父子说了安泰公司正征地九平方公里准备建设一座安泰工业城的消息。"阿庚，这安泰公司已经将我们的东林公司踩到脚掌底下三尺泥土之下了，你们能甘心吗？"东进一郎故意把东林公司说成"我们的"，而且在这三个字中加重了语气。

"我们的东林公司？"阿庚似乎不解，自己仅仅是东进一郎的一个部下，说穿了是他这些年与安泰公司在商战当中的一个棋子。赢了，给自己一些残羹剩菜；输了，说一声"去人事课结账"，自己便夹着尾巴，灰溜溜走出东林公司的大门。

这一段往事，老阿庚每每想起就禁不住潸然落泪。

"对呀！没错啊！阿庚课长，如果不是安泰公司，如果不是阿辉，我们东林公司还不是风生水起，财源广进么？"坐在一旁的黄海林看到老阿庚对东进一郎一脸冰冷的表情，赶快帮腔几句。

"对！黄海林先生的话没错。现在，安泰公司建一座工业城投资要几十个亿人民币。他阿辉哪有那么多钱呀？如果一旦他的愿望实现，我们情何以堪呀？"东进一郎开始将自己的想法抖落出来。

"你今天讲这么多话，对我来说都无关紧要，更没有兴趣！"真的，阿庚满腹疑惑，他不了解黄海林拉东进一郎来台南有什么用意。

"不，你错了！阿庚兄。你真的错了！"东进一郎耐着性子继续劝说老阿庚："几十个亿人民币的投资，这阿辉自己解决是不可能的。除了股东增资，银行贷

款之外，必然还有别的渠道。我今天来给你们一个信息。现在反正你们已经回到乡下，闲来无事可以花一些精力去了解安泰公司阿辉的动态，随时将情况报告给我。"

"报告给你？我们连饭都吃不上，还咸吃萝卜，淡操心吗？东进兄，一家不知一家的油盐贵呀。"

"对！报告给我。我给钱。你们不想有更多的钱吗？"东进一郎有些兴奋，他的眼睛里露出了凶光："我们东林公司被阿辉搞得太惨，我不甘心。你们如能帮助我搜集有利信息，我负责支付给你们每月两万元新台币的生活费。"

"……"老阿庚有些不相信东进一郎，只是用怀疑的目光看着他。

"这样吧，每月十日我打进你的账户。当然，如果有重大信息，这钱另加！"东进一郎作出孤注一掷的样子。

"嗯，我考虑一下吧！"

"注意，这一段我反复考虑阿辉为了急于筹钱弄不好会将台湾安泰的股票释出去。如果这样……"东进一郎用手比了一个手势，脸上露出了一个不可捉摸的笑意。

"释股？"听到有钱可赚，已经昏了几天的阿福也似乎清醒了过来。

"对！你们要坐在家中，放眼台湾。然后轻松赚钱！"东进一郎拍了拍老阿庚的肩膀："我今天的话保证兑现，决不食言！"

"那我呢？"黄海林也处于失业状态，他的日子比老阿庚更难熬。狐狸没窝，猫没屋，他黄海林四海为家，如同丧家之犬。

"你，跟阿庚父子一样每月给新台币二万元。但要干活，我要有信息、信息，有用的信息。知道吗？"东进一郎最后几句话几乎是在吼出来的。

第十七章

安泰公司八面来风

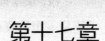

一个投资十几个亿的项目，而又全部委托当地政府代理，这在经济特区建设的历史上还是第一次，加上合同签定必须在一年时间里交付使用，这对于市委常委、区委书记陈永清来说，实在是一种不大不小的压力。

这个从当年湖里特区第一炮炸响，便担任管委会副主任的领导深知引进外资的重要性，更了解外资企业引进之后如何优化政府服务工作的艰巨性。因此，那天看完土地之后，便立即指示台资企业服务中心的主任李正发组织优势力量正式签订了委托合同。

当晚，召开了区委常委、副区长会议研究紧急方案，各个领导分兵把口对四通一平切块分割招投标；对厂区设计、员工宿舍及其公建配套等工程进行招投标。为了确保工程保质保量，区里成立了建设保障领导小组，陈永清亲任组长，区长刘志辉任常务副组长，分管政法的常委，分管国土资源、建设、商贸的副区长各管一块。

总之，作为当年全区的重大建设工程项目务求抓紧抓好。因为，这是湖里区有史以来引进的最大外资项目，劳动力密集、资金密集、技术密集，对行业引领性又大。这个项目的接手，让陈永清感到肩上的担子很重，不敢有丝毫的懈怠。

区党、政会议开到深夜，尽管这些领导者手中都经历了许许多多的大小项目，但是对手头这个项目如此大动干戈地处理还是第一次。会议一结束，陈永清把区长和国土局长、建设局长及服务中心主任李正发留了下来。

"这土地征用有困难吗？"陈永清平时对部下非常随和，但一谈工作便非常严厉和严肃。

"没问题，那片荒山坡地没有像样的农作物，不存在农作物补偿问题，说穿了便是一个堆废矿渣的荒坡地，我明日组织优势力量进行现场测绘，形成蓝线图。只要他资金兑付清楚即可办土地使用证。"国土局长也是一个三十多岁的年轻人，一眼看去便知是一个非常精干的干部。

"好！你要亲自抓，别漏气！"陈永清一脸严肃，然后将眼光转向建设局长。

"大约六平方公里的土地上建十几幢厂房，包括区间道路、绿化，还有两平方公里上的几千套住房，一年能完工吗？"

"争取吧，我会竭尽全力！"显而易见，此时这位局长压力太大，他不敢夸海口，不敢在书记面前拍胸脯。

"不是争取，而是确保。"刘志辉区长目光咄咄逼人。这是一员朝气蓬勃的虎将，对任何艰难困苦的工作从来没有皱过眉头。

"思考一下，按照分割解决的办法。"看到本已压力重重的建设局长被刘志辉那不容改变的目光盯着，陈永清似乎有了怜悯之心，他朝区长稍稍点了点头，缓和了一下气氛。

"好！想办法。"终于建设局长有了破釜沉舟的勇气。"不瞒你说，被你们两位领导一逼，我也豁出去了，确保完成交付使用。"建设局长拿起眼前的杯子，咕噜、咕噜一口气喝进了大半杯的水接着说："我想，这厂区的厂房按设计是钢架结构，我们利用四通一平施工的时间，组织全省所有，不，不，不，甚至省外有施工资质的企业进行招投标，一旦四通一平施工完成，即抓紧时间在地下管线铺设的同时同步进行安装。现在的关键问题是近五千套员工住宅，建筑面积约50万平方米，砖混结构的多层建筑压力太大，如加上公建配套总建筑面积将近60万平方米呀！"

"也同样采取分割发包，多个施工队进场的办法。"刘志辉区长点了点头："还是那句话，确保一年建设期既保质，又保量，还要准时交付使用。如何？"

"好吧！反正我身上的肉也多了一些，准备完成任务之后，能成为一个让你们都感到羡慕的型男。不，美型男。"建设局长说话间似乎有点苦中作乐，末了也没忘记在领导面前幽默一番。

"李主任，你的任务是做好服务，和部门之间的衔接，也就是沟通协调，发现情况及时报告，补缺补漏。"陈永清听了两个关键环节的主管局长表态后，心情似乎轻松了许多，再叮嘱李正发。

"我明白！"李正发是一个性格比较内敛的中年人，从接手这项工作开始，便知道肩上担子的重量，他对下一步工作已经作了认真的谋划。

这边湖里区的头头脑脑们紧紧张张，那边安泰公司的阿辉董事长却也压力重重。除了公司的新产品开发、福德安泰品牌的培育之外，市场拓展工作让他们绞尽脑汁。

令他们欣慰的是，这孙玉胜真是一个人物，这次产品展示和订购会开得异常成功。签定的合同总额将近三亿美元。在安泰公司建立以来是前所未有的。

这让压力重重的阿辉有了些许安慰。但他仍然放心不下。

安泰工业城推迟一天交付，那么二十亿元一天的利息和给企业增加的成本将是惊人的。

阿辉不停地喝着身边的铁观音。可是那杯子里的茶水早已喝空了，他在沉思当中却全然忘得一干二净。

当他再次端起空杯子时，突然眼前出现了一把茶壶，而且那茶壶在眼前不断地晃动着。他停下思索抬头一看，若莹给自己新沏了一壶茶，正站在身边嘻嘻地微笑着。

"不是叫你在家么？林主任。"这一段若莹怀孕反应特别强烈，东西吃不下，一吃便呕吐，有时甚至连那绿绿的胆汁都吐了出来。原先红扑扑的脸蛋也变得苍白了。此时见到妻子，阿辉一边打趣一边注视着。

"少来，我说以后要孩子，你偏要。看到我这种状态又好像狼外婆一样假惺惺的。"若莹佯装生气，她给阿辉倒了一杯浓浓的铁观音后就近拉了一张椅子坐了下来。

"钱，钱，还是钱！"看到妻子坐在自己身边，阿辉嘴里自言自语，他用手中的铅笔不时地敲打着手中的合同："第一笔三个亿？"

"嗯，这已经支付了。"若莹点了点头，她看见阿辉一脸严肃，知道丈夫此时的压力太大。是啊！千钧之重都压在他一个人身上，换一个人纵使不粉身碎骨，也会弄个精神崩溃。可是，这家伙却如此淡定。

"以后呢？第二期工程款如何支付？"阿辉见妻子在身边，也省得再看那厚厚的一本合同。

"首期资金付出以后，则在三个月后，按工程进度每月预算一次，再视支出情况支付一次。"若莹答道。

"银行的贷款有没有眉目？"建筑安泰工业城自筹这一部分阿辉心中有数，如果说有不确定因素的话，大概两笔：一笔是银行的这三个亿资金，第二笔则是张云峰老前辈参股的两亿资金，总共五个亿，大约占总投资的四分之一。因此，银行这一笔资金能否筹到事关大局。

"我带着张文曾两次拜访了中国银行的周总经理，他倒是满口答应。但涉及贷款额太大，还得要请示上级行核准。"若莹显得有些疲惫，说着说着，已经自觉或不自觉地将脑袋靠在靠背椅上。

"你先休息吧，别太操劳了。跑腿的事多派刘明和张文他们去。多动脑子和嘴，少动腿。知道么？"阿辉说完怜爱地给妻子一个轻轻的吻。

"除了这一笔，另一笔则是张云峰先生承诺的那两个亿，你看……"若莹没有把话讲透。尽管她了解张云峰的身家财产，可是老前辈毕竟已经八十多岁，而三房妻子，一大群儿女，这个家庭危机四伏。张云峰老前辈如身体健康倒没问题，倘若有个风寒咳嗽便很难说了。

"我也正为这件事发愁。我们这个项目总投资二十个亿，贷个三亿应该问题不大。有问题，便可能会出在张云峰老前辈这一笔。"阿辉轻轻地叹息了一声。

"叮铃铃，叮……"夫妻俩正谈得入神，桌上的电话铃声骤然响起，两个人不禁吓了一跳，"谁这么晚还来电话呀？"阿辉不觉埋怨了一声，顺手拿起了电话。

"阿辉吗？我是张云峰。"真是说曹操，曹操便到，阿辉差一点笑出声来，连忙应道："老前辈，您这么晚还没有休息？"

"没有。人老了睡眠也浅了。怎么样？这安泰工业城的投资款筹集够了么？"张云峰十分关心地询问道。

"够了。有您这老将出马，人气兴盛，没有问题的。现在整个建设工程已经全面铺开了。"阿辉兴奋地告诉张云峰："现在惟一没定下来的是那笔银行贷款。但行长表态应该没有问题。"

"准备多长的建设期？"老人问得很仔细。

"一年！"阿辉有些兴奋："也就是明年这个时候投入使用！"

"这么快？可能吗？"张云峰似乎有些不相信："在台湾没有个三两年是不敢想象的。"

"不会的，陈永清书记和刘志辉区长表示调集精兵强将，确保准时交付使用！"

"可畏，可畏，后生可畏。"张云峰一边在电话中啧啧称赞，一边告诉阿辉："有什么困难不用着急，需要我出面的尽管说，我会随叫随到。另外，我承诺出资的两亿元资金今天已开始叫财务部门去组织调度。不过，你放心，没有问题的。绝对没有问题的。"张云峰的话末了还专门强调了一句。这让阿辉夫妇听了以后如同大热天喝了一杯冻蜜水，浑身上下爽得不得了。

放下电话，阿辉深情地看了一下若莹，然后轻轻地把她搂在怀里，疲倦的脸上浮现出少见的笑意，这一段压力太大了，几乎到了疲于应付的地步，连若莹也很少去关心。此时此刻，看到妻子小鸟依人地伏在自己胸前时，感受到又要做父亲的幸福。

阿辉和妻子林若莹正在为安泰工业城的建设伤心劳神。

陈子茵此时却正与张武如胶似漆。

对于生在台湾，却成长在西方世界的陈子茵来说，她的身上尽管流淌着中华民族传统的血液，有着对民族、对国家、对同胞兄弟姐妹们浓浓的感情。可是，由于生长的环境截然不同,她却有着与土生土长的中国女人截然不同的爱情观。她以为,在两性之间可以有超乎年纪,超乎朋友感情的融合。目的只有一个,人生要尽可能让每一天过得浪漫,过得开心快活,过得让别人羡慕。

在张武进入飞利浦公司工作这一段日子,两个人有了许多的接触。由于年纪有十来岁的差距,陈子茵并没有朝男女之事方面去思考,只是偶然几次当她发现张武用那充满灵性的眼睛盯着自己胸部时,才慢慢对他陡然地加以关注。因为,她知道这个张武尽管年轻,但也是一个发育成熟而且曾经有过女人的男人。

做女人难!做一个女强人难!做一个过了结婚年岁却还是孤身一人的女强人更难!

尤其是像陈子茵这个追逐时尚,思想开朗,又富有个性的女性,每当夜深人静之时免不了常常春心萌动,躺在床上时时感到缺少一种男人气息的相伴。因此每当这种情景在脑海里出现她总是夜不能寐,甚至情不自禁地走进卫生间对着镜子反复细看那脸上慢慢增多的淡淡皱纹,发出声声红颜命薄的怨叹。

那天为了参加安泰公司产品展示和订购会的事,她几乎一夜未眠。

第二天早晨,陈子茵推开门,意外地看见张武正站在门口焦虑地等着自己。于是,心灵之间突然萌发了一种欲望……

孤男寡女,都有着性的经历,更有着对性的渴望。因此尽管彼此之间有着年纪的差异,从那天以后,这两个人便有意无意,明里暗里地想办法住在一起,享受那欢愉与销魂的时刻。

此时经过一番风雨,两个人赤身裸体依靠在床上,彼此在相互欣赏对方的身体。

"子茵,你真性感!"

"张武,你能一直陪伴我吗?"陈子茵真希望能够永远拥有这个小弟弟。

"嗯,我需要您,我要您一辈子。"

"真是傻弟弟!"陈子茵心花怒放。她怜爱地一只手不断地、亲昵地抚摸着张武的头发,另一只手却轻轻地抚摸着张武的耳垂。

张武感到无限的满足和温馨,这种感觉是以前赵明英根本不懂,也是赵明英不能给予自己的。

"那我们什么时候办酒席呢?要办酒席我可没有那么多钱呀!"双方都沉溺在这种浓浓的性爱当中,这张武却冷不丁地冒出了这么一句话。

"你说呢?"陈子茵坐了起来,一双手捧着张武的脸,疯狂地亲着他。子茵感到这小弟弟太纯了,纯得实在可爱。这男人、女人一上床便要结婚,便要摆酒席,那么世界上的酒店一定会忙翻天,那结婚登记机关一定要二十四小时加班加点。但想归想,话到嘴边却是那么充满着绵绵的情意。

"我听您的。"张武感动了。

"张武,你现在还想回安泰公司吗?"突然,陈子茵又问了一句。

"我!不……不!"张武将头死劲地摇着,摇成了拨浪鼓。

"为什么?你以前不是一直想回去吗?"

"因为,现在已经拥有了您!"张武坦诚地说。"但我要帮助他们拓展市场。他们现在建安泰工业城需要钱,要钱便要多生产,多销售。不然,我已经给安泰公司添了那么多麻烦,不将功补过,一辈子的良心也受谴责。"

"……"这几句话着实让陈子茵感动。

"您不同意吗?"看到陈子茵没有回答,却见她那眼眶里转着泪水,张武生怕自己说错了话,眼神里带着许多的不安。

"我同意的。这几笔生意,每笔都那么大,我不都全力支持你了么?"陈子茵一番感慨,更为这位小弟弟如此重情重义而感激不已。"只可惜呀……"

"可惜什么呀……"张武不知道陈子茵这句话中的含义。

"没什么?睡吧!"想到张武比自己小了十岁,陈子茵的心里蒙上一层阴影。尽管她对这张武有好感,但要一生一世的拥有却要面对世俗,还要面对许多可以预见的障碍。

"嗯……"张武迷迷糊糊地应着,被陈子茵搂得紧紧地进入了梦乡。

第十七章

安泰公司八面来风

第十八章

湖里村的乡亲们

没有当家不知油盐贵，没有办厂不知道办厂难。

办起了一间工厂，投资了好几千万元人民币，牌挂了，工招了，也开始生产了，湖里村两委的头鸡们的烦心事蜂涌而起，接都接不完，就莫说怎么解决了。

这不，早上工厂八点上班。

林万寿这个村里的头鸡七点半不到便到了村办公室。现在人虽坐在办公室，可一路急冲冲走来，满身大汗都来不及擦，便将落地电风扇开到最大档。那风扇吹起来呼啦啦地响着，地板上来不及清扫的纸屑都被吹得满天飞扬。

今天早上考虑到这村办工厂的事情太多，便早早出了门。可是老太婆看了一下林万寿，理也不理，只在屋里故意将这东西重重放下，又把那东西重重一扔，还冷言冷语地骂着："现在精神头十足吗，吃饱撑了么？晚上回来别像死猪一样……"老太婆对伴随自己大半生的老公是心疼，看到他早出晚归，没日没夜心疼至极，却又无力制止，才出此下策。

记得那天开业，锣鼓喧天，鞭炮齐鸣。各路来宾又是剪彩，又是致辞，热热闹闹地干开了。

对这一切，林万寿自然乐得合不上嘴。如果夸张一点，差一点把嘴巴剩下的几颗牙都笑掉了。

全村的人也喜笑颜开，因为，这个村几百户人家以前靠每人一亩多地过日子，那时三餐地瓜加青菜每日混个半饱。十多年前改革开放，这村里成了当时2.9平方公里的核心区，一夜之间挖掘机、推土机等大型建筑施工机械开了进来，几千亩农田就在眨眼间变成了一条条宽畅的马路，一幢幢工厂。

而往日每家每户一年能省吃俭用存个一百块钱便让人眼睛直勾勾的历史至今还记忆犹新。

记得当时外村一个后生仔到村里来定亲，为了"风姑"，特意将一张十块钱的钞票放在"的确良"的衬衣口袋上，当他骑着自行车从村口进来时，引起了无数男女老少惊讶而羡慕的目光。

可是现在一切都变了。

这个村庄十几年前随着经济特区建设发生了翻天覆地的变化。家家户户因为征地拆迁而财源滚滚，大有财来门都关不住的那番感觉。每次征一块地，那补偿款都是用蛇皮编织袋装着，用摩托车送到银行，足足让收储员点钞点到眼花缭乱。

这钱多也有钱多的难处，更有钱多带来的坏处。

钱多了，吃住穿都不愁。昔日每天在田里耕作，污头垢脸的人一夜之间每天无所事事，或拎着画眉鸟招摇过市，或牵着宠物狗左一个宝贝，右一个心肝地叫个不停。

钱是好东西，没钱经济不发达，社会不会发展。

钱又是坏东西，有钱不思进取，只讲享受。

村办工厂集资很容易，几千万的投资一夜之间村民们便把股份都认定了。可是要引导这些十几年时间天天睡懒觉、逛大街、找乐子的人去正正规规上八个钟头的班，却非常不易。

村办工厂厂长由福德文化管委会秘书长林水木担任。因为，在村干部当中，他最有文化，而且也最有见识。碰到这种情况，他也想不出办法。他决定去找林万寿。

"干妮姥，老子不干了，干不了！"

"怎么回事呀! 有话好好说!" 林万寿本来心情不佳, 偏偏又撞上个火爆子。但毕竟自己年纪大, 又是头鸡, 他耐着性子问了一声。

"这些人算什么东西? 一个个是老爷, 是我们的祖宗……" 林水木骂骂咧咧, 喋喋不休。

原来, 村办工厂的那些员工都是这些已经玩惯的人, 享受惯了的人, 再加上没文化, 又没经济压力, 把上班当作玩耍。这流水线上作业, 能熬上二个月已经是破天荒。结果第一个月生产出来的几万个马达, 送到安泰公司质检部交货, 竟然百分之八十七点五不合格。

"我们安泰的产品是靠质量打品牌的, 这些不合格的产品要么退回去重新制作, 再么当废品处理。" 质检课长原则性很强。

"这是阿辉董事长支持办的厂啊!" 送货的员工吓了一跳, 想打一打董事长的牌混过关。

"阿辉董事长支持村办厂我们都知道。但原则归原则, 两条路你看怎么选择?" 质检课长没有丝毫退让的意思。

"两条路是什么意思?" 送货的员工想作一种选择。

"一退回重新制作, 确保全部合格。全部知道吗, 那便是百分之一百合格。"

"工钱呢?"

"工钱吗? 合格一个算一个。"

"那第二条呢?" 送货员工有一点失望地问。

"第二条做废品倒掉, 你们还得赔上所有的材料钱及违约损失……" 质检课长半点情面都不给。

后来双方闹了起来, 惊动了负责研发的朱云生副总经理。可以想象, 这位朱副总尽管戴着眼镜、文绉绉的, 同样是铁面无私没有丝毫的商量余地。

万般无奈, 村办工厂的员工只有垂头丧气将废品拉回来重作。

这重新制作先要拆, 然后再重新绕线圈、组装, 一来一往工作量增加几倍, 几百号工人本来干得就心烦意乱, 这么一折腾, 累死累活两个月, 竟然一分钱工资都没拿上。

"干妮姥，闹翻了，闹翻了！"林水木一边用草帽不停地往身上扇着风，一边仍在不停地骂着。

"怎么闹翻了！"林万寿忍住脾气问道。

"那些少爷、阔太太全部走了……"林水木说完脑袋无力地垂了下来。

"怎么会这样呢？"林万寿吃了一惊，赶快告诉林水木："走啊！还扇什么风，过去看一看呀！"

两个人紧赶慢赶，当赶到工厂门口时，还有七、八十号村民在忿忿不平地叫嚷着。

"干妮姥，白干了两个月，腰酸背痛不说，连一分钱工资都拿不到，这是什么鸟厂呀？"

"就算能拿工资一天不到一百块钱，还不够我买一包中华烟呢？真是！劳民伤财！"

"我们村里哪家没有几百万的银行存款呀，连利息都吃不完，还折腾办什么工厂。真是，工厂谁都会办的呀？"

"算了！这工厂投资也投了，卖给别人吧！省事！"

……

几十个人，几十张嘴。反正是农民出身，口无遮拦什么话都敢说，说什么话都不怕。大家站在工厂门口七嘴八舌，情绪十分激动，却没有看到村主任林万寿早已站在旁边，认真地听着他们发表高论。

已经六十有余的林万寿当村支书、当村主任，后来还兼了仙岳山福德文化管理委员会主任，大半生大事小情经历了无数，可是这办工厂还是第一回，刚开张又面临关张的事更是第一次碰到。

每天八个小时领一百块钱工资，对外乡人是不少的收入。可是对这些本村的村民，每天东溜西逛、吃香喝辣、那天不花销个一两百块钱？

一百块钱的收入，两百块钱的支出，实在不成正比。但是，家有千金不如朝进一文！而且人总是要对社会有一点贡献，有一点责任呀！你看，这块土地是自己祖祖辈辈传承下来的，可是人家这些台湾人、香港人、澳门人都到这里来发财了；这贵州人、云南人、四川人每天三十、五十的工资还拖家带口到厦门来做

工啊！

林万寿脑子一转，便将自己的想法推心置腹跟这帮吵吵闹闹的男男女女说了个清楚："你们这些人呀！摸一摸良心，看一看周边。老祖宗不是说过吗？学好三年、学坏三天呀！你们这么多年，天天无所事事，都变懒了。要知道那贵州人、四川人三更半夜扫大街、清厕所每天才赚三、五十块钱呀！人家不是母猪生的，也是母亲生的呀！而我们的工厂风吹不到、雨淋不到，太阳晒不到，这么好的环境还有意见呀！"

"我们没意见呀！可是我们做了两个月工，却一分钱工资都没见到，还不如人家扫大街、清厕所，他们每天还有三、五十块钱进账呢！"被林万寿一说，个别胆子比较大的当场跟他顶了起来。

"那能怪工厂吗？"听了这后生的话，林万寿厉声斥责："如果大家认真做，做得每一件马达都是合格品，那工资不是早发了吗？"

"这……"几个后生无语了。

"还这什么？现在改革了，开放了。人家都争时间、抢速度、搞创业，你们却靠每天逛大街打发日子，这些后生仔谁会嫁给你们呀！这样下去，我们村里下一代还能有人才吗？"林万寿讲了一句很动情的话，老人此时真有一点恨铁不成钢的样子。

大家被林万寿训斥了一顿，个个哑口无言。他看到自己的一番话起了作用，也不再跟这些工人费口舌，转过身告诉林水木："你马上打电话通知工厂的各个股东到村部开个紧急会议。"他把"紧急"两个字说得特别重。

"现在？"林水木有点惶恐不安地问。

"不然是明天呀？"林万寿没有好心情。这些侄子、侄孙辈，他根本不想讲究太多方式方法："讨论一下。这个厂是一定要办下去的。如果自己的子孙不干，干不了，不要紧，马上贴广告，招外地人，我还不愁，今天晚上将新工人招进来，培训几天就上岗。"

"我马上去！"林水木正要走，早有一大帮村里的人涌了出来。因为，大家几乎都是股东，投了那么多的钱，谁不想买一头母鸡，每天下一个蛋呀！

"你们不想干不要紧，都去玩吧！但是，我今天告诉你，只要今天离开这工厂，明天要进来，别说我不给你们面子！"林万寿最后这几句话几乎是吼着说出来的。

"对！万寿叔这话有道理，我们支持。水木，你不是厂长吗？全村你最有文化，以前我们大家都把你当成知识分子，你有什么想法呀？"说话的是村两委的一个干部，又是股东，他旗帜鲜明地站了出来。

"没错，对以前招工的人重新登记。不想干的、干不好的，通通扫地出门，别再说事了。"又一个上了年纪的老人出来助阵。

看到自己的意见得到大家的支持，林万寿似乎想到这办工厂实在是一门科学，靠自己绝对不成，靠着林水木也不行。以前作为一个贫困小村庄，林水木有了初中文化，大家都认定他是一个知识分子，可是他连工厂的门都没进过，谈什么办工厂呀！于是，从腰间拿出挂在皮带上的手机给女儿拨了一通电话："若莹，有空吗？"电话拨通了，林万寿开门见山地问。

第十八章

湖里村的乡亲们

"阿爸，什么事情呀？是不是工厂出麻烦了？"林若莹已经从朱云生那里了解到家里村办工厂的事情，只是挺了个大肚子，行走不便，又加上安泰工业城的建设资金的调度问题，忙得实在抽不出空回家看一看。现在听到父亲打来电话，便断定是这档子事。

"对呀！对呀！你能不能抽空回来帮我们出一下主意。可能的话，给我们派一个厂长。"

"派厂长？"林若莹重述了父亲的话。

"对！有困难吗？你那边人才多的是，就派一个！"林万寿有点急不可待。

"爸，莫急。你们先开一次股东会统一认识，我现在正忙，派厂长我要跟阿辉商量一下。这样吧，下午我一定回去。"林若莹知道父亲是一个急性子，更是一个爱面子的人，如果不是碰到自己实在无力解决的问题，他是断然不会向下辈求援的。

打完电话，林万寿手一招便将大家集中在村部开了一个会。一个个被林水木电话通知来的股东，看到这位头鸡满头大汗，知道此时此刻讲话得小心一些。否则，他发起脾气来，谁都吃不消。

"开个会。"林万寿一肚子火憋在肚子里。可是看看一个个股东脸都绷得紧紧的，便努力压了压内心的怒气，稍稍缓了缓口气说："我们的工厂生产的马达竟然百分之八十七点五不合格，不合格便没有加工费，没有加工费工人便不能发工资，这是天经地义的事情嘛。可是，这少爷、太太却闹意见不干了。这样还了得？这工厂还办不办呀？"

"……"看到林万寿气呼呼的，股东们面面相觑。

"大家发表意见。这工厂是大家出了钱建起来的，看还办不办？"林万寿脸阴得可怕。

"当然要办，花了那么多钱哪有说不办便不办的。"有一个股东表态。

"对！要办，而且一定要办好。不然，人家一问你湖里村不是经济特区发祥地吗？怎么一个村办工厂都办不好呀！那我们湖里村的人呀，把几代人都把脸给丢光了。"又一个股东说话了。

"支持办好来！"

"……"

一个个股东都表了态，最后将眼光投向林万寿："反正这工厂你投资最多，又是村里的头鸡，只要能办得好，你说怎么办，我们都支持！"大家异口同声。

"那好！我提个意见：一、林水木不要当厂长了，请安泰公司派一个真正的知识分子来，工资可以高一些；二、工人要有规矩，没有规矩成不了方圆这个道理大家都懂得，本村子孙想进工厂的同等条件可以优先照顾，不足部分的工人公开向全市招。现在，外省人在厦门找工作都找不到。招一些初、高中毕业的年轻人进来，也让我们的子孙学着点，看人家怎么吃苦，怎么珍惜来之不易的工作……；三、从此之后公司按公司的章程管理，我们的工作就是要教育进厂工作的子孙遵规守纪，不能吊儿郎当。不然便按公司规矩办事，该开除就开除，该提拔便提拔。总之一视同仁。"

"可以，我们支持！"大家都表了态。

"好！散会！"林万寿终于把心放了下来。他想，说不定再过几个钟头新厂长便会来了，自己要给他壮壮胆子，也好让他放开手脚放心干。

"阿爸，我回来了。"大家正要起身，一个大肚子从门外挺了进来。

她的身后还跟着一个年轻人。

不用猜，那一定是若莹带来的厂长了。

"若莹，这么快?"大家都很兴奋，迅速围了上来跟她打招呼。

"我爸的急性子谁不知道，迟了他会不高兴的，我跟阿辉商量一下，便马上赶过来了。"女儿哪有不知道父亲脾气的?另外，这些产品不合格也会影响到安泰公司整个生产的供应链问题，一环扣一环，每一环的链子都不能掉。

让湖里村的福德电子厂尽快步入正轨，这是一件火烧眉毛的事情。这也是各方面的共识。

一眼看去若莹很快将临盆了，行动也比较迟缓，走起路来一摇一摆，活像一只企鹅。进了门，大家赶快给她搬了一张椅子，她艰难地转过身把随后的张文介绍给大家："各位阿叔，这是我们厂里派来的厂长。他叫张文，安泰学院的毕业生，本来是安泰工业城筹建办的副主任，是我最得力的干将。现在既然村里要人，我只好先把他带来了。"若莹可是这个年纪才怀孕，又在大热天赶路，汗水不停地从头上往下淌着，而且气都有点喘。

"各位阿叔，我希望以后的工作能够得到大家的支持和帮助。"张文向前走了一步，深深地向大家鞠了一躬："请大家相信，我一定不会辜负大家的期望，只要我们齐心协力，这个厂，不，是福德电子厂一定能办得红红火火!"

"好，好! 好!"听到若莹把自己的副手派来当厂长，大家都高兴不已，噼里啪啦地鼓起掌来。

第十九章

子骏文化创意公司

阿辉这一段几乎累得快崩溃了。

安泰公司两岸的工厂要搞新产品的研发、要培育品牌、要开拓市场；这还不算，安泰工业城的建设，要筹措资金、把握工程进度和质量、选购机器设备……大事小事以前有若莹里里外外帮衬着。由于她学历高、对企业管理又有厚实的经验，工作起来省心省力。可是现在若莹临盆在即，看到她每天摇摇晃晃，连走路都那么困难，许多事情只好自己去奔走。因此，每天深夜回到家里难免感到有点头重脚轻，腰酸背痛，疲惫至极。

"如果小俊能过来帮忙一下多好啊！"每当这个时候，阿辉总是期望自己的儿子能够过来助自己一臂之力。客观地说，阿辉是一个很传统的人，自己辛辛苦苦积攒的这份家业，多么希望儿子留学回来后能够子承父业，将这份家业做强做大呀！

可是现实让他非常失望。小俊留学回到台湾后父子之间除通了几次电话外，连面也没见上。那次婚宴做父亲的多么希望儿子过来呀！台湾的商业、制造业的大佬们都来了，将自己的儿子推出来介绍给这些长辈，这真是千载难逢的机会。可是阿辉失望了，不但儿子的影子都没见，连那通电话都打得不高兴，到最后是不欢而散地搁了电话。

"这个小达补!"阿辉看到若莹已经躺在床上,憋了一肚子火却不敢发作,只好有些无奈地仰靠在沙发上,从心里狠狠地骂了一句,无奈地摇了摇头。

想了想儿子,阿辉顿时感到满腹伤感。

父母走了,静娴走了,留下这么一个儿子,花了那么多钱让他到美国留学。钱花了,书读了多少不知道,可是父子之间的情感却变得那么淡薄,如果不是自己时刻惦记着他、牵挂着他,兴许他一年也想不起自己是他的父亲,一年也不会给自己拨一通电话……

现在的年轻人到底怎么啦?

记得在半年前,内弟荣生打来电话:"阿辉,小俊来找我啦!"那头荣生用并不轻松的口气说了一声。

"哦,这小达补还是认亲的么!"听到小俊去找母舅,阿辉的心头涌上一阵难得的欣慰。

"他要钱!"荣生难以掩饰内心的怒气。

"那给一些吧!年轻人还没找到工作,免不了要开销的。"做父亲的以为儿子生活费拮据找母舅要了。

"要一千万呀。"荣生用一种近乎怒不可遏的口吻说。

"什么?要那么多?"这边阿辉也吃了一惊,现在的年轻人呀!赚钱没有办法,花钱倒是干净利索。一千万是一个什么数字呀?阿辉的心似乎被撞了一下。

"是啊!他说几个同学要合办一家文化创意公司,总经理投资一千万,副总经理投资七百万。他为了当总经理,因此要一千万给他……"荣生说到最后有些无奈地叹息了一声。

"……"阿辉沉默了!他知道自己的期盼将付诸东流。更重要的是,这儿子没有经历过创业的艰辛,他不知道这创业有多难,这赚一千万要付诸多少心血和汗水。

"阿辉,阿辉……"荣生在电话那头听不到任何声音,以为断线了,还在不断地叫着阿辉的名字。

阿辉不知道如何处理这件事。此时此刻,他才蓦然间感到父子之间是那么

第十九章

子骏文化创意公司

陌生。儿子想跳出去自己打一片天地应该不是坏事。现在关键的问题是,办这么一个什么文化创意公司可行吗?为什么不跟自己的父亲商量一下?他在反思自己是不是有哪些地方做的不妥?有哪些地方让儿子失望?这些问题的发生,如果静娴在世自然没有什么,可是静娴走了,留下这根独苗怎么就这样处世呢?

"阿辉,阿辉,你听见我说话吗?"荣生还在不停地叫着。

"给他吧!"阿辉正在为难,若莹轻轻走进阿辉,电话里的话她听了个真真切切,她知道作父亲此时的为难。但想想一个年轻人失去母亲之后总会有许多想法。一个刚成年的后生,个性比较强,既然开口了,别伤他的自尊,倒是请荣生平时多抽时间去看一看。因为他毕竟还是一个孩子,不知道这商场的水到底有多深,有多混呀!

"阿辉,阿辉……"荣生又在叫着。

"给他吧,我下次回台湾再补签个字。"阿辉终于在若莹的劝说下,咬了咬牙答应下来。

荣生那边的电话掐了。

阿辉这边却还拿着手机在发愣,他木然地看着那办公桌上的台灯出神,对自己没有教育好这个儿子而感到深深的内疚。

这件事还没有淡忘。

前几天,张云峰老前辈从台湾返回厦门,当晚便给阿辉打来一通电话,这通电话着实让阿辉几个晚上辗转不眠……

张云峰老先生告诉阿辉:"创业艰辛呀!但教育后代更艰辛,不怕钱财多,就怕后代强。阿辉呀!听说你的公子在台北注册了一家公司,在繁华的大街上搞了一个门面,装修得也很豪华,可是却没做生意,几个后生仔天天开着跑车在招摇过市,而且……"后面话张云峰没有说出口,但阿辉却十分清楚。这小俊拿了一千万并没有去创业,而是在享受,在疯狂地享受着父辈用辛勤汗水换回的财富。

"我知道了,谢谢老叔。现在这里事情太多,我先叫他母舅去看一看。"听了张云峰的一席话,阿辉的内心似乎被刀捅了一样。

"母舅有什么用呀?"张云峰的口气有些急,不知是同病相怜,还是一种发自内心的担忧。

"那我尽快抽空回去看一看。"阿辉真的感到疲倦，感到前所未有的疲倦。

张云峰老前辈提供的情况一点也没有错。

小俊四个留美同学，实际都是富二代，再往远处说，便是铁皮屋企业主的第二代。从他们开始懂事之日起，便知道父辈有着厚实的财富。可是，却不知道父辈创造这笔财富付出的汗水和艰辛。在美国返回时就信誓旦旦要投资文化创意公司，要轻轻松松地摆脱父亲那一代人满身臭汗赚几个代工费的铁皮屋工业的束缚，要轻轻松松地赚一把文化创意带来的丰厚的附加值，要轻轻松松地享受美好的人生。

为了实现这一愿望，他们回国前曾结伴到了美国的几个城市，再看看欧洲的法国、意大利、英国等几个发达国家，看到了那成片成片玲琅满目的奢侈品……顿时觉得眼花缭乱，思路也似乎显得更为广阔。

每个人的父亲都是台湾岛内小有名气的企业家，而且四个人的父亲都在大陆投资办厂。他们的产业布局两岸，在欧美市场都有父辈生产的商品。四个人都惊奇地发现父辈制作的产品在台湾、在欧美的同一市场货架上，其产品只要贴上世界知名品牌的商标便身价陡增，而贴上自己的品牌价格低了许多还不说，甚至无人问津。

"这不是需要我们去创意么？"小俊眼前飘忽着一种创意的冲动："我们请几个代言人，在各种媒体不停地炒，炒热一个品牌我们按比例抽成，岂不是既不流一身臭汗，又可大把大把地数钱么？"

"对！对！我们成立一个文化创意公司，专营这个事业。"几个同伴便异口同声说。

"那我们回去帮父亲做各自品牌的培养工作吧！"另一个也附和说。

"错！这样干没劲。我们的老爸一个个土得掉渣，他们的脑筋比石头还硬，万万不要浪费精力……"

"那怎么办？"小俊问了问同伴。

"回去合伙成立属于我们自己的公司，专找台湾的大企业做，一个做一单，

第十九章 子骏文化创意公司

一年弄个几千万不成问题……"

四个年轻人不知道天有多高、地有多厚，带着一种浪漫的愿景分别向家里索要了一笔投资款，便红红火火开起了一家文化创意公司。为了体现朝气和活力，还特地取了"子骏"这个商号。

可是，令这四个年轻人万万没有想到的是，尽管他们在异国他乡花了不少父辈的真金白银，尽管他们多少也喝了一些洋墨水，尽管他们也看了一些欧美市场的奢侈品。可那是皮毛的东西，无论从对品牌培植和营销，还是创业的经历看都是小孩子过家家式的知识。公司成立了，台湾那些靠几十年拼死拼活打市场的企业家们怎么会相信这些嘴上没毛的孩子？那么子骏公司的创意没有企业的产品作为载体，岂不成为一句空话？

果不其然，四个月后四个人筹措的四千万元除了店租、装修和日常开销已经所剩无几，"子骏文化创意公司"只热热闹闹了几个月，便销声匿迹了。

公司关张了，四个同学各奔东西。

由于小俊出资多，在残存的资金当中，他退了两百万左右的新台币。年轻人此时站在街头已经没了半年前那踌躇满志的心情，顶着瑟瑟秋风，盘算下一步自己怎么走。

到铁皮屋企业去栖身，他不愿意。

小俊不屑与他们为伍。

此时他看到台北街头熙熙攘攘的人群，看到了不断飞驰而过的汽车，看到那埋着头匆匆赶路的人们，他有些茫然，有些六神无主。

小俊在公交车候车厅前徘徊、张望，正好看见一张招贴，有一间社区店主急需用钱想把店转让出去。他终于咬了咬牙，下定了决心，拦了一部出租车，便连夜把那间便利店盘了过来。

社区便利店24小时都开着。

每天除了要源源不断地补货之外，还需要笑面相迎接待一拨拨消费三、五块新台币的客人，更难堪的是，人家一个电话还得热情地为人家送去五六块新台币的货。

这是一种什么样的生意呀！

每天数着几块硬币过日子的营生，起早贪黑，盘过店来后每天累死累活还要亏一两百元。这，哪是自己设想的事业呀！自己长这么大，哪有吃过这样的苦呀！

更重要的是，这里除了前面的店面外，后面不足二十平的面积，又是仓库又兼自己的卧室。空气流通不畅，汗味、货物的气味相互交织，五味杂陈，令人窒息。

回想回国后不到一年时间所走过的路子，想想眼下自己的处境，小俊的情绪跌落到低谷。

现在已是凌晨时分，小俊才慢慢地感悟到人生的艰辛，他颓然地躺在那臭烘烘的床上，两个眼睛尽管酸痛无比，但却没有半点睡意。他在想念着已经逝去多年的外公、外婆和母亲，如果他们现在还活着多好，自己可以天天睡懒觉，闲来无事开一部车出去兜一兜风，过神仙一般的日子。可是，儿时的梦想，成年后期盼得到的浪漫却因他们走到另外一个世界而一同消失。梅山那幢房子已经再也找不到他们的笑脸，再也唤不回那令自己追忆的温馨，甚至连母舅荣生也没有回去。

他蓦然间想起了父亲阿辉。

可是想起父亲总有许多不解。据说阿爸是一个孤儿，是一个没上过正规学堂的学徒出身的人。可是为了打开一片属于自己的天地，几十年没命地干活、没命地追求。这一点倒让他多少感到敬仰。可是，那又为了什么呀！从早上睁开眼睛干到半夜，从年初一干到年三十。没有吃好，没有穿好，没有享受，永远像一台赚钱的机器一样地转动，何苦？

而且，妈妈走后，都这个年纪了，还找大陆妹做老婆，还要生孩子。这不是脑子进水了么？有钱可以随便地、大把地找小姐呀！又新鲜，又性感；可以体验百般柔情，可以品尝无限的风情与浪漫。真是！小俊搜肠刮肚在思考着，那乱七八糟的话题从肚子里一阵一阵地涌起，搅得他不停地叹气，不停地翻着身子。

"小俊，还没睡吗？"突然前面值班店面传来了一声女人的声音。这是原来店主留下的一个服务员小姐。说是售货员小姐也不一定贴切，这是一个技术学院的毕业生，快四十岁了吧！多年前跟老公离了婚，找不到工作，便给社区便利店当售货员。

　　这售货员名字倒取得很有文化，叫苏芮文。长得不好看，个子虽然不矮，也没生过孩子，但干瘪瘪的，如果躺在床上一定跟飞机跑道一样平坦。因此，假如不是她比较勤快，小俊真想辞掉她。

　　可是这店除了她，便没有其他助手，请别人工资要价又高，于是小俊便将她留下来。这店盘过来一段时间了，小俊并没有正眼看过她一眼。

　　"嗯！很困，但睡不着。"人在孤独的时候，有人问候一声，心里觉得热乎乎的。要是换一个时间，也许小俊懒得回答。

　　"睡觉比吃饭更重要，放下心事好好睡一觉，您每天工作那么多。"可能是深夜了没有顾客，苏芮文也觉得无聊，便像姐姐一样地关心自己的老板，关心比自己小了十几岁的小弟弟。

　　"嗯！"小俊还是不冷不热应了一声。

　　"要么你自己用手按摩一下耳廓周围，反复几次可以催眠，兴许会好睡，而且睡得更深一些。"外边的苏芮文隔空又递了一句话过来。这苏芮文人长得不好看，但声音特别甜美，如果不看人，光听声音绝对是一种享受。

　　这让心烦意乱的小俊在此时此刻多了一番联想。

　　"是么？我自己按摩？"说出这话时，连小俊自己也觉得怪怪的，这三更半夜还能有按摩师么？

　　"对呀！要不我教你一下？"外面的声音又悦耳地飘了进来。

　　"你不是要看店吗？"

　　"这不，几个钟头都没有一个顾客来了。反正我也在干坐着。"苏芮文说这句话时，话声里有一些微微的颤抖。

　　"那……"小俊的心有一些矛盾，答应叫她进来吗？她长得那么不好看，这深更半夜，两个单身男女在按摩，谁能保证不按摩出问题来呢？而不叫她进来按摩，这一夜肯定又要眼睁睁看蚊帐看到天亮。

　　"这办法我经常使用，效果很好的。"苏芮文似乎也有一种期待，她努力将这种按摩的效果说得更有诱惑力。离婚的女人，而且正值四十岁左右母老虎的年龄，没有男人近身的滋味实在不好受。苏芮文的心里非常清楚，这小俊是一个富家子弟，尽管年岁不大，也没成家，可是常常开着跑车招摇过市，沾花惹草，寻花问柳之事绝对干的不少。只是现在处在人生低谷，手头紧了，再加上眼光又高，要么嫌自己年纪大了一点，要么嫌自己长得不够丰满。只要花一番功夫，一旦他爬上自己的肚皮，就不愁让他终生难忘。

"那干脆你把店门关了吧！"这苏芮文的话尽管没有任何的挑逗之意，但这一段手头紧，再加上心境不佳小俊确实没有心思去找小姐了。现在沦落到这番境地，又被苏芮文的一席话一说，小俊倒是浑身上下不自在起来。男女之事不就是那样吗？好看不好看，那碗糕使用起来总是一样的享受，说不定苏芮文这种岁数还更有经验，更加受用。经过一番思想的较量，小俊终于同意苏芮文关门、关灯，进来给他按摩耳部。

店门安装的是自动铝卷闸门，压一下电钮，不消片刻门便被关上了。

便利店的灯终于在夜间第一次熄灭。

这里的一切，如同店外一样黑漆漆的一片寂静。

苏芮文半走半摸地走进后店。对，就是那二十平左右大小的仓库兼小俊的卧室。

在昏暗的灯光下，小俊身上只穿一条三角裤，他脸朝里，背朝着门，一动不动地躺着。可是细心的苏芮文却看见此时的小俊的呼吸急促，他的身体在激烈地起伏着。

"老板，你就这样躺着，我给你按摩啦！"这种空间、这种时间、这种场合，连苏芮文的情绪也受到感染，她说话的声音也有一些发颤。

"嗯！"小俊的身子没有动，他应着。

苏芮文坐在床沿，伸出手小心翼翼地触摸着小俊的耳廓。那动作是那么细腻，那么温柔，慢慢地让小俊感到一种从未有过的享受。

从耳廓向耳垂缓缓延伸；

又从耳垂轻轻柔柔逐步向上运转。

小俊的身体各个部位开始更加激烈地起伏起来，他慢慢地感到自己的每一块肌肉，每一根神经都松弛下来，取而代之的是一种轻松、一种愉悦。

"芮文，你干脆把灯熄灭了吧！"小俊突然用变了调的声音说着。

"把灯熄灭了？那我看不见你的耳廓了。"听到小俊的声音，苏芮文知道了这小弟弟话中的含义，从他那剧烈起伏的身子中苏芮文已经知道他此时被异性的按摩，异性肌肤的接触之后萌发了一种青年汉子固有的性冲动和强烈的欲望。但这小子只是眼光太高，看不起自己的长相，想摸黑享受一下鱼水之欢。但想归想，苏芮文还是迅速地将灯熄灭了。

而就在苏芮文随手关灯的同时，她将自己的手从小俊的耳廓边迅速转移到他的胸部、腹部甚至阴部，以女性特有的柔情似水的手法给小俊全身推拿起来……

"舒服吗，小俊！"苏芮文在黑暗中问了问小自己十几岁的老板。那声音充满无限的柔情与蜜意，同时又蕴含着一种急不可耐的渴望。

小俊没有吱声，他在忍耐着随时都将爆发的欲火。他咬紧牙关，努力让自己的身体保持着一动不动的姿势。

"小俊，还要按摩吗？"苏芮文看到一动不动的小俊有些焦急，用一种试探的语气问了一声。

"……"小俊仍一动不动。

"那，你睡吧！"苏芮文多少有些失望，她原以为小俊会一跃而起为自己宽衣解带，会生猛地将自己压到他身体底下。可是，此时自己已经浑身冒火了，这小子仍然像一根木头侧卧着。

"等一下……"正在苏芮文想起身离开返回前店时，刚才还一动不动的小俊跃身而起，紧紧地把苏芮文抱在怀里，他摸着黑迫不及待地去撕扯着苏芮文身上的连衣裙，可是灯没开，他找不到拉链头，只好粗暴地撕扯着她的内裤。

"慢！慢！小俊，别把我的衣服拉坏了。我只有这套上班的衣服，扯破了我上班都没衣服穿了。"苏芮文心里一阵高兴。心想，几个月以来，这小俊连正眼看自己都没有，现在真诚所至，渴望的快乐时刻终于来临了。

"不怕，我给你买新的，要多少买多少……"小俊一身大汗，他的欲火好像干柴浇上汽油，呼的一声燃烧起来。此时，他如同一只凶猛的饿狼在黑暗中露着发绿的目光，扑向自己的猎物撕咬着；好像恨不得一口将苏芮文含到嘴里，吞进肚子里……

"你只是我的老板，我的弟弟……"苏芮文此时已是心花怒放。可是这女人绝对是一个狐狸精，心里乐开了花，可嘴巴里却佯装羞羞答答，表现着一种令人落泪的清纯。她心里却盘算一定让这小弟弟感受到自己身体每一个部位给他带来的无限魅力，让他从此离不开自己。

于是，这苏芮文出其不意地将头拱向小俊的阴部，将他的命根子亲得"啾啾"地响个不停。小俊哪有经历过这种阵势？他像杀猪一样地号叫着……

第十九章

子骏文化创意公司

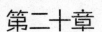

第二十章

啊！张云峰老前辈

若莹今天早上生了一个八斤多的胖小子。胳膊、腿如同莲藕一样，一节节的，看了之后，令人满心欢喜。阿辉乐得走起步来一蹦一跳的。尽管平时五音不全，可是，此时此刻他没完没了地哼着《爱拼才会赢》。

比阿辉更乐的自然还有这胖小子的外公。

当林万寿听到女婿从医院打来电话，告知重达八斤多的小外孙出生、母子平安时，正在喝着豆奶的林万寿"呼"的一声扔掉了手中的豆奶，拦了一部出租车直奔医院，弄得周边的人笑得前仰后合。

阿辉此生基本上与家务事不结缘，若莹一生产除乐得屁颠屁颠之外，再也想不起自己该干些什么事。因此，唯一能想起来的便是给岳父报个喜讯。现在两个老人一到，这仿佛来了个观世音，便想一走三六九，将全部照看若莹母子的事交给老人。

"爸，妈。谢天谢地，你们来了，这照顾若莹母子的事全拜托你们了。"阿辉说着，将随身的一个牛皮包递了过去："这包里还有几万块交给你们，尽管花。只要她母子好，不要省钱。"

他本想再说几句，包包里的手机却一阵接一阵地响了起来。

"喂，哪里？"一家人其乐融融，这通电话来的不是时候，他顾不了用文明话，直通通地应了一声。

"董事长吗？我是刘明，我是刘明呀！"电话是安泰工业城筹建办刘明副主任打来的，若莹生孩子了，这小伙子现在独挡一面。

"我知道，我知道，我生儿子啦！不，若莹生了个大胖儿子啦！"阿辉兴奋不已，不听正事先报喜讯。

"啊！太好了！董事长，恭喜了！恭喜了！"那头电话中的刘明也异常兴奋，好像这当爸爸的不是董事长，而是他自己似的。但只在片刻刘明又接着叫了一声："董事长，董事长，区委陈永清书记刚才来电话，市委书记、市长等一下要来安泰工业城调研……"

"什么？市委书记、市长要来调研？"阿辉心里一惊，这调研是什么意思？

"对，调研！调研就是来视察，来解决问题，你能来吗？"

"我去，我去，我马上去！"阿辉声音很大，好像跟人吵架似的，那护士长以为出了什么事，却看见这老爸爸如此激动，赶快拉着他走出产房到走廊去接电话，引得躺在床上的若莹忍不住吃吃笑出声来。

"爸、妈、若莹，书记、市长要到安泰工业城调研，我得先去一下。我走啦！"阿辉深情地朝妻子挤了一下眼。

"去，去，去！你在这里也只能添乱！"若莹那疲惫的脸上露出妩媚的笑意。但只在片刻，她的脸上浮现淡淡的愁云，这筹建办真难为刘明了。前一段张文调到福德厂，现在自己又生孩子，那安泰工业城筹建办的工作千头万绪，只有刘明一个人独立支撑着，真有一点让人放心不下。

阿辉此时也没有多少心思再呆在这里。这安泰工业城建设开工半年多，总的投资量已经完成过半。讲实话，他打心眼里佩服共产党，这么大的工程一声令下，一夜之间千军万马便云集而来，半年多前那个光长草、堆积着许多花岗岩石渣的荒山坡地此时已经被一幢幢即将竣工的厂房、住宅楼所替代。要是在台湾光征这块地没有三五年是不可能完成的。而且经常在建设过程中又是游行，又是请愿没完没了。而这里一切都那么有序，一切又那么协调，每当看到工地的紧张、有序和和谐，阿辉总是充满着一种满足。

妇产医院到安泰工业城并没有多长的距离，加上这驾驶员技术娴熟，车速又快，没用多少时间已经到达目的地。

还没下车，阿辉从远远的地方便看见了市委书记、市长等人在区委书记陈永清的陪同下正站在路旁边，由刘明介绍工程进展情况，看到阿辉的汽车疾驰而来，市委、市政府的领导立即停止了手上的工作，反倒像主人一样迎候阿辉。

"阿辉先生，恭喜呀！喜添麟儿啊！"市委书记是一个五十多岁的中年人，带着市里的领导上前与阿辉一一握手。

阿辉此时倒有许多羞涩，这领导来安泰工业城视察，自己是主人，按理应该是自己去迎候领导的，现在这拐杖却倒过来使用，变成他们倒过来迎接自己。便有些不好意思地说："不好意思，不好意思，原本应该我来迎接各位长官的，现在却倒了个个，请各位长官原谅。"

"阿辉先生，别客气了。就这个工地而言，我和你还能分得出彼此吗？"陈永清笑笑说："论原籍，你是湖里人，我还是东北人呐！论投资，我是当地人，你却又是客商……"

"这叫做两岸同胞是兄弟，是难以分辨出谁是客人，谁是主人的。"市委书记顺着陈永清的话呵呵一笑，逗得大家乐了一阵。

"那是，那是，回到原乡故土我反倒比在出身地的台南乡下还习惯，还亲切。"阿辉这是发自内心的一句话。

"现在就更不要说了，又娶了原乡故土的太太。阿辉先生，你把我们湖里村最漂亮、最优秀的姑娘娶走了。有多少人羡慕你哟。"陈永清一来是当地官员，二来跟阿辉很熟，说起笑话来也不再有什么顾忌，一句话又把大家逗得哈哈大笑。

"阿辉先生，你对当地政府的服务感到还满意吗？"市委书记看了看阿辉，又将话题引入正题。

"满意，满意，十分满意。这里的长官一个个都十分优秀。"阿辉称赞不已。

"永清，现在投资已经完成多少了？"市委书记看见阿辉满意，点了点头。转过身问了区委书记。

"原来工程预算土建部分大约十二亿，到目前已经完成过半多。"

"按时交付有困难么？"市委书记不放过这合同约定的交付时间。

"只要资金保证便绝对没问题！"陈永清这保证是有充分把握的。

"这我就放心了。"市委书记点了点头。市区两级书记谈的火热，看到这热火朝天的工地，每个人的脸上都荡漾着欣喜的表情。但当陈永清转过身想问一下阿辉有没有困难，却见他正在接一通电话，而且他的脸色严肃，顿时有些惊愕。

阿辉正在接一通由台湾挂来的电话。

"阿辉董事长吗？"台湾那头的声音有些陌生，而且还带着一种悲伤。

"是的，我是阿辉！"阿辉觉得这电话来的有些突然。因为电话里的声音一开口，便让人感到那声音里带着一种哀伤，带着一些无奈。

"我是张云峰先生的儿子！"对方说。

"哦，张兄。不知有何赐教！"阿辉听过张云峰老前辈有三房太太，儿孙满堂，却不知这儿子是哪一房的。

"我非常悲痛地告诉您，家父昨晚突发心肌梗塞，经过抢救无效在凌晨四时三十七分与世长辞……"对方的话被哽咽之声代替了。

"怎么可能，前几天张老前辈还和我们在一起聊天呐！怎么……"阿辉的身子激烈地震动了一下，他第一个反应是自己这半年多最担心的问题终于出现了：张云峰老前辈这一走，自己失去了一位可敬可佩的长辈，厦门台商失去了一个领军人。而且他这一走，那么他身后难免会出现一些状况，他原来承诺的两亿投资便很难得到保证。

两个亿的资金，不是一个小数目。特别是在工程进展的关键时刻，如果资金链出现问题，整个建设工程将会陷入被动，眼前热火朝天的一切都会发生逆转……

这一通电话，对于毫无思想准备的阿辉来说无疑是晴天的惊雷，震得头发晕、四肢发软。

刚才还在兴奋之中，阿辉颇有一些猝不及防，他打了一个趔趄，站都快站不稳了。

这一切没有逃过市委书记等领导的眼睛。他们清楚阿辉正在接听的电话一

第二十章

啊！张云峰老前辈

定是一个非常不好的消息。不然这位企业家的表情不致于发生那么大的变化。

　　"阿辉先生，发生了什么事情？能告诉我们吗？"陈永清关切地问道。

　　"这……"阿辉的思绪还没有缓过神来。

　　"是不是出现什么大事？需要我们帮助吗？"市委书记走进阿辉的身边。

　　"张云峰老前辈今天凌晨走了！"阿辉悲痛地垂下了头。

　　"张云峰先生？"市委书记怕自己耳朵听错。这是一个性格非常开朗的长者，尽管八十多岁了，但性格开朗，谈笑风生，平时精神头比年轻人还好。"怎么会呢？"他有些疑问。

　　"是的，心肌梗塞，抢救无效，走了！刚才是他儿子挂来的电话。"阿辉心情十分沉痛："怎么办，怎么办！"

　　"张主任，立即通知相关部门以市、区两级党委、市人大、市政府、市政协的名义分别给张云峰先生的家属发唁电，委托在台湾的朋友代送花圈。张云峰先生为了两岸交流与合作功不可没，让人们永远记住他。"市委书记交代办公厅主任，然后又问阿辉："这安泰工业城好像张云峰老先生有股份是吗？"

　　"对！……"阿辉心事重重地应着。

　　"他承诺多少股份？"陈永清明白了，明白了为什么阿辉接到电话时那种激烈的情感变化。

　　"十分之一，两个亿！"阿辉知道尽管十分之一，但这两个亿的资金是巨资，不是那么容易再找到新股东。而从刚才张云峰的儿子电话中已经十分清楚，要期望其后代去践诺已经没有希望。可是自己从其他股东身上筹集这笔资金已经达到极限，甚至银行也达到极限。

　　这事情的发展呀！你越担心、越怕什么，那么这东西偏偏会上门。在安泰工业城的策划和建设过程中阿辉什么都不担心，最担心的便是这资金链的问题。可是早不出，迟不出，现在正需要支付资金的关键时刻，偏偏这边掉了链子。

　　"别着急，阿辉先生！解决困难的办法一定比困难多。我们的长辈不是常说吗，车到山前必有路，船到桥头自然直么。我们一起来想办法。"陈永清也感到这眼前的困难实在太大，这两个亿的资金几个月内要筹措不要说阿辉，便是区委、甚至市委都不可能那么轻松。可是此时刘永清书记仍用一种轻松的口气宽慰阿辉。

"谢谢！谢谢！"阿辉思考了片刻，终于将思绪缓了过来。虽然若莹刚分娩，但自己要立即返回台湾一趟，为张云峰老前辈作最后的送别，以表达自己对他老人家的长期提携之恩；同时要将目前的困难跟陈茂祥、杨金威这些股东们报告一下，采取应急措施，另辟筹资渠道，以解决燃眉之急。

"永清，阿辉先生有困难，我们市区两级都不能袖手旁观，要多想办法助安泰公司一臂之力。总之，这安泰工业城建设是市里今年的重点工程，交付时间不能变，工程质量不能变，开工投产时间不能变！"市委书记口气非常强硬，向同行的各级干部下了死命令。

几乎在阿辉接到张云峰儿子的电话的同时，陈子茵也从台商投资协会秘书处发来的短信中了解到张云峰老前辈去世的消息。这个性格十分机敏的女性，便意识到阿辉碰到困难了。

可是，陈子茵没有一丝能力。

因为尽管她是飞利普（厦门）公司的总经理，但只是被飞利普公司聘任的经营管理者，对公司的投资决策没有任何的发言权，也使不上劲。

"子茵，我们出手帮一下阿辉董事长吧！"张武不知道陈子茵在公司的位置，以为总经理可以决定这些重大事项，听到阿辉董事长碰到这么大的困难，也难免心急如焚，用恳求的口吻向子茵建议。

"……"陈子茵摇了摇头，她有些力不从心地告诉眼前这位小弟弟："我的身价不足千万，纵使倾囊而出也是杯水车薪，与阿辉的需求相差太远了。而要飞利普公司投资，需要董事会决定。我连董事都不是，对此毫无发言权。"子茵说完眼睛红红的，不断地摇头表现出一种无奈，一种心有余而力不足的无奈。

"那已经投资那么多钱，又不能按时投产，每个月资金利息岂不让阿辉董事长……"张武讲到这里忍了又忍，他不想让自己口中说出对阿辉董事长不吉利的字眼来。

"……"陈子茵摇了摇头了，无语。

"那可以通过多订购产品，预付贷款来解决呀？"张武突发奇想。

"……"陈子茵还是不断地摇头。

"为什么呀？"张武走进陈子茵把她抱在怀里，不断地摇着她的身体。

"你不知道吗？订购产品有两种付款方式，一种是离岸价，也就是FOB；另一种是到岸价CIF；可是，上次订货会上，安泰公司已经按计划生产，按计划发货。如果我们定的数量不多，资金额很小，对于安泰公司来说无疑是杯水车薪、无济于事；如果我们定的数量多，安泰公司根本交不出货。"陈子茵尽管心情不好，但还是很耐心地对着张武作了解释。

"这样啊！"张武的眼眶里涌出了泪水。他原希望在飞利普公司呆上一两年，等自己在新的环境中有所建树时再回到安泰去报恩阿辉董事长。可是，一脚踏进来不久，再跨前一步却又深深地陷入与陈子茵的情感当中。现在这对姐弟之恋如胶似漆、难分难舍，安泰公司是回不去了，但感恩之心却有增无减。因此，当从陈子茵口中了解到安泰公司面临的困难与问题时，张武尽管自己心有余而力不足，可是总是绞尽脑汁在寻思对策。现在他的思路一一被陈子茵否定，他颓然地坐回凳子上，着急地搓着手，额头上的汗水顺着脸颊直流，为自己帮不上安泰公司一丁点忙而感到惭愧和痛苦。

陈子茵为张武这种纯朴和真诚所感动，更为阿辉这憨仔面临的困难而担忧。

"这安泰公司原定一年建设期，如果资金链一断，后果堪忧呀！"陈子茵原以为自己在商场中有丰沛的人脉资源，可是这投资项目不比一笔贸易交易，它有它的特点，它有投资周期，而且资金额如此巨大，并非自己这一个层级的朋友可以左右的。"但是，作为几十年的朋友，自己总不能眼睁睁看着安泰公司陷于被动呀！"

沉思了许久，这位热心肠的陈子茵拿起办公桌上的电话，一个接一个开始疯狂地给昔日的朋友们挂电话，推荐这个项目，争取他们的资金投入。

"东芝公司吗？您好，我是飞利普公司陈子茵，你们有没有兴趣投资安泰公司的安泰工业城项目吗？对！对！对！就是阿辉董事长的安泰公司……"

"松下公司吗？……"

"……"

她希望自己的努力，唯恐没有两个亿，争取一个亿，甚至五千万也好呀！

一个晚上下来，陈子茵没有一点收获，没有筹到一分钱。

夜深了，口干舌赤。

陈子茵终于无力地把手中的电话筒放回机座上。

张武默默地给陈子茵一次又一次地添着开水。

"我给阿辉挂一个电话吧。"陈子茵终于下了决心。因为，阿辉已经有了家庭，而且又添了一个儿子，没有特殊的情况她是不会给这个憨仔打电话的。

"阿辉，恭喜你添了个儿子！"电话一接通，陈子茵便开口道喜。

"谢谢，子茵。谢谢您！"阿辉正在为安泰工业城建设项目面临资金链危机的问题而烦恼，回答子茵的电话难免带着一丝忧愁。

"碰到这么大的困难怎么不吱一声！"

"哦，你的消息真灵呀！"阿辉应着，"可是这么一笔巨资找谁都是一个天大的难题呀！"

"不瞒您说，我把电话都打爆了，却一无所获。"陈子茵坦言，"阿辉，您现在必须有一个最坏的思想准备。"

"谢谢您，我已经思考过了！"阿辉叹了一口气告诉陈子茵："我明日决定回台湾一趟。先给张云峰老前辈送上最后一程，然后再找几个股东商量一下如何将资金链接上去的问题。"

"有困难吗？"陈子茵话说出口，感到这句话问得有些多余。

"你说呢？"阿辉笑了一声。幸好，这一笑没有人看得见表情。否则一定可以看见，这一笑比哭还难看。

第二十一章

冒一次风险吧

张云峰先生的突然去世，让区委书记陈永清感到无限的伤痛。这位八十多岁高龄的老人前十几代是离厦门岛不足二十公里的漳州白礁人，当年老祖宗随郑成功东渡拓荒台湾，世代传承却一直对原乡故土有着深厚的情感。当两岸关系一松动，他便第一批回到厦门投资，并凭借实力、人品和人脉成了厦门地区的台商领军人物。十多年来他奔波于两岸，带进一批又一批的台资企业。这个人性格开朗，又有经济实力，在台商当中有着绝对的威信。现在他突然离世，按照闽南的习惯自己应该带着一帮同事为他送行的。可是两岸之间隔着那无法逾越的海峡，人们只能望着那滔滔的海浪表达对这位老人无限的哀思。张云峰老人走了，却又留给了陈永清一个难解的课题，他原来承诺出资百分之十的股份投资安泰工业城，现在这百分之十的股份也随着张云峰先生一块走了。

怪不得阿辉董事长那天接到电话脸色都变了，也难怪市委书记、市长也一脸严肃地要求想尽千方百计帮安泰公司度过难关。

这是两个亿的资金呀！

如果一旦资金链断了，那将意味着什么？

从远处考虑，这对于培育具有鲜明个性的民族工业品牌项目将很难有所作为。

陈永清此时陷入了苦苦的思考当中。

"陈书记，对解决安泰工业城的资金缺口问题，不知您有什么考虑？"陈永清的脑子一直在思考着，区长刘志辉推门进来。

"是啊！这是一道大难题！"陈永清叹了一口气。

"我想，唯一的办法就是找银行帮助了。"刘志辉与陈永清都是在建筑工地里摸爬滚打出来的人，他们深知工程进度的快缓，资金是一个重大要素，可是要解决一大笔资金，兴许一家银行也难以承受。

"我同意你的意见。尽管这是台资项目，我们也要将它作为自己的工程项目来看待。这样吧，阿辉董事长他绝对会竭尽全力。我们也不能闲着，一旦阿辉那边找不到路子，我们应该有一个预案，另辟一条渠道来解决。总之一句话，不管如何，这工程不能停，这预定的交付时间不能拖。"陈永清似乎有一点孤注一掷。

"您的意思？"刘志辉问了一句。

"明天开始，我们一起抽时间逐个拜访几家银行，先打一打招呼，怎么样？"陈永清看了看区长。

"只能这样了，我把这两天安排的工作排开，集中精力！"刘志辉没有再说什么，他向陈永清点了点头，走出办公室。

"林秘书！"刘志辉一出门，陈永清叫了声自己的秘书。

"陈书记，叫我？"林秘书应声出现在陈永清的面前。

"你给工商银行、中国银行、建设银行、投资银行四个行领导分别挂电话，先预排一个时间，明后天我和区长一起去拜访他们。任务只有一个，就是做好准备，一旦安泰工业城出现两亿资金链断裂时，有一个应急预案。"陈永清用平缓却又很坚定的口气说："请他们先帮助考虑一个方案。"

"明、后天的工作原来已经安排满了，这……"

"我知道。但急事先办。这些工作往后推一推。你赶快跟办公室主任说一声。"陈永清办事历来干练，从不拖泥带水。

这边湖里区委、区政府的领导为了安泰工业城的事急得上了火。那边安泰公司董事长阿辉也急得满嘴是血泡。

那天与市区两级领导在安泰工业城工地分手之后，阿辉的心情骤然沉重起来。若莹刚刚临盆，中年得子笑脸刚张开，又碰上了这么一档子事，看来自己没办法陪伴老婆孩子，必须立即飞回台湾。

没有办法照顾若莹母子，只好将这副担子撂给岳父母两个老人了。但他思考良久，绝不能把自己碰到这档烦心事告诉他们。因此回到妇产医院，阿辉只是轻描淡写地告诉若莹："张云峰老前辈不幸离世，我明天必须回台湾送他最后一程。"

"是吗？"若莹是一个通情达理的人，阿辉是空中飞人，在两岸间飞来飞去是家常便饭。只是听到张云峰这位和蔼可亲的长辈离世有一种难言的伤感。她理了理思路："台湾我去不了了，你替我为他老人家烧一炷香。"

"会的！爸爸妈妈会照顾你，我会很快回来。"阿辉弯下腰，在胖儿子脸上亲吻了一下，然后跟若莹打了一个招呼，便风风火火赶回公司。今天晚上他还得联络众多朋友探寻两亿资金的筹集问题。只要那两亿资金一天没有落实，他的心就一定安静不下来。

阿辉每次回台湾几乎都是从厦门到香港转机，通过高雄小港机场再驱车返回台南梅山。

回到办公室他先跟陈茂祥、杨金威两个长辈通了电话，告诉了自己返台的打算。

"既然这样，你明天直接飞台北桃源机场吧，我们后天一同去吊唁张云峰先生。"陈茂祥与陈金威正好在一块，他在电话里有许多伤感："详情见面后再商量！"

"嗯！"面对突如其来的变化阿辉真想多听几句这位长者的声言，可是电话那头的陈茂祥却同样心事重重，话没讲几句，却将电话挂了。

"阿辉，你考虑到了么？张云峰先生去世，那么他原来承诺出资安泰工业城项目的资金肯定落空了。"也许陈茂祥感到电话那头阿辉沉默背后的担忧，又通过手机将电话拨了回来。

"噢，茂祥叔，这正是我刚才打电话找你和金威叔的目的。"看到陈茂祥又将电话拨了回来，阿辉一阵欣喜。

"是啊……"陈茂祥的声音拉得很长："张云峰先生先后娶了三房太太，生了十个儿子，六个女儿，还有两房尚未认祖归宗。"

"这样啊！"阿辉对这些事以前闻所未闻，一无所知。

"台北的朋友告诉我，昨天张云峰老哥刚合眼，他的子孙们便开始争夺财产了。"

"怎么会这样！"阿辉身体微微一颤。

"人呀！真是要想得开一些，张云峰这辛劳一生积累了那么一大片家业。活着的时候，没有一个子孙帮他出四两力。现在眼睛刚闭上，尸骨未寒，那些子孙为了争遗产已经拔拳相向，闹得不可开交了……"老人的语气中充满着一种无奈与伤感，一种难言的痛苦。

"那他们吵他们的，我们只是送别一下张老……"阿辉对这一问题早有预感，这种预感源于昨天的那通电话。

"有了准备最好，这两天我和金威兄正为那两亿元的资金缺口坐立不安。这不是一笔小钱呀！"陈茂祥很坦率地说出了自己内心的不安。

两个人的电话通了许久。

说起来也怪，没有运气的时候，老天也给你添乱。

早上阿辉从厦门乘飞机时香港的天气还好好的，可是飞机到香港机场一降落，那天却被乌云包裹得严严实实，紧接着雷鸣电闪，大雨倾盆，出港航班大面积延误，进港航班则备降在澳门或深圳机场。

原本早一点飞往台北的阿辉尽管心急如焚，看到这种天气，除了一声声叹息外，也毫无招数。此时也只好静静地坐在候机室里闭目养神。

从中午一点，一等便等到晚上七点，那天好像肠胃坏了似的，无休无止地响雷、下雨。已经心烦意乱甚至有些近乎崩溃的阿辉直到晚上九点钟才登机。抵达台北桃源机场时，已经是晚上十一点多钟了。

这一段无所事事，阿辉的脑子却反反复复地思考着这两亿元资金的问题，想得整个脑袋都嗡嗡作响。

再吸纳新股东的可能性很小，而且能够迅速出资两个亿的股东几乎没有。

更要命的是，当下正值东南亚金融风暴，原来在海峡两岸没有开放之前一批台商到了东南亚投资，此时已经一个个东倒西歪，遍体鳞伤。阿辉昨天晚上联络了几个在东南亚投资的朋友，希望得到他们的响应。可是电话一通，他们没听完电话便一个个都是叫苦不迭，自顾不暇。

从银行解决，那么在现有资金链中已有将近三个亿是从银行贷款解决的，再贷款的希望也不大。大陆的银行都是国有银行，一笔这么大的巨额贷款要层层报批，不说希望不大，纵使批下来也是一年之后的事情。

到那时连黄花菜都凉了。

阿辉是一个凡事不轻易言弃的人，此时此刻他在反复思考这件连仙岳山的土地公都首肯的项目，绝对不能半途夭折，绝对不会掉链子，绝对不会漏气。

前进有困难，后退便是死路一条。与其这样，那只有奋勇直前了。

住进台北的霖园酒店，阿辉感到身上已经有了一股浓浓的馊味，放下行李第一件事是冲一下澡。经过十几个小时的旅途奔波，加上昨晚在厦门几乎没有合眼，本想洗刷完毕之后能够早一点上床休息。

可是这人也是怪得不得了，在飞机上昏昏欲睡却睡不着，下了飞机人四肢酸痛，两天来的倦意扑面而来。但到了目的地，冲洗了一下，似乎又像汽车加足了油，又精神抖擞，睡意全消。

此时，刚从卫生间出来的阿辉一边穿上睡衣，一边用手不断地抹着板寸头时，那睡意早已荡然无存。

在床上翻了一个多小时的身，越翻越有精神。他叹了一口气，索性翻身起床，站在窗前看着那窗外的夜景。

已经凌晨两点多了。

阿辉就这样站在窗前痴痴地看着，一直站到深夜、站到黎明时分，他才挡不住困倦和衣躺在床上迷迷糊糊地睡着了。

等到他一觉醒来，洗刷后匆匆赶到台北市郊设在松鹤殡仪馆里张云峰的吊唁厅时，已经将近十点钟。这里阿辉曾几次送别故去的朋友，但每到这里一次总有一番新的感慨。而每次进来都比往次对人生有着更深的领悟，对事业发展有着更执着的追求。他在内心一次又一次地思考，人生一世，草木一秋。一个人总要有一口气残存，总会面对人生道路中的种种坎坷；一旦没了气息便会像带着白天的操劳奔波进入梦乡一样，使早已疲惫不堪的身心得到稍稍的歇息，而他的事业也随之……。

张云峰老前辈前一段与自己见面时，还是那样幽默，还是那样谈笑风生。这十几年他不知疲倦地在两岸奔波，为他那庞大的事业劳碌。

现在奔波和劳碌了一生的老前辈累了，他正在休息，而且就在这吊唁厅里永远地休息了。

带着一种伤感，带着一种对老前辈的无限思念，阿辉的汽车在离那吊唁厅前两百多米的地方停了下来。低回的哀乐，能给人灵魂净化的哀乐，每走一步都刺激着自己的每一根神经。阿辉的鼻子一阵阵地发酸，眼睛也一阵一阵地湿润起来……

这几年，身边的亲人一个又一个地离开自己。阿爸、大妈、静娴、岳父、岳母……自己一个个将他们送走，今天又要送走张云峰这个老前辈。

吊唁厅门口东一拨、西一拨地聚集了老老少少的人群，他们当中有男有女，有老有少，一圈一圈，一堆一堆。开始阿辉以为是送别张老先生的亲友。但走近一看、再细细一听，却发现他们的脸色或有些忿忿不平，或在思考策划着什么。

他从这些人的言谈举止当中，判断出他们便是张云峰老前辈的子孙们，正在策划着从老先生留下的巨大遗产中得到更多的份额。

"阿辉！"正当阿辉思考时，他的身后响起了陈茂祥那悲伤和低沉的声音，他的身后便是一生几乎形影不离的杨金威。

"茂祥叔、金威叔！"阿辉感到内心酸溜溜的，跨前一步伸手搀扶有些老态的陈茂祥。

"阿辉你看到了吗？这些人都是张云峰老哥的子孙。他们……"老人用眼光扫了一下周围只顾自己却不迎接客人的人群，握了握阿辉的手，那手握得不轻也不重，提醒他注意观察，却吞下了后半截话。

"嗯！"阿辉刚才已经有了一些了解，看到这一切已经对陈茂祥那后半截话心领神会。

三个人在议论着，周边的那一拨拨人的声音却不时地传到他们的耳朵：

"老的一蹬脚，什么话也没留，我们这一房可倒了霉了！肯定要吃大亏了！"一个年近60岁的老人说。这个人已是爷爷辈的角色，他的周围兴许是他的子孙们。

"现在最重要的是封存冻结财产，不然长房非得转移资产不可！"这又不知是哪房的子孙的声音。

"我们要请好律师，帮我们作好准备，不行便打官司……。"

"长房的人早有准备，平时大权都掌握在他们手中，我们不能不防呀！"看那样子，估计是三房的人。

"你们这些不肖子弟，以前叫你们努力，你们都当耳边风。现在好了，这真金白银都眼睁睁被人弄走了，才瞪着眼睛干着急，有屁用啊！"这是一个五十来岁的男人在呵斥自己的后代。

"这二房的人平时对事业既不出力又不流汗，现在却一个个像饿狼一样……"这又不知是哪房的子孙。

"怪就怪我们三房以前没有用心，现在大权旁落，想作为也不可能了……"

穿过这些人群，还有两拨人围在一旁唉声叹气，暗暗落泪，他们不时地跺着脚，却又束手无策。

"这些一定是等待认祖归宗，却又没有任何办法的人了。"陈茂祥轻声地叹着气，他不停地摇着头，老人此时此刻目睹这一切，内心充满着无限的悲伤。

在不足百米左右的路上，阿辉三个人的耳边充斥着怨叹声，快到吊唁厅前，才见一位带着黑纱的年近六十的老人匆匆忙忙出来迎接。

"茂祥叔、金威叔，这位一定是阿辉先生了。"来人跟他们三个握手。

不用猜，听声音是前几天给自己挂电话的那人了，阿辉心里在琢磨。

"松泉呀！节哀顺变！"陈茂祥认识他，这位便是张云峰的长子，以前有过一、两次接触。因此转过身他将阿辉介绍给松泉："这是安泰公司董事长阿辉！"

福德之春

"我猜到了。阿辉先生很抱歉，父亲承诺……"张松泉想开口解释张云峰的出资问题。如果平时阿辉会很有耐心地听他解释，可是经历了刚才那不足百米的道路，所见所闻，他深切地感受到尽管他是张云峰的长子，在目前的情况下已经很难控制这个庞大家族濒临失控的局面，他的苦衷自己已经有所了解。于是点了点头，淡淡地告诉他："松泉兄，心领了，我们先送云峰老前辈吧。"

三个人给张云峰上了一炷香。然后，分别给他的三房太太表示哀悼之意，临到中午才离开松鹤殡仪馆。

"阿辉，这资金缺口的问题你是怎么考虑的？"一路上三个人同乘一部车，大家都很伤感一直没有吭声。直到进入台北市中心，陈茂祥才问了问阿辉。

"茂祥叔，不瞒您说这个问题折腾得我几天都没睡好觉，该想的办法都想了。但是……"阿辉心里非常沉重。

"但是至今仍束手无策是么？"陈茂祥没等阿辉说完便接过话题。

"嗯！"阿辉点了点头，"但是活人绝不可能被尿憋死。安泰工业城的建设已经开工便没有回头箭了。现在只有孤注一掷，一定要确保建设，而且要确保如期完工。"

"这么说，您心里已有了筹措资金的办法了？"杨金威看了看阿辉。

"我思考了许久，如果真的无路可走，只好将安泰公司在美国上市公司的股份找几个老朋友抵押出去。"

"这……"陈茂祥只说出一个字便无语了。

他也曾经考虑过这个问题。但是这支股票是在美国纽约证交所上市的，股权转让如发生在台湾，必须得到台湾当局的证券管理部门的批准。可是这一批，来来往往没有半年不成，甚至更长时间。

可是如果不批便抵押出去，那么将碰触法律法规，风险不小呀！况且这支股票最近表现强劲。这条路不到万不得已，实在不能走。

"茂祥叔，金威叔，我已经下定决心了。冒一次风险吧！人生要创业哪能没有风险，哪能风平浪静的！"阿辉抬起头，用自信的目光看了看两位长辈。

"……"陈茂祥、杨金威没有吭声，他们也确实想不出更好的处理办法了。听到阿辉这番话，只能默默地点了点头。

第二十一章

冒一次风险吧

第二十二章

秋雾茫茫看台北

今天台北的雾霾很浓、很浓，浓的整座城市如同浸泡在牛奶当中。

阿辉与陈茂祥、杨金威的小车驶出松鹤殡仪馆之后，考虑到儿子小俊就在台北，而且将近一年未见到面了，便请陈茂祥、杨金威两位长辈先回台南，想约小俊见一个面，希望带儿子回到台南去。

"中秋节到了，应该带着儿子给故去的亲人上上香，这是祖祖辈辈传下的传统习惯。"阿辉在心里思考着。

"那我们在台南等你？"陈茂祥听了阿辉想将安泰公司在美国上市的股权抵押一笔资金，投资到厦门安泰工业城的想法后，心情格外沉重，可是反复考虑来考虑去，除了这一条路之外，实在是没有别的路可以走了。

这是一个没有办法的办法，也是一条没路可走的路。

"好！我最迟明日便会回去！"阿辉向慢慢远去的小轿车挥了挥手。

送走两位长辈，阿辉回到酒店便迫不及待地给儿子小俊拨了电话。

可是，结果让阿辉一次又一次地失望。

这么一年来，一直联络的小俊的电话号码今天出现了异常，每次拨出去之后，中华电信公司电脑录音便告知这电话已转由小秘书联系。

开始阿辉以为自己拨错了电话，又反复拨了几次，结果都是一样。

前一段时间，阿辉曾包括从张云峰和好友处听说，小俊投资的创意公司，经营失利关张了。当时之所以咬一咬牙给了他一千万元新台币，是在若莹劝说下才下的决心，只当做给他们一笔学费，从内心深处已经作了打水漂的思想准备。可是令他想不到的是，一千万新台币赚进来要付出多少艰辛的汗水，而到他手上却亏得那么快，只在眨眼之间。

"小达补！"阿辉嘴巴里骂出声来。越是这样，他越是迫不及待地想了解儿子小俊的情况。

那么这茫茫的人海，这个拥有几百万人口的台北，自己用什么办法去寻找自己的儿子呀！阿辉的眼睛朝窗外看去，尽管太阳已经出来许久，可是台北仍被雾霾笼罩着。这浓浓的雾霾一动不动，仿佛是一潭秋水风平浪静，可是这浓雾之中却有几百万条生命在奔波。尽管都在奔波，可有的是为了学习；有的是为了创业；还有些人在经营策划着自己的私利；还有……

绞尽脑汁，阿辉却想不到更好的办法可以联络到小俊。他这才感到一种沮丧，感到人生尽管不断打拼却产生一种失败感。沉思良久，心想不如给荣生挂一个电话吧！这个作母舅的一定与他有联系。于是，拿出手机给远在台南的内弟荣生拨通了电话。

"荣生，我是阿辉，你知道小俊的电话号码变了吗？"电话通了，阿辉直截了当问荣生。

"这个小叮当，我也联系不上，我刚赶到台北！"荣生一听阿辉找不到儿子，也坦言自己正为这发愁。

"你在台北？"阿辉问了一声。

"刚到！我已经一个月联系不到他了。"荣生坦言。

"我昨晚到台北。在哪？我们见个面！"心里一急，阿辉希望马上见到荣生，见一见面。

"好！阿辉。你这儿子不省油呀！"荣生吐出了一口怨气。

前两个月荣生听到小俊文化创意公司关张，还与小俊通过电话。当荣生问及小俊现在有什么打算，干什么时，他才吞吞吐吐告诉母舅，因为大部分资本已经

第二十二章

秋雾茫茫看台北

亏掉，现在盘了一间社区便利店在经营。

"财务状况如何？"荣生毕竟在创业道路上有过体会，他知道经营社区便利店必须二十四小时不打烊，连人家要一斤盐都要送货上门，对于这种蝇头小利又跑断腿的营生，那小俊能吃得了苦吗？一个个疑问立即出现在荣生的脑海里，让他难以释怀。

"……"对于母舅的发问，小俊没有回答。

"小俊，如果实在经营不下去，便立刻将那店转手给人家，回到台南来，回到安泰公司来，这里的创意设计工作你照样可以施展拳脚的。"两姐弟就这么一个宝贝，姐姐走了，姐夫两岸奔波，作为母舅，荣生耐心劝着外甥。

"再说吧！"小俊迟疑了很久，终于不冷不热地应了一声，然后挂断了电话。

荣生有些生气，原本想抽空赶到台北来当面臭骂他一顿，然后帮助他料理清楚后将店盘出去，带他回台南在安泰公司安排一个工作岗位的。可是这接完电话的第三天，荣生的太太生了一个女孩，老人都走了，公司的工作又很多，忙里忙外，手足无措间便淡忘了这件事。

前十几天，当荣生忙完工作，拿起电话联络小俊时，每次电话都转成小秘书。而此后日复一日，始终没有小俊的半点回音。

这不，昨晚他跟老婆一商量，便开着车赶到台北，不想正与阿辉不期而遇。

"阿辉，你的气色怎么这么差。"兄弟俩见了面，默默无语，许久荣生打破沉默问了阿辉一声。

"这一段工作压力太大了，偏偏这小达补又这样……"阿辉从内心感到，自己这一代从贫困当中挣扎出来，懂得吃苦打拼，更懂得如何珍惜。现在尽管事业还不是做得很大，而且面临着种种挑战，可是从来没有歇脚，也从来不敢懈怠。而小俊这一代却时时让自己操心，如此让自己放心不下。

他好高骛远，却不脚踏实地；他每时每刻都在期望着有朝一日成为百万富翁、千万富翁，却不能面对人生的挑战，一步一个脚印累积人生。结果小钱他们瞧不起，大钱又没本事去赚，却将眼睛盯得圆圆的，将注意力聚焦在父辈的口袋里。这一点，在上午张云峰老前辈的告别仪式上，那一幕幕事实让阿辉着实留下难以磨灭的记忆。

前车之鉴，后事之师。上午的事情至今历历在目，阿辉想到寄以厚望的后代，却让他感到一种后怕和恐惧。

尽管自己现在还年轻，可是再年轻老子总会比儿子先死的。尽管自己也有一份家业，可是总不能常常一千万、一千万地拨给儿子让他去败呀！

老子保得了儿子一时，却保不住他一生啊！

"怎么办？阿辉。"看到阿辉一脸严肃，荣生知道阿辉此时心情一定很沉重。因为在此之前，他了解到阿辉在建设安泰工业城中面临的资金链断裂问题。

这个问题没有着落，又碰到儿子没有音讯，作为父亲谁能不着急呀？

"荣生，你给小俊发一个短信。告诉他，我们在这等他。叫他马上来见我们。"阿辉心里烦，口气也很严肃。

"好！"荣生拿起手机片刻便将短信发了出去。

"加一句，如果明早七点前没来，叫他直接回台南，明天我们给他外公、外婆和妈妈扫墓！"阿辉的语气中增添了几份伤感。

"嗯！"荣生照办了。

第二天早上，阿辉和荣生等到八点半，既没有等到小俊的回复，更没有看到他的身影。这让两位久盼小俊的长辈心急如焚："难道这小子真的出事了么？"

"走吧，回台南！"阿辉尽管一百个不放心，还是用很沉重的声音告诉荣生。

"再等等吧，阿辉！"荣生心里一直在骂这个不争气的外甥，但毕竟是自己的至亲呀！

"咚、咚、咚！"恰在此时响起了敲门声。

两个人正在焦虑当中，听到这敲门声无异于注入了一剂兴奋剂。

荣生站起来直奔房门。

阿辉为了抑制内心的焦虑刚点了一支香烟，便迅速地将烟往烟灰缸中用力一掐，向门外投去了期待的目光。

门开了。

第二十二章

秋雾茫茫看台北

一男一女出现在门口。

前面的男人出现在眼前,他毫无血色的脸小得如同汤匙把一样窄,杂乱无章的披肩头发连眼睛也遮得八九不离十。他的身后跟着的是一个四十多岁的女人,尽管年纪不小,可是血红的口红,厚厚的粉底,好像在她身旁跺一下脚,也会掉落出一个大粉饼来。

"你们找谁?"正在开门的荣生懵了,他看到眼前的来人有些陌生。

"我是小俊呀!"小俊没有叫父亲,也没叫母舅,若无其事地走进房间。

"小俊?"荣生有些惊讶。

"你怎么会变成这样啊!小俊?"最让阿辉难以接受的是这个二十多岁的儿子,怎么一年不见变得如此颓废,变得让自己这个作父亲的都感到如此生分。

"这是?"荣生手指了指他身后的女人。

"这是我太太!"小俊大大咧咧地走进房间往沙发上一坐。

"妈呀……"阿辉差一点晕过去,这就是小俊的太太?这就是自己的儿媳妇?这,这,这,比他死去的母亲还老一百倍、一千倍。这哪是太太,这分明是老母亲呀!阿辉在心里痛得几乎要哭出声音来。

"你们不是一直呼我来吗?有什么事啊?"小俊目无长辈地问了一声。此时这房间里好像小俊是长辈,阿辉和荣生却成了下辈。

"……"阿辉气得浑身上下不停地发抖。他为了抑制内心的痛苦,把刚刚点燃又掐灭的烟又点起来,父子之间一年没见到面了,他强忍着内心的怒火尽量不发作出来。

"小俊,你们现在干什么呀?"荣生看阿辉如此怒不可遏,尽管自己真想上前狠狠地打这小子一记耳光,仍冷静下来问了一句。

"不是给你讲过开社区便利店吗?"

"为什么几次打电话都不接,也不回呢?"荣生追问。

"我要为三餐奔波,有那么无聊吗?你们有什么事?"这小俊很有一点死猪不怕开水烫的样子。

"你怎么混成这个样子啊!人不像人,鬼不像鬼的样子啊!"阿辉终于忍不住了。

"我怎么啦？做贼了？还是当劫匪了？是缺胳膊了？还是少腿了？用不着动这么大的肝火！"

你看看，这小子的眼里哪有长辈？哪像个出过洋、留过学的后辈呀？

阿辉被气得再也说不出话来，他不停地、狠命地吸着手中的烟，又重重地吐着肚子里的烟。好像要将心里的痛苦、对不肖之子的怒气全部吐得干干净净似的。

"好了，见一面不容易，既然不愉快我们走了。"没说几句话，小俊不再理会两个长辈，带着他的那位太太头都不回地打开房门，扬长而去。

"小俊……"荣生痛苦地叫了一声匆匆追出门去。可是，小俊只甩了一下长发，头也不回地走了。荣生摇了摇头，他跨进一步叫住了小俊带来的那个被称太太的女人，忍住了心中的怒火问道："你好，怎么称呼你？"

"苏芮文！"那女的站住了脚，她一脸惶恐地看着荣生，一副泪水汪汪的样子。

"你们什么时候结婚的？为什么不告诉长辈呢？"尽管看到眼前的苏芮文年纪跟逝去的静娴姐姐相仿。但既然外甥宣称是自己的媳妇，心里再不痛快也要耐着性子了解一番。

"我们没有结婚。"

"那……"荣生更感到困惑不已。

"我是小俊聘用的社区便利店的员工，后来我们同居了。"苏芮文感到面前的母舅年岁与自己相差无几，有些不自在地低下了头。

"你们的社区便利店经营得怎样啊？"这是荣生最关切的问题，看到小俊那好像嬉皮士一样的颓废样，他的心一阵阵如同刀割一样地发痛。

"……"苏芮文摇了摇头，泪水如泉水一样往下掉。

"为什么？"荣生心痛了，他的预感得到了证实。

"小俊他根本不会做生意，更不喜欢从事这样伺候人的服务业，现在每个月能持平就不错了，偶尔还亏损一些。"

"你们没有找原因、想办法？扭亏为盈吗？长期亏损能坚持下去吗？"荣生忧心忡忡。

"你要多帮助小俊!"荣生叹了一口气,鼓足勇气说了一句连自己压根儿都不愿说出的话。

"⋯⋯"苏芮文默默地点了点头,用手抹干了满脸的泪水,她鼓足勇气张开了口,不知想向荣生说什么。但那嘴张开了几次终于没有说出来,预计此时的她内心也很纠结,一定充满着许多矛盾。

"你有什么话便说吧!"荣生有些无奈。

"我⋯⋯"苏芮文正要开口,但刚开口,已经先行的小俊返回身来大喊一声:"快走,还在那干什么⋯⋯?"

苏芮文犹豫了一下,向荣生投去一种可怜巴巴的眼光,瞬间又抹了一下泪水也快步追随小俊去了。

荣生没有再吱声,他的喉咙塞满了棉花。一个四肢健全,血气方刚又到美国留学四年的后生仔,一年时间败尽了父母用心血赚来的一千万元,却混得如此失败,败到血本无归还不算,似乎这父母及长辈还亏欠他似的。这到底是怎么回事呀!

荣生为小俊担忧。原来自己、阿辉和静娴包括已经逝去的父母对这孩子都寄以厚望,期盼他成熟,更期盼着他能够成材,能够子承父业,使安泰公司这番天地得到拓展。可是,这一切都化为泡影,这还不算,如果让小俊长此以往,别说发展,甚至能否生存都将是一个大问题啊!可是,现在他跟长辈之间抵触情绪那么大,又如何留住他的人,留住他的心呢?

子大不由父,子大也不由舅啊!

荣生越想心情越沉重,他想跟阿辉商量一下如何处理这个小达补的事情。可是,刚才一见面看到阿辉气色之差,脸色如此憔悴,再加上前几天已经听到安泰公司在建设安泰工业城项目当中,由于张云峰先生的去世,造成资金的巨大危机,他忍住了。

站在酒店的走廊上,荣生的心情坏到了极点,他抬起头仰天长叹了一声:"小达补,败家子呀!"

当荣生重新走进房间时,看见那里烟雾缭绕,浓烈和辛辣的烟味让人室息，让从来不抽烟的荣生倒退了几步。

阿辉在一口又一口，死命地吸着烟。他的脸色铁青，而捏着雪茄的手仍在剧烈地发抖。

"真没想到啊，上午看到张云峰老前辈成群结队的子孙时，自己是那样的不屑一顾，为这样不中用的后代感到痛心。可是今天当自己面对儿子小俊的情况时，心不再是痛，而是汩汩地流血。不，是在喷血。自己辛劳半生，打拼几十年，原以为自己的后代总会从父辈艰辛的人生道路上学到一些正面的东西，能够有所长进、有所发展。可是谁会想到自己日夜思念的儿子，自己和静娴当年视为宝贝疙瘩的儿子，会变得如此不成器，如此落魄。

"那是什么太太？那个比他妈还老的女人，真……"阿辉愤怒地站了起来，将手中握着的半根烟用力地在烟灰缸上掐灭，他真想破口大骂，对这个不肖儿子骂几句难听的话。可是看看站在一旁已经异常痛苦的荣生，他忍住了，又重重坐回沙发上。

"怎么办？不管他？小俊将自生自灭！"荣生走进门，不知是自言自语，还是对阿辉说。

"管他？这个样子怎么管？"阿辉怒不可遏地跳了起来，好像要跟人吵架似的，"他混成这样还像一个人吗？简直是一具僵尸！"

"阿辉……"荣生的喉咙哽咽了。

阿辉不敢看这位内弟此时的痛苦表情。他知道，小俊从出生之日起，全家老少都视为宝贝，视为命根子，倾注了方方面面的爱，给予了方方面面的照顾与呵护。可是长大了，放松了管教和正确的引导，这一代的孩子，眼高手低，却又不了解创业的艰辛，舍不得付出创业的汗水，以致铸成今天的结局。他的内心在哭泣，"爸、妈、静娴，小俊变成这样我有责任，我有愧呀！我对不起你们！你们在那边一定要帮助我呀……"

不知不觉阿辉的眼睛湿润了。

他想到马上要返回台南梅山，明天当自己给静娴和父母上香的时候，应该如何面对已经在另外一个世界的他们，怎么向他们诉说自己内心的痛楚？

荣生理解此时此刻的阿辉，在这烟草味如此浓烈的房间，他感到有些呼吸

不畅的难受。于是走近窗前用力推开了窗户，一股清新的空气挤了进来，顿时有了些许的清爽。

　　阿辉将头转向窗外，这天的天气比昨日更糟糕，那浓浓的雾霾把整个台北笼罩得更加严实。他用力睁开眼睛想认真地看清在这雾霾底下正在繁忙的人群。可是许久、许久，终于摇了摇头。

　　"走吧，回家吧。"心事重重荣生劝了一下阿辉。

　　"嗯！"阿辉心事重重，他在思考明日自己去上坟时，如何跟岳父母和静娴倾诉，该说些什么最恰当。

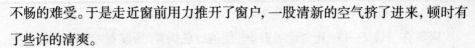

第二十三章

张文说，请给我人事权

俗话说，宁可统帅雄狮千军万马，也不愿管理八百乌合之众。这句话对于张文来说体会再深不过了。

那天与刘明两个人正在安泰工业城筹建处忙得不亦乐乎，突然接到若莹的电话，叫他将手头的工作全部交给刘明，随他到湖里村办工厂当厂长。对于若莹这一没有任何预警的决定，惊得张文张开的嘴巴久久合不拢。他是一个非常实诚的人，同时又是一个非常懂得感恩的人。尽管知道这是一桩非常难办的差事，既然老板交办了，那么再苦、再难，自己也要认真办好。

于是，张文二话不说，匆匆忙忙将手头工作向刘明作了一个简单的交接，便急急忙忙赶回公司。一边擦汗，一边见了若莹特别助理。

"这间工厂表面上是湖里村出资建设的，但它一方面是阿辉董事长报恩乡亲的一个举措；另一方面又是安泰公司的一个重要组成部分。你知道，它生产每一个马达，无论数量和质量都事关安泰公司发展的大局。因此，这是一个十分重要的工作。"记得那天若莹特别助理挺着大肚子，不时地喘着粗气，她的双手叉着腰，努力分散腹中胎儿对腰部的沉重压力。

"我已经感觉到了！"张文点了点头。

"这是一桩很辛苦的工作,你要有思想准备。因为那里的工人都是本村的失地农民,而且又是一个个腰缠万贯的农民。是……"若莹本来想讲得更严重一些,但略一沉思她把话停了下来。"有困难可以找我爸他们多商量,当然也可以直接找我和董事长。"

　　"好,放心!我去了!"张文表面上还是那副不慌不忙的样子,可是心底里却激烈地思考开了。他是一个脚踏实地的人,原来由于家境贫寒上不了大学,紧接着跟随父母、随着浩浩荡荡的农民进城打工。从偏僻贫困的西南山区进入灯红酒绿的经济特区,看着那令人脖子都发酸的高楼大厦,他曾经有过年轻人的特有浪漫和远大追求。那几年,他在一家电子工厂打工,干的正好是绕电子线圈的活,一天到晚八个小时,有时为了赶工还没有星期六、星期天,每天几乎工作都要超过八个小时。

　　他的脑海每天只有一个信念,手脚灵活一点,多绕几个合格线圈,月底的时候多领几块钱工资,减轻父母的负担,保证弟弟张武能早日学成归来。

　　一个月几乎没日没夜,张文每个月拿到的却是几百块钱工资,尽管如此,他都全额上缴给父母,再由父母返拨一点钱给自己作零用。

　　尽管这几年工作很累,生活很清贫,但他感到很充实、很满足。因为在经济特区尽管自己住在贵州村这样的临时搭盖房,没了家乡的宁静和空气的清新,却能听到社会发展变化的脉搏跳动声,感受到许多在家乡难以感受到的时尚信息,听到许多催人奋进的人间故事。因此,他一有时间便专心致志地自学。上大学的机会离自己越来越远了,但可以自学,可以函授,可以请教周围的师长。

　　讲实话,张文的生命转折出现在跳槽到安泰公司之后。

　　弟弟毕竟读过大学,见识也比自己更广一些,在他的引导和鼓励下,同村的几个人成功跳槽到安泰公司。紧接着安泰学院成立,自己几年来的辛勤努力终于有了良好的结局和回报,张文和赵明英一起被安泰学院录取了。

　　后面的情况变化却是那么突然,却是如同导演导出的一台戏一样。

　　弟弟张武升官了;

　　弟弟对自己相随相伴的赵明英穷追不舍,赵明英的感情天秤倾向了弟弟那边。

......

那段往事如同走马灯,如同幻灯片在张文的眼前晃过。

往事如梦,不堪回首。

然而张文却牢牢记住,人生的道路非常漫长,人生的道路布满了荆棘,要使自己的人生立于不败之地,唯有一步一个脚印,踏踏实实做人,扎扎实实工作。

弟弟张武出事了。

赵明英又回到自己的怀抱。

张文和赵明英也同时从安泰学院毕业,同时被聘任到管理岗位上。中层副职,这是一个白领的工作岗位,这是以往只有大学生、只有城里人才能担当的岗位。可是,现在峰回路转却被自己和赵明英同时拥有。

记得那天晚上,张文和赵明英回到家中的时候,难以掩饰幸运掉落在自己头上的喜悦。一下班两个人便迫不及待地关上房门,紧紧地拥抱在一起。

这一次拥抱,是他们认识近七年来抱的时间最长、抱得最紧的一次。彼此都没有说话,只是默默地拥抱着,默默地流淌着幸福的泪水。

张文把嘴向赵明英亲去。

他亲得很动情,很投入,好像第一次感觉到赵明英那口里的口水像潺潺的山泉那么生津、那么清纯、那么让自己的每一根神经都亢奋。

"张文,我们成功了,我们成功了。"赵明英喃喃自语。

"嗯!明英这是我们七年努力的结果,本来四年便可以实现,可是我们比别人整整多了三年时间和付出。"张文有些忘情地袒露心迹。

"我们有了今天的一切应该懂得感恩,懂得这一切除了自己的努力,是安泰公司给予的,……"赵明英说着说着,竟然"呜、呜、呜"地失声痛哭起来。

这时,张文才感到自己怀中搂着的赵明英心地是那么的善良,那么纯洁,那么知道感恩。他发现在自己心目中,她是那么的漂亮,漂亮得没有任何女人可以比拟。他觉得赵明英失而复得是老天爷对自己的恩赐,是仙岳山土地公给自己的一份最好的礼物。他从内心深处暗暗发誓此生一定要好好工作,学会担当,将家庭建设好,将赵明英保护好。

第二十三章

张文说,请给我人事权

209

现在张文以这家村办工厂厂长的身份来到工厂上班，他的左右是林万寿等村两委的干部和长辈，以及无数双寄予厚望的眼光。可是当他踏进车间的瞬间，热乎乎的心好像掉进了冰窟窿，脊梁骨上似乎透出一阵阵凉飕飕的冷气。

两间几千平方米面积的车间，杂乱无章地堆放着马达生产的成品、半成品、原材料和辅料，地板上的垃圾随着车间屋顶上的几台吊扇飞速旋转而纷纷扬扬地飞舞起来。

八点是上班时间，可是进入房间的工人只有零零落落的几个人。他们或是理着长长的披肩发，染得金黄金黄；或是旁若无人地嘴巴上叼着一根香烟。

这时又有一拨人进入了车间，其中一个年纪稍大一些的哥们，从口袋里取出一包软包装中华香烟，撕开口子朝工人们一根又一根地丢了过去。

"兄弟，来一根，软包装，三字头！"这位仁兄十分张扬，甚至有些得意忘形，他根本没有顾忌在门口站立的厂长及村两委的干部，好像故意要在他们面前摆阔，在他们面前示威。

张文的心"咯噔"一跳，尽管自己不会抽烟，但生活在经济特区，知道这款软包装中华烟的价值，每包八十多块钱，这扔出一根便扔四块多钱，足足可以让自己吃上一餐快餐，解决一餐的温饱问题呀！怪不得，纵使他们每天都能生产合格产品，一天工资也赚不到这一包香烟的钱呀！

他们怎么会踏踏实实在这里做工，又怎么会安心在这里付出汗水，干好一天的工作呢？

又一阵嘻嘻哈哈的声音传递进来了。

这是一群穿着时髦40岁上下的女人。

"还以为我们没饭吃要赚钱养家糊口似的，我们不过是家里玩腻了想出来透透风而已……"这个妇女脖子上、手腕上、耳朵上都挂着又粗又大的金首饰，一边说话，一边不停地吐着橡皮糖的大泡泡。

"那是，在家玩了几年，你看我都没腰了。现在的男人呀，都喜欢小蛮腰了。"又一个中年妇女在呼应着。

"是啊！是啊！现在的男人呀，口袋里有钱了，三天两头往外跑找小姐。那些狐狸精都是二十多岁，多水灵呀！我们家里的那些老色鬼连正眼都不看我们一眼。"一个三十多岁的妇女啰嗦着。

"这像话吗？现在几点了！看看！看看！"林万寿忍不住，也看不下去。抬起手腕看了看手表："现在已经八点四十分了，还上什么班？回去，回去！回去玩够了再来上班。"

"万寿叔，别凶了，我们正是在家玩够了、玩怕了才来上班嘛。你老人家发发善心让我们上班吧！"这一帮人看见林主任生气了，倒也有些紧张，立即收敛起来，涎着脸求情，态度也明显地发生了一百八十度的转变。

"……"张文看在眼里，急在心头，他却不停地摇晃着脑袋。心想，这可是一群如同白豆腐一样的宝贝呀！掉在地上吹不得，拍不得。一家工厂如果有这样的职工队伍，何谈产品质量和数量的保证？

要有产品数量和质量的保证，必须有员工队伍的素质保证。

要有一支员工队伍的素质的保证必须解决员工进出通道的问题；

要切实解决员工进出通道问题就必须拥有严明的组织纪律和必须与实际配套的人事权利。

张文用逻辑推理的办法思考着。他没有再说一句话，径自走到正在工作的几个男青年身边。这些人尽管算是进入岗位干活，可是他们嫌坐着那没有靠背的凳子太辛苦，然后将脚架在凳子上，嘴上叼着烟，歪斜着身子正懒洋洋地缠着马达的线圈。

"你好！请按操作规程坐在你的位置上，你的凳子上。好吗？"张文实在看不下去，上前劝导着。

"你……"那后生根本没有把眼前的这位小厂长放在眼里，只用斜视的眼光淡淡地瞟了一下，继续我行我素。

"58号，请你按操作规程办，要执行员工管理规定。"张文初来乍到，他不知道眼前的员工叫什么名字，只是在情急之下叫了他的工号。

"我有名字，你没有文化？"这个比张文长几岁的员工看了看这个子不高的厂长，用阴阳怪气的口气回答。

"对不起，请问你叫什么名字？"张文的心如同被蜂蛰了一下，想想自己当年

进入厦门，要进入一家工厂是多么不容易！记得第一天领班将自己领进工作岗位时，自己感激不尽，差一点都要感动得哭出声来。坐在工作位置上，伏下头眼手并用，八个小时紧紧张张，连一个懒腰都不敢伸。

那是多么令自己高兴的事情呀！

找到了自己人生的第一份工作，而且这份工作在车间里没有风吹，没有雨淋，还有呼呼作响的电风扇。更重要的是，只要做一个月便可领到八百多块钱的第一份工资，可以高高兴兴地向父母上交第一份收入……

那时自己对这份工作是那样的满足，那样的珍惜。

可是，眼前这位应是自己兄长的员工到底怎么啦？他不懂得感恩，不懂得珍惜，不知道满足？张文用迷惑不解的目光看着这位仁兄，可是他却没有用正眼去看眼前的厂长，嘴巴里叼着的中华香烟正在袅袅升起一缕缕烟圈，仍然是目空一切在翘着脚干活。

那漫不经心、目空一切的举动让张文有些难受，他一肚子火似乎要从嘴巴、鼻子等等喷涌而出。而此时此刻他不得不强忍着，他努力控制自己的情绪。

"不要用这种怪异的眼光看着我，你知道吗？这间工厂我有百分之十的股份。"兴许是这位叫林建智的工人看到这位小厂长不动声色，久久地站在身边看着自己，不以为然地反问一声。

"我知道一些，但不全面。老兄啊！你不是说这厂有百分之十的股份吗？那么，等于你投了大约200万元的资金！"

"没错！可是这两百万资金在我家里可是小意思。"人有钱，气也粗，这林建智说起话来大大咧咧。

"当初，你为什么要参与投资呢？"

"那是家里的老头子出的馊主意。玩都没时间，还办什么工厂！"林建智似乎对投资这工厂有些怨气。

"那你就准备让这200万打水漂？"听见林建智的话，张文终于找到了切入口。

"谁说的？"林建智被张文一问愣了一下，放下手中的活，又从口袋里掏出了刚刚分剩的还有大半包的软包装中华烟，递给张文一支。

"我不会抽……"张文有点不好意思，用手挡了挡。

"抽，这一根四块多钱，要做几个马达的工资才有这根烟的钱？"这林建智说着，也不管张文愿意不愿意，硬生生地给他点上了火。

推不掉，而且这车间里规定是不能抽烟的。张文显得有些尴尬。于是他朝四周看了看，"那我们到车间外面抽一支吧，我陪你。"

张文犹豫了一下，决定不放弃这次做工作的机会。

林万寿那帮老人在几步路之外看着这一切，开始有一些担心。因为他们知道在村里这个林建智是家里的独苗，人很聪明，但很自负，加上优越的家庭背景，坚实的财力支撑和父母的百般娇宠，他是一个道道地地的臭头。这次到厂里来做工，是老父亲硬压着来的，自然心里不会太舒服。

看到张文随这林建智出门，林万寿心里多少有些着急。他真不知道，这两个后生仔走出车间到底是为了什么事情。但又不方便上前打探，只好悬着一颗心在远处观察。

"我看你这厂长还挺讲义气的！"林建智拉张文在车间不远处的一棵龙眼树底下坐定，便用力拍了一下他的肩膀说。

"嘿，嘿。"张文好像有点傻乎乎地笑出声来，"这仗义是男人都应该具备的起码素质。"

"那好，讲义气的人便跟我有了共同语言。今后有空我请你去K歌。怎么样？"林建智来兴趣了。真的，这么几年每天无所事事，白天溜溜逛逛，眼巴巴等到天黑，K歌成了他最主要的生活。因为那里有一帮朋友，可以喝酒、抽烟、讲黄段子，还有小妹陪伴。

而且，那小妹每天都可以换新的，每天都有一种新的感受。

"建智哥，你每天除了K歌便没有什么事了么？"张文见机了解，他想不从更细的细节中了解这帮兄弟，断然是做不好工作的。

"……"林建智被张文一问，有些茫然地点了点头，却无以应答。

"你有没有考虑过，你们投资这么一间工厂的目的是为了什么？"张文又追问了一句。

"都是那些老人家没事找事，办工厂原本是为了赚钱，可是这种工厂能赚钱

第二十三章

张文说，请给我人事权

吗？"林建智心存疑虑。

"当然能赚钱，你看整个湖里工业区那么多工厂哪家不赚钱呀！老兄，我的家乡很穷，像这样的工厂打着灯笼也难找呀！"

"那凭我们这些吃喝玩乐惯的人会赚钱吗？"林建智的心结没有打开，仍然疑虑重重。

"当然可以，你、我都应该有信心。"张文看双方的谈话引到了正题便不失时机地讲："人要自信，自己要办的事连自己都不自信，那岂不糟糕了。这是一间投资超过二千万元的工厂啊，让它亏了、倒闭了，你是股东难道没有一点心痛，没有一点想法？"

"谁说的，我也心痛啊！"

"那好，我们一起努力，将大家团结起来，你们这些兄弟比起我这个乡下小弟来见多识广，肯定比我有办法。我们尽可能少K歌，齐心协力把工厂办好，不是很好嘛？"

"靠我？哈！哈！哈！"林建智大声笑了起来。"我无非才初中毕业。讲实话，说是初中毕业，以前有几天上学呀！最多只有小学本科毕业水平。"

"哈！哈！哈！"林建智的话倒不失幽默，足让张文忍不住大笑起来。小学本科毕业，意思是大约小学四年级水平，看来这老兄还是挺实在的，起码他不隐瞒自己的弱点。这是最可贵的，说明双方找到了认识的共同点。他的心放松了下来："靠你当然不行，靠我也不行，要靠大家。我们这间工厂按设计应该是五百个工作岗位，按这规模连全村的男女老少齐上岗都不够呀！"

"这倒是……"林建智开始思考问题了，他又从口袋里掏出了两支烟，一支递给张文，一支自己点上。

"建智哥，今晚我们商量一下，你再找几个兄弟看看，我们把工厂的管理制度重新修订一下？"张文试探着林建智："你给我当副手如何？"

"我……"林建智的脑袋摇成拨浪鼓，"斗大的字不识一箩，别让人把牙齿笑得掉了满地……"

"你一定行。"张文有自己的考虑，这林建智尽管没有多少文化，但却是这村里的年轻人的带头羊。他讲义气，又霸气，却有一种难得的凝聚力，身边围着一大群小兄弟。只要他肯出来帮自己管一些行政管理工作,那么工厂的问题将解决一大半。

"我当副厂长?你说话算数吗?"林建智心动了。

"我向村两委建议吧!我想只要你真的想干应该没有问题。"张文轻轻地吐了一口气,"工人不够不要紧,我们定个制度,然后贴出公告公开招聘一批,再培训一下。"

"有那么多的活可以干吗?500人呀!"林建智有些担心。

"这个问题我负责,1000个人都不愁没活干!"张文很肯定地说。

"那我干了,也认你这个老弟了!"讲义气的人好沟通,抽了两根烟,推心置腹,加上两个人年纪相仿。不一会儿,他们便称兄道弟牵着手返回车间。

"怎么样?张厂长,怎么办呀?"林万寿一帮老人不无担心地走了过来。

"没事!"张文面带微笑,淡定地朝林万寿点了点头,"你放心,董事长把我派过来,我一定会尽心尽力,而且一定会将工作做好,让他们放心,也让你们放心。"

"这就好,这就好!需要我们帮助解决什么困难吗?"林万寿身后的一帮老人异口同声地问了一声。这帮老人这一段也忧心忡忡,投入巨资却办了一个半死不活的工厂。二千万元呀,不是一个小数目,如果打了水漂,谁不心疼呀!

"有。请你授予我人事权吧!我要组建一个管理团队,还要解决员工进出口通道问题。只有这样才能保证职工队伍的活力。"张文很自信地向老人们报告。

"好!一定,那是一定的。"林万寿和老人们开心地笑出声音来。

第二十三章

张文说,请给我人事权

215

第二十四章

东进说，机会来了

从大陆回到台湾，老阿庚年岁也大了，加上经过一生的碰磕，满头是包，甚至到了焦头烂额的地步；儿子阿福也因为厦门这一场教训已经心灰意冷。因此，回到梅山镇时父子俩似乎都看破红尘，几乎闭门不出。

这倒不是他们在闭门思过，而是感到人一辈子混到这样子已经没有多少颜面可以见左邻右舍。

每日父子四目相视，唉声叹气，日复一日。

可黄海林不同。一是他以前每天吃光用光、满脸红光，没有任何积蓄。现在如果每天没有一定的进项，他便会挨饿；二是，四十多岁，还有一番勃勃雄心。因此，只在台北的一个社区里租住了一间单人房作为栖身之处。但每天都是这边走走，那边溜溜，一边在窥视有没有利于自己发展的机会，一边竖起耳朵四处打听信息，以便从东进一郎之类的人那里讨一点功，多少换一些钱过日子。

再说春节一过，这一段兴许台北街头大家谈过年、谈喝酒的话题比较多了，黄海林所需的信息枯竭起来。信息的枯竭对于黄海林来说无疑是财源的枯竭。因此，春节前后人家花天酒地，黄海林却几乎没有一点进项。

这天,黄海林把那身行头穿在身上,对着一个小镜子认真地将领带扎得严严谨谨。对着镜子,黄海林才发现这身行头已经很久没有干洗了,远远看着还挺光鲜,可是近看衣服已经有了油垢,布面泛着光。

"算了,干脆送去干洗吧!"

黄海林打消了今天出去的念头,想将这身行头送到干洗店洗干净了,再出去。

也许是老天不照顾,当黄海林将衣服送到社区干洗店时,干洗店的门还关着。然后不得不悻悻地调转头回到那间出租屋中。

这一折腾,倒让黄海林对今天的日子如何打发没了主意。

"老天保佑,给我一个生财的机会,帮我度过难关。"黄海林心里默默地想着,他的手却不由自主地摸着口袋里剩下的几张皱巴巴的小额钞票。

人穷了,心也焦躁,做起事情也不再有任何顾及。黄海林咬了咬牙,又将那套行头重新穿在身上,他想这个时候出门,去大街小巷走走兴许中午这顿饭还可以有着落。

这方圆几条街道、几条巷道的人们,几乎没有不认识黄海林的。俗话说,穷人怕碰上饿鬼,饿鬼最担心遇上的是短命鬼。这短命鬼活得不耐烦了,什么事都干得出来,什么谋财害命的事都敢做。因此,大凡在半路遇上这个黄海林的人能躲则躲,实在躲不过的谁也不愿得罪他。

在台北消息最灵通的地方莫过于茶楼、大排档或者咖啡店、KTV这些场所。

"对,上茶馆去。"黄海林定了定神,站在南京东路想到在中正纪念堂旁有一间茶馆,那里生意兴隆,每天九点一开门,便有各色茶客登门。有钱的,上雅间,品上等茗茶;没钱的,在大厅要上一泡普通的茶包,坐在那里旁若无人,高谈阔论,消磨时光。

天很冷,数九寒风呼啸而来。不一会儿身着单薄的黄海林感到身上的冷风不时地从身体上露出的部分向里面灌去。鼻涕也不争气地从鼻孔里禁不住哗哗往外流,一团团热气从嘴巴里哈了出来。万般无奈,他也顾不了那么多脸面,将那布满油垢的西装领子竖了起来,双手往袖筒里一套,快步朝那茶楼走去。

这一段并不太远。

第二十四章

东进说,机会来了

一支香烟功夫便钻进了那充满热气腾腾的茶馆。果不其然，这些茶客们个个高谈阔论，整个茶馆如同农贸市场一样热闹非凡。

黄海林身上没几个钱，自然没有那番勇气去叫上一壶热茶。而是重新将西装领子整理好，装作找人的样子在茶客间穿梭，竖起耳朵捕捉着自己感兴趣的消息。

那茶馆大厅里的茶客非常多，自然不少跟黄海林熟悉的人，他们对黄海林在晃悠要么只是客套地点一点头，要么干脆故意当做没有看见。对这一切黄海林当然不会不理解。只是一面堆着满脸笑意，装着煞有其事地寻找熟人；一面则在肚子里狠狠地咒骂起来："干妮姥，等到老子下次发了大财，就不是你们这样在大厅里喝下等不入流的茶，老子非得上雅间。等着瞧……"

但骂归骂，黄海林脑子里却非常清楚此行自己真正的目的。他转了一圈又一圈，确实没有任何收获，多少有些失望地到楼上包厢里转转。

到楼上包厢中消费的群体却几乎都是商界和工薪族的人，他们有工资收入或者有自己的事业。如果划分起来算得上中产阶级，他们对社会的了解自然信息要丰富得多。当黄海林走上包厢去时，慢慢悠悠地转悠着，忽然一阵声音从一间包厢传了出来：

"老兄，最近安泰公司正在转让股权，你有没有兴趣呀？"一位大约六十多岁的老男人用稍为沙哑的声音问了一句。

"哦？不知是安泰公司哪支上市的股票？"又一个男人问道。

这两个声音都有一些生疏，但话题却引起了黄海林浓厚的兴趣。老天保佑，中午的饭钱来了。不，发财的机会来了。黄海林站住脚，转一个身半倚在走廊前的栏杆上，竖起耳朵继续听着。

"听说就是在美国证券市场上市的那支股票。"

"台湾安泰？"

"应该是，安泰公司在美国上市的只有这支股票。"

"这支股票现在不是一直走势强劲么？为什么这个时候他们将它出手转让呢？"还是那几个陌生的声音在饶有兴趣地对答着。

"你不知道吗？这个阿辉倒是一个人物，前几年在大陆厦门投资了一间安泰公司，发展很好。"

"发展很好，还把这么好的一支股票转让股权？"

"别急，你听我说。这兄弟现在是商场、情场大丰收哟！"

"哦！怎么啦？"沙哑的声音一说完，无疑如发布一条爆炸性新闻，包厢里原本沉默的五六个陌生声音几乎同时发问。

"原来他的老婆不是梅山人家的女儿吗？"看来那沙哑声音对阿辉的情况非常熟悉。

"嗯，有听说！"不知谁应了一声，"听说原先可是一个美人胚子。"

"怎么啦？"

"一年多前患癌病去世。走啦！"

"啊？可惜！可惜。"又有一两个人附和道，"中年丧妻真是不幸呀！"

"可是，人家阿辉就有这种命，接着便找到大陆一个清华大学毕业的硕士，比原来的老婆更年轻、更漂亮，还更能干！"这沙哑的声音讲完还饶有兴致地介绍着说，"这个人是家里的独生女，还是阿辉的家乡人，辈分又合。"

"真是艳福不浅，这小子哪来的狗屎运，两个老婆都那么漂亮，轮到我们找一个歪瓜劣枣甩也甩不掉，一辈子只能对准一个地方，连挪窝、换个洞都那么难！"

"哈！哈！哈！升官、发财、死老婆，是男人一生三件幸事，他独占两件。"一帮无聊的男人经不住哄堂大笑起来。

"那这不是喜上加喜吗？那还搞什么股权转让呀！"笑过之后，不知又有谁问了声。

反正都闲得发慌。以前有人说，三个女人凑成一台戏。现在呀，三个男人凑成了一台戏，而这台戏远比女人凑成的戏还更热闹，内涵更丰富。

"你们不知道吗？我说阿辉是个人物，绝不是没道理的。据说他娶了这个老婆很有家庭背景，人脉非常丰富，在厦门经济特区搞了一块八、九平方公里的地皮，正建设安泰工业城。"

"八、九平方公里？吓死人了！这是一个多大的地方呀？比我们村还大呀！"几个男人惊得目瞪口呆，包厢里出现了一阵惊讶后短暂的静默。大家面面相觑，

第二十四章

东进说，机会来了

不知是羡慕，还是在思考，或许从内心深处有着许多的嫉妒！

　　"先生，你找谁？"黄海林正迫不及待地等着沙哑声音继续说。不经意中他的肩膀被人轻轻拍了一下，转过头他发现一个男服务生站在他身后。

　　"哦！哦！我在等一个朋友，我们约好在这等他。"应付一个服务生黄海林自然是一个老手，他脸不改色、心不慌，应对如流。

　　"噢，要么到哪坐下来，我给你倒一杯茶？"服务生非常客气地指了指不远处的一排沙发说。

　　"多谢，多谢！我站站，我站站！"黄海林点了点头，嘴里却骂了一声："多管闲事。"

　　服务生走了，黄海林赶紧竖起耳朵，静静地打探着那包厢里发布的第二阶段消息。

　　"那八、九平方公里的安泰工业城要投资多少钱呀。没有十亿、八亿可不行呀！"听到这么一个大工程、大投资，让里面的人个个吃了一惊，如果在现场一定能看见他们那种诧异的神情。可此时黄海林只能从那诧异的口吻当中听到了他们的羡慕、透视出他们内心的惊叹。

　　"十亿、八亿？再翻一倍！"显然这沙哑声音对同伴的反应不以为然，"三十亿，而且是人民币。"

　　说完，这沙哑声音不知是有意夸张，还是了解不够全面，将安泰工业城建设的投资总额足足增加了三分之一。

　　"不敢想象，不敢想象！佩服！佩服得五体投地。阿辉这兄弟娶了这老婆确实掉到油缸里去了。"

　　"既然这样，那为什么还转让股权呀！你这老哥绕弯也绕太远了！"有些人问了一声。

　　"对！这问题来了。安泰工业城的一个股东是张云峰。张云峰知道么？前几天才走的那个？"沙哑声音反问道。

　　"这个张云峰在台湾没有几个人不知道，这又跟他有什么关系呀？"

　　"有关系，他也是股东之一。他承诺出资两个亿。现在呢，张先生走了。那他承诺出资的份额便泡汤了！"沙哑声音想结束自己的新闻发布。"这不，资金链断了,资金缺口两个亿。所以阿辉不得不将股票转让了……"

"那我们也去买个两、三百万吧?"说到牛市股票,几个人眼睛瞪得很大。

"不可能!我们没有那份福气!"

"又什么缘故?"

"他要大额转让的!"

"干妮姥,既然这样你还发布什么新闻呀?"几个茶友又开始哄笑起来,"这件事说来让大家跟狗咬猪尿泡一样——空欢喜一场嘛!"

"哈!哈!哈!"那伙茶友终于心满意足地饱了一顿耳福,发出满足的笑声。

门外的黄海林听到这里,压抑的心情此时已经一扫而光。

我要将这个消息立即告诉东进一郎;

我要报复阿辉十几年来一次又一次断自己的财路,陷自己于困境之仇;

我要迅速将这条让自己、也一定会让东进一郎为之振奋的消息从东林公司换取一大叠千元大钞;

我要……

黄海林想着想着不觉脚底生风,在那冷冽的寒风中飞一样地跑了起来。

"干妮姥,我发财了,我发了……"黄海林嘴巴不停地念叨着。

这个地方离东林公司的办公楼不算太远,可是黄海林平时哪有这样高强度的激烈运动呀!他憋足全身的力气在人流穿梭的大街上走完不到两公里路时已经气喘如牛,不得不蹲下身子呼哧呼哧地喘着粗气。那粗气在寒风当中变成一团团白白的雾气,然后又一阵一阵地散去。这时,他才感到早上自己没有吃早饭,刚才光顾着高兴,已经过了吃午饭的时间。

"要不先吃上一碗清汤面再走?"黄海林反问自己,因为这里到东林公司少说还有两公里的路,走起路来少说要有二十分钟。到那边,东进一郎是不会给自己饭吃的。可是,如果吃了一碗面再赶过去,这东进一郎要午休了怎么办?

"走,咬咬牙!等到东进一郎那边领了一笔钱再好好吃一顿。让那清汤面见鬼去吧!我黄海林是一个什么人?"黄海林思来想去变得信心十足起来,他站起身又开始飞一样地跑了起来。

也算这黄海林运气真不错。当他脸色发白地赶到东林公司办公楼前时,东

第二十四章

东进说,机会来了

221

进一郎正要上车外出，黄海林几乎打着趔趄赶到小车前头。

"怎么回事，黄海林？"东进一郎的小轿车已经发动马达，忽然看见黄海林扑向车头，有点不高兴。

"东进先生，有重要消息报告，有重要消息报告……"黄海林迫不及待。

东进一郎对黄海林一向不屑一顾，但在众目睽睽之下，他要保持一种儒雅，心里尽管憋着一肚子气，仍压抑着心中的怒火开门下车问道："黄海林，你有什么重要消息吗？"

"嗯！嗯！……"黄海林气喘得厉害，只是不断地点头。

"什么事？"

"安泰公司完了，他在卖股票，他在卖股票！"黄海林终于挑最重要的字眼说了出来。说话间他将自己的身子往东进一郎身边靠过去，但很明显他那发腻的衣服味太重，东进一郎有些厌恶地皱了一下眉头，倒退了两三步。

"就这么说，就这么说……"东进一郎站住了，他隔着两三步距离听着黄海林报告。

"是这样的……"黄海林终于将喘息声平息下来了，他将刚才了解的情况一五一十，有些地方还添枝加叶地描述了一番。然后说："这回他阿辉死定了，百分之一百二十死定了。"

这个人啊！好像阿辉死定了，他可以捞金捞银，捞到无穷无尽的财富一样高兴。

"这是真的吗？"东进一郎的脸色比起刚才已经有了明显的转变。

"绝对的，绝对的！"黄海林拍着胸膛信誓旦旦地对着东进一郎说。

"真是美国上市的股票？"东进一郎是台湾通，既了解这里的风土人情，还精通这里的法律法规，他听了黄海林的话，眼珠子在不停地转动着。

"没错，没有错！叫做台湾安泰，台湾安泰。代码是378869。"

"好！好！好！阿辉呀！阿辉这回你死定了。"东进一郎突然大声喊了起来，"你黄海林功不可没，功不可没。"东进一郎想伸手拍一下黄海林的肩膀，似乎又感到他那污秽不堪的行头有些恶心。犹豫了一下，便将伸出去的手又缩了回来。

"东进先生……"东进一郎一阵兴奋,他正要驱车而去,黄海林赶紧趋前一步,嬉皮笑脸地作了一个要钱的手势。

"哦,哦!哦。对不起,对不起,我差一点忘了。"东进一郎脸上露出了一种难以捉摸的笑,顺手从身边的包包里抽出几张千元面额的大钞递给黄海林。

"谢谢东进先生……"黄海林哈着腰,带着一脸的媚意。

"你去告诉阿庚,我这几天会去找你们……"东进一郎踩了一脚油门,轿车似乎也有了灵性,"呼"的一声冲了出去。

第二十四章

东进说,机会来了

第二十五章

春天，峰回路转

　　湖里区委书记陈永清和区长刘志辉足足花了两天时间，先后拜访了当地的几家银行的主要领导。一方面说明安泰工业城建设工程进展情况；一方面对的资金链断裂可能出现的危机向各家银行领导提出解决的请求方案。目的只有一个，如果一旦危机出现，在台商投资者出现困难时，希望银行能够伸出援手帮助将断裂的资金链接上，确保安泰工业城准时交付使用，确保这个厦门经济特区建设以来的建设项目能够最大限度地发挥经济效益。

　　可是，这一天半走了下来，成效并不明显。因为这一段国家对经济进行宏观调控，尽管表面上给人感觉金融政策非常宽松。但前两年东南亚金融风暴给各国的领导者敲响了警钟，银行贷款的可行性评估非常严谨。

　　"书记、区长，作为银行支持当地的经济发展我们义不容辞。可是，你们了解这么一大笔的贷款必须逐级审批。一旦批下来时间周期可能会很长，甚至会影响你们资金的使用。"这是最后拜访的中国银行江行长的话。这句话与前面几家银行行长的回答几乎如出一辙。

　　"这一点我们非常了解。"陈永清有些着急，他知道阿辉董事长这几天回台湾，表面上是去为张云峰先生送行。可是从他那压力重重的表情看，一定是回去筹措资金。尽管这是台商独资项目，作为当地政府当他们投资出现困难和问题时，给予尽可能的雪中送炭是一种责任，也是对良好投资环境最好的诠释。

"谢谢两位领导的理解。"江行长点了点头，"这笔资金太大了。"

"我们建议将两个亿的大盘分割成四个五千万的小盘，由四家大银行来承贷，是不是更简单一些了呢？"刘永清不放过有一点希望的地方。

"理论上是这样。书记、区长，你们放心，我们一定会竭尽全力。"江行长知道自己行业的政策，他是一个实诚人，与其他几个行长一样，都没有把话讲满。

看此行也只能达到这种打招呼的目的。况且阿辉董事长回台湾也还没有回来，两位区领导便打道回府，等到阿辉回到厦门再详作打算和细化工作步骤。

陈永清刚回到区委机关，脚还未踏进办公室，办公室主任便跟在身后报告："陈书记，安泰公司阿辉董事长前一个钟头从香港启德机场打来电话，他大约傍晚六点钟乘机返抵厦门，到时想找你报告在台湾自己筹措资金的事情。如果你有空，希望能与你坐一坐。"

"六点钟？"陈永清听了办公室主任的报告，再看一看手表现在已是四点四十分。也就是，还有不到一个半钟头他将到了。

"是的！"办公室主任点了点头。

"那好！这样吧，你先在好清香订一个包厢。并请刘区长今晚与我一起请阿辉董事长到那吃饭，边吃边聊。"刘永清知道阿辉从香港便预先挂电话进来，必定有重要的事情要商量。好清香是百年老店，店内主营闽南地区的风味小吃，并实行一站式服务。只要一踏进这家酒楼，闽南小吃便可一网打尽。更重要的是，阿辉先生进来投资好几年了，作为区委书记、区长还没有机会请他吃过饭。

"我马上去落实！"办公室主任是一个非常踏实，办事又非常老练的老主任了，听了书记的话转身便想往外走。

"稍等一下，你给阿辉董事长发一条短信，让他一下飞机便直奔那里，我和区长在那等他。"陈永清又叮嘱了一声。

此时的阿辉刚在香港启德机场登机，这几天从厦门到台北，又从台北赶到台南，几乎马不停蹄。见了儿子，为静娴和父母扫了坟，然后抓紧一切有利时间跟陈茂祥、杨金威、李作良、黄文斌几个股东商量对策，就安泰工业城可能资金链条断裂的问题进行了分析。

几天连轴转，真是大事小事，事事都烦呐！

登完机，靠在座位上他感到有些累，头有些沉，想闭上眼睛休息一下。

"女士们、先生们，我们的飞机遇上强大的气流，请大家回到自己的座位上，系上安全带并扣好。谢谢合作。"

阿辉原本已有很浓的睡意，被这一折腾，却倦意全消，思绪又更加活跃起来。

那天，在台北见到儿子小俊的一副颓废样，让阿辉的心情坏到了极点。但眼下碰到的困难太多，实在有一点疲于奔波、顾此失彼的感觉。因此跟荣生一商量决定立即驱车南下，因为股权转让事关重大，当晚几个股东便由陈茂祥作东，在台南茂祥大酒店见面。

面对投资突然出现的问题，所有股东都没有思想准备，而且这笔资金如此巨大，要短期内筹集又没有一点可供选择的渠道，见面之后大家都面面相觑、无所适从。

"我们现在已经骑在马背上，马在飞快地跑，只能借势前行。否则，想跳下来只会断手断脚。"陈茂祥看着大家心事重重、默不作声，便先开了口。

"是啊！20亿的投资，已经投了18个亿。下马，对我们来说，那必定死定了。所以只有咬一咬牙，再前进。"杨金威也谈了自己的看法。

"现在是研究如何在短时间筹足两亿资金的问题！"李作良把关键的问题提了出来。

阿辉一声不响。是啊！这个问题自从接到张云峰儿子告知其父亲去世的消息，到现在已搅得自己几乎没有合过眼。他知道，自己此时尽管与大家为这件事绞尽脑汁，海峡对岸的陈永清书记、刘志辉区长一定也没有闲着。

毕竟这笔资金如此巨大；

毕竟留给大家筹集这笔资金的时间不多。

但是，这个问题解决不了，那后果将会如何，大家心里都十分清楚。

"阿辉，还是你谈一谈想法吧！"

"我这几天反复考虑了这两个亿的资金缺口问题。不，这个问题大陆，厦门市湖里区委的陈永清书记和刘志辉区长也一直在奔忙。但这是我们自己的独资企业，筹资问题应该是我们自己的责任。"阿辉此时因为几件事接二连三，确实感到压力重重。

"这倒是，政府对外资企业筹集投资资金是没有义务的。"黄文斌也附和了一句，"大陆政府有这样的表现，已经天下少有了。"

"我思前想后，现在要在短时间里筹集两个亿的资金，只有一条路可以走。"阿辉叹了一口气。

"阿辉直截了当地说，让大家出主意！"陈茂祥鼓励着说。

"那就是将我们安泰公司在美国上市的那支股票抵押转让出一部分，换回现金，度过危机。"终于阿辉下定了决心，将这几天反复思考的想法和盘托出。

"我们这支股票现在不是正是牛势当头吗？"黄文斌问道。

"这股票要转让，如发生在台湾还得向主管部门上报，并获得批准。如果这一套程序下来，且不说能不能批准，纵使能批准，没有一年半载也是不可能的！"李作良感到除此之外确实别无办法。但这手续太繁杂，不容易呀！

"我想找几家关系不错的兄弟抵押转让给他们，不报批了。否则，一套程序下来，那边工地绝对停摆！"阿辉将茶杯重重地放下，好像有一点孤注一掷。

"这样啊……"黄文斌有些惊愕。因为在座的每一个人都知道台湾的法规，这种股权没经过主管机关批准进行转让，没有被发现则罢，一旦有人举报，那一定是要吃牢饭的！

"我们面前只有两条路，一条路是半途而废，停工停建，让安泰工业城成为大陆常说的烂尾楼工程；另一条路便是刚才说的这一条。这一条路肯定有风险。今天请各位股东来就是要告诉大家，如果走这一条路出了什么问题，需要担什么责任，大家便说是我阿辉做的主。我是董事长，我担责任。但安泰工业城的项目不能半途而废。"阿辉的口气有些许激动，他又伸手去摸雪茄烟。

"阿辉，你也抽烟了！"陈茂祥看在眼里疼在心头。他心疼地问了一声。

"没有，茂祥叔，我只是偶尔抽一两支，并没有上瘾。"阿辉自我解嘲地苦笑了一声。

第二十五章 春天，峰回路转

"好，好，好！没瘾好，这烟不是个好东西。"陈茂祥轻轻地点了点头。他看到阿辉已经把话说到这个程度上，也没有更多的话可以再讲。

"那这样，为了避免各位在处置这些股票上可能带来的麻烦，我的意见这件事由荣生去处理。所得款项以凑足两个亿人民币即新台币约十个亿左右为准。大家看行吗？"

"那只能这样了。阿辉你可要多保重啊！"几个股东不无担心地回答，更多的是为阿辉此举而担心。

那次会议一结束，阿辉便与荣生进行认真的商议，并认真地告诉他："荣生，你这项工作做得要干净利索，绝不要做零敲碎打的买卖。最好每桩交易以两亿五千万台币为好。也就是这十个亿台币的股权最多转让四家，当然越少越好。"

"知道，你和茂祥叔他们有没有意向性的买主？"荣生处事非常稳重，他想如果有现成的，一对一转让，则可以大大减少节外生枝的可能性。

"有一些。"阿辉将目前跟陈茂祥、杨金威原来联系的几个老板的名字一一告诉荣生。然后告诉他："你嫂子前几天又给我们添了一个胖小子，我一心挂着两头，这边股票转让的事就全托付给你了！"

"我知道，你安心去吧！小俊这边我过一段再去找他聊一聊，看看能不能叫他回到安泰来工作。"作为母舅荣生每当想到这个外甥，心情格外沉重。

"最好给他们说清楚是抵押转让，一旦公司财务有了转机我们还得赎回来，但绝对保证他们的利益。"阿辉很认真地交代。

"知道。"

"另外最好动员小俊到大陆来，换一个环境。荣生，现在大陆已经非常开放，在某些程度上已经大大超越台南了。如果可能你带他过来吧。"阿辉心里不轻松，更重要的是，他心里还牵挂着若莹母子。

是啊！小家伙落地才一天，自己便返回台湾。一晃又过去四天时间，一种做父亲的责任催促他应该赶快结束在台湾的工作，回到大陆，回到厦门若莹母子的身边……。

从香港登机到厦门高崎机场着陆，阿辉的思绪一直没有平息过。

飞机一着陆，打开手机看到湖里区委办公室主任发来的短信，告知陈永清书记、刘志辉区长约他到好清香酒楼吃饭，他便坐上汽车，告知驾驶员朝目的地驶去。

陈永清、刘志辉在酒楼里见到了分别五天时间的阿辉，看到他胡子拉碴，满脸倦容，知道这位具有远大抱负，又有执着追求的企业家这几天过得绝不轻松，便要了一瓶本地产的固本酒说："阿辉先生，这固本酒是我们厦门本地生产的酒中的老品牌，用人参、枸杞子等几十味中药与糯米秘制而成，已经有几百年的历史。具有补脾清肺、养心益肾、扶正固本、大补元气之功，而且价格实惠。这一段你一定辛苦了，今天我与刘区长在这里为你洗尘。"

"谢谢，谢谢，可是我不会喝酒啊！"阿辉嘴上说着，知道书记、区长盛情难却，于是将跟前的杯子递给服务生："书记和区长真是有情有义的人，你们的话我深信不疑。今天，我就开一个戒，好好地喝上几杯吧！"说完自己先爽朗地开怀大笑起来。

"这是虾丸，也是好清香酒楼中最典型、最传统手法制作的菜，外酥内鲜，注意这丸中间有汤，先用筷子凿一个洞将汤引出来。否则容易烫着嘴。"第一道菜上来了，陈永清边介绍边给阿辉夹菜。

"谢谢！不敢当，不敢当。"看到书记、区长如此盛情，阿辉满心感激。

"这是春卷，也有的地方称之为薄饼、春饼，也是闽南地区有名的小吃。"刘志辉也介绍。

"这菜在台湾也有，很好吃。据说还是当年老祖宗从大陆带过去的。"

"这是炸五香条！"

"这是土笋冻！"

"这是芋泥……"介绍到这里陈永清突然眼睛发亮，"说到这道菜还有一个令国人骄傲的故事。"

"是吗？"阿辉原本一身疲惫，被陈永清这么说来说去已经烟消云散，他非常感兴趣地说："书记不妨给我说一说这个故事。"

"好！据传当年林则徐在虎门禁烟，直接断了外国鬼子、尤其是荷兰人的财源。这些人明里暗里想作弄一下林则徐这个中国官员当中的硬汉。有一次他们假

惺惺地要宴请林则徐，其中一道菜是冰激凌。当时正值盛夏，中国又比较落后，这林则徐平时是一个非常简朴之人。这荷兰人将冰激凌端上桌时，不时地冒着白气。林则徐以为这东西很烫，于是小心翼翼地先用嘴巴吹了又吹。这时，荷兰鬼子一个个笑得裂开了嘴。林则徐不知是计，用筷子夹了一点冰激凌到嘴里才发现那东西冰凉冰凉的，知道是荷兰鬼子在作弄自己，只好自我解嘲，跟着哈哈的笑起来。"

"这些洋鬼子！"阿辉从心里骂了一声。

"可是，林则徐心里在琢磨，你洋鬼子有初一，我中国人便有十五。于是，宴会结束后，他便盛情邀请这些荷兰人择日赴宴。在来日接待荷兰人的宴会上，林则徐亲自交代，一定要给每个人上一份芋泥。这芋泥表面上跟冰激凌几无差别。正值冬天，厨师又在上面浇了一层煮开的猪油。这回荷兰鬼子却犯了经验主义的错误。他们从心里取笑林则徐老土，在大冬天用冰激凌招待他们。可是当他们看到林则徐不动声色，便用汤匙舀了一勺便往嘴里塞。这一塞不要紧，烫得那荷兰鬼子龇牙咧嘴，哇哇直叫……"

"哈！哈！哈！"阿辉一杯酒刚送到嘴里，被陈永清那风趣的演讲才能折服了，一声哈哈大笑，将酒喷了个满地开花。

"叮铃铃，叮铃铃……"正当大家酒逢知己之时，阿辉的手机响了起来，他一看是荣生挂来的，便向陈书记、刘区长表示歉意，一边接电话。

"荣生，怎么啦？"

"阿辉，你到厦门了吗？"

"到了，书记、区长正招待我吃饭啦。"

"我已经按照你的要求，把股票的事跟几个你交代的朋友具体商洽了，没有问题。不出十天资金便可以进入大陆的账户。"荣生在电话里非常高兴。

"好！好！荣生你辛苦了！抓紧！这件事不能拖，越快越好。"阿辉心头的那块石头终于落地了，加上刚才与陈永清和刘志辉喝了一小杯酒的缘故，脸上泛着红光。他转过身用兴奋不已的口吻告诉两位领导："两位长官，刚才我内弟从台湾挂来电话……"

"叮铃铃，叮铃铃……"正当陈永清两个人要听阿辉讲述台湾来电的内容时，陈永清的电话也响了起来。

"陈永清书记吗？我是建设银行江力军。"

"江行长，我是陈永清。你好！"陈永清听到建设银行行长来电，心情也陡然高兴起来。

"你昨天说到安泰工业城建设资金缺口问题，我跟省分行行长报告，他又口头请示了总行。刚才总行作了答复，资金再贷两个亿没有问题……"

"是吗，谢谢你，周行长。"陈永清喜出望外地叫了起来。

"但是，总行有一个意见。"周行长迟疑了一下。

"不要紧，你说，我现在正与安泰公司阿辉董事长在一起呢！"

"考虑到这是一个台商重大投资项目。同时又考虑到原来我们已经放了两个亿的资金，再放两个亿，安泰公司可供抵押的资产不足。因此，建议区财政给予担保！"周力军说完："对不起，陈书记，这是上级的意思。"

"好！没问题。我们区里研究一下，尽快答复你！"

很多事情便是这样，有时候急得火烧火燎急出一身汗，却一点也没有进展。有时候，你不急的时候，却到处传来喜讯。陈永清也罢，阿辉也罢，前几天着急得上了火，没有音信。今天两杯酒下肚却喜讯频传。

"陈书记、刘区长，资金的事不能再麻烦你们了，我已经解决了。"阿辉已经从陈永清那接电话的声音中了解了银行的大致情况。于是将刚才荣生的内容一一如实告诉两位领导。

"你这支股票现在不是处于牛市阶段吗？这个时候出手，代价不小呀！"陈永清听完阿辉的情况介绍后，惋惜之余又有些担心，"而且按理这么多的股权转让不是要主管机关批准吗？"

"现在只能这样了，这边一定会有一些损失的。但凡事有失必有得，以后有机会再大把赚回来。因为建设工业城，建成具有中华民族特色品牌的小家电制造王国，是我多年的追求，我相信能做到，也一定能做到。"阿辉的目光此时显得更加坚毅起来。

"阿辉，不如从银行贷款解决吧，有困难我们一起来承担……"陈永清深受感动，讲实话从建设经济特区开始，他接触了无数的外商，当然也包括其他台港澳商人，像阿辉这样具有浓烈的民族情结，又那么善于打拼，敢于担当的企业家却是第一个。这也是让他感到自己应该竭尽全力支持安泰的一个重要原因。

"多谢，多谢。两位长官，这一步终于跨过来了。谢谢你的款待，我要回家了。"阿辉这时才感到一种强烈地想念妻儿。因为，自从儿子落地第二天便返回台湾。

一晃五天时间。按理这几天自己应该留在若莹身边，留在儿子身边陪伴着他们母子，可是这笔资金问题，他不得不奔波于两岸，而且整个人都陷于无限的压力之中。现在问题的解决似乎已经峰回路转，他要赶快回去，看看若莹、看看自己的宝贝。同时，还要将自己这几天的经历一一告诉妻子。

"……"陈永清很感动。他没有再说什么，只是点点头地和区长一同将阿辉送到酒店门口。

"阿辉先生办一件这么大的事业，碰到困难是一定的。今后如果碰到什么问题别客气，书记和我将是你最大的后盾。"刘志辉向阿辉招了招手。

第二十六章

林水木的浪漫之夜

　　林水木当了几天福德厂的厂长，屁股没把凳子坐热，弄得满头是包。可是林万寿集中了几个股东的意见，一句话又把这个厂长免掉了。这让他耿耿于怀，心情糟糕透顶了！

　　这几天，他反复在思考自己是土生土长的湖里村人，虽说没有大学文凭，也没有开过工厂的经历，但自从初中辍学回到村里除了林万寿之外，在全村便是第二个说一不二的人物，加上自己年纪轻，脑子又灵活，在全村也可以说是叱咤风云。可是现在尽管那张文也很敬重自己，并聘请自己为工厂的顾问，但顾问是一个什么碗糕？人家不是说吗，顾问口不开，便是顾门，也就是跟看大门的保安没有什么差别！

　　"把我林水木当成什么啦？当夜壶？需要时捡过来，不要时扔到床底下。真是的！"林水木满腹牢骚。但发发牢骚倒可以，他知道这件事是林万寿老叔召开股东会决定的，林万寿的话在村里有着至高无上的地位。自己心里纵使有一千万个不乐意，也只能打掉门牙往肚子里咽。

　　心里不爽，林水木又不能明着发牢骚，只好早早到市里走一走，透一透气。

　　去咖啡一条街？没意思。那带着焦糊味的咖啡不如家中的铁观音好喝。

林水木打消了去喝咖啡的念头。

去KTV? 自己五音不全。而且去那里, 自己一个人, 纵使叫上一个小妹也没气氛, 想想也没有多大的兴趣。

找几个兄弟垒长城、打麻将, 那东西已经玩到乏味了。东寻西想林水木不觉非常无奈地摇了摇头。

林水木在市中心的漫无目的地瞎逛, 心里这才感到有脚却没路可走的烦躁。他从市中心走了半个钟头感到索然无味时, 猛抬头却看见不远处有一间叫温馨的酒吧!

这地方他以前曾无数次路过, 因为不喜欢喝酒, 酒吧门前闪烁的诱人灯光始终没有引起他的兴趣。今天, 百无聊赖的他却不知道哪来的雅兴, 三步并作两步走, 既然没有事, 何不进去看个究竟, 长一长见识?

是啊! 自己这大半生吃亏便在没读书上, 便在这见识少上。否则, 我林水木大小也是一个人物呀!

林水木一边想着, 一边却回想着今天下午张文和那个刚刚提拔起来的副厂长林建智巡视车间的情景。而自己却只能远远看着, 一种失落, 一种沮丧的情绪铺天盖地而来。他倍加感受到了人有一官半职, 便可以人五人六的那种优越与风采是多么重要!

温馨酒吧四个字由彩色霓虹灯装饰着, 它的门前精巧地布满了流水灯, 林水木脚还没踩进去, 已经被这梦幻一样的氛围笼罩着, 仿佛进入了一个飘飘欲仙的世界。

这是一个灯光柔和, 却坐满许多陌生面孔人群的空间。

昏黄的灯光下, 摆满了许多小桌子。

那些男男女女。对! 大都是年轻的男男女女。他们或成双成对, 或一个个边喝着血红血红的酒, 一边在若有所思。有的则在一边用多情的目光搜寻着随时可能出现的猎物。

那酒血红血红的。桌子上除了酒杯, 没有碗, 没有筷子, 更没有一盘一碟的菜肴。

"先生, 您需要些啥?"正当林水木想坐下来, 又找不到位置时, 服务生走上前来，用温柔的声音问了一句。他抬头一看惊讶得差点叫了起来，这是一个妙龄少女，个子不算高，但长得不难看，白白的皮肤，露出粉粉的脖子根和如藕一样洁白的胳膊，衣服胸口开得很低，那隆起的胸脯依稀可见。

"来一杯洋酒！"林水木摸一摸口袋，钱是带够了，他中气十足地应了一声。

"需要什么洋酒，XO？白兰地？威士忌？玛茜？公牛血？还是……"服务生业务很熟，说了一连串以前他从未听过的酒名。

"什么？什么？公牛血？"一连串的洋酒名林水木记不清楚，唯独那叫公牛血的让他过耳不忘，他有些好奇地问了一声。

"对！公牛血是东欧一个叫匈牙利的国家产的一种葡萄酒，甘醇可口，滋阴养颜。据说还有一段能让你们男人扬眉吐气的故事。"服务生大概是吃这一行饭的，业务挺熟，说起来头头是道。

"小姐，你真漂亮，怎么称呼您？"平时常出入这种娱乐场所，眼前又有这么一个美女，又听说公牛血，林水木的兴趣大增。因为酒名取公牛，他料定这东西一定壮阳，那一定是好东西。

"大哥，我叫张小红。"服务生用甜甜的声音告诉林水木。

据说当年匈牙利人在与入侵外敌进行殊死搏斗的时候，几乎全军覆没。就在这生死悬于一线的关头，领军的首领突然想起地窖里还存放这一批多年的红葡萄酒。于是叫部属搬了出来，让大家尽情喝个够。

那些士兵们经过几天鏖战又饥又渴，战斗力已基本消耗殆尽。看到送上来的一大桶一大桶好酒，用勺子舀起来开怀大饮。结果个个喝得满脸通红，红得比这红葡萄酒还红。最后，将领们一声令下，他们将这喝剩的红葡萄酒从脑袋上往下浇，远远看去一个个士兵如同被牛血浇过一样。

"杀呀！保家卫国，将敌人杀出去！"首领看到被红葡萄酒激发起来连眼珠都血红的士兵，斗志昂扬，一个个睁着火一样的眼睛，像一头头势不可挡的公牛冲向敌群，敌军看到几个钟头前还懒洋洋，几乎已经丧失战斗力的匈牙利军队反扑过来，吓得抱头鼠窜，望风而逃……

"从此，匈牙利人便将这酒定名为公牛血。它能让喝过公牛血的男人更加阳刚，更加勇猛，更加……"那张小红讲到后面故意表现了一丝羞涩。

"来一瓶！"林水木被张小红的介绍产生了浓厚的兴趣，他不加思索地要了一瓶。

美酒、美女、美妙的音乐、曼妙的舞姿……

他一边喝着公牛血，一边从口袋里取出三个五香烟，这年头国人都为自己能吸上洋烟为傲。好像抽洋烟便是改革开放的一种标志。此时林水木慢条斯理从国际包装的三个五烟盒中抽出一支正要点上火。那张小红又像一阵轻风一样飘到自己跟前："大哥，你还有什么需要服务的吗？"

"唔，还有什么好东西？"也许是听了张小红的介绍，也许是心理作用，这林水木一连喝了几杯公牛血，顿时感到浑身燥热起来，抬起头看着站在身边的张小红。

"大哥，怎么称呼你，能告诉我你的手机号码吗？"张小红的眼光在林水木的脸上扫来扫去。她，便是前两年湖畔咖啡的那位张小红。阿福这个倒霉鬼被公安局抓走了，她却敲了一套二居室的房子，逃之夭夭。原本另攀高枝却不遂意，最后选择在酒吧当服务生。此时，当这位见多识广的张小红看见穿着一身笔挺西装的林水木进入酒吧间，便一眼看出他是当地的土财主。人虽然长得土、口袋里却非常鼓，便主动有事没事上前攀谈，套一套近乎。

"我给你一张名片吧！"林水木看到这位服务生如此热情，又有几分姿色，心里便有了许多好感，乐呵呵地便将一张名片递了过去。

"福德电子厂总顾问。哇塞，大老板耶！"张小红眼睛一亮说："大哥！你那要招工吗？我到你那去赚一碗饭吃好吗？"

"好啊！欢迎！最近我正要招一批工人呐！"林水木想起今天张文为这事找过他，心里一高兴便脱口而出。

"好！大哥，我过几天一定找你去！"张小红扭了一个很好看的姿势，便转身离去。

看着这小妹如此靓丽，又充满阳光，林水木自然一阵欣喜，咧了咧嘴傻笑着。

"这位大哥，我们出去走走好吗？"林水木还沉浸在与张小红欢快对话的兴奋之中，他的身边走近一个女人，路过他身边时，低声叫了一声。

灯光有些昏暗，林水木没有看清来人的面容，当他抬起头要一睹芳容时，却见这女的穿着一身连衣裙，走起路来挺有风韵的，也来不及想太多，叫了另一个服务生匆匆结完帐，便随着身影离开酒吧。

他不知道这位从未谋面，不! 准确地讲连什么长相也没有看清的女人叫自己出去走走是什么意思，更不知道没有见过面的人为什么叫自己出去。他一边走一边在猜想，或许自己听错了? 或许这位女人认错人了? 但细细思考却有一种信念在支持着他，自己是当地人，对这地方的熟悉，自己是地头蛇。纵有个什么情况，谁怕谁呀! 再说从背影里看那女人，长得那么丰腴，如有什么好事沾上自己，西装口袋里少说也还带着几千块钱，给她几张又算得了什么? 想来想去，倒也充满着自信，脚底下也显得更有力气来了!

酒吧门口是美丽的筼筜湖，湖的四周是一排排郁郁葱葱，充满生机与活力的凤凰木、阔叶榕和紫荆花。这紫荆花正是在冬天里盛开的，那一朵朵花朵虽然不大，那紫荆的树冠也不大，近距离地在灯光下欣赏这娇媚的花朵，倒能让自己想象万千，心猿意马。尤其是在这半夜时分，在这如同白昼一样的灯光下却让人感到在一种寒风中透出的、让人倍感心花怒放的艳丽，让人感到心旷神怡的一种欢愉。

这种欢愉、这种艳丽与那筼筜湖的倒影相互交织着，使林水木此时此刻一扫几天来心中的不畅快烟消云散，心情也愈发显得欣慰起来。

女人若无其事地站在那排沿湖两岸婆娑起舞的紫荆花下，寒风瑟瑟并没有影响她的淡定，一件估计是名牌的风衣穿在身上，腰间再扎上腰带，依稀可以看见她那起伏有致的身段。林水木心一动，端详了一下女人的身姿，心中暗暗欢喜地看了又看，她脸朝着湖好像在欣赏着湖面倒影，又似乎若有所思地欣赏着湖面上诱人的风光。

"小姐，您好!" 林水木加快步伐走近那女人的身边，招呼了一声。

"走吧!" 女人没有太多言语，转过身朝正在路边候客的出租车招了一下手："到香格里拉大酒店。" 这句话声音很轻，好像是对司机说，又好像对身后的林水木说。而在他的耳边响起时，却是那么受用，令人心跳不已。

出租车司机是一位老厦门了，马达一发动，那车在美丽的湖边转了几个圈便

很快到达目的地。

"请吧,先生!"女人招呼了一声,便引导追随她的林水木,走进电梯,走进了早已开好的十九楼的一间房间。

房门卡一插,门开了,眼前的一切着实让林水木眼睛一亮。

这是一间又宽敞、又豪华的房间。

"请进!"林水木不知道这女人叫自己进来干什么。但好奇和多年来对女人的追寻,却让他对这位神秘女人有着一种焦急难奈的渴求之心。终于,他迟疑了一会儿,还是将脚跨了进去。

"把衣服脱下来,先去卫生间洗一洗吧!"那个女人进房便脱下穿在身上的风衣,一边用命令的口吻对林水木说着。接着,她又老练地依次在脱着里里外外的衣服。

这时,林水木终于看清了这位女人的真面目。五十岁左右了吧?但保养的非常好,丰满的身躯,雪白的肌肤。除了肚腩显得比较凸出之外,那丰硕的两个奶子,浑圆的屁股却散发着一种让人难以抵挡的魅力,充满着一种犹存的风韵。自己虽然也五十岁的年纪,而家中的那牛高马大的黄脸婆尽管也五十岁刚靠边,但与眼前这个女人比起来,简直不可相提并论。

林水木呼吸迅速地急促起来,三下五除二赶紧扒掉自己身上的衣服,激动的汗水也从每一个毛孔中涌了出来,他迫不及待跟着那女人走进卫生间。开始他还有几份不好意思。但只过片刻便手忙脚乱地替她抹上沐浴露,并帮她从上至下,仔仔细细搓个不停,尤其是对那肥硕而又丰满的双峰,又抚又摸,久久不忍撒手⋯⋯

林水木人生还是第一次有这样的艳遇。

他感到这是老天爷恩赐给自己的一个礼物,也感到这是近一段自己心里不痛快老天爷给自己的一种补偿。他有一些忘情地将双手从女人身后紧紧地抱住她的身躯⋯⋯他感到此时此刻自己是一个胜利者,一个在这个世界上最幸福的男人,也是全村见过最多世面的男人。

"擦干净,上床吧!"那女人并没有太多的话语,每次讲话都那么简明扼要。她叫了林水木一声,又好像是在发布命令。

238

"好，好，好！我帮您把身上的水擦干净。"林水木有些讨好地说。那女人也不客气，带着一种享受的心情任由林水木用浴巾擦拭着。他在擦拭的瞬间，还不失时机地伸出嘴，在女人的身体上"啾、啾、啾"亲个不停，也让这个女人享受了某种满足，她开始闭着眼睛，抬起头不时地呻吟起来。

接着，便是一场席梦思床上的风雨大作。可是，令林水木万万没有想到的是，这一到了床上，那刚才还惜字如金，言语简洁，貌似淑女的女人，转眼间变成了一个母老虎、一头母狮子，她扑在自己的身上反复地吮吸着林水木的各个敏感部位，一会儿翻身，一会儿挺起，口水涟涟，呻吟不止。而林水木也不甘示弱，拿出看家本领与这女人从床头卷到床尾，又从床尾翻到床头，到最后两个人紧紧搂着的双手才因为精疲力竭慢慢地松开了。

"哇，兄弟！你个子尽管不魁梧，但功底了得，功底了得。"那女人重重地吐出一口气，终于心满意足了。

"谢谢，不知道怎么称呼你？"林水木人生第一次经历着这样狂风骤雨般的战斗。他尽管浑身无力，却又意犹未尽地问了一下女人。

女人没有吭声，她没有正视林水木一眼，默默地起身钻进卫生间，冲洗了一阵，然后擦干身子，又慢条斯理地穿上衣服。最后才把那件名贵的风衣穿在身上，认真地束好腰带。

"您……？"林水木有些迷惑不解。这好事刚刚做完，房子是她开的，难道……？这是为什么呀？

"这是一千元房费，这五百块钱给你。辛苦你了。"那女人没有再搭理林水木。这让林水木百思不得其解，他呼啦一下从床上爬起身来，想扑上去，抱住这女人，想留住她。

"别，不求一生一世，只求一朝拥有。再见了。"那女人从手中精致的钱包里取出一千五百块钱放在床头柜上，头也不回打开房门走了出去。

"这……"林水木一头雾水。他不知道这是为了什么。心想，这女人真贱，把身子给男人不但不要钱，反而自己掏钱给房费，还给男人钱？这不是傻吗？

林水木这时越想越想不通，只好麻利地穿上衣服拿起那女人留下的钱去服务台交了房费，然后打了一部出租车赶紧回家。

第二十七章

若莹，请理解我

尽管阿辉一下飞机便给若莹挂了电话，告知要赴陈永清书记和刘志辉区长之约，吃完晚饭以后才回家。但是，若莹心里却窝着一肚子火：孩子一出生，你只打了一个照面，一个女人一生能生几个孩子？可是说好回台湾送张云峰老前辈也罢了，不是说好一两天便回来吗？结果一去便五、六天，而且返回厦门了却过家门而不入。自己算是一个高龄产妇，长辈都说女人生一个孩子等于在奈何桥上走了一遭，等于重新出生一次。这几天她多么希望老公能陪伴自己呀！可是望眼欲穿，得到他回到厦门的消息，时间已过晚上八点钟、九点钟了，现在已经是十点钟了还不见老公的踪影。

"这事业做得够吗？这钱赚得够吗？我母子连几个钱都不如吗？"若莹不是个不通情达理的人。可是想到阿辉这几天的表现确实让她难以理解，让她越想越生气。

若莹在医院里呆了三天时间，托老天爷的福，尽管是高龄产妇，还算顺利产下了那臭小子。但生产时间过长，而且这臭小子长得又胖，在生产过程折腾得够呛，时间虽然已过了五六天，但下身撕裂，现在想站起来还疼得直打哆嗦，她多么希望阿辉能够早点回到自己身边，陪伴自己、陪伴这个臭小子啊！可是到这个时候，阿辉的脚步声还没有出现。

"妈，你先睡吧！"若莹眼睛盯着房间的时钟，当指针超过十点时，发现母亲坐在房间的沙发上打着瞌睡，便动员母亲回房间休息。

母亲也是六十多岁的人了，这几天都在左右伺候，却没有一个人帮忙，做女儿的感到内心一阵阵的不安。

"再等等阿辉吧！"母亲应着。她正在瞌睡，被女儿一叫有些睡意朦胧地应着。

"能等得到他吗？几天了，连面都不照一下。"若莹越讲越来气。

"这阿辉也真是……"母亲被女儿的怨声感染了。老人尽管对女婿百般疼爱，但她不知道女婿当一个家有多难，看到女儿发泄内心的不满，对女婿也有一种心中的不快。但当岳母的总是同情自己的女婿，话说了半截却留了半截在肚子里。

"咚、咚、咚。"母女俩正在对话，门口响起了敲门声。阿辉，一定是阿辉回来了。

母亲一阵欣喜赶快去开门。

"妈，我回来了。"门一打开，阿辉风尘仆仆、迫不及待地走进家门，便想钻进房间看老婆和儿子。

"等一下，先洗干净再进房间。"岳母拦住了女婿。乡间有个风俗，家人外出很脏，要洗一洗，只有清洗干净才能走进月婆的房间。现在大家都住上别墅和公寓房了，没有单独的厕所了。因此，老人还信奉这一套，必须在卫生间洗刷干净才能见月子当中的老婆和孩子。

"好、好、好，他们好吧。妈？"阿辉心里迫切盼望早一点见到自己的妻儿，但岳母的话又不能不听，只好将行囊往客厅一扔，在沙发上坐了下来。

"你在这等一下，我帮你拿衣服。"岳母看见女婿归来有着说不出的高兴，匆匆忙忙走进房间帮女婿寻找替换的衣服。

若莹听到丈夫回来，以为阿辉会直接钻进房间来，便故意侧着身子，将脸朝着墙壁双手抱着孩子，她感到无限的委屈，不想去搭理这个没有良心的东西。她在思考，今晚他如果回来，自己和孩子都不让他碰一下，好好冷落他几天再说。

总之，一定让他着急，才能让他长记性。

若莹在想着，却听到客厅里响起了如雷的呼噜声。开始她以为是父亲睡着了打呼噜，可是再细细一听却不是发自隔壁房间，难道……？

母亲替阿辉找好衣服返回客厅时，却猛然看见女婿靠在沙发上，头垫着靠背已经熟睡过去。他的嘴巴正一张一合地打着呼噜。再仔细一看，这才五、六天时间，女婿似乎变了一个人，又黑又瘦、胡子拉碴；原本圆圆的娃娃脸变得又尖又瘦起来，给人一种疲惫而憔悴的感觉；那板寸头因为没有理、又没有洗，已经油渍渍地堆满着尘土……

这几天，女婿到底碰上什么问题，会累成这样、会脏成这样啊！半份女婿半份儿，老人拿着女婿的衣服，站在熟悉的女婿面前，她的心忍不住一阵剧烈地疼痛起来。

"阿辉，阿辉……"岳母想叫他早点醒来去洗一洗。然后赶快回到房间早点休息。可是叫了几声，女婿却一动不动，只有他那呼噜声越打越响，这让老岳母无所适从。

"若莹，阿辉这几天到底怎么啦？累成这个样子……？"母亲看见叫不醒女婿，焦急地又返回房间问女儿。

"不要管他，自找的！"女儿没有好心情，不冷不热地说。但说归说，这做老婆的，心里也一直打鼓，按自己对丈夫的了解，他是一个既敢担当，又负责人的男人。尽管那天走的时候他将此次返回台湾的事情只是轻描淡写地说了一下，但从做妻子的眼里却似乎发现了他内心有沉重的压力。记得那天在妇产医院的产房里，他不时地拨打着台湾的电话，又不想让自己听到他电话的内容，而且他的脸上难掩不安和焦虑的神情。

难道这阿辉心里有什么事在瞒着自己？难道这家伙碰到什么困难？

"妈，你再摇一摇他。这天气有些凉，别让这家伙感冒了。"

"嗯！钱哪里赚得够呀！累成这样，人都累得变形了。"老太太唠叨着。

"很瘦吗？"母亲说着心疼，女儿听得心慌。若莹下了决心，支撑着身子下了床，一步一步挪着身子走近阿辉。

这不看不要紧，一看着实让若莹吓了一跳。几天不见这阿辉整个人形都变了，变得几乎让自己不敢相认。若莹一阵心酸走近阿辉用手死命地摇着他的身子，"阿辉、阿辉，醒醒、醒醒，你到底怎么啦，你……"

阿辉确实太疲惫了。这几天真是度日如年、身心疲惫，再加上刚才问题一解决，资金筹措有了着落，又在陈永清书记、刘志辉区长劝说下，原本不喝酒的他一连喝了好几杯的固本酒，便觉得浑身发软、四肢无力。一踏进家门便鼾然大睡起来。他在睡梦当中听到妻子的呼唤，朦朦胧胧地睁开了眼睛，似睡非睡地连声应着："怎么啦，怎么啦，天亮了吗？"

"天亮了，太阳晒屁股了！"看着丈夫那么狼狈样子，若莹又娇嗔又生气。

"妈，若莹，宝贝儿子呢？"阿辉喜出望外地看见岳母和妻子站在自己身边问道。

"你还记得有个儿子呀！"若莹佯装生气接过母亲递过的衣服一把丢到阿辉怀里："去洗，臭死啦！"

阿辉被妻子训斥一顿，摸了摸鼻子便去卫生间洗澡去了。

"阿辉，你是不是有什么事情在瞒着我？"若莹是一个直性子，看到阿辉迅速消瘦的样子，她不想遮掩着自己的疑问，用犀利的目光盯着自己疲惫不堪的丈夫。

"没，没有啊！"这个阿辉尽管已经四十多岁的人了，却从不喜欢撒谎，被若莹一问，心里有些慌乱起来。

"阿辉，何必呢？你脸上的一切已经告诉我了。"若莹真有一点不敢相信，被自己如此追问，作为丈夫还那样隐瞒着，还没有将真实的情况告诉自己，"夫妻之间如此不坦诚，那是怎么回事呢？"

"……"阿辉静静地没有吱声。他站起身慢慢地走近窗口，久久地凝视着厂区外的一片灯火，思想中在激烈地斗争着，他在反复思考，该不该将近几天发生的事，近几天让自己折磨得精疲力竭的事告诉自己的妻子。

"阿辉……"若莹越看到阿辉如此遮遮掩掩，心里越是感到不安。这是她与阿辉结婚以来第一次有这种感觉，而一旦发现却又是那样难以容忍。

"阿辉……"若莹看见阿辉仍然站在窗前一动不动，越想心越酸，可是仍用一种近乎哀求的口吻在乞求着。

"……"阿辉的身子动了一动，他的心被若莹一声声呼唤下，叫得心酸、叫得发软。他终于咬了咬牙，从极为矛盾的心情中挣脱出来，慢慢地走近妻子，一把把她搂在怀里。

"是这样的，若莹！我不是有意要瞒着你什么。我是不想把最近几天碰到的烂事告诉你，是为了不让你在月子期间增添无谓的烦恼……"

"那你以为这样瞒着我就发现不了问题，我的心情就会好了么？"若莹尽管不了解阿辉到底瞒了自己什么事，却隐隐约约感到丈夫瞒着自己的绝不是小事，也绝不是一件好事。

这个憨仔呀！百年修得同船渡，千年求得同床眠，夫妇间还能分得出彼此么？有困难、有问题哪能一个人独自扛着呢？

"若莹……"阿辉拉着妻子回到床上，"你躺下，我将情况一一告诉你。但有一个条件你必须答应我，一切都由我去应对！"

"说，我一定答应你！"若莹看着丈夫真诚的目光，点了点头。

于是阿辉将张云峰老前辈去世，造成其投资两亿元资金无法落实，安泰工业城建设面临资金断裂的问题，以及此次回台见到儿子小俊的问题详详细细告诉了若莹。

"怎么会这样啊！"

"可是，这是别人家的事，我们看一看，难受一阵也罢。当我送走陈茂祥、杨金威两位阿叔时，想找一下小俊，费了许多周折见到后，却让我心碎了。我的心在哗哗地流着血……"

"小俊怎么啦？"

"这小子一年多前从美国留学回台湾，我和荣生无数次劝他留在台湾或来大陆帮我打理安泰，甚至从一个普通职员干起，慢慢来也有一个子承父业的过程。我就两个儿子，却有那么一大片产业，我大半生苦苦奋斗，为了谁呀？可是，这小子要了一千万宣称自己创业……"说到这里阿辉痛苦地摇了摇头，沉思了许久，才把与荣生见到小俊的那些情况和小俊陷入的窘境一一向若莹作了叙述。

"碰到这么大的事情，你为什么不吭声呀？"若莹被阿辉的叙述深深地感动了，她不顾一切地把丈夫紧紧地抱在怀里，久久不肯撒手。

她知道丈夫有一种敢于担当的性格；

她了解丈夫有一种对事业的执着追求和坚忍不拔的意志；

她深知丈夫是一个对事业、对家庭都是负责的人。

若莹静静地倾听着丈夫的诉说。

她的感情随着阿辉的倾诉而起伏。

人家都说男人是一个家庭的顶梁柱，人家都说每个男人都必须具备一副坚强的脊梁。可是此时的若莹才感到这些话说出口多么容易，男人也是一个人，男人也有情感，男人也需要细心去照顾他的女人，得到女人真心和温柔的爱，需要女人不断地抚摸浑身上下累累的伤痕。

若莹此时后悔了。

她后悔自己误会了丈夫，后悔自己没有替承受巨大压力的丈夫分担忧愁。

"那把小俊接过来吧。"若莹叹了一口气，劝说阿辉。

"……"阿辉艰难地摇了摇头。

"为什么？"若莹瞪着眼睛感到不解。

"这个孩子在他母亲在世时便是这样，现在更是让我和荣生束手无策。"阿辉坦言。

"但总不能任由他这样下去呀！况且我们也不存在养不起他的问题呀？"若莹异常着急。

"是啊！我也反复思考。他四肢健全，而且还喝了几年的洋墨水，也没有理由我养他一辈子啊！我也养不了他一辈子啊！"阿辉涌出一阵心酸。

"这又不成，那又不成，总不能放任吧！"

"咳，过一段时间把安泰工业城建设告一段落再说。另外，也要让他吃一些苦，吸取一些人生的教训才有效果。否则，纵使叫过来了，人在这里，心在外面也不会有好的结果。"阿辉似乎下定了决心。

"那股权转让有问题吗？"

"说不清楚。但我反复权衡，为了实现培育中华民族的小家电品牌，只要实现建设属于自己民族的世界小家电制造王国，不管付出多大代价，不管有多大风险，都值得。"阿辉这时倒显得很坦然，好像未来可能发生的一切，他已经作了

第二十七章

若莹，请理解我

准备似的。

　　"……"若莹没有再问下去，她知道之所以事到如今，被自己不断追问下阿辉才不得不告知事情的真相，其目的已经非常清楚。而这一切已经在发生，并发展到这个地步。急也无济于事，烦也于事无补。

　　只有祈求老天保佑，一切要好有好报。

　　只有祈求仙岳山顶上的土地公，能够明察秋毫帮助丈夫化解危机，伸出巨手提携一下自己的老公，让他在人生的道路上少遭受一些苦难，少遭受一些挫折。

　　"阿辉，你太累了，这几天好好休息吧！"若莹的心似乎要碎了，她心疼自己的丈夫。

　　"我之所以没有告诉你，是因为你正在养育着我们心爱的儿子，不让你为我的一切而烦恼、而担心，请理解我吧！"阿辉躺在妻子的怀里，那是一个富有弹性而充斥着乳香的双峰之间，一股浓浓的奶香让这个年过四十却又喜得儿子的父亲感到一种兴奋，感到一种莫名的冲动。

　　这乳房自从结婚以来无数个夜晚他都爱不释手，今夜他把自己的头深深地埋在这双峰之间，他的嗅觉、触觉、视觉都感到一种从未有过的满足，感受到沐浴在伟大的母爱当中，他还想向妻子倾诉自己这几天艰难的任务。可是一种冲动、一种似乎当儿子一样的渴望，让他控制不了自己的情感，他将嘴拱向妻子的乳房用力地吮吸起来……

　　"哎哟，你这死阿辉，这是我儿子的东西，你这样乱来，你这胡子把我扎得……"若莹猝不及防，不断地用手轻轻地捶打着丈夫的脑袋，半是佯装生气，半是撒着娇地叫唤着。

　　这一夜，已经六个晚上未见的夫妻俩心贴着心在沟通、在交流、在倾诉。到了将近黎明时分阿辉才突然告诉妻子："若莹，记得那天阿爸带我们在土地公前'卜杯'时，我曾对着土地公承诺，十年之内要捐资为土地公建造一座全中国最豪华、最雄伟的土地庙。现在这个时间已经过去两年了。"

　　"你呀！别这样总是给自己这么大的压力，安泰工业城的建设目前都困难重重，土地庙的事情等以后再说好不好。"若莹着实被丈夫这种责任感所感动，又对他这种执着精神感到无可奈何。

　　"是的，但既然我们已经承诺，就一定要时时记在心间，有能力时则应该尽可能提前实现……"阿辉确实感到困了，他将头枕在妻子的怀里，他的鼻腔里弥漫着浓浓的乳香，几天不见老婆了，他真有许多话要说。可是太累了，说着说着禁不住睡着了。

　　若莹发现丈夫累成这样，摇了摇头，熄了灯，把丈夫抱得更紧、更紧……

第二十七章

若莹，请理解我

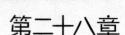

第二十八章

东进开怀大笑起来

　　黄海林那天报告了阿辉将进行股权转让的消息，东进一郎开始是半信半疑的。这里大致有两方面的原因：一方面是这个黄海林是个二流子式的人物，每天走街串巷获得的信息其可信程度需要甄别。加上对这个人的人品，东进一郎一直是半信半疑，有时候为了弄点钱花一花，常常将打探来的信息添枝加叶，添油加醋；二是前一段他了解到阿辉在大陆客观地讲发展得不错，公司业绩好，当地政府也给予倾力支持，正是鸿运当头，顺风顺水的时节，好像还不致于走背运。因此，从口袋里随着抽了几张千元大钞递给了黄海林作为奖赏之后，便抑制不住内心的欢喜，赶快找日本驻台的几家商会进一步了解情况，研究对策。

　　他要把握好，这次好不容易才得到的机会，也许这样的机会十几年才碰得到一次。

　　东进一郎感到世界总是如同一种透明的空间，尽管每个人之间都竭力保守着自己的秘密，尽管这阿辉在台湾、在中国大陆都有他的基础、有他丰沛的人脉资源，但只要一有风吹草动，自己都能获得第一手的信息，如果刚才黄海林送来的信息是靠谱的，他和朋友们一合计，就一定要掀起一排冲天大浪来。同时，让东林株式会社利用这一难得的机遇乘势而上。

想着想着，东进一郎竟有一点心花怒放起来。因为人生大半已经过去，而他从一出道便在台湾发展，对台湾的情况远远要比对自己的家乡熟悉得多，人脉也远远比在日本要丰沛得多。

他知道台湾的法律，企业在外国上市的股权转让如果没有经过主管机关批准是要吃牢饭的。

如果黄海林所说的是事实的话，那么聪明一世的阿辉，却糊涂一时犯了大忌。

"对！老天爷在助我，将阿辉送到牢房里蹲上几年，那么台湾小家电制造和销售市场将由我东林公司独坐天下！"东进一郎想到当年自己和一帮日本朋友组织成立日本商会驻台湾联合总会，对整个小家电制造业进行垄断时，那是何等风光啊！一手控制配件和制造市场，一手操纵成品销售市场，每天叱咤风云，日进斗金。可是，莫名其妙从台南冒出了这个阿辉，又是将安泰公司扩权扩股，又是成立全台小家电制造同业公会，硬是跟我东进一郎搭起了擂台，唱起了对台戏，把东林公司弄得灰头垢脸还不算，自己本想躲一躲风头，到中国大陆去发展，想不到冤家路窄，他又随后跟进，让东林公司几乎到了破产的边缘。

想到这往事，东进一郎恨安泰公司、恨阿辉，恨得整个牙根都发起痒来。如果将阿辉送去牢房呆上一阵，如果东林公司利用这一空隙加速技术革新和改造，那么既可以一泄多年来的仇恨，又可以让自己的公司重振雄风，登上一个新的台阶，在台湾独坐大位，这岂不是两全其美的绝顶好事么！

台湾此时正值梅雨季节，飘着毛毛细雨，天是雾蒙蒙的，地是湿漉漉的，人也感到一种莫名的倦意。这雨虽然不大，但飘洒在街道上，落在人的身上却难免有着一阵阵的凉意。街道上的行人个个步履匆匆，东进一郎开着自己的那部雷克萨斯，挡风玻璃慢慢被细小的雨珠沾满了。他开启了雨刮器，将那雨水一次又一次地刮掉。雨刮器每刮一次，玻璃便变得非常干净。那蒙蒙的毛毛雨瞬即变成一道又一道的细细水流，从挡风玻璃的旁边流了下去……

这种反反复复的动作此时倒让东进一郎的思绪更加活跃，这人生十几

年自己与阿辉间的竞争不就是这样么。引用中国的一句俗语，那便是三十年河东，三十年河西。前十多年东林公司与安泰之间的较量，每次都败下阵来，甚至败得有些丢人现眼，败得几乎没有颜面。现在机会来了，山不转水转、风水轮流转。该轮到我东进一郎风风光光、扬眉吐气，他阿辉颜面尽失的时候了。

东进的朋友也是一位老台湾了，他的公司总部建在南京东路附近，可是为了避开繁华都市日益嘈杂的城市喧嚣，前几年在市郊购买了一块地，建了一幢别墅。这人叫福田，人将近八十岁了，但朋友遍地，又有很强的经济实力，那郊外的别墅却每天高朋满座，气场鼎盛。他想到了那边可以证实黄海林提供的消息是否可靠，另外还可以将自己的想法请教于他。

东进一路思考，雷克萨斯从城市快速路转到城市主干道，然后转入次干道，再转入郊区的乡间小道。

这台北真是很美，尽管是只有二、三百万人的城市，跟日本的东京、美国的纽约这些世界大都市相比，只能说是一个小孩站在巨人的身边。但台北气候适宜，风景优美，现代化程度几乎能与东京、纽约相提并论。这台北，尤其市郊有着让人流连忘返的特色。你看这郊外，既有宁静的田园风光，又有从繁华都市走出来的脱俗，给人以耳目一新、心旷神怡的感觉。

这不，农夫耕作的身影；

小童嬉闹的童真童趣；

阡陌的田野，宁静的田园风光；

瓜果的飘香，还有泥土的芬芳。

刚刚这雷克萨斯还在繁华的都市里穿梭，瞬间却转入了如同世外桃源般的空间，多少让东进一郎有点不甚适应的感觉。久在喧嚣的城市生活，他似乎不甚适应这乡村间的宁静。他的眼睛在四处张望着，驾驶汽车的手脚也变得不甚协调起来。

这乡间的道路都是柏油铺设，却没有城市主次干道那么宽畅、那么笔直、那么惬意，大约只有两部车可以勉强交会，这多少让雷克萨斯有些不习惯。加上东进一郎一边开着车，一边在思考着如何应对安泰公司的事情，面对这弯弯曲曲的田间道路,很有一点有力无处使的感觉。

车速太慢对于雷克萨斯来说不适应;

车速太快又有冲出道路、冲向田间的危险。

这不能不迫使东进一郎停下思考专注于驾驶。

恰在这时,雷克萨斯的左前方有一处弯道,弯道旁有一个老妇人挑着一担粪桶晃晃悠悠想横穿道路到路对面的菜地里浇菜。乡下人猛然间看到一部小轿车风驰电掣而来,不由得停下脚步东张西望、环顾着四周。

东进一郎原本驾着雷克萨斯快速行驶着,立马踩了一下刹车,那车便迅速降低了速度。

老妇人看到车减速了,想赶快冲过去。

几乎同时,东进一郎看到老妇人停下脚,却又想加速。

两个人的思绪几乎在同步发生,他们的大脑几乎同步指挥着自己的手脚。

"砰"的一声,雷克萨斯不偏不倚碰上了正在过路的老妇人挑着的那粪桶上,那臭烘烘的大粪泼到了东进一郎的雷克萨斯的车头上。

而老妇人一个趔趄倒在路边的烂泥田里。

"糟糕!"东进一郎惊呼一声,跳下车来,顾不得脚上穿着油光闪亮的皮鞋,几步跳进冬闲的烂泥田里扶起那老妇人。

还好!那车速不快,老妇人正好摔倒在烂泥田头,除了一身泥泞和受到一种惊吓之外,连皮肉外伤都没受。

"你伤在哪里?"东进一郎此时也几乎成了一只泥猴。但他知道台湾乡下的农民常有不讲道理的时候,弄得不好只要一呼唤,全村百姓便蜂拥而上,不被打废也一定会伤了一身皮囊。

"死仔,怎么没长眼睛?"老妇人看了看眼前的中年人,用闽南语骂了一句。

"对不起,对不起!"东进一郎顾不得擦一把满身的泥浆,不停地点头哈腰。这时,周边的老百姓涌了过来,将他围了个严严实实。他心里一阵紧张,才感到今日出门有点得意忘形,或许是日子不吉利。现在老妇人受没受伤另说,这雷克萨斯的整个引擎盖上一桶大粪浇在上面,不经过认真冲洗一定是要臭个十天、八天才能消除。

天本来就有一点冷，老妇人掉入烂泥田，加上一场惊吓，早已浑身哆嗦起来，她脸色苍白，坐在地上嚎啕大哭起来。

这一哭倒不要紧，已经束手无策的东进一郎更是面如土色。他想拨一通电话叫朋友来助阵，却又因为一阵紧张把手机掉在烂泥田里。而这时，周围的百姓听到老人的哭声，已经从四面八方奔跑过来，嘴里还不时用闽南话呼喊着。这让本已如同惊弓之鸟的东进一郎只有仰天长叹的份了。

"阿嬷，我给你钱，我给你钱。"慌乱之间东进想起中国"有钱能使鬼推磨"那句俗语，慌慌忙忙从口袋里抽出一叠钱递给老妇人，想逃之夭夭。

"死仔，你就想用这钱了事呀？"老妇人哭诉着，一双手死死拽着他不撒手。

"我……"东进一郎束手无策，但想逃又逃不了。

"别让他跑了！撞了人还想逃！"乡民们愤怒了！

"抓住他……"

"把道路堵死……"

正当东进一郎将一叠钱扔给老妇人，想开着那臭轰轰的雷克萨斯调头离开这是非之地时，周围的百姓赶了过来……

"倒霉，倒霉……"东进一郎自己也一身泥泞，冬闲时节田里的烂泥灌进皮鞋冻得脚都有一些麻木，再看看从四面八方赶来的乡村百姓，深知这次倒了血霉了，禁不住喋喋不休地说。

这是一个现时报，也是对心术不正的人的一次报应。

尽管这老妇人没有伤筋动骨，只是一些轻微的皮肉之伤。但不言而喻被乡村百姓围上了，就必须先送老妇人到医院检查，再给医药费，赔偿被撞坏的粪桶，来来往往整整折腾了大半天。临到深夜，东进一郎才开着那被大粪泼过的雷克萨斯回到住所。

今天中午出门满心欢喜，结果出师不利，朋友没有会上，信息没有证实，却惹了一身臭轰轰，这让东进一郎扫兴到了极点。而他又把这一切归咎于安泰公司股权转让上，归咎于阿辉，不觉内心深处的无名火无处发泄。跳下汽车，正迎面见到驾驶员，便气呼呼地将车钥匙一扔说："快，把那车子开去清洗干净，我马上还要用车。"

"东进先生，您怎么啦？"驾驶员看见东进一郎从雷克萨斯钻出来如同泥猴一般，汽车引擎盖上泼满大粪，臭气冲天，便不解地问了一声。

"倒霉……滚！"东进一郎没有好心情，头也不回地骂了一句。

"东进先生，这里有一个先生在等您已经大半天了。"驾驶员又补充了一句。

"谁？"东进一郎仍没有好心情，却停住了脚步。

"东进一郎先生，是我，黄海林！"这时黄海林从一边走上前来："我已经弄清楚所有的来龙去脉。"

"哦……"东进一郎虽然用疑惑的目光看着黄海林，但想到今天本想去求教同行，却弄得个污秽不堪。他驻足思考片刻，觉得与早上相比，对黄海林的话增加了几分信任度。

"原来是这样的……"黄海林迫不及待地希望得到东进一郎的信任，想将了解到的情况向他详细报告。因为除了可领到一笔钱外，黄海林还感到自己毕竟年轻，如一旦得到东进一郎的信任，兴许还可以找到一个岗位干一干，以彻底结束这样居无定所、三餐无着的局面。

原来，今天早上黄海林从东进一郎那里领了一笔奖赏之后，大喜过望。摸了摸口袋里新增加的几张大钞，掉头便往商店上走去，找了原先阿辉几个老朋友的下属打听安泰公司准备股权转让的事情。真是功夫不负有心人，他很快便心满意足地满载而归。于是又一次给东进一郎拨打手机，结果东进一郎手机掉落在烂泥田里坏了。便又匆匆忙忙在小吃店里买了三、四个肉粽吃了下去，坐在东进一郎家门口等候着他的回来。

"稍等……"东进一郎看着眼前黄海林的那张献媚的脸，指了指一身泥泞作了一个手势，"我换一身衣服再说……"

说罢，东进一郎交代助手将黄海林引进会客厅，换衣服去了。

东进一郎这个家黄海林还是第一次进来。当助手将他引进豪华至极的客厅时，他顿时觉得眼界大开。以前对这地方他曾几次听阿福介绍过。可是那时都是老阿庚带着阿福来，自己还没有进入东进一郎的视野，自然更没有这等福份进入这个场所。现在当黄海林进入这个地方时，陡然觉得自己有了身价，犹如从一介贫民进入上流社会的那种荣耀，走起路来连脚底也顿时觉得轻松起来。

第二十八章

东进开怀大笑起来

这时，他才感到自己这一段时间的努力没有白费，那个老阿庚父子以前自己尽管那么卖力，而每次都是隔着一层关系，连进入这会客厅都是一种奢望，而且是一种遥不可及的奢望。从大陆回来这么长时间了，昔日的少爷阿福经不起挫折和打击，现在成了霜打的茄子蔫掉了。而老阿庚也感到自己已是七十过了，看到唯一的儿子成天站在门前傻傻发呆，不言不语，似乎成了看破红尘之人，万念俱灰，从里到外都有一种垂垂老矣的感觉。

老阿庚老矣；

少爷阿福傻矣；

我黄海林正当年。

此时的黄海林大有雄心勃勃取而代之的状态。

"让你久等了，黄海林！"正当黄海林回忆往事、对前程充满期待的时候，蓦然看见东进一郎换了一套和服从楼上下来，而且脸上堆满了可掬的笑容。

"不，不，不！东进一郎先生对我如此厚爱，出一点力，跑一跑腿那是应该的、应该的。"在黄海林眼里，与东进一郎认识十多年了，今晚的笑脸最灿烂、最阳光，也最和蔼可亲。这足以让他心花怒放起来，便将自己了解的情况一五一十详细作了报告："东进一郎先生，安泰之所以转让股权，是因为张云峰这老家伙突然死了，他承诺的两个亿人民币投资泡汤了。因此安泰的阿辉四处筹钱没有着落，拖欠了又会造成资金链接不上，致使安泰工业城项目落空……"

"这样？很好！很好！"东进一郎认真地听着，不断地点头，"那么，他的股份准备卖给哪几家，你了解清楚了吗？"

"当然，当然，我了解到了，了解到了！"黄海林用狡黠的目光看了看东进一郎："可这是商业秘密呀！"

"是吗？"东进一郎感到一阵恶心，心里狠狠地骂黄海林："这狗东西眼睛里唯有钱，为了钱，他可以昧着良心，可以出卖朋友，可以丧失人格，可以……"但是他又一想，这个时候如果不破费一点，肯定不能够从这小子口中撬出任何有价值的东西出来。

"嗯！"黄海林一本正经，他觉得自己眼下正在跟对手谈判，这是一笔生意，而且是一笔不要付诸任何本钱，具有百分之百利润的一笔大生意。

"你想要多少信息费？"东进一郎咬了咬牙。他本想一口咬死，一分钱也不想给，甚至将黄海林这狗东西赶出门外。但这种想法只在脑海中一闪即过，立即换上一副笑脸叫了一声助手："给黄海林先生五万元喝酒。"

"五万元？"助手有些不解地问了一声。因为他知道这黄海林的为人，知道这个人的人品，今天让他进这扇门本身便是天大的面子，老板答应给五万元真是一种浪费。

"对！"东进一郎回答得十分肯定。

"不……"东进一郎原来以为，给这黄海林五万元他会高兴地跳起来，想不到这小子变本加厉反而将头摇成一个拨浪鼓。

"还嫌少？"东进一郎有些疑惑，有些愤怒地追问了一句。

"不，这钱多钱少我倒不在乎，我是想东进一郎先生是一个大企业家，希望从此之后能在东林公司谋一个职位，追随先生干一番事业。"黄海林虽然人品不佳，可是心眼却很灵活，他把眼光放得很远。五万元在台湾无非是一两个月的工资，用完了便没了。如果在东林公司谋一碗饭吃，那么自己从此以后衣食住行便有了着落。

是啊！前几个月从大陆回来，他曾试图赖在老阿庚家混吃混住，可没住多久，老阿庚的脸色却越来越难看。"自己是一个有头有脸的人，谁受得了他这老东西的白眼？谁愿意用热脸贴他那凉屁股呀！"黄海林觉得自己应该人穷志不短。于是，便一气之下离开老阿庚父子，回到台北四处流浪。

"这样……"对于黄海林提出的要求，东进一郎感到非常突然，突然得以至没有丝毫准备。他在盘算这个当年被人称之为上海滩包打听的人物，留在自己公司能干什么呢？可是，如果不答应，自己要从别人口中了解安泰公司的情况却又决非易事。

这些中国人呀，他们知道自己跟阿辉有着宿怨，也知道东林公司与安泰公司是商场较量中的宿敌。中国人有中国人的个性，加上阿辉这个土包子平时不吃不喝，倒有许多人缘，自己绝对没有任何可能比这黄海林对安泰公司了解更深、更细、更具体的东西。

"留下他，答应他，兴许今后能有一些用处。"终于，东进一郎在刹那间露出

了开心的笑："可以留下来，每月工资两万。如何？"

"谢谢！谢谢东进一郎先生！"听了东进一郎承诺留下他来，黄海林"霍"的一声从沙发上站了起来，向东进一郎做了深深地一鞠躬。

"那现在可以将事情详细报告了吧。"东进一郎希望尽快全面地了解情况，并作出相应的对策。

"这……"想不到黄海林又欲言又止。

"哦，要办手续签合同是吗？"东进一郎看穿了黄海林的鬼心思，一种厌恶情绪又涌上心头，但在转眼瞬间便想出了一个应对办法。

"对！对！对！东进一郎先生真是精明。"黄海林将头点得捣蒜一般。

"黄海林，我是东林公司的总裁，我讲话是百分之百算数的。明天早上一上班你便到公司来签合同。上午九点半，准时！"东进一郎真想发怒，但他忍住了，而且强调第二天准时签约的时间。

"那好！那好！"黄海林开心了，他眼珠子一转告诉东进一郎："安泰公司这次股权转让的资金总额大约是十个亿新台币，折合大约二亿人民币。为了尽可能避免管理机关的查处，这十亿新台币的股权分由四个老板购买。这四个人都是阿辉的至交，这股权转让手续全部都由其内弟荣生负责……"黄海林滔滔不绝地说。

"哦！那么这四个准备接收转让其股权的是什么人？"东进一郎问得很具体，他要问一个清楚，才能采取行之有效的应对之策。

"这个，这个，我明天继续打听再向你报告，行吗？"黄海林毕竟是一个老手，他打了埋伏，他怕东进一郎食言，将已经到了嘴边的信息又吞了回去。

"这样啊！谢谢你！"东进一郎猜出来了，这个消息黄海林已是了解得很细。同时，他也猜出来了，这小子还鬼得很，他留了一手，并没有将话说完，没有说透。

"那……"黄海林还想等东进一郎给一些奖赏。

"给黄海林先生一万块钱。"东进一郎又朝助手叫了一声，同时转过头告诉黄海林："明早九点半，别忘了来公司签订合同。还要将那四家准备购置安泰股份的老板的详细情况了解清楚……"

"一定，一定！"黄海林从助手手中接过十张千元大钞喜上眉梢，又一个深深地鞠躬，才告别东进一郎乐颠颠地走出门外，并迅速消失在夜色当中。

"东进先生，你怎么对这种人这等高看？"黄海林刚前脚出门，助手便后脚走近东进一郎，不解地问道。

"你不会算吗？养一条狗一个月要花多少钱？"东进一郎比了一个手势，用目光盯着助手反问道。

"哦！哦！哦！……"助手点了点头，终于算明白了这笔账。

"你看。"东进一郎向正欲转身离开客厅的助手问道："我想，第一步争取通过一些手段设法将那十亿台币的股票买下来，行吗？如果可操作，那么东林公司将持有安泰公司的股份。"

助手摇了摇头，对东进一郎的话提出了异议。他比东进一郎年长一些，是东京都早稻田大学的博士。他刚才已从黄海林的话中了解到，十亿新台币的股票分四个人购买，而每个人都是阿辉的至交，因此，东进一郎的想法成功的可能微乎其微。

"那么，第二步叫黄海林将这消息向媒体爆料，如果将这一消息捅出去，一定可以造成安泰股份的股票市价迅速跳水……"

"这倒是一个相当不错的主意，而且一环扣一环，环环相连。"这助手也是长时间在台湾的日本人，对台湾的情况非常熟悉。

"第三，叫黄海林向主管机关举报，让阿辉在监狱里好好呆上几年……"东进一郎有些得意地告诉助手："现在，我已经无需去甄别黄海林提供的信息是否真实可靠了。"

"那是？……"助手发现自己年纪大了，思路怎么样都跟不上东进一郎的步伐。

"只要你明天给他签上用工合同，他每个月领两万元新台币，可是一切必须按照我的指挥运转。爆料也罢，举报也罢，如果是事实，阿辉那是活该倒霉；如果失实的话，后果自然由黄海林独自承担。我和东林公司无非就是十万、八万新台币的付出而已。说透了无非是少上几次酒店，少吃几餐饭而已。"东进一郎此时脸色显得阴森森的，他巴不得一夜之间把安泰公司十几年的恩怨情仇

作一个了断，想一夜之间把安泰那栋大厦搞得东倒西歪，甚至支离破碎才罢休似的。

"……"助手没有再说什么，望着黄海林早已远去的身影，再看看东进一郎的脸，他心领神会不断地点头。

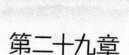

第二十九章

行政部经理人选

年轻人有年轻人的思维，年轻人有年轻人对事物发展的分析判断力和谋略思考。张文被应急派到村办工厂当厂长之后，便淋漓尽致地将自己的性格发挥到了极致。他在纷繁的局面面前，冷静思考，虽然平时不言不语，当发现林建智没有读过多少书，却在社会实践中长了许多见识和过人的组织能力，而且在村里的年轻人当中很有号召力，便不顾一切，力荐林建智作为自己的助手。在这基础上，张文与林建智共同向股东们要了人事权，制定了严格的公司管理制度，员工上班按件计资，多劳多得，少劳少得，不劳不得。两个多月下来，公司在人们的不经意间发生了巨大的变化。此外，他在用好年轻人的同时，并没有忽略像林水木这样一帮中老年人，尽管林水木厂长被炒掉，心里一肚子怨气，一肚子不痛快。但面对张文左一个叔，右一个叔地叫着，想发脾气，想刁难这个西南山区来的小厂长也抹不开面子，甚至还要装着一副长者风度，隔三岔五地到生产车间转一转，对员工当中不合规矩的行为进行教育。

前几个月，福德厂的马达生产质量问题，差一点拖了整个安泰公司生产的后腿。幸好库存配件及时补充，才保证了对外供货合同的履约。张文来了之后，先是对原来生产的几十万件马达重新拆装，确保每一件产品都合格了才出厂，保证了安泰公司整个生产的顺利运行。

"建智!"张文看到这位兄弟每天忙得不亦乐乎,心里有着说不尽的高兴,他叫住林建智:"为了做到产品质量的跟踪追究责任制,看来要制定一个员工产品编号的管理办法。立一个规矩,切实做到每个出厂产品百分之百合格。如发现不合格产品,照着编号便可直接追溯到相关责任人。"

"好,你放心,我叫质检部先拟一个文件,你看看再发下去。"林建智的烟瘾很大,他的嘴巴总是停留在叼烟的状态。说也奇怪,他烟叼在嘴里,却可以毫不影响跟别人畅谈,只是每当他把烟屁股吐在地上时,人家会发现那过滤嘴被他的牙齿咬得烂乎乎的。

"走吧,今天公司招聘会定在九点,我们去看一看?"张文将目光投向这位小兄弟。

"你去吧!我盯在车间里,这里离不开人。"林建智对张文一百个敬重,每当张文要出门办事,他总是留在车间里把持厂务。

这一段,安泰公司订单很多,生产任务十分繁重。因此,除马达之外,其他如电热管之类的配件需求量大幅增加,为了扩大生产,经过股东会议研究,林万寿与女婿一商量,决定扩大投资电热管生产车间,工人在原来基础上增加一倍左右。今天是厂里报名招工,张文觉得自己还得抽时间去看一下,争取招一些素质较高的员工,以确保下一步工厂的发展。

"那好,辛苦了!今晚我们喝一杯小酒解解乏。"张文看到林建智满头大汗,心里一阵欣喜,他为自己有这么一个好兄弟、好助手而欣喜。前两天阿辉董事长把他招了回去,告诉他安泰工业城建设进展顺利,再过三个月便可以交付使用,如果车间设备安装、水电供应通过验收,预计半年内工厂将迁入新址。"目前任务非常繁重,既要保证老厂的正常运转,还要保证整个厂迁入新址后实现安泰公司从研发制造到创意并培育品牌的转型。下一步有关零配件制造将参照福德厂的管理模式,在厦门再分设一些代工厂实行分流代工。"

阿辉董事长语重心长,对张文这一段在福德厂的经营管理所做的工作给予充分的肯定。

"知道了!董事长,您放心!"张文嘴巴应着,心里感到一种沉甸甸的压力。

"知恩图报。"此时此刻张文一直牢记长辈的教诲，他恨不得多长出几个脑袋，多长出几双手，转眼间将福德厂管理得更好，能够为安泰公司的发展多出一份力。

"张厂长，张厂长……"正当张文边走边思考时，他的耳边响起了林水木的声音。

"水木叔！"张文正要进入招工现场，看到设立在村中央的戏台周围已经挤满了人，他抬起头在人群当中搜寻着林水木的身影。

这戏台子也是闽南乡村的一个特色。

无论哪一个村，都会在村中央建一座庙，里面供奉着关（帝）公、吴（大道）公和土地公等民间信仰人物。每逢初一、十五和民俗节日，乡亲们总会以无比虔诚之心到庙里上香祭拜，祈求平安吉祥，保佑老少平安。

除了这座庙，另外还有一座很有地方特色的建筑，那便是戏台子。大凡婚庆喜事或民俗节日，大家都会自掏腰包请一些戏班子在这唱些《陈三五娘》、《哪吒闹海》之类具有浓厚特色的地方戏剧。此外，这也是乡亲们聚会、商议大事的地方，但凡村里有大事小情，大家都会在这里聚集。

当张文抬头张望寻找林水木的时候，突然感到肩膀被人重重拍了一下，转过身却见林水木带着一个年轻女孩笑吟吟地站在自己的身后。

"水木叔，找我有事？"张文一阵高兴，他为这一段时间林水木为帮助自己办好福德厂，鞍前马后地奔波而充满感激。

"张厂长，我给你介绍一下，这位小姐叫张小红，贵州人，很能干，听说我们福德厂招工，便来报名了。"林水木眉飞色舞地转过身："小红，这就是我们福德厂的张文厂长。"

"哦，你好！我叫张文，也是贵州人，老乡啊！你是哪个地方的？"张文听完林水木的介绍，又看到眼前的张小红长得小鸟依人，面目清秀，也非常高兴。

"张文？"张文一介绍倒不要紧，张小红却有些微微吃惊。以前自己在湖畔咖啡时曾见到一个长相跟这个张文厂长非常相似，而且年岁也相差无几的人，

"那个人叫张武，那么他与眼前这张文是不是有什么联系呢？"张小红虽然年纪不大，但却经历不少场面，心里尽管有许多疑问，却记在心里不露声色。眼前

这位是个头不高也并不帅气的同乡，她只在脸上掠过一丝疑问之后，便充满阳光地对张文说："能够在自己老乡手下混一碗饭吃，那绝对是一种荣幸。请张厂长今后能多多提携，多多关照。"张小红说完，露出了一种让人很难忘却的甜甜的笑。

"不要这样说。水木叔，你先带这位张小姐去登记，工作安排下一步我们再研究好么？"张文看到那招工登记处非常热闹，尽管天气寒冷，瑟瑟寒风吹得人浑身上下都冷得难受，可几个工作人员脸上却冒着汗水。

"张厂长。"林水木看到张文要走，赶忙趋前几步伏在他耳边嘀咕了几句。

"这个，我们再商量好么？"林水木是要张文安排这张小红担任公司行政部经理。张文感到对张小红的经历一无所知，采取了缓兵之计。但又担心驳了林水木这个顾问的面子，便委婉地说："让这些人登记完后，我们个别研究一下？"

"好！好！好！"林水木听了张文的话有一点乐不可支。

原来，那天晚上林水木将名片递给张小红之后，便被那中年女人约去浪漫了一番。等到张小红招待完另一帮客人，回到林水木那座位想再找他攀谈时，却再也找不到这个大哥了。

这是一位有见识，又很有心计的女人。尽管年纪很轻，自从与阿福有了那一段经历与情感的纠葛之后，她变得越发成熟和老练。正待她思考这位大哥为什么不告而别时，蓦然间想到当时自己与他交谈时，拿起的一根烟来不及点燃又重新放在桌子上，便哑然失笑，正是那个细微的动作，招引了那个半老徐娘……。

"一定是那半老徐娘把他当作鸭子，把这位大哥带走了！"张小红想到这里不禁"吃、吃、吃"笑出声来。因为，她在这里已经工作半年多时间，曾听人家说过，如果有一只鸭子在这里以喝酒作为幌子，便会有意无意将三个五的香烟抽出一支放在烟盒外面，这样寻找猎物的女人一旦看中，便会主动约他到已经开好的酒店房间浪漫一番。

想不到这位叫林水木的大哥，被歪打正着，一定是那半老徐娘将他当做"鸭子"带出去了。

张小红看着那已经人走位空的椅子，若有所失。但想到口袋里林水木递给的那张名片，想给他打一通电话。可是当拿起手机时，却感到有些不合适。因为说不定此时大哥正在忙得不亦乐乎。

这一夜，张小红几乎没有合眼，讲实在话，并不是这林水木大哥有什么过人之处，只是看着那副长相，凭着他递给的那张名片，还有他那看着自己色眯眯、目不转睛的目光，张小红已经从心里感到他一定能喜欢上自己。

更重要的是自从阿福出事，湖畔咖啡关张转手之后，因为新老板了解到自己和一帮服务生与阿福的事有牵连，便不再留用而让大家各奔东西了。

这是人生一段非常后悔而且艰辛的日子。

派出所的警察把自己和另外三个服务生带走了。

呆在行政拘留所里，警察们非常认真而且细致地，一次又一次对她进行问讯并且做笔录。幸好几个服务生都一口咬死，原先对阿辉的掷茭是一个什么样的东西一无所知，只是以为阿福与阿辉有一些个人恩怨，叫上自己做帮手，做了一些恶作剧的事情而已。

说穿了，无非是帮助阿福老板出一口气而已。公安局看到这些都是刚走入社会的年轻人，况且案件本身也没有造成太大的损失，拘留了十五天便被放了出来。

记得那一天，天突然雷鸣闪电，接着下了一场倾盆大雨，张小红站在行政拘留所门口既没雨具，又没带钱，只好呆呆地蹲在地上等待着这场大暴雨能够迅速过去。

可是暴风雨过去之后，到哪里去谋生呢？打工的人几乎没有积蓄，自己也没有一技之长。这一段时间在湖畔咖啡当服务生，风吹不着，雨淋不着，工资尽管不高，但总有一份稳定的收入，再加上瘸子阿福被逼无奈，不得不给自己买了一套两室一厅的房子，几乎是衣食无忧。那么下一步这双脚应该往哪里走啊！

张小红这时从内心深处涌出一阵阵悔意，她开始反省自己的人生。

雷停了，雨住了。

张小红拎着在拘留所替换下来的几件臭衣服匆匆回到那个两室一厅的家，洗了一个澡，又将换下的脏衣服洗干净。

洗去了汗酸和污垢，她感到一身轻松的同时，也产生了一种强烈的冲动。自

己原本是一个洁白无瑕的山村姑娘，进入厦门经济特区打工目的是谋一份收入，报答父母的养育之恩。可是一踏进湖畔咖啡厅，在这五彩缤纷的社会中，自己似乎眼花缭乱，加上碰上阿福的外力作用，犹如眼睛吹进了沙子，在刚踏上人生之道的举步之时，似乎迷失了方向。

原来，阿福叫她去弄阿辉的掷茭时，她感到好玩，好玩得好像在电视剧中饰演一个地下斗争的工作者角色。可是随着时间的推移，她慢慢感到自己错了，感到自己的人生已经走错了一步棋。因此，她恨阿福，不择手段地变着法子向阿福索回自己的损失。

现在这一切都已经过去，都已经成为往事。

张小红感到自己又来到一个新的人生的十字路口。她在思考，一步错了，不能再错，下一步应该小心翼翼地踏踏实实做人。可是如何走，却感到有些茫然。

她想到了仙岳山的土地庙，想到那里万人敬仰的土地公。于是，坐上公交车，几经转车然后徒步上山……

她想到土地公面前，向这位慈祥的老人忏悔，向他老人家赎罪。

大雨刚过，土地庙前的沙质土还饱含着水份，一脚踩下去留下深深的脚印，一两汪水从高跟鞋底下溢了出来，很快趾尖部分湿透了。

张小红没有太多太认真地思考，点了一炷香，"扑通"一声跪在地上，跪在白发苍苍的土地公面前。

这本来是一个圣洁的土地。

来这地方的所有人都带着一种感恩的虔诚与圣洁。

可是，张小红此时的心情却如同打翻的五味瓶，酸甜苦辣一齐涌上心头。半年多前，自己在别人的指使下，就在这慈祥的老人跟前，在脚下这块圣洁的土地上干了一件愧对土地公，愧对人生的一件坏事。现在梦醒了，一切都过去了，但嵌在心头的那块伤疤却隐隐约约地在作痛，一旦想起，那伤疤还会不时地涌出鲜红的血。

她默默地埋下头，默默地跪着。

那砂质土的水从她跪着的膝盖慢慢向大腿渗透开来，几乎湿了半条裤子……

"土地公，原谅我的不忠不孝，半年前曾在您眼前干了人生最不光彩的事情，让自己一生蒙羞，给圣洁的土地庙蒙羞。现在我迷途知返，请给我以力量，从此之后，我将重新做人，重新谋划人生，走一条光明的人生之路……"张小红反反复复在心里默念着，泪水哗哗地涌了出来。

那泪水顺着脸颊，顺着脖子根一直往下流着。

许久，她抬起头，看着那土地庙中几百年来一直给人以慈祥面容的土地公；

她想起了西南山区家中白发苍苍的老父母；

她希望自己能在这圣洁的土地公前，在他老人家的见证下洗涤污垢，净化灵魂。

张小红在那跪着，在反省着……

她既为下一步人生怎么走而思索着，如何在人生的道路中寻找一条快速发展的捷径；既为争取早日突破农民工、打工妹的限制，快速步入上层社会而思考，又在苦苦思考如何在这人生旅途中能够更省心、更省力、发展得更快。

这种本身就百般矛盾交织的思考自然让她很难有结果，而且跪的时间稍微长了，这脚难免会麻木起来，在没有找准自己人生的着力点时，她便失去了耐性而不得不站了起来。

忏悔了？

反省了？

张小红叹息了一声，拎起自己简单的随身小包从原路返回住地……

从那时起，她又先后找了几份工作。在上班的时间里，她把眼睛睁得很大、很大。她想尽快在茫茫人海中寻找到一个能助自己一臂之力的人，寻找让自己能跨越现实快速发展的人，寻找到一支属于自己心目中的优质股。

前一段，她又转行到酒吧当服务生。

来前她曾打听过，这酒吧来的外国人很多，当然在这里喝酒的人也不乏有中国的有钱人。他们来喝酒，客观地讲是醉翁之意不在酒，而是在寻找自己心中的猎物，体验西方人的浪漫。

每当她用目光扫瞄一下酒吧每天进进出出的新面孔，看到这些消费者从腰间抽出大叠大叠的钞票时，心里难免会产生一种冲动、一种羡慕、一种难掩的

渴求。

这些人大把花钱，生活过得多么滋润，过得让自己这样从山区来的人有着无限的嫉妒……

现在这个人终于出现了，坐地虎，本地人，况且一眼看去还是一个不折不扣的土财主、暴发户。这是一个被姐妹们称之为绩优股的土包子。既然这样，张小红岂能轻易撒手？

第二天上午，经过一夜思考的张小红给林水木打了电话，约定一个地方见面。

"大哥，我是小红，你能抽一点时间见面，好吗？"张小红的声音特别悦耳，听起来像银铃一样相当受用。

"噢！小妹，有事？"正当无聊时，林水木从电话里听到这声音感到一身轻松。

"也没多大事，不是说你们的福德厂要招工吗？我想去学一些技术。"她的声音有一点嗲，加上头一天晚上他们匆匆一见，尽管时间很短，张小红那甜甜的笑脸给林水木留下了很好的印象。现在听了这么悦耳的声音，林水木微微闭着眼睛在思索了一阵，又一阵，终于在脑海的翻腾浪花中唤回了那张甜甜的容颜。

"您很忙吗？"见手机的另一端没了声音，张小红知道这个老男人在思考，又嗲声嗲气补充了一句。

"不忙，不忙。这样吧，你现在在哪儿？"林水木终于下定了决心。心想这个女孩如此可人，而且眼下工厂正好招工，招一个工，做顺水人情也不是一件太难的事。

"我在家，您能过来吗？我给您泡咖啡。"这张小红倒是一个十分细心的人。阿福犯事了，湖畔咖啡倒闭了，她临离开前知道仓库里还有几斤上等的好咖啡，便顺手拿了几包。这不，现在接待客人时倒可以大派用场。于是特地加上一句："这咖啡绝对是上等好咖啡，在一般咖啡厅是很难喝上的。"

"那好，我马上打的过去。"林水木问清了张小红的住址。对，这便是那个倒霉鬼阿福掏腰包购的那套两室一厅的公寓楼，现在张小红心安理得地住在这

福德之春

里, 住在这用父母提供的资源换来的房子。

厦门城本来不大, 等到林水木问清张小红住址时, 他大吃一惊, 这张小红所在的小区竟然离林水木的家只隔两条街道, 走路也不足十分钟, 连打的的费用都可以省了。

放下电话, 林水木手上夹着一个精致的小皮包, 夹着一支香烟, 朝张小红告知的地址走去。

一支香烟没有抽完, 却见那张小红早已站在门口笑吟吟地等候着他的到来。

"大哥, 你住在哪? 来得这么快?"远远地那张小红便招呼着。

"呵! 呵! 我正在附近办事, 真巧了。"林水木嘴里打着哈哈, 但还是比较谨慎, 他没有将自己住在附近的情况说出去。

张小红的家尽管谈不上豪华, 倒是布置得非常清爽, 加上听到林水木要过来, 也略做了一些准备。她熟练地将那台全自动的咖啡机接上电源, 轻轻一按, 那咖啡的浓郁芬芳便扑面而来。

"大哥, 加不加糖和伴侣?"张小红干这行确实老练, 她用那多情的目光瞟了一下林水木。

"不加, 不加, 这咖啡加了糖味道就没有那么纯正了。"林水木感到自己在这社会里也是有身份的人, 喝咖啡加糖、加伴侣, 那绝对是老土的喝法。

"一看便知大哥是一个有身份的人。"张小红有些肉麻地赞扬林水木。

林水木也算是一个有头脑的人, 他想, 这张小红是贵州人, 年纪那么轻, 又是打工的, 能住这么一套房子, 暂且不问产权归属, 光租金都不是这个层次的人可以承受的; 再看看这又是咖啡, 又是咖啡机的, 装备也不差。那么, 这样的年轻女孩凭什么? 还不是凭年轻, 凭那长得让男人神魂颠倒的脸蛋, 凭父母亲交给的那特有的资源……

"你这样好的条件, 又在酒吧里工作不是很好的嘛?"林水木心里在想着张小红的身份, 嘴巴里却想作一番了解、证实一番。

"大哥, 您不知道那酒吧间乌烟瘴气, 而且熬更过夜又没有一技之长, 现在我都到了这个岁数了, 不学点技术, 没有一技之长, 谁会要我呀!……"被林水木一问, 这张小红的舌头在嘴巴里转了一圈, 把理由说了一番, 令人感到合情合理,

滴水不漏。

"哦！……"林水木似乎若有所思。

"大哥，我这个人不爱交际，几乎没有朋友，现在认识了您，是土地公恩赐的缘份。从此之后，您一定要罩着小妹呦。"张小红说着说着，前大段还一本正经，后几句话越来越嗲，到最后却轻轻地将正经的头靠在林水木的肩膀上。

林水木没有躲闪，更没有拒绝，他不正经的右手顺势搂在张小红的肩上，左手轻轻地抚摸她的脸蛋。

那是一个典型的瓜子脸，皮肤白皙，而且白里透红，手感特别的细腻。他摸着、摸着，真有点爱不释手起来，而且越摸越使劲起来。

"大哥，别那么重好吗？"张小红被林水木抚摸得特别舒服，声音也开始变了，身子也与林水木越靠越近，越靠越紧……

第三十章

孙玉胜挂牌创意城

前一段时间，为拓展欧美市场孙玉胜到欧美走了一趟。

大概出于职业习惯，他花了很长的时间到几家大卖场去作了比较深入细致的调查。所见所闻让他的思维空间受到不小的震动，更让他感到创立世界品牌的紧迫感，尤其是提高企业的创意意识，提高安泰公司产品的附加值，成了这位企业高管的一种心病、一种坐立不安的心病。

那是初春的季节，被称为世界设计创意之都的意大利米兰还是寒风袭人。这个季节在祖国南方的厦门，应该满街都是穿短衣甚至连衣裙的女人了，可是走在米兰的大街小巷里，孙玉胜和助手穿着羊毛绒内衣，外面还不得不将风衣裹得紧紧的。唯有当地的那些肥佬和肥婆们还穿着单衣裤，晃着一身赘肉在大街上摇摇晃晃地走着，连旁边看到的东方人也会有一种不寒而栗的感觉。

"孙总，这些人如此抗寒大约是他们每天大块吃肉吧！"助手小于问孙玉胜。

"嗯，人们每天摄入的热量与抵御寒冷的能力是有内在关系的。你看，我们的早餐无非是一杯豆奶，一个馒头，在农村甚至只是一碗稀饭就着腌菜。这与西方人吃牛扒、喝牛奶有着巨大的差别……"孙玉胜信口答来，但他的脑子却在思考更深层次的问题。刚才他与小于到米兰郊外的奢侈品牌购物中心考察，在这连片洋别墅构成的购物中心，聚集了世界上几百种世界品牌，尤其是一线品牌玲琅满目。可是自己带着小于从西到东，又从南到北走了个遍，那些令人目不暇接的世界品牌当中竟然没有一件事属于中国自己的品牌。而细心的游客如果稍稍用心，从这些品牌的标签当中却处处发现，这些闻名的世界品牌几乎都由中国制造。

Made in China几个英文字母一次又一次地在眼前晃动，却又是那么沉重！

"如果这些奢侈品不标明这些商标还能卖到这种惊天价么？"大街上，蓝眼睛、金头发、大鼻子的各色人等从自己身边晃动着走过。孙玉胜边思考，边喃喃自语，他的整个思维还留在那个世界品牌购物中心。

"孙总，你说什么？"听到孙玉胜那些没头没尾的嘟哝，小于转过头问道，可是孙玉胜仍然在紧锁眉头沉思着。

二人一路并肩而行，随身只携带一个小包包。不像一个个赴欧购物的游客那样，这间商场出来，又钻进那间商场，出来的时候往往是购买了大包小包的商品，而他们从早到晚却仍然只有那个不离身的小包包。

"孙总，走了几天了，我感到失望。"又跑了一天，回到房间已经疲惫不堪的小于，将那随身携带的包往床上一扔，有气无力地坐在沙发上。

西欧与中国相比除了有六个小时的时差外，天还黑得比中国迟，晚上八九点钟了，太阳还高高地悬挂在天空中，仍然不肯西下，好像还想给人留下光芒，尽可能节省每户人家的电费似的。

"为什么感到失望？"看到第一次出国的小于情绪如此低落，孙玉胜虽然大概了解这位小兄弟失望的原因，可还关切地问道。

"几天来，我们大小商场走了多少？可是竟然没有一件中国品牌。可是，那'中国制造'却无处不见。"小于深深地叹息。

"……"孙玉胜没有作声。因为小于的话已经非常明白，无须作任何说明。自己虽然每天都在研发小家电产品，可是自己的福德安泰品牌却登不了这里的大雅之堂，而厦门安泰、台湾安泰研制的小家电产品虽然上了这大雅之堂的货架，却贴的是飞利浦、东芝、松下等世界品牌的商标。这，怎能让自己高兴得起来? 怎能洋洋洒洒、高谈论阔呢?

回国已经好几天了, 这个困惑在孙玉胜脑海中纠缠着一直无法淡去。同样是自己安泰公司的产品, 打上自己的商标FOB价不足30美元; 可是贴上世界品牌的商标, 一跃登上那品牌的大卖场、那大雅之堂后, 身价便陡增, 标价近70美元。

我们仍然是靠着人海战术、靠着数量、靠产量的扩张赚取一些代工费。作为生产小家电的安泰公司的直接操作者和管理者, 怎能不感到一种巨大的心身压力, 一种困惑!

一种强烈责任感的驱使, 让孙玉胜再也坐不踏实。他看看上午还有时间, 想叫这小于过来商量一下, 将此次欧洲之行的所见所闻整理出一份简报, 对下一步公司的发展, 对如何从附加值方面加强策划提升自己民族品牌等问题, 提出一些思路供董事长决策。

孙玉胜感到, 每一个中国的企业家都非常清楚这个问题, 可是又有多少人能够深层次地加以考虑, 又有多少人能冷静下来, 提出一种可以操作的思路与办法呢? 他记得, 以前阿辉董事长曾谈过这个问题, 而且提出安泰公司必须从制造提升、发展转型为创造。思路提出来了, 可是大家却没有站在各自的岗位上去谋划, 并没有在产品生产研发中付诸更多精力来注重品牌的培育和营销。

孙玉胜伸手要给小于打电话, 当手刚刚碰触到电话机时, 那电话铃声却骤然响了起来。

"孙副总吗? 董事长请你过来一下。"电话是阿辉董事长秘书打过来的。林若莹特别助理和阿辉结婚生子之后, 为了不耽误工作, 人事部根据阿辉的要求挑了两个上海科技大学毕业的硕士研究生, 一个是随孙玉胜出国的小于, 现在经营管理课工作; 还有一个便是打电话来的董事长秘书小陈。

"好! 我马上过去。"孙玉胜知道这一段时间阿辉工作压力很大, 工作很忙。前些日子, 为了筹集安泰工业城的建设资金瘦了一大圈, 连眼袋都搭拉下来。现在安泰工业城将交付使用, 那么旧厂这十几幢厂房如何发展, 新厂几个平方公里的厂房、几万个工人如何实现产品升级换代和企业转型, 这些问题都已经十分迫切地摆在眼前。

第三十章

孙玉胜挂牌创意城

制造到创造，一字之差。

可是要实现这种转型，却要让每个安泰人都要更多地费心劳神。

听到推门声，阿辉知道孙玉胜来了，赶紧上前一步跟他握手："玉胜，听小陈说，你和小于欧洲之行后，感到压力很大？"

阿辉一见面开门见山，直奔主题。

"是的！"孙玉胜摇了摇头，发出了一声苦笑。

"为什么？"

"老问题，也还是你以前说过的从制造到创造的问题。"孙玉胜平时在作产品推介时往往口若悬河、滔滔不绝，可是现在要谈的内容十分重大，对所有中国的企业家都是一个十分严肃的话题。他感到用词必须十分严谨，因为每一个字都是那么沉甸甸的，沉甸甸得让人感到难以负重。

阿辉默默地点了点头，表示完全赞同孙玉胜的意见，更为他能如此认真思考这个问题而欣慰。

"我正想与小于将这一段的思考和对策，整理一个意见报给你。按照你从制造到创造的发展思路，就如何加强产品策划创意和品牌培植问题提出一些建议。"孙玉胜的话让阿辉由衷地感到一种信任。

"我知道，这个问题压了我几年，几乎让我喘不过气来，但却没有应对的新招数。现在，我才感到自己的知识是那么贫脊，为当年没有机会上学，没有机会像你们一样饱读诗书而感到深深遗憾。"

"尽管你没有像我们一样读完本科、读研究生，但实践经验远比我们丰富几倍。在社会大学里，您是一个博士，博士后。"孙玉胜看着阿辉那诚挚的表情，十分感概。尽管自己是硕士研究生，如果跟阿辉换一个位置，自己说不定要在每天如此沉重的压力之下败下阵来。

"你的话有些肉麻，相当肉麻！"阿辉突然开心起来，他引用了大陆不知哪部电视连续剧一个主人公的剧情对白。

"不！董事长，我这是真心话。"孙玉胜真诚地解释。

"这样，安泰工业城建设进展比我们计划的还顺利，目前已进入内部装修和设备安装，如不出意外，三个月后将交付使用，那么，下一步你有什么考虑吗？"阿辉将信任的目光投向孙玉胜。因为，在企业的发展过程中，他已经感悟到企业员工，包括高管的本地化、专业化和知识化刻不容缓。尤其是安泰公司从铁皮屋工业、家族式经营发展到今天，必须有一个脱胎换骨的转变。面对国际与国内两个市场的激烈竞争，像自己这样一些家族式企业的经营者兼决策者尽早退出，让位于优秀的管理团队，已经日益迫切地摆在面前。

"说实在话，这个问题我还没有系统地考虑过。"孙玉胜回答得非常坦白。

"这不能怪您，因为这些年你已经将精力全部用于营销工作方面。"阿辉动了动身体接着说："这个问题你多考虑一下，另外我跟若莹商量，安泰公司三个月后将迁入新厂，那么这老厂十二栋厂房和办公楼准备专门用于服务于安泰公司的文化创意工作。如果没有太多争议，便取名'安泰创意城'，准备叫你来挂帅。"阿辉说出了自己的想法。

孙玉胜从踏入这间办公室就预感到阿辉一定另有意图，话说到这里时已经得到了证实，虽然在意料之外，又在情理之中。他感到一种沉重的压力迎面扑来。他是一个富于开拓精神，又踏踏实实工作的公司高管。这一点阿辉从当年孙玉胜曾不止一次对安泰公司3C店的盲目布局扩张谏言中感觉到了。后来，3C店布局扩张失败，面临上亿元的资金亏损，他却使尽了浑身解数，明着扩张，暗中将已经布局的八十余家店兼并，成功转让给了沃尔玛、家乐福等世界零售商。

正因为孙玉胜靠着他过人的机敏与睿智，在收购兼并中弥补了近亿元的亏损，让安泰公司在商场竞争中全身而退，他如孙悟空一样的善于应变成了公司上下的美谈。

"这是一个人才，而且是一个难得的人才。"阿辉对孙玉胜的判断没有错。因此，在安泰3C网路公司关张之后重用了他，将他提拔到安泰公司副总经理的位置上，主管营销工作。

这几年他主管营销工作，每年的业绩都在两位数增长，这不能不让人刮目相看。

现在，安泰工业城即将建成，公司面临一次新的发展机遇。那么老厂房如何发挥地处中心城区的优势转型搞文化创意工作，对于安泰下一步的发展非常关键。在管理和挂帅人选上，阿辉一闭起眼睛，这孙玉胜便跃然而出。

第三十章

孙玉胜挂牌创意城

273

"玉胜,怎么不说话?"看到孙玉胜一直在沉默,阿辉问道。

"富有挑战性,董事长,这项工作压力太大。"孙玉胜被追问,坦诚了自己的想法。

"这是一定的,但在安泰公司,包括台湾安泰现有的人选当中,非您莫属!"阿辉干脆把话说透,目的在于让孙玉胜感到没有任何退路可言。

"那……"

"那又怎么样,晚上我请你吃饭?"阿辉大笑着说了一声。这个阿辉人家都说他"很毛",除了必要的对外接待外,从来不上酒店吃饭的,今天从他嘴里说出请吃饭,似乎让人感到有一点太阳从西边出来的感觉。

"你请客?"孙玉胜心里有些怀疑,反问道。

"情况非常反常是么?"阿辉不知道什么时候学会了幽默:"你带上你最喜欢的两个人,这两个人以后可以作为你的助手。人,你尽管大胆地挑,我一切开绿灯。另外我还带上若莹和我们的儿子。"

"呦,小子取名了?"

"都已经满月好久了,哪能没有名字?他老爸叫阿辉,儿子自然叫小辉了。"阿辉爽朗地笑出声来,当父亲的喜悦溢于言表。

安泰公司准备结束老厂生产,迁至安泰工业城工作紧锣密鼓地进行着。湖里村办工厂的福德电子厂厂长张文瞅准了这个机会也跃跃欲试。前几天,工厂对外招工,几乎清一色都是从西南、西北省份来厦的农民工,或第二代农民工。他们年纪轻,都是二十岁上下的青年人,个个都是初、高中毕业生,而且特别能吃苦,对前途都有一番抱负与追求。

一口气挑了将近五百个工人。林万寿带着一帮股东看着厚厚的一本花名册,一个个乐得眼睛眯成一条线。

"建智,过来!过来!"。林万寿正在兴头上,看那老侄林建智嘴上叼着一根香烟,正紧张地处理着人员安排的事情,他的身边围满了新招入前来报到的员工。

"阿叔!"林建智听到老叔叫他,赶快放下工作走了过去。凭心而论,这林建智在村里是一个驴子，在这湖里的几个村庄是犟出了名的。顺着他的时候，将马笼头套在他头上，他也会服服帖帖伸出脑袋。如果谁惹上他时，却是一个九头水牛牯也拉不回头的角色。大家都在思考，这几年每家每户财富渐长，他游游逛逛了好几年，在大街小巷出了名，尽管没有干什么坏事，但见到他的人影，连呀呀学语的孩子也会惊骇地瞪大眼睛。可是不知什么原因，到底是与张文有缘，还是张文给他灌了什么迷魂汤，他竟然跟比自己小了四、五岁的小弟弟形影不离、配合默契，并且将身后的一帮年轻人带得顺顺溜溜。工厂这几个月生产红红火火，每个人都能领上两、三千元的工资。

这个林建智在外不怕天，不怕地；在家不怕爷爷、奶奶，更不怕父母。可是，唯一能让他心里发抖的却是眼前这个万寿叔。这不是万寿叔是村里"头鸡"的缘故，而是万寿叔做事正派公道，在村里凡是有不平之事，大都由他出面摆平。不论出什么事，只要他出面，绝对是不徇私情，公公道道。而像林建智这些后辈人一旦撞在他手里，他敢在众目睽睽之下狠狠地揪你一把耳朵，让你相当长的一段时间羞得不敢在村里露头。

"后生有出息，你们张厂长呢？"林万寿拍了一下建智的头，用欣喜和赞许的口气问道。

"他正在厂里写发展计划，还想将工厂扩大投资。"

"哦？我怎么不知道呀！"林万寿感到有些吃惊，张文只管经营，公司扩大的事应由股东大会研究，这村办工厂不设董事会，而称为股东会，自己是召集人，这是大家推举的。

"不是还在计划当中吗？这也是你女婿阿辉董事长的主意。"林建智一边说，一边从嘴巴吐着香烟。看到万寿叔急成那样，心里挺高兴的。因为他知道，阿辉和若莹姐尽管是他的下辈，但万寿叔却很听他们的话，很怕他们。就像自己听阿叔的话，很怕阿叔一个样。

一物降一物，聪明绝顶的林建智往往可以找到让自己扬眉吐气的机会。

"带我去找他！"老人看到这小子嘴巴里跟自己讲话，可是嘴角上却挂着一丝不易察觉而又诡秘的笑，知道这小侄表面上不敢顶撞自己，却常在背地里拿自己开心。

"好！好！请……吧！"林建智故意拖着长长的声音。

这次林建智没有讲瞎话。

前几天，林若莹告诉张文："安泰工业城移交在即，下一步阿辉董事长准备调整安泰公司发展战略，先做强，再做大。"

"这是什么意思，能说明白一些吗？"对新名词张文顾不得去研究，这一段福德厂杂事太多，上任这么久真有些疲惫不堪。虽然现在工厂开始走上正轨，可张文仍然不敢松懈。

"董事长想把安泰公司的一些零配件、零部件生产计划多放一些到福德厂去，公司本部的工作和发展重点放在新产品研发和文化创意及品牌培育上。"林若莹那天抱着小辉告诉张文。

"那么是不是可以说，福德厂只要有能力便可以有更多的零部件、零配件的代工订单？"张文难掩内心的兴奋之情。

"嗯，没错。"林若莹点了点头。

"那我……"张文留了一截话。

"回去先拟一个方案，然后向我爸及股东会报告，最好能扩大生产能力，增加生产配件种类。"

"我担心技术力量的保障问题，那里技术力量和企业管理力量都相对较弱。"张文有些担心，目前能将福德厂支撑到今天的场面，自己已经满身大汗，如果再扩大规模，真担心自己经验不足会顾此失彼。

"别急，就这一段时间。对，再过两、三个月你的小师弟、小师妹又将毕业了，我再选调几个得力的人派过去给你帮忙。"林若莹知道这小弟弟这一段过得不容易，硬是从农民手中接过担子，让一个乱哄哄的福德厂办成了一间像样的工厂。

尤其是将村里那些游手好闲惯了的子弟组织起来，服服帖帖呆在厂里当工人，这一点连自己的阿爸都心服口服，还受到市委书记陈永清的肯定。前几天，刘志辉区长还专门打来电话，准备在湖里村开一次现场会，推广湖里村集中村民手头资金，引导村民兴办实业，集体致富的经验。

"那我就放心了。"听说林若莹还要派人来，张文终于松了一口气。

"这一段时间你取得了很大的成绩，回去以后将我这个思路整理一下，然后向我阿爸和股东会报告。"林若莹像一个大姐姐，一直把张文送到安泰公司大门外。

张文从林若莹那领了任务，回到办公室刚刚坐下想整理一下思路，林水木却满脸不高兴地推门进来。

"水木叔，请坐！"张文见林水木这脸表情，赶快迎了上去。

"我说张厂长，那个张小红我不是说聘她为行政管理部经理吗？怎么变副的啦？"前一段时间，林水木都直呼张文的名字，现在显得生分起来了。

"是这样，水木叔。对张小红我们没有太多的了解。从表面上看倒是一个非常能干的人，但对其实际工作能力和组织能力我们却一无所知，需要经过一段时间的考察。因此，我跟建智商量以后，感到行政管理部实际上是上管天，下管地，中间管空气，总之，什么事情都要管的。因此让她先干一个副职，过一段干得不错再转正不就得了。"张文原本杂事很多，但他知道林水木是顾问，又是股东之一，还是前任厂长，这关系必须处理好。可是对这张小红的背景自己心里没有数，前几天林建智说，觉得这张小红很像以前湖畔咖啡店的老板娘。这让张文的心紧张了好一阵。如果这是真的，她不就是阿福偷盗阿辉董事长掷茭的那一伙人吗？

"你能肯定是吗？"当时张文曾追问林建智，可是林建智却没有肯定的回答，只是说有点像，要进一步了解。

这让张文心里一阵一阵地感到不安，如果事实证明林建智提供的信息是准确的，那么林水木又为什么会如此用力地推荐这个张小红？

张文为这事伤透了脑筋，只好跟林建智商量后做了一个能进又能退的决定。

"不行，这张小红的工作问题事小，我曾给她承诺过当经理的，变成副经理，我这张脸往哪里放？我还能在社会上混吗？"林水木对张文的答复显然非常不满意，人往沙发一坐，翘起了二郎腿，好像今天张文不答应，他决不会离开似的。

"水木叔，这也只是一个时间问题，如果张小红干了一阵子事实证明不错，再转正不是一样么？"

"别叫水木叔，叫林水木吧。你要知道，你这个厂长还是我们聘请的。"林水木果然发了狠话。

"我知道，水木叔，我这样做事正是为了对得起湖里村福德电子厂的所有股东啊！"张文面对着林水木有些无奈，这是自己到这家工厂工作以来第一次听到如此带有威胁性的话。

"你说清楚，要不要给我面子！"林水木似乎要发火了，说着还用手在沙发扶手上拍了拍。

"不是我给不给，人事问题是要集体研究的。"

"我是顾问，顾的是什么问，为什么研究人事不通知我啊！你给我说清楚……"林水木发起火来了，他怒气冲冲地站了起来想冲出去。

"干什么啊！林水木，你在这里耍什么大牌呀！"正说着，林万寿一帮股东由林建智带着刚好走到门口。他听见林水木说话声音很大，见到他那气呼呼的样子便不客气地将他喝住了。

"是这样，这……"林建智看到张文很为难，想把情况当着双方的面说个清楚。

"建智。"张文连忙制止林建智将话说下去。他知道，这林水木是一个不能得罪的角色，他绝对不会平白无故如此卖力地要张小红当经理。如果将问题捅破，林水木难免会下不了台，那么以后工作将会更难做。于是，便对林万寿一帮股东解释说："我刚才与水木叔打赌，看能不能一口喝下一瓶葡萄酒。"

"哦，你不是从来不喝酒的嘛？"林万寿一方面看到林水木脸色不好看，一方面看到这张文连谎话也编得不地道，半信半疑地反问。

"就是啊！水木叔明知我不喝酒还一定要跟我打赌，这不是对弱势群体的歧视吗？你说是吗，水木叔？"张文看了看林水木，想给他一个台阶下。

"啊！啊！啊！是！是！是！"林水木有些尴尬地点了点头。

"真是……"林万寿看了看这场面尽管心里疑虑重重，也不再追问。

第三十一章

环岛路无处不创意

林水木同样也是非常惧怕林万寿的。

当时看到林万寿站在门口一脸铁青，生怕事情败露，让他心里直发抖。想不到这张文还挺给自己面子，胡编了一个谎言，将刚才不愉快的事遮掩了过去。光从这个角度看，他心里倒对这个张文有些敬重起来了。

因此，看到林万寿脸色由阴转晴，便想恰到好处地赶快借故离开张文的办公室。

"水木，你走什么呀？坐下。"林万寿看见林水木想溜，便用不容置疑的口吻叫住了他。

"没，没有啊！我想方便一下。"被林万寿一说，林水木心里一惊，但这兄弟反应挺快，脑子一转便找到一个托词。

"好吧，快去快回。懒人屎尿多。"几句话的对答，林万寿心里已经有些数，这林水木一定是做了亏心事。不管刚才张文如何为他开脱，也不管他如何遮掩，林水木的马脚难免露了出来。于是口气非常严肃地说着："去吧，去吧，快去快回，等一下还有事商量。"

"好！好！好！"林水木终于可以稍稍躲过林万寿的视野，到外面稍稍放松一下。不然这样下去，比被抽筋剥皮还难受。

这死男人便是这样，有着强大的占有欲和征服欲，自己的老婆再好，再贤淑、再水灵，外面只要有过经历，纵使有一百个、一千个女人都不会嫌多，也不会发腻。尤其是口袋里有了钱，每天吃饱了、吃撑了，总得找些事干，找些娱乐。有文化的人还可以看一些书，看一场电视、电影。可是，没有多少文化的人即使看书也想办法找一些言情的，描写大胆的，有关男女之爱的情节，看电视、电影则看女演员漂不漂亮，穿着暴不暴露。每当看到那些情节、那些镜头时，总是眼勾勾的、色迷迷的，迷得连眼珠子都要被拔出来似的。

可是，这些男人也有畏惧的时候，不要看在外面像个老爷，阳刚之气十足。可是那是在外面，如果他在外面的糗事被人抖落出来，家里的黄脸婆再来个一哭二闹三上吊，又是啼哭又是抹脖子时，他却阳刚不再，颜面尽失，像龟孙子一样了。

这林水木的老婆自然谈不上漂亮，甚至有些丑，丑到对不起观众。那都是以前穷得连三餐饭都没有着落的年代，为了传宗接代才闭着眼睛娶的。可是就这么一个老婆，人虽长得不怎的，却是一副牛高马大的身材，而且长年在田间劳作，有的是力气。建设经济特区那年不知是什么缘故，她竟然喜欢上了屠夫这一行业，天天到各家各户去购买生猪，宰杀后便到农贸市场肉摊上去销售，每天少说也有一、二百块钱的收入。这女人四十岁有余，力气过人，脾气也特别。据说一头二百多斤重的肥猪她上前一把揪住耳朵，可以不免吹灰之力，手起刀落，那猪便一命鸣呼……。

林水木的老婆在周围是出了名的。据说有一次下午卖完肉走在回家的路上，看见一个后生仔当街抢窃行人的东西，恰巧被她撞上了。开始十几个后生仔追那抢匪，却不知那抢匪脚下生风跑得飞快，十几个小伙子个个跑得气喘呼呼，脸色刷白，到最后也无可奈何。这时女屠户看在眼里，对这些男同胞如此没有能耐失望地摇了摇头。关键时刻她如同离弦之箭冲出人群，飞也似的追了过去。起初那抢匪看到一个女人来追还不以为然，后来发现这人越追越勇，越追越显示出优势来。

穷途末路的抢匪突然从腰间拔出水果刀，张牙舞爪乱挥舞，想吓退她。可是，对这一切她似乎根本不放在眼里，不但不后退，反而加快了步伐，穷追不舍。

她这一追，吓得那抢匪四肢发软，面色苍白，大汗淋漓，扑通一下跪在地上求饶。

"饶命。大姐放我一马吧！"那抢匪头不停地叩在地上。

"求饶！到公安局去！"女屠户说时迟，那时快，一个箭步冲上前去，抓住那小子的一只脚，竟然毫不费力地倒拎了起来。面且面不改色，心不跳，气不喘地拎到赶来的公安巡警面前。

这一拎，让围观的不少男人们大开眼界，一旁围观的人们不约而同地噼里啪啦地鼓起掌来。

这一拎，她也在湖里，乃至全厦门都出了名，甚至连厦门日报、厦门晚报、海峡导报、厦门电视台、厦门广播电台的记者都惊动了。

这一拎，也让林水木以前在外面寻花问柳而旁若无人的习惯迅速得到收敛。曾经有人跟她开过玩笑，"你那么赤扒扒的，如果你老公在外面玩女人怎么办？"问者无心，听者有意。却见她大嗓门一扯："他可以搞一万个，一千个。但只要我抓到一个，一定将他那鸡巴割下来，剁成肉馅包成包子卖了！"

听到这话林水木脸都发青了。从此之后，他尽管难改沾花惹草的恶习，但再也不敢那么张扬，那么放肆了。

这些都是陈芝麻烂谷子的事情了。尽管张文不了解，但别人心里都是很清楚的。

"万寿叔，我刚从若莹姐那儿回来，正想拟制一个扩大生产的方案，然后向您和各位报告，想不到您倒来得这么快。"林水木走了，林万寿则坐下来，张文便想将林若莹交代的事尽快向他报告。

"我也是刚刚从建智那听到的，正好闲来无事，便过来看一看。"

"是这样的……"张文看了看各位股东，将林若莹告知安泰工业城建成之后，安泰公司要转型，希望将零配件、零部件生产转移到福德厂的想法简要地作了汇报。

"这样的话，我们的厂房和工人够吗？"这一想法是几个股东原先没有思想准备的，况且这些人又没有办厂经验，心里更没有数。

"从厂房看再盖一栋当然没有问题，工人呢，这次招进来一批，还得再招一

第三十一章

环岛路无处不创意

281

批，这样我们的员工人数将超过一千五百人了。"张文说："这些都不是问题，关键是要不要增资扩产，还需要各位股东来决定。"

"大家看一看，再建一栋厂房，土地从村办企业发展用地中解决倒没问题，接着现在这三栋厂房再建一栋。"林万寿若有所思地问了一声："这几个月企业利润如何呀？"

是啊！办厂关键要有钱赚，有钱赚的事为什么不干呀！

"总的看比较乐观，纯利润比项目可行性研究的投资利润还高出二点五个百分点。"张文对工厂的运营情况了如指掌，林万寿的话音刚落他便应道。

"既然如此，那还这么兴师动众开什么股东会干啥？反正我们又不懂，一切相信张厂长便是了。"林水木在门外，虚晃一圈，又转身回到办公室，这人虽然毛病不少，但讲义气，刚才张文替他遮了丑，初一受人照顾，十五一定得回报，林水木见机便抢上一句话。他想，知恩不报，那是脑子进了水。

"你们看怎么样？"林万寿见其他几个股东没有表态，提高嗓门又问了一声。

"同意！"几个股东异口同声地应道。这是意料当中的事，在这湖里村里凡是大事小情，只要林万寿认可，点了头，别人是不敢有二话的。

"那这样，张厂长你就大胆干，除了招工这事之外，这个增资、扩厂的事情，还要增资多少预算一下，告诉我。"林万寿口气很坚定："要多少，我负责筹集多少。但只有一点要求，要给湖里村建造一个生财的地方。"

"好！放心，万寿叔，我会抓紧向您报告。"张文感到非常高兴，增资扩产少说要上千万元，可是一个老头嘴巴一张便成了，这在国营企业那是无法想象的事情。

"建智。"突然林万寿想到了这个老侄儿。

"万寿叔，我又犯错了？"林万寿声音很大，把林建智惊吓了一下。

"没有，你很有长进，要表扬。下一步你要全心全意配合张厂长把这个工作抓好。"林万寿交代了一番："否则，莫怪我不客气。"

"知道，知道。"林建智看到林万寿那样子不知是喜还是忧："我从小到大被您揪耳朵，您看我耳朵这么长，都是被你揪出来的。"

"哈！哈！哈！……"办公室里的人被林建智几句调皮话说得哄堂大笑起来。

也许是这一段时间安泰公司接续了安泰工业城建设的资金链；也许是中年喜得儿子；也许是公司各方面经营管理工作顺风顺水，阿辉的心情陡然好了起来。

人生的一道坎又跨了过来，他的心里有着说不尽的高兴。

上午，阿辉找孙玉胜谈到了安泰公司下一步的发展问题。尽管这位副总感到有压力，可是从他那淡定的表情看，这个兄弟绝对有一套自己的办法。于是阿辉难得轻松，决定今晚破例请他热闹一番。

林若莹建议，当晚的聚会选在环岛路鲤鱼门珍珠湾店。之所以选在那里，林若莹有一套自己的说法。一、去的酒店叫鲤鱼门食府，研究的是安泰公司下一步的发展问题，寓意鲤鱼跳龙门，是吉相；二、探讨的是文化创意，品牌培植和营销，要有一个富有诗意的地方，这鲤鱼门食府座落在厦门最美丽的环岛路，酒店的包厢面朝大海，那里视野开阔，可以让人心潮澎湃，别说活蹦乱跳的海鲜让人垂涎欲滴，光看看那浩瀚的大海便足以让人思绪万千，充满着诗情画意。此外，那旁边有十余公里的木栈道，漫步那里，看到海光山色，连块石头也会裂开一条缝，欢喜地吟唱起一首首抒情的歌来。

这是阿辉人生的第一次浪漫。

下午四点多种，太阳还刚刚西斜，阿辉便携妻带子来到了环岛路，看到这碧海蓝天，山海相连，游人如织，他感到一种前所未有的轻松，心情也仿佛有一种豁然开朗的感觉。

"若莹，我们也去骑一下那双人的脚踏车好吗？"在环岛路的自行车道上，这阿辉好像是山巴佬第一次进城，他目不转睛地看着那成双成对的青年情侣，一边欢快骑着，一边大呼小叫，转过身他叫了妻子一声。

"你呀，以为二人世界么？你看我手上抱着宝宝，还能跟你骑车么？"林若莹也是用羡慕的目光看着那浪漫至极的场面，但当低头看着怀里抱着的儿子，只能无奈地摇摇头。

结婚生子，浪漫的青春已经渐行渐远，那让人如痴如醉的一切已经与自己无缘了。

"那怎么办呀。"阿辉觉得妻子的话很实在，心里多少觉得有些失望。

第三十一章

环岛路无处不创意

"走，我们抱着宝宝走一走木栈道，我想也是一种不错的选择。"林若莹的目光往丈夫脸上扫了一下，故意给丈夫留下一个多情而又妩媚的笑。

"好吧！我来抱儿子！"阿辉伸手从妻子的怀里接过儿子，开始在木栈道上漫步起来。

"稍等，这风很大，我把儿子的脸遮一遮。"当妈妈的心细，看着丈夫抱着儿子，林若莹很动情地说："你呀，事业是做不完的，你看这些地方多么优美，享受一下天伦之乐，对身心健康是非常有益的。"

"对，有道理。"

"以后我们每周都争取挤出一点时间到这里来走一走，行吗？"女人总是柔情似水，尤其是看到这满眼的如画风景，林若莹似有感触，有一点可怜巴巴地向丈夫乞求着。

"嗯，以前呀！我碰到困难，心情不好时也喜欢到海边坐坐，只是现在压力太大，而且几无闲暇。"阿辉若有所思地回忆着。

"以前也是一家人出去？"

"没有。"被林若莹一问，阿辉的表情却立即变得僵硬起来。

"为什么？"林若莹有些不解。

"不为什么，在台湾时自己住在乡下，那里有山没有海。刚到厦门时，只有自己一个人，每当压力重重，心里不畅快，便坐在海边久久地发呆。静静地听着海浪声，看看波涛拍岸，便会有一种豁然开朗的感觉，解决困难的办法也就出来了。"

"嗯……"林若莹终于理解了，她亲昵地靠近丈夫，善解人意地点了点头。

"叮铃铃，叮铃铃。"突然，阿辉的手机响了起来，林若莹拿过手机，发现是孙玉胜打来的，便高兴地按了接听键："孙总，我们在海边木栈道上散步……"。

"哪个位置？"

"在书画广场的旁边！"林若莹活像少女一样高兴，充满阳光地应着。

"我也在旁边呀，咋没看见你们呀？"孙玉胜的声音很大，这个人是北方人，嗓门本来就大。到了海边，面对浩瀚的大海，看看身边亚热带植物郁郁葱葱的景色，他的嗓门发挥到了极致。

"在这里，我们在这里！"放下电话，若莹环顾四周，竟然发现孙玉胜带着小于和阿辉的秘书小陈，就在离自己不到一百米的地方，便有点忘形地招手。

"我们来了。"孙玉胜几乎同时也看到了阿辉一家，便拔腿往这边大步走过来。

"哎，怎么小于和小陈也来了？"林若莹问丈夫。

"你说谁？"阿辉不解。

"营销课的小于，还有你秘书小陈……"林若莹补充道。

"这个孙玉胜呀，眼睛就是贼。"林若莹一说，阿辉一切都明白了。他微微一笑，然后又无奈摇了摇头对林诺莹说："明天，你花一些精力再帮我挑选一个秘书。"

"为什么呀，这小陈不是非常优秀吗？"林若莹不解。

"没错，正因为优秀，被孙玉胜弄走了！"阿辉知道这是自己给孙玉胜的权力，这回自己真是吃了哑巴亏，一个不字也不能说。

"玉胜，你这兄弟有一点不地道。"看到孙玉胜带着两个小后生过来，阿辉假装生气地说道。

"是吗？这不是你教我，授权给我的吗？"孙玉胜知道阿辉董事长说这句话的意思。

二人在打哑谜，周围的人面面相觑，他们不知道两个领导你来我去，这话里有话是什么意思。

"哈，哈，哈，我愿输！"阿辉哈哈一乐。

"我也没赢，我的一切工作都在你的掌控当中。说千道万，跳来跳去都不可能跳出您董事长的手掌心。"孙玉胜自谦的话语当中多少有一些得意。

"喂，你们干什么呀！大家来了，这风开始大起来了，我们到鲤鱼门食府沏一壶茶边喝边聊吧！"林若莹对他们之间的事一知半解，但凭着她的智商，也大概看个明白，一定是阿辉准备叫孙玉胜去搞创意城的事，这孙玉胜则把他的秘书挖走了。不然，两个男人这般打打闹闹的为了哪桩呀！

"对！听夫人的，到那餐厅里喝喝茶，边喝边看大海，那一定能让思绪更活

第三十一章

环岛路无处不创意

跃、更有思路。"阿辉点了点头。

说也奇怪，当时林若莹叫行政管理课定包厢时指定一定要临海的，此时当服务生将这一拨人引入包厢当中时，才不得不觉得诧异。原来这鲤鱼门食府是建在海边沙滩上的酒店。投资者为了让食客在品尝美味佳肴的同时，更好地饱览海滨风光，竟然别出心裁将餐厅向海边延伸了一间茶室。

茶室是用玻璃隔成的。坐在里面既可以惬意地品茶，还可以无遮无掩地体验这大海的韵味与风光。

"你们知道我们现在坐在什么地方吗？"孙玉胜虽然将近不惑之年，但总是会出其不意地提出一些问题。

"那还用问吗？"阿辉不加思索地回答："在海边！"

"错！错！错！"孙玉胜不客气地说。

"那在鲤鱼门食府的包厢里！"林若莹不知道这孙玉胜又要装什么神、弄什么鬼。

"No! No! No! 。"孙玉胜这回用英语否定。

"这……"小于用不解的目光看了看他们，也不知孙副总话中的意思。

"那你说我们在宇宙，在天际？"林若莹似乎被蒙住了，用眼睛瞪了一下孙玉胜。

"你这老弟呀！书读多了，总有那么多让我们不解的东西。"阿辉猜不出孙玉胜话中的意思，有些无奈地回答。

"我告诉诸位，咱们现在是坐在昔日中国人民解放军建造的碉堡上面！"孙玉胜嘴里说着，脚却重重地跺在地上。"你们不相信吗？请看这个半圆玻璃房正是按照碉堡的形状建造而来的。这叫什么？这叫创意。"孙玉胜说完把大家逗乐了。

大家低下头细细一看，觉得他的话还真有道理。

"你们知道吗？如果历史往回推20年，诸位现在呆的地方原来是一个军事重地，一般人是不能进入的。我尽管毕业于厦门大学，但是在大学生活的四年时间里对这里的一切，连看一眼的机会都没有。现在两岸关系缓和了，化干戈为玉帛，化铁为犁，我们的投资者却发现了商机，将碉堡改成茶室。让大家回忆民族的沧桑历史的同时，又带来无限的商机，还给这些投资者带来滚滚财源。"孙玉胜越讲越得意。

"你这孙玉胜眼睛就是贼！"林若莹从心眼里佩服这位同事，尽管自己也是研究生毕业，但观察事物的能力却比孙玉胜逊色了许多。

"看来我应该检讨自己的思路，"孙玉胜和林若莹在对话，阿辉却在叹气。现孙玉胜是一个难得的人才，这是几年前自己便认定的，但是发现孙玉胜是一个创意人才，却是最近才逐渐清晰的。阿辉善于发现人才，善于从纷繁的现象当中抓住事物的内在规律和本质，并且从这些内在规律与本质当中寻找出工作的突破口。不过，这总是要有一个过程，对这孙玉胜的完全认识是几年之后，现在才恍然大悟。阿辉打结的眉宇慢慢舒展开了："看来，我们的孙老板在思想上已经走马上任了。"

"阿辉，你笑话我了。"此时的孙玉胜倒是一脸正经。只要设身处地地想一想，谁都能知道孙玉胜此时内心所承受的沉重的压力，尤其是三个月前欧洲考察回来后，他几乎没有睡过一次踏实的觉。

"嗯！我有同感，这个题目我已思考多年，只是我肚子里墨水太少，搜肠刮肚也挤不出几滴油。因此，整个思路还几乎停留在几年前。"阿辉坦诚地向助手坦露了自己的心声，更坦露了自己多年的追求遇上了瓶颈，现在正处于束手无策的境地。

"困难是肯定的。如果不难，中国的世界品牌就绝对不是目前的现状。欧洲的品牌那么多，是经过几十年甚至几百年逐步培育出来的，因此，我们的品牌培育任务非常繁重！"

"你是不是已经有了思路？"阿辉关切地问道。

"谈不上，但凭心而论，我思考这个问题也并非一天半天。只是此次欧洲之行后，我的思想压力更大。上午你找我谈了之后，让我有了一种坐不住的感觉。"孙玉胜思考了一下："于是，我便将这两位年轻人找来商议了一下，他们比我们年轻，成长在这个改革开放的年代，信息来源充沛，而且思维也远比我们更活跃。"

"嗯，我同意！"阿辉点了点头。

"安泰公司迁入新址后，我想可以从两方面考虑。一是围绕品牌培植做两件事，工业设计这个理念您很早便提出来了，可是要有具体而又实质的东西和手段，要有载体；另外一件是不是可以考虑成立一家文化传播公司，制作动画片取代广告，通过文化创意的办法，将福德安泰的品牌理念让大众、让消费者接受。这种做法，也是通过电视动画的媒体传播、延长产业链，形成影响力。"

"这个我同意。"阿辉向孙玉胜投去赞许的目光。

"还有吗？这才一方面呀？"看着孙玉胜的话戛然而止，阿辉追问。

"别急，还有一方面由小于和小陈说一说。"孙玉胜诡秘一笑。

小于和小陈两个年轻人相互一看，却谁都不愿先说。

"小于你先说。"孙玉胜知道他们是同班同学，平时也非常谦让，便点了小于的名。

"这一段，我对厦门的文化产业市场作了一些调查，有一个商机大家似乎是熟视无睹。"小于说话间显得非常慎重："那便是油画产业，厦门油画师不能说不多，但分布太散，既没领军企业，又没领军人物，几乎一盘散沙。这次去欧洲我们看看市场上的油画产品价格不菲，但仔细一看，那些作品大都是国人之作，甚至出自厦门画师之手。因此……"小于的话留了半截，但不讲明，大家却会心地哈哈一笑。

这是商业秘密，心照不宣。阿辉、孙玉胜和林若莹脸上泛起了光芒，不禁为这年轻的小弟弟如此善于捕捉商机而高兴万分。

"另外还有一个商机，两岸关系松动了，而且这种松动如同开放大门一旦打开之后，只会越开越大一样，两岸交流多了，这个商机不容小看，办一间……"小陈也留了半截话题。

"好……"阿辉手一挥阻止他们再往下说："现在，我们一切不谈，喝酒，上菜！"

"喝酒、上菜！"大家不约而同，异口同声地叫了起来。

第三十二章

寒流，在海峡上空盘旋

过了春节，春天便来了。

在海峡两岸，按照其地理位置还是寒风瑟瑟的季节。今年的春节过后，那春天的脚步却只闻其声，不见其人。不知道是倒春寒的缘故，还是今年开春迟的缘故，到处还是一派隆冬的景象。尤其是靠山地区，乡下的农田里，城市的排水沟里还结着一层薄薄的冰。

在台北，街道上的行人屈指可数，稀稀拉拉的几个行人为了避免瑟瑟寒风的刺激，个个将衣服穿得厚厚的，有的甚至把衣领竖起来，只留下窄窄的脸，小小的头……。

一部公交车从黄海林面前驶过，那排气管里排出一团团白花花的热气，在车的屁股后面打了几个圈，然后懒懒洋洋慢慢吞吞地散去。

几天时间下来，黄海林似乎有了一种今非昔比的感觉。

前几天，东进一郎给了一笔钱作为奖赏，他便不失时机全部砸下去添置了一套西装，外加一件风衣。尽管这套行头谈不上是名牌。但三分人才七分打扮，这副行头穿了上去，便多少有了一些气质。早上出门时，黄海林对着镜子照了又照，将头发梳了又梳，直到自己完全满意才哼着小调走了出来。

这天确实冷，站在候车亭上等待着公车，没多久脚趾便被冻得有几分发麻的感觉，鼻涕也非常不争气地流了下来。他用手背去擦，好几次都差一点掉落到那崭新的西装上。

这鼻涕尽管不多，但粘在手指上粘乎乎的。黄海林没有带手绢和手纸的习惯，而且那不争气的鼻涕好像资源特别丰富似的，无休无止、没完没了地向外滴着、滴着，把他弄得束手无策。

"吃、吃、吃……"，黄海林似乎感到身后有一个女人的笑声，忍不住好奇地转过头去，看见一个四十多岁的女人正看着他那副狼狈样吃吃发笑。

"妈呀！这夭寿天，太冷了！"黄海林发现这女人的脸似乎有一些熟悉，但绞尽脑汁也想不起是谁，只好自我解嘲地说。

"给！"那女人还是那样笑着，却善意地从随身携带的包包当中递过一小包纸巾。

"你是……"黄海林满脸感激，可是仍然想不起这位好心肠女人的名字。

"忘了？"女人看出了黄海林记不起自己，可是仍然笑而不答。

"嘿！嘿！嘿！……"黄海林整个脑子空荡荡的，只好打着哈哈傻笑。

"想想看？"女人多少有些失望，但仍耐心地等待着，希望以此唤醒黄海林对十年前一件往事的回忆。

"……"黄海林那根记忆的神经仍然没有被唤醒，麻木地摇了摇头。

"十年前，这个季节，也就在这里，你当东林公司营销专员的时候……"女人终于在扫兴之余给予了启发。

"噢，陈记者，陈维嘉小姐！"黄海林终于记起来了。

他想起几年前的一段往事，那是一段很难堪的事……

当时，以东进一郎为首的日本商人在台湾建立了日本商业台湾联合总会，对台湾的小家电配套企业进行商业垄断。那时应该是黄海林人生最辉煌的日子，月工资加上提成，每月进账十万、八万不说，那些小铁皮屋企业为了挤进小家电配套产业，争取更多的订单，早上、中午、晚上都轮番请黄海林吃饭。晚上吃了还有第二套、第三套节目，有时甚至通宵达旦。

那段光阴，黄海林每天呼出的气都是生猛海鲜和世界名烟、名酒的味道，走起路来踮起脚尖、昂着头，很是趾高气扬。

陈维嘉是一个小报的记者，平时在台北没少跟这个牛皮哄哄的黄海林打交道。当时，对这个日本商会联合总会的营销专员谁都不得不刮目相看。

记得有一次，就是在这个公车候车亭，黄海林穿着一套西装，大约是刚刚结束通宵喝酒，此时正准备睡太阳的时候，他头重脚轻地刚从公车上下来，便踉踉跄跄地跌倒在地上。然后稀里哗啦呕吐不止，污秽之物喷得遍地都是，又酸又恶心的臭气扑鼻而来。

周围候车的人唯恐躲闪不及，纷纷避让到一边。

正在这时，陈维嘉路过这里，当时还不知道是怎么回事，再加上躺在地上的黄海林将那污秽吐到自己的脸上、头上、脖子上，如不认真看谁也认不清楚他是谁。

"哎，何苦的，这哪是喝酒，这是在喝命！"

"一定是酒鬼，不要命的酒鬼！"

"丢人啊！一个大男人西装穿得笔挺，却如此不堪入目。"

"……"

围观的人议论纷纷。这时街道上恰好走来两只流浪狗，大约这狗兄弟嗅到了生猛海鲜的味道，争先恐后地扑到黄海林的脸上争抢着吃那污秽之物。

那两只狗用修长的舌头不停地舔着黄海林的脸、甚至嘴。

可是，神智已经让酒泡糊涂的黄海林却全然不知，嘴巴里不停地喃喃自语："不要，不要了，我不要猪肝，我不要猪肝……"

围观的人发出一阵阵哄笑，大家在指手划脚，甚至用不屑一顾的目光看着躺在地上的这个男人。

陈维嘉想上前搭把手，可是那呕吐物的味是那么刺鼻，一个大男人浑身上下臭不可闻。她感到心有余而力不足，只好灵机一动拔了一通求助电话……

"陈记者，你记忆力真好，让你见笑了。"这是一晃十年前的糗事，黄海林早已忘得干干净净。可是，十年后碰上的这个陈维嘉却仍然对此记忆犹新。

"海林先生，你现在在哪儿高就呀！"陈记者虽然没有闲心，可是职业习惯却非刨根问底不可。

"还在东林公司!"黄海林脸上有些愧意。

"那一定提升、提职了,能给一张名片吗?以后好联络!"

"噢!抱歉,今天走得匆忙,没带名片,甚至连纸巾都没带,让你见笑了。"黄海林根本没有名片,他今天才去签合同,干什么事还不清楚,可是说起谎话来,他可是一个老手,可以做到滴水不漏,面不改色。

"这样啊!"陈维嘉应了一声,她挥了挥手正准备与他告别。

"你有没有名片给我一张,我到时爆料什么的也可以直接找到你?"黄海林灵机一动,现在东进一郎先生不是要交给自己许多任务吗?其中有一项便是向媒体爆料,说不定这陈维嘉还能帮自己一个大忙。

是啊!在台湾无论平面媒体,还是电子媒体都是不加限制发展的,在这一个弹丸之地各种媒体多如牛毛,而媒体要生存,要发展,他们同样也面临许多挑战,面临许多艰辛。黄海林想,有朝一日,自己能曝一曝料,那绝对是对她小报的支持,兴许这陈维嘉还得请我撮上一顿呢!

黄海林想到这里心情一下开朗起来。于是,他又有了一番激情,甚至激情万丈。

"干姥姥……"他在心里骂着阿辉,如果不是这憨仔,可能我黄海林早已是百万富翁了。

十年来,尤其这几年,几乎在过叫花子一般的生活。对阿辉名下这笔账是一定要结清楚的。不然我黄海林长得一米七八高的个子,还算什么碗糕?

黄海林接过陈维嘉递过来的名片,满心感激地向她道了一个谢。

这鬼天,气温那么低,冷得让人直啰嗦,刚才碰到陈维嘉七拉八扯又拖延了那么长时间,黄海林这才发现自己只穿了一套西装,浑身冷得不成,牙齿也止不住咯咯咯地打了起架来了。

要不是东进一郎的垄断格局被打破,我黄海林会穷得连一身衣服都买不起吗?说不定早都有房有车了,哪里还会在这里被寒风吹得如此狼狈不堪?

黄海林此时的心情非常复杂,他带着对昔日无限的眷恋,又带着对未来无限的愿景,终于搭上公车,再次走进了东进一郎的办公室。

"海林兄,请坐。"一见面,东进一郎一反往常对黄海林的冷漠和不屑,一边称兄道弟，一边叫助手倒茶。

黄海林没有经历过这种场面，尤其是东进一郎称自己为兄，这是让他始料不及的。他感到一身轻飘飘的，好像又回到十年前，回到当年在台湾日本商业总会当营销专员的风光日子。

"东进君，以后还期盼你的提携和教导，我这个人书读得少，但却很讲义气，知恩图报。今天，东进君如此高看，要做什么事，尽管说话，我一定在所不辞。"黄海林信誓旦旦地向东进一郎表白他对自己的知遇知恩。

"海林兄，言过其实了。我们都是合法商人，而且相处也不是一朝一夕了。我们的所作所为一切都遵规守纪、合法经商。"东进一郎此时倒像一个传教士，他一本正经地说："当然，作为一个企业法人，还有一份社会责任，那就是尽微薄之力，维护社会公平与正义。"

"那是，那一定是！"黄海林见东进一郎高谈论阔，不住地点头称是。

"昨天晚上我已经给人事课长说过了。你，还当东林公司的营销专员。工资呢？昨晚说二万块钱。可是我考虑了一夜，太低了。你是资深员工了，每月三万块钱。"东进一郎脸上充满着诡秘，他看看眼前这位黄海林已经是感激涕零，就差没有下跪了。

他满心欢喜，挂了一个电话，人事课长片刻便走了进来。

"谢谢，谢谢！"黄海林心花怒放，他的眼睛放着光，身体好像轻轻地飘了起来，十年前的风光日子仿佛一下又回到跟前，那吃了上顿没下顿的日子今天将结束，满脸通红、满口酒气的幸福日子又将降临到自己的头上。

"河野君！"东进看到人事课长站旁边，便当场交代："你给海林先生先拟好一份聘用营销专员的合同，每月工资三万元。"

"是！"人事课长原本跟黄海林很熟，他的眼睛瞄了一下这位二混混，怪异地笑了笑，转身出门。

"弄好了，我会通知你来签。"东进很有一点雷厉风行的味道。

"我的工作？"黄海林很是受宠若惊地问。

"对，我想听听你的打算。"东进一郎点了点头。

"东进君！"已经兴奋不已的黄海林想不到自己的地位发生如此天翻地覆

的变化。他坐在东进一郎旁边的沙发上,情不自禁地理了理那昨天晚上刚买来的那套西装,今天便迫不及待地穿在身上,甚至缝在袖口的商标都来不及拆掉:

"这次安泰公司总共转让的股票总值大约十亿新台币。"

"噢,这么多?"

"对,折合人民币二亿元。"黄海林用有百分之百把握的口气说:"这十亿新台币的股票,分四个人购买,这些人都是阿辉的挚友。"

"谁?分别多少?"东进一郎着急想了解这里的全部情况。

"远东公司杨鸣发,收购2.5亿新台币;鸣声电器公司张再添,收购了2.5亿新台币;福龙公司王光亮,收购了2.5亿新台币;还有一家是远大公司陈远,收购2.5亿新台币。"黄海林对答如流,他对自己的表现非常满意。

"哦,怎么都是2.5亿新台币?"东进似乎发现了疑问。

"是的,这几个公司接股票,纯属于伸出援助之手。"

"那,你知道阿辉转让股份时有报请主管部门批准吗?"

"……"黄海林摇了摇头,肯定地说:"没有,绝对没有。"

"你可以保证吗?"东进一郎追问。他知道,如果股权转让经过证券管理部门的批准,那是无可非议的、合法的。自己再捣鼓这些事,便站不住脚,到最后难免又会像在大陆厦门打的那场官司一样,输得体无完肤、颜面尽失。

前车之鉴,他对这个黄海林持一种怀疑,持一种难以放心的态度。

"我这消息千真万确,如果有一点说假,天打五雷轰,路上死,路下埋……"黄海林不是笨人,他已经从东进的口气中感到这位日本人对自己还心存疑虑,更担心这到手的富贵荣华会鸡飞蛋打。

"好啦,好啦,我相信你!"东进一郎用手势制止了黄海林那恶言烂语如同农村泼妇似的赌咒:"我信你,你打算下一步怎么做?"

"我这次是铁了心,而且有百分之一百二十的把握把那安泰公司搞到破产,将阿辉搞到监牢里去吃几年牢饭……"。

"说说看,怎么办?"看到黄海林又激动起来了,东进一郎又制止了他,用非常严肃的口气说道。

"好!好!好!"东进一郎几句话问得黄海林额头上都冒出了汗珠:"我准

备，一给报社爆料，先把整个台湾上下都搞得热热闹闹。然后，让证券管理机关去调查取证，让阿辉进班房；另外，这样一搞，别看他们股票最近处于牛市，股民一看到这消息，肯定会争相出仓。那么，台湾安泰的股票马上会跳水……

"嗯，不错。"东进一郎脸上露出了笑容："找哪家媒体呀？"

"《台北都市报》！记者陈维嘉是我多年老朋友了，她听了以后非常高兴，我已经约了今晚请她吃饭，将所有资料给她。"黄海林为了取得东进一郎的信任，他撒了一个谎，并且有模有样地从口袋里取出刚刚陈维嘉递的名片："你看她的电话是097854378。"

"《台北都市报》？"东进一郎听了黄海林的话，不知是怀疑，还是掂量，他重述了一遍。因为他对这份报纸多少了解一些，这是一张市民报，由于贴近市民生活，发行量倒还不错。用这样一张报纸去爆料打头阵，那么兴许还有一些媒体可以跟上，预计会有不错的效果。

"对！这张报纸发行量是很大的！"黄海林怕东进不放心，重重地强调了一句。

"不！不！不！这还不够。"东进一郎沉思片刻，将头摇成拨浪鼓："这样做远远不够！"

"这……"该想的办法黄海林都想了，他不知道此时东进一郎所说："这样做还远远不够是什么意思？"他有些茫然。

台湾当局不是规定凡到大陆投资且超五十万美元以上的项目，都要到经济部门备案吗？这两个亿人民币的资金跟五十万美元对比怎么样啊？"东进一郎用咄咄逼人的目光盯着黄海林，但只在瞬间便收了起来。因为他了解这个黄海林并没有读过多少书，而且平时溜溜逛逛，不可能去关注和思考当地的法律法规，只好慢慢地给他提示，让他开窍。

"这个……"黄海林有些尴尬，他知道自己根本不懂得这些东西。

"你要这样做，在《台北都市报》上用最大的篇幅把这个事情揭露出去。这已是违犯上市公司股权转让、尤其是海外上市公司股权转让的规定。犯这一条就得坐牢，就得予以重罚。"

"噢……"黄海林睁大眼睛，恍然大悟。

第三十二章

寒流，在海峡上空盘旋

"二是，违反公司投资大陆五十万美元必须报备的规定，其金额巨大，重罚是难逃的，弄不好还得坐牢。另外，说不定他这样做是为了洗钱，是为了娶了大陆的太太而转移资产……"东进一郎眼睛里露出了凶光。

"哦！哦！哦……我明白了，我明白了。"黄海林不断地点头。

"不，你还是不清楚！"东进一郎觉得这黄海林几乎是一个白痴。

"那……?"黄海林有些无所适从，他感到东进一郎绝对不是个好鸟。讲实话，自己如果不是生活无着，绝不会在他面前低三下四。一个月给三万元新台币还想让我去杀人抢劫呀！况且那三万元新台币也还没有到手呢！可是此时他尽管心里很烦，脸上又不得不表现得非常服服帖帖的样子。

"《台北都市报》登出来后，还得寄一封信到经济部门去。注意：要署真名，人家才会查；而且这事实可以扩大一些，八成甚至九成可以讲到十成，才会引起他们的重视。"

"署真名?"黄海林的心里砰砰跳。他知道自己署真名，如果有朝一日阿辉进了监牢，真的被判以重罚，甚至被追究刑责，那满世界的人便很快知道真相。而有朝一日阿辉从班房里出来，凭着他在海峡两岸的人脉，凭着他在商界那么多朋友和兄弟，自己纵然不死，也要脱掉一层皮。

"对！署真名，署你黄海林的真实姓名。同时，从现在开始你还不能向任何人说明你是东林公司的员工。总之，这一行为是你黄海林个人行为，与我们东林公司无关。"东进一郎讲得很认真，而且让黄海林没有任何讨价还价的余地。

"你不是要跟我签订聘用合同，叫我当东林公司营销专员吗?"听东进一郎一说，黄海林感到后悔了，他后悔自己求成心切，合同没有签，钱没拿到手，便将这消息一五一十向东进一郎倒个精光，弄到现在自己已经对他没有任何讨价还价的筹码了。

"是这样，为了让你没有累赘，轻装上阵去应对，聘用合同等这场官司打好后再签订。但每个月三万元新台币的工资你可以来领取。这对你不会有任何影响，更不会有任何损失！"东进一郎说罢站起身，用手比了一个请的姿势。客观地讲，此时的黄海林在东进一郎的眼中已经贬值。反正信息自己已经掌握，有了这条信息再加上有钱，向报社爆料、向经济部门举报，随便差遣一个人那是轻而

福德之春

易举的事情。

黄海林此时后悔已经无济于事，他脑袋无力地垂了下来，但脚迈到东进一郎的办公室门外，又转过身朝东进一郎问了一声："东进君，那个……"

"什么那个……"东进一郎明知黄海林是向他要钱，有些不耐烦地给人事课长拨了一个电话："田野君，你给黄海林支付三万元新台币。"

说完，头也不抬地坐下来处理自己的事务了。

"再见！"黄海林一肚子火没地方发泄。但他知道自己以后还要靠这东林公司，靠东进一郎吃饭。东进一郎得罪不起，他不是答应"这件事办好后还要跟自己签合同，成为他的营销专员"吗？

第三十二章

寒流，在海峡上空盘旋

第三十三章

春意盎然的安泰城

　　春天终于来了，四季常青的厦门总是与生机和活力相伴相随。那姹紫嫣红的紫荆还残存在树丛当中，三角梅又迫不及待地跳出来争奇斗艳。这仙岳山上山下，这繁华的大街小巷，这热热闹闹的居民小区，充满着花的芬香，充满着春的喜气，更充满对春的向往与活力。尤其是那三角梅，经过市人民代表大会通过确定为市花之后，但凡厦门的领导每逢出国，总会在繁忙的公务之余，从世界各地挑选各式各样的品种丰富厦门三角梅的种类，使厦门成了三角梅的乐园，成了三角梅争相斗艳的一块乐土。加上园艺工人精心培育，几年之间各种说不清名字的三角梅在厦门的各个角落迅速地种植开来。

　　据说，为了让市民与游客到厦门以后能够一饱眼福，也让那妖艳的三角梅有一个尽情作秀的场所，奇思异想的园艺工人还在厦门仙岳山巅，新开辟建设了一个称为"梅园"的新景点，将几百个品种的三角梅放在那里培植。因此，每到这个季节都会游人如织，老人、小孩、年轻的情侣，都到那里赏梅，尽情享受既有几分妖娆，又有几分妩媚的三角梅给人们带来的无尽身心愉悦和视觉享受。

　　阿辉原定今天利用星期天到安泰工业城建设工地走一走。经过将近一年的时间建设，工厂区也罢，生活区和公共建设配套设施也罢，都已经建设得初具规模。这是一个由一家企业建设而带动崛起的一座新城，除了国营企业，外资企业的发展模式似乎还没有这样一种先例。

"好事要办好。"阿辉靠着自己和同仁们的一股韧劲，咬紧牙关，终于看到了人生的又一成果，看到了充满生机与活力的一座新兴城镇而欣慰。可是昨天晚上，林若莹却要阿辉陪自己带着儿子小辉到梅园去赏三角梅。

拒绝她母子不好。不去看看安泰城建设工地又让自己放心不下。面对充满期待目光的妻子，阿辉左右为难。要知道，他工作再忙、再累，只要两天不到工地便会吃不好，睡不香。在矛盾当中，他只好答应妻子，早一点起床，先赏梅，回来后再去安泰建设工地，这是一种两全其美的办法。

厦门的春天充满活力，目光所至一片充满生机的绿色。清晨，晨曦还未褪去，潮湿而充满负氧离子的空气让人感到心旷神怡。起了一个大早，当阿辉携妻带子走到梅园时，举目望去，在山巅中随着地势起伏的花海，那在晨风中摇曳的鲜花，美不胜收。

大红的三角梅，红得像一团火；

黄色的三角梅，如同山岗上铺满黄金；

粉红的三角梅，好像少妇般羞羞答答；

紫色的三角梅，给人以一种妖娆的感悟；

……

"这真是漂亮啊！"阿辉是一个诚实的人，对充满清新空气的早上，对满眼是花的海洋，他没有太多奢华的赞美之词，只是站在梅园高处痴痴地看得出神，愣愣地发着内心的赞叹。

不知是这一簇簇的三角梅色泽那么艳的原因，还是眼前这簇簇火红的三角梅对孩子有特殊的吸引力。小辉几乎在父亲赞叹三角梅的同时，也对从路边伸出来的一枝三角梅花朵特别兴奋，他伸出小手一阵乱挥乱舞，嘴巴伊哩呀啦地叫唤着，引来一拨拨游客直乐，也逗得夫妻俩哈哈大笑。

"阿姨，这小弟弟这么小就喜欢花，长大了一定很好色。"突然，人群中一对年轻夫妇手牵着大约两岁的小儿子，挤进人群来到若莹身边，拉了拉她的裙子，学着大人的口吻说。

"哈！哈！哈……"童言无忌，童言有趣，这位小弟弟的话让本来就充满欢声笑语的山坡洋溢起欢快的笑声。

"谁告诉你的呀？小弟弟！"林若莹笑得直摸肚子，看着身边这位虎头虎脑的孩子蹲下身子问道。

"我妈妈告诉我的！"小弟弟的回答是那么认真，那样天真无邪。

"那小哥哥，你是喜欢红花？还是其他颜色的花呀？"这大人与孩子之间的对话，已经不光是开心问题，而是可以提升生命活力的问题。看见林若莹抱着儿子与这小男孩如此认真地对话，又一对夫妇挤进人群问道。

"我也喜欢红花呀！"那小男孩看到大家围成一圈，不但不慌乱，反而更加兴奋："我妈妈说，小男孩喜欢蓝色长大会聪明、会读书；喜欢红色的很好色！"小男孩回答得振振有词。

"哈！哈！哈……"这回阿辉也跟着大家笑了起来，而且笑得眼泪都掉了出来。林若莹更是笑得夸张，她担心自己把小辉笑掉下去，干脆一屁股坐在地上狂笑不止。

"阿姨，我送你做儿子好吗？"正当大家笑得前仰后合时，想不到那小男孩歪着脑袋向林若莹提出了要求。

"为什么呀？"林若莹看见孩子的父母正向自己使眼色，从那眼神中她感悟到这对年轻的父母一定是很有内涵的，他们在有意无意地培养孩子的社会沟通能力。

"我妈妈说，我很皮，要把我送给别人的。"这位小大人一脸严肃地说。

这个问题小男孩提得太严肃，周围的人停止了笑声，静静观察着这对话的继续。

"小哥哥，你还不如送给我吧，我们家没有弟弟，阿姨每天给你做好吃的！"还是刚才那对夫妇当中的妻子，看到这孩子实在可爱，千方百计找跟他对话的机会。

"……"小男孩摇了摇头，好像是在思考，又好像心里不那么乐意。

"小哥哥！我非常欢迎你，你过来帮我带弟弟好吗？"看到活泼可爱的孩子如此沮丧，林若莹深情地伸出手把小男孩搂到身边。

"嗯!"小男孩脸上又浮现起一副兴高采烈的样子。

"那我们家可不是天天都有好吃的,行吗?"若莹试图探探孩子心里的秘密。

"我才不天天都要好吃的!我爸爸天天都要叫我吃饭,还要打我。"小哥哥将小嘴撅成鸡屁股似的,"我不要天天吃饭,我要和小弟弟一块玩,我没有伴。"

"哈!哈!哈!"这小孩的话又引来一阵笑声,但这笑声也引起了大人们的思考。几十年来大陆在实行计划生育政策,提倡一对夫妻只生一个孩子,人口是自然减了下来,但是孩子成长过程却多了些许孤独,很多孩子在家中没伴儿。

吃饭没有伴;

玩耍没有伴;

连过家家,想打一个架也没有伴儿。

童真童趣少了,满口大人的语言,一个个成了小大人。

"豆豆,你跟阿姨回去吧!我们走呐!"年轻的父母要走了。

"阿姨……"小哥哥可怜兮兮地向林若莹投去求助的目光。

"乖,你先跟爸爸、妈妈回去吧!"林若莹讲这话时,眼角已经湿润:"过几天,阿姨去接你好吗?"

"……"小哥哥没有吭声,站起身默默地跟着父母走了。

"请稍等,怎么称呼你们?能留下电话吗?"林若莹看到小男孩一颠一颠地走向父母时,若有所失地问道。

"噢!谢谢。我叫谢龙辉,是一家台资企业的,我太太叫张菲菲,同一个单位。"说罢,从口袋里递过一张名片。

"明达电子科技有限公司副总经理?"阿辉看着看着念出声来:"这不是原来张云峰先生投资的企业吗?"

"对!可是太不幸了,张董事长已经走了!"谢龙辉有些伤感。

"我知道,我和老先生是好朋友,而且是十多年的好朋友。"阿辉的情绪似乎受到了感染,他将谢龙辉的名片收好,又将自己的名片递给这位年轻的副总经理:"我是安泰公司的林信辉!"

"安泰公司的阿辉董事长？久仰久仰！"谢龙辉夫妇突然将声音提高了几十分贝，"大家都说阿辉董事长是一个神奇的企业家，想不到竟然在这么优美和浪漫的环境中认识。缘分！缘分！"

"妈，什么叫缘份，缘份呀？"这小哥哥听到大人在讲话，又开始掺和进来了。

"这是大人在谈事，小孩子家别多嘴，讲礼貌。"母亲制止了儿子。

"对！这是一种缘份。谢总，今后我们多联系，尤其我和张菲菲是做妈妈的，有空要经常串串门，给孩子找伴。豆豆大名叫什么呀？"林若莹此时的心情非常好，从头到脚都洋溢着浓浓的母爱。

"我们这小毛头豆豆，大名谢子云。"张菲菲充满着做母亲的快乐和矛盾。是啊！儿子多可爱，但却是首屈一指的皮大王，经常搅得夫妻俩啼笑皆非。

"阿辉董事长，再见，我会主动拜见你的。"谢龙辉有急事，跟阿辉一家挥了挥手告别。

"想不到，想不到。这三角梅的花丛中充满着浓浓的人情，浓浓的爱。"见到谢龙辉一家人远去，阿辉陡然在转眼间变成了一个诗人。他看着梅园，看着那人流，看着那洋溢着欢声笑语的男女老少，自言自语地对林若莹说。

"你呀！我不催你还不想来呢！"林若莹尽管当了妈妈，可是仍然一脸娇嗔地瞪了丈夫一眼。这一眼与其是一种瞪，倒不如说是妻子与丈夫的心灵默契，妻子对丈夫深深的爱。

"不是忙吗？等到安泰城建完了，小辉接班了，我天天陪你看三角梅。"阿辉有点动情。一个长期沉溺于繁重而紧张工作的企业家，难得有机会休息，尤其到这种充满浪漫和宽松的地方休息，好像整个身心都得到放松，整个思想都变得异常活跃起来。

"什么话，等到小辉接班，你我几岁了？你就是那种劳碌命，这件事还没干完，又想到另外一件事，总有没完没了的追求……"林若莹讲的实情话，她知道自己的丈夫是一台创业的机器，不可能停下脚步。

"不会的，总会有机会！"阿辉被夫人说得有点不好意思。

"这安泰城还没建完，你不是承诺要重建仙岳山土地公庙了吗？"林若莹不知是喜还是怒，是赞赏老公，还是埋怨老公。

"嘿！嘿！嘿！……"阿辉在这高级知识分子的老婆面前总是带着某些无奈。面对老婆孩子，他总有一些愧疚与不安。讲实在话，这种愧疚与不安总是牢牢地占据着他的心胸，每当想起总感到压力重重。

张云峰的去逝，老先生承诺二亿元人民币投资安泰工业城项目的资金打了水漂。为了接续资金链，确保安泰工业城不至于变成半途而废的烂尾楼，自己冒着风险将台湾安泰在美国上市的股权转让了十几个亿的新台币。这意味着什么？这意味着一旦被台湾管理机关查获，便会入狱，便会课以重罚。

若莹还年轻，而且跟自己结婚时间才这么短暂；

小辉还年幼，这么小就会很长时间见不到阿爸；

小俊本应步入人生的创业之路，可是现在却飘忽不定，这死仔现在不知在干什么？真不争气呀！一千万新台币一年多败得光光的，现在人不像人，鬼不像鬼……

安泰公司的产业现在已经布局两岸，一旦自己因为股权转让的事被究责，这座大厦将由谁来支撑？……

这些问题在阿辉的脑海里反反复复地折腾着。作为一个负责任的董事长，作为一个负责任的丈夫与父亲，这让阿辉倍感压力重重。

记得上次回台湾，阿辉曾跟陈茂祥、杨金威二位老前辈彻夜深谈，尽管自己在决策之初已经做了最坏的思想准备。但是现实是那么严峻，一个大的企业，一个大的家庭，自己丝毫也不能离开，沉甸甸的责任已经让自己……

阿辉不敢再往下想。一旦自己出事，进了班房，这安泰、这家庭，尤其是若莹和小辉会是一个什么样的状况。想到这里，阿辉的心越发沉重。

陈茂祥、杨金威二位老前辈是有情有义的人，他们尽管年事已高，却还为自己的事在奔波，他们在利用一切人脉做好的纾解工作。记得前几天，茂祥叔给自己打来了一个电话："阿辉，该找的关系，我都已经找了。从现在看，根据这些情节追究责任已经在所难免，我们现在能够做的事，那就是尽量减轻处罚。"陈茂祥在打电话的时候，知道若莹在自己身边，努力将话讲得轻描淡写，可是阿辉却知道这话中的含义，知道这件事结果的严重性。

这就意味着，自己非得要进去吃牢饭了！

"喂，玩就开心地玩，怎么又走神了？"阿辉的脑海里在不断的翻腾着，这一切没有逃过林若莹的眼睛，她似乎还没有过完少女时代的浪漫，抱着儿子拍了一下阿辉的肩膀说。

"噢！噢！噢！"阿辉从回想中转过神来，看看已经十点来钟。便说："我们该下山了，我还得去安泰工业城工地走一走……"

"好吧！跟你在一块真是没劲！"林若莹知道丈夫不是那种罗曼蒂克的人，他的心里装满了事业，今天能陪自己来已经非常不容易，与其让他这样心不在焉，倒不如早点让他回去。

将若莹母子送回家，岳父母早已耐不住寂寞等候在门口。

"阿辉，安泰工业城的刘明副主任已经挂了两通电话来了。"林万寿告诉女婿。

"哦？告诉什么事情了吗？"

"没有，他说他知道你今天会去，在那儿等你？"林万寿说。

"好！你们在家吧。中午我肯定不能回来吃饭了。"阿辉看见驾驶员已经将车开到门前等候，便迅速钻进汽车里。

刚才到梅园走了一圈，整个人的身心都放松下来。

那五彩缤纷，争奇斗艳的三角梅；

那小弟弟充满童真童趣让人捧腹的笑语；

安泰公司正在蒸蒸日上的事业……

回想起来，人生总是充满着悲欢喜乐，总是带着酸甜与苦涩。回顾人生四十余载，每前进一步总是充满着汗水与艰辛。但有一条自己却深信不疑，那就是人生在碰到困难时，一定要咬紧牙关迎难而上，千方百计地战胜它。决不能畏畏缩缩，更不能败下阵来。否则，将会如同大坝被洪水冲垮，一发不可收拾。

此前几十年自己就是这么走过来的。

现在自己又碰到了这样的困难，而且这种困难比任何时候都大，这种压力比任何时候都大。阿辉默默地在盘算："老天爷留给自己的只有一条路可以走，那就是迎上去，面对它。"

那么若莹呢？

那么小辉呢？

相信他们，小孩子也要让他吃一些苦，领略一下人生的艰辛。不然便会像小俊。这孩子成长过程太顺了，顺得如同一颗鲜红的草莓，表面红通通的，耀眼得很，可是却没有一丝一毫的抗压力。一碰到困难，一碰到压力便成了地地道道的草莓族……

阿辉在思考着，突然感到车子停了下来。他的思绪还没有缓过来，刘明已经打开了车门，笑呵呵地站在车外迎接董事长的到来。

"董事长好！"刘明一笑露出白白的两排牙齿，脸颊上现出两个深深的酒窝。长着这种娃娃脸的人青春期保留的时间很长。一眼看去，刘明好像是一个中学毕业生。

"刘明，辛苦了！"阿辉跳下车："今天上午我们把工地走一遍吧！"

"董事长，你前天不是才走过一遍吗？"刘明知道阿辉董事长是一个非常勤奋的人，每天工作都非常繁忙。原来只考虑在筹建办公室给他简要汇报一下这两天的工程进展。

"看一看，不看心里没有数，不踏实！"阿辉朝部下轻松一笑，又补充了一句："这来回走一圈也有几公里的路程，对身体也是一种锻炼。"

"那是，那是！"董事长发了话，刘明便从助手手中取过两顶安全帽，一顶递给董事长，一顶戴在自己头上。

这个九平方公里的土地，经过一年的建设，已经从去年那堆石渣的荒山坡变成了繁忙的建设工地，变成了以一家工厂引领的新城镇的雄伟建筑群，充满勃勃生机地呈现在人们的眼帘。

建筑规划师们并没有破坏原来这一地区的地形地貌，只是将原来横贯这块土地中间那乡间公路取直，变成八车道的城市主干道，并且路两边预留了绿化空间。尽管工程还在扫尾，可是绿化工人已经投入建设当中。

"他们种的是什么树？"阿辉对绿化工人种的那大树很感兴趣。

"凤凰木，是厦门的市树，每到初夏便会开出火一样红的花。这种树花期

长，又符合我们中国人的习惯，红红火火，鸿运当头。凋谢的花朵落在地上，与树上的花朵上下呼应，红成一片，非常有立体感。"

"听你说的好像你是读园艺的？"阿辉用欣喜的目光看着刘明。

"不，我是读电子的。因此当时才会被安泰公司录用。"被董事长一说，刘明有些不好意思起来。

"右侧这边的厂区总共十九幢厂房的建筑已经全部完工，其中十六幢已经铺好了地板，正在安装设备。另外三幢，建筑工人每天挑灯夜战，二十四小时不间断，预计再三、五天时间可以拿下来。"

"好！好！好！"阿辉一连说了三个好，对这下属的工作非常满意。

"左边这宿舍区已经进入内装修的扫尾工作，包括公共服务配套设施。昨天我跟湖里区台商投资服务中心主任交换了意见，生活设施与生产设施可以同步交付使用。"

"嗯！嗯！"阿辉在不停地点头。

"另外，工厂新添的设备，台湾已告知十天前厂家发货了，近日将运到工地……"

二人一问一答，阿辉内心深处涌出一种欣喜。站在小山坡上，视野可到之处一片紧张有序的繁忙影象。一年前，这里还是一片荒山坡，此时却变成红红火火的新城，他有些陶醉，有些浮想联翩……

十三岁父母离去，自己流落村庄成了孤儿；

十五岁去给阿庚师傅当学徒；

十八岁自己跳出师傅的庇荫，到外开一间洋铁加工厂。然后又因为师傅的逃债，卷走了辛勤汗水换取的代工费，可是自己意外得到了他遗弃的那台电热管生产设备……

也就是从那时起，自己一不小心踏上了人生艰辛而曲折的创业之路。现在，这几十年的点点滴滴心血的付出，事业点点滴滴地积累，摆在自己眼前的这一排排钢结构厂房，这一幢幢多层的员工宿舍区和公建配套设施，让这位年轻的企业家激动不已。

脚下是区隔厂区与员工生活区的公路。八车道，中间和两边是绿化带，外侧还留了人行道。这是自己对社会尽了一份责任，尽了一份应尽的义务。

可是，当年谁能想到自己能有今天？又有谁能想到自己能做出这一份贡献？尽一份这样的义务？

"董事长，董事长……"阿辉正对安泰新城看得出神，刘明连叫几声都没有应答。刘明只知道董事长是传奇的企业家，可对他的身世，对他的经历却了解甚少。凭着一个部下的观察和分析能力，他知道董事长此时看到经过自己艰辛打拼创造出来的又一新的奇迹，一定感到非常激动，一定思绪难平。

"刘明。"许久许久，阿辉从对历史的回忆中缓过神来。

"董事长，我在！"

"再过两个月我们便要迁入新厂，庆典的事你有没有考虑过？"阿辉突然问道。

"这个问题我考虑过，但还不够具体。总体感觉是搬迁工作要热闹喜气，更要有地域特色。湖里乃至厦门有许多两岸共同的民俗，那便是丰厚积淀的闽南文化。如烧王船、蜈蚣阁、拍胸舞、车鼓弄和宋江阵等，每项民俗都很有个性。你不是常常要我们张扬自己的个性吗？这些都是。"

"你准备怎么落实，"阿辉不放过抓落实。

"我前一段已跟万寿叔请教。有些事他答应完全可以办到。另外，还跟台商投资服务中心主任沟通过，他已经报告了陈永清书记和刘志辉区长。区里已经有一帮人在认真准备……"刘明说得条条是道。

"我看很好，很有创意。"阿辉赞许。

"董事长，如果这一设想能按计划推进，还有一个好处！"刘明此时露出了一个狡黠的笑。

"唔，好处？"

"是得，可以节省一大笔经费开支！"刘明信心满满地答道。

"是啊！家有万贯，时时刻刻还得讲节俭。富日子要把它当做穷日子过啊！"阿辉像自言自语，又像对刘明说，末了他突然提出一个话题："刘明，你父母是干什么职业的啊！"

"董事长，忘了告诉你了，我的家住在面线巷。"刘明此时倒像一个大姑娘。

"面线巷？这地名很特别。"阿辉顿时兴趣盎然。

"是吗？"刘明不知阿辉话中的意思，接着说："那是一条古巷，同时又荟萃了厦门的所有风味小吃，我家是专门卖烧仙草的中华老字号！"

"哦？……"阿辉将目光紧紧地看着自己的部下。

"董事长，你去过？"

"没……"阿辉遗憾地说。

"那，董事长如有空，我带你去。到那里可以更多地领略闽南的风情。"刘明口若悬河。

"好！谢谢你不辞辛劳为安泰公司所做的努力和奉献。"阿辉没有再说什么，他为这个优秀而又出身贫民的部下感到欣慰。

他知道自己的眼前千头万绪，大事小情还在等待着自己一一去解决。他不知道什么时候，自己前进的道路上又会突然冒出一个巨大的又难以逾越的障碍……

第三十四章

湖里村人咧开嘴笑了

　　别看这张文论起文凭也无非就是个安泰学院毕业生，充其量算是职业技术学院的大专文凭；论企业管理经验基本上是白纸一张；论口才更没法说，碰到难事有时急得满脸通红，满头大汗，说话结结巴巴。

　　可是，就这个文化一般，身材一米七也略有不足的人，自从林若莹把他派到福德厂来当厂长，却在不到一年的时间里，硬生生地把这个乱糟糟的村办工厂办得风声水起，员工每个月都能准时拿到近3000元工资，股东们在年底，扣除企业发展基金外，还拿到一笔不小的分红。

　　湖里村的人不论男女老少都乐了。

　　原来对那一、两千块钱月薪不屑一顾，拒绝上班的人感到后悔了。纷纷找关系，走后门想进厂当工人。因为，工人白天上班外，晚上还可以在厂里参加娱乐活动，工厂还投资建了歌舞厅，卡拉OK厅、棋牌室。更让老人家高兴的是，原来村里的年轻人找对象高不成、低不就，现在竟与外来女工恋爱上了，有一两个已准备结婚办喜酒。

　　一个个如花似玉，水灵灵的女孩成了湖里村人的媳妇。

　　事业兴，万事兴。

福德厂除了原先代工的马达配件外，前两个月新增了两条电热管生产线，这几个月的产值都是六位数。

老头子乐了；

老太太乐了；

一个个咧着没牙而又干瘪的嘴巴哈哈大笑。

男青年乐了；

女青年乐了；

有了丰富的文化生活，又有这么多年轻男女供自己选择，再也不必到市中心去东瞧瞧，西望望了。

张小红由于林水木的大力推荐，又没有办法拒绝，张文向林万寿请示之后，为了不激化矛盾，便答应了林水木的要求，聘任张小红为行政部副经理。

这本是天真无邪的张小红在进入经济特区的社交圈之后，由于没能把持自己，人生追求出现了偏差。她被正式聘任为行政部副经理以后，便对那已经五十多岁，土得掉渣的林水木失去了兴趣，总是千方百计躲着这个如同自己父亲一样而又每天色迷迷盯上自己的林水木。因此，自从让他碰到了自己几次身子之后，张小红感到自己身上那林水木的气息又恶心，又难受，而且挥之不去，洗都洗不干净。

张小红拒绝林水木除了这个原因之外，还有一个原因，那便是从踏进福德厂之后，便看上了忠厚老实，又有非凡组织能力和无限智慧的张文。

"这是自己的老乡，年纪与自己相仿，如果找上这样的男人，纵使不能一辈子相随相伴，但只要曾经拥有也绝对是一种幸福。"张小红想入非非。当她千方百计了解到，张文有一个弟弟叫张武，就是常由台商黄海林带着到湖畔咖啡店消费的那个后生。之后，这种对张文的单相思便与日俱增。

一母所生，却性格迥异呀！

张小红从此工作上特别卖力，目的是换取张文厂长的关注与重视。此外，她平时严格约束自己，无论言谈举止，甚至衣着打扮都以淑女为标准。只要有机会便会不失时机地给张文抛抛媚眼。尽管张文每次视而不见，可张小红却充满着信心。

把话说透了，贫民子弟要成就事业，要钱没钱，要权没权，只有靠父母交给的这么多资源去开发，去追求效益的最大化。

张小红把这些东西想得非常完美，似乎对她而言，不久的将来张文便是自己的囊中之物。于是，她每日工作非常卖力，把行政部的工作搞得有条不紊。每当林水木想近身时，她爱理不理，还不时用那刀子一样的眼睛瞪林水木，决意让这个不知趣的人死了这条心，别老纠缠自己。

张小红这么做不要紧，却让林水木怒火万分。但他知道这件事不能生气，否则家里那像母夜叉一样的屠夫老婆饶不了自己，在外边万寿叔也不可能放过自己。

"干姥姥……！"林水木怒向胆边生。想当初，为了让张小红能当个行政部经理，还差一点跟张文闹翻。可是这婊子刚进来却人模人样，装起正经来了。林水木咬着牙在内心深处狠狠地骂着。已经将近三个月没碰到张小红的身子了，面对那屠夫母夜叉自己又全然没了兴趣。如同饿狼、却又无路可走的林水木，一边在心里骂着，一边夹着那小牛皮包走出门去。

"又想到哪里去风流呀！"林水木刚出门，就被老婆喝住了。对自己的老公曾多有耳闻，也有所察觉，但是没有证据。尤其自己也到了更年期，每天熬更过夜不但要杀猪，还要到农贸市场去销售，平时也没有多少时间去了解，更没有多少兴趣去跟踪这老达补。

"心情不好，我到外面透透风，"林水木倒是讲了一句老实话，这段时间他的心情简直糟透了。但他不是想去透风，而是想去找一个小妹玩一玩："干姥姥，再不玩这鸡巴就要生锈了……"林水木一边应着，一只脚已经跨到门外。

可是当林水木走出门外的时候，他却在十字路口站住了。

"去哪里去找小妹呢？"他知道最近一段时间公安局扫黄风头正当时，听说已有不少兄弟被抓住罚了款，有的还被行政拘留了。

"这种没脸没皮的事情，我林水木是绝对不可能干的！"他在红绿灯前犹豫不决。

四、五月的天气正是厦门的梅雨季节。这天又闷、又潮、又湿，那拘留所的蚊子多得比飞机轰炸还可怕，如果一旦运气不佳，被弄进去喂蚊子，一夜之间非

得体无完肤不可。

"那到温馨酒吧吧！"经过思前想后，林水木想到上次的艳遇。那晚之后，百思不得其解的林水木向几个铁哥们一打听，差一点把他们笑到崩溃掉。原来，三个五的香烟抽出一支放在外面，表明你自己是一只"鸭子"，只要有哪个女人看上了就会被她约出去，而且还给钱。

鸭子是什么碗糕？不就是应召男或者男妓么？这真是歪打正着，连林水木自己也哑然失笑。

这回林水木想到那次，玩了一个女人，虽不年轻，可也不老呀！虽不漂亮，但也不丑呀！况且那老女人功夫非常了得，搞得自己精疲力竭，第二天浑身酸痛不已。

而且，还赚了一笔钱。当然，自己不在乎钱这东西。

主意一定，林水木便伸手叫了一部出租车直奔那箦笪湖边的温馨酒吧，有了第一次经验，这次老练多了。

他希望自己能再有一次这样的艳遇，再有一次这样的风流之夜。

选了一个比较明显的位置座了下来。

他点了一杯公牛血葡萄酒，尽管那公牛血是一种产自匈牙利的葡萄酒而已，但这酒名取得阳刚，一定有所讲究，一定壮阳。那么，壮阳便是好东西。"肾补了，自家的小弟弟也可以快活一些，不能老闲着。"林水木想到这里乐得偷偷笑出声来。

酒吧间便是这样，令人亢奋的音乐，听了以后好像让自己的每一根神经绷得紧紧的似乎要立即断掉似的。每个人，包括大部分男人和女人都吞云吐雾地抽着烟，让人感到窒息。可此时的林水木却全然不顾，他的一双小眼睛在泛着绿光。他的目光在全场扫了一下，发现正对着自己坐的那个位置上有一个三十多岁左右却又非常可人的小妹，不觉心房摇曳，心想"凭什么我今天只能让人请，凭什么自己不能主动出击，找一个自己中意的小妹呢？"林水木的胆子终于大了起来，并挺起胸膛朝那美女走去。

"小妹，到外面走走？"林水木学着那女人招呼自己的口吻招呼那美女。

"哼……"这是一位正在挑选帅哥的时髦女郎，想不到帅哥没碰上，却跳过来一只癞蛤蟆,气都不打一处出来,不屑一顾,头也不摇地从鼻孔哼了一声。

自找没趣,林水木一肚子火没地方发,又装着若无其事地回到自己原来的座位上。他浑身上下有一种欲火燃烧,坐立不安的感觉。

正在这时,他的身后走近一个比那晚还老,长得还不起眼的老女人。这老女人尽管一身光鲜,但老态已经显而易见,仅有的优点便是皮肤比较白皙而已。

"先生,有没兴趣出去走一下?"好事来了,看着那女人的背影,迫不及待的林水木未加任何思索便紧随出门。

走出大门,那女人叫了一部出租车,向附近的酒店驶去。然后,开房进了门,那女人脱光衣服要进卫生间的时候,林水木抬头一看,差一点要叫了起来。

"干姥姥,这哪是小妹啊!这是老妈呀!这老骚货肯定比自己的母夜叉足足大个十岁。"林水木心里暗暗叫苦,但进了这房间,叫苦也无济于事。"算自己倒霉,闭着眼睛上去吧!"林水木安慰自己。"

也是该这林水木倒霉,碰上一个老女人还不算,从卫生间淋了浴刚刚上床,刚进到那毫无感觉的女人的体内时,客房门被推开了。他慌忙不迭地滚了下来,差一点摔到床下时,却见几个男女警察已经站在面前。

林万寿尽管常常有这样的风流韵事,但赤身裸体被警察逮在床上却还是第一次,顿时吓得哆嗦起来。讲实在话,他不怕罚款,顶多从那随身的小牛皮包中抽几十张百元大钞便了事。最怕的是被关上几天,还得叫老婆、叫村里的头鸡来领回去,那就一切都玩完了。

尤其是那母夜叉放过狠话,一旦被她发现非得把他的鸡巴割下来,剁肉酱包包子。那是什么话?这母夜叉历来无法无天,敢说敢干,这就意味着从此之后成了女人,连拉尿也跟女人一样,只能蹲着。

"你们是什么关系?"林水木在胡思乱想,那为首的警察厉声喝道:"把衣服穿好,回答问题。"

"我们是夫妻。"想不那老女人倒很有见识,冷静应对对答如流。

"叫什么名字,几岁?请出示身份证!"那老女人一边穿衣服,一边死猪不怕开水烫地从口袋里掏出身份证。

"你们是夫妻吗?警察接过老女人的身份证看了一眼,并未吱声,叫了一个女警察把她带到一边，又问了林水木。

"是"！林水木身体抖得厉害。

"你妻子叫什么名字，几岁？"

"她，她！她……"林水木回答不上来。他后悔上床时没有问对方的名字。但从上次经验看，对方是不会告诉自己姓名的。

"说！你们不是说夫妻吗？为什么老夫妻连姓名、几岁都不知道？为什么不在家里呆着，却要来开房？"那警察确实厉害，每句话都单刀直入，刀刀见血，让几十年来自以为口若悬河的林水木此时理屈词穷，瞠目结舌。

"你，把身份证拿出来！"警察对这一现象已是意料之中的事。但他接过林万寿的身份证一看，却差一点笑出声来。湖里村可是全厦门岛富人村。一个五十岁不到的男人，却找了一个将近六十岁的老太太……

这些办案的民警感到不可思议，这个林水木还出来当"鸭子"？

接下去的事情便很清楚了，林水木被关进扫黄支队的行政拘留室。

这世界上的许多事都是无巧不成书。

林水木被扫黄队逮个正着，被行政拘留。他那老婆当晚到郊区去杀猪，十二点钟也离开家了，因此当晚这事便没了下文。

林水木在拘留所喂了一个晚上的蚊子，平时营养不错，自然把一群蚊子个个都喂得滚瓜溜圆。

第二天上午，张文在办公室，向股东汇报前一段的工作情况和下一步的发展打算。

林水木是福德电子厂的顾问，因此一上班扫黄支队便给张文办公室打了电话。通报林水木的情况，叫厂里派人去交罚款，并将人带回来教育。

而恰恰此时，行政部副经理张小红正好路过办公室，听见那电话给响个不停，想在张文面前争取好一点印象的她，急急匆匆进入办公室拿起话筒。

"你好！"张小红用非常甜蜜的声音招呼。

"是福德电子厂张文厂长的办公室吗？"

"是的，您是？"张小红问。

"我是市公安局的扫黄支队！"

"啊……"张小红听见这个单位的名称，本能地吓了一跳，但很快地冷静下来。她努力稳定情绪冷静应对，心想自己是福德厂的行政部副经理。于是振了振精神问道："有什么事情找张厂长？"

"张厂长在吗？"

"他在隔壁的会议室开会。"

"请他接下电话，谢谢。"

"是是是，请稍等……"张小红放下电话像逃命一样快步冲进会议室敲了敲门。

这时的福德电子厂会议室却异常的活跃。工厂股东由原来的二十个，加上第二期增资扩厂新增加十七个，总共三十七个，除了林水木没有来外，其余三十六个悉数到会。

刚听完张文向股东们前一段工厂生产经营的工作总结报告和下一步工厂发展的打算。张文对工作非常用心，尽管他了解这些股东大多文化水准不高，但会前还是很细心地用书面形式发给大家，会上做了要点阐述，因此股东们听了非常满意。

"张厂长……"张小红知道自己来的正是时候，在他耳边说了一阵。

"好！好！"张文听了张小红的报告，尽管感到有些突然，但他非常冷静地告诉大家"各位阿叔，大家先提意见，我接一个重要电话，马上就回来……"说完便匆匆离开会议室。

林水木被市公安局扫黄支队的警察逮个正着，几个民警一了解情况，觉得这件事有些棘手。因为按照规定，要拘留一个人，应该第一时间通知他的家属。可是，林水木听到要通知家属时，吓得全身都打哆嗦，一问才知他的妻子便是全厦门鼎鼎有名的见义勇为的屠户嫂，她在街头将一个抢劫嫌疑犯制服，抓住脚倒拎起来的壮举让每个民警都佩服不已。

"糟糕，这件事如果通知这位屠户嫂，那么这位兄弟完了……"行动组的组长是一位年过五旬的老警察，他不但了解屠户嫂的事迹，更几次目睹过屠户嫂那身高马大的形象。他担心这事让她知道，说不定一怒之下真的手起刀落，林水木那鸡巴真会被剁成肉酱包成包子。

"那总不能说这样轻易把他放了回去，这样处理也达不到教育效果呀？

"几个同事感到难办，可又不能违反办事原则。

"是吗？这样……"组长沉思片刻，决定打电话给厂长，让厂长来教育。"这样既达到了教育的效果，还有一点人性化……"

"也只能这样……"于是，将电话打到福德厂来。

张文出去接电话了，股东们却热情高涨，纷纷发表自己的意见。

"这个厂差一点被林水木给办黄了。这张文年纪不大，水平却很高，这一段成绩也真大，我真满意。"这是一位六十多岁的老人，他第一个发言，而且讲得很激动："不要以为我们现在很有钱，如果我们每天坐吃山空，金山银山也很快崩掉，而且还会害了子孙后代……"

"对，对！没错。我赞同万寿哥的意见。现在工厂办的好，年轻人有活干，不会变坏。你看那建智，以前是一个什么碗糕？现在当副厂长响当当。连建仁、建德、永民、富民都还当了什么副经理，一个个都有出息了。真好！真好！我高兴。"

"这几个月工厂月月都有利润，年底还向股东分了红，尽管红利不多，也不简单。年轻人每月有收入，不会学坏，我喜欢，我放心，没意见啦！"

"张厂长这么年轻，又这么能干。能帮我们村多培养几个年轻人最重要啦！我想尽管刚开始，如果工厂办好了，也别没良心，到时村里留下几套集体用房可以分一套给他，人家才会安心呀！市里对调进的人才都有房子奖励，我们为什么不行呀？"这是村里的老民兵营长，岁数不小，但信息多，眼界也比较开阔，他的建议也比较大胆。

"没错，这张厂长的工作也要跟工厂的发展相结合，不然我们有分红，人家一个月还不到三千块工资。那，那有什么道理可以说呀？"这又是一个股东，她是一个年近六十的人，现在还担任村妇联主任，而且已经当了三十多年了。

"其他话别说那么多，我只求大家请这张厂长多帮我们带一带后生仔，只要后生仔能吃苦、会珍惜，我们湖里村就永远都会发展。像建智，这些后生仔都培养起来了，我们便可将湖里村建成中国的第一村、世界的第一村。"

"……"

林万寿一直没有发言，他想先听听大家的意见后，再当着张文的面说说自己一些内心的话、赞扬的话。可是等了许久却迟迟不见张文返回会议室，他觉得有些蹊跷，跟大家打了声招呼，便转身走进了张文办公室。

让林万寿意想不到的是，此时的张文神色紧张、目瞪口呆地坐在办公室一动不动。

"怎么了，张文？"看到张文脸上的表情，林万寿断定那通电话不是好消息，它让这位年轻的厂长陷入了困境。

"万寿叔，是这样的……"讲实话，接到市公安局扫黄支队要他去领人的电话，着实让这个年轻的厂长脑子嗡嗡作响。他多少知道这村的情况，也多少知道这林水木家里家外的传闻。可是，自己充其量是一个打工仔，无非是董事长信任自己，才到这个舞台施展拳脚而已。此事处理不好，后果是可以想象的。因此，当林万寿进门之后，张文好像遇见了大救星，一口气把刚才那通电话的内容向他重述了一遍。

"……"这下轮到林万寿为难了。他虽然是七十多岁的人了，大事小事经历无数，每件事都处理得干干净净。可是这件事，却如同老革命遇见了新问题，他也感到束手无策。

"阿叔，现在我们要尽快研究派谁去领他回来？带回来又怎么办？"张文虽然年轻，但毕竟不是一个笨人。古人不是常说，坏事传千里，好事不出门吗？这种事纸是包不住火的。林水木本身就小有名声。说不定林水木人没有回来，他的事已经在外面传遍了。那么屠户阿姆，那火爆性格，加上几十年徒手捕杀无数大肥猪的双手正愁有力无处使的时候，说不定闹个翻天覆地，闹不好可能还真会出人命。那么，这林水木阿叔从今以后还怎么混下去呀？"

张文这后生年纪不大，但考虑问题倒十分周全，他在考虑如何处理好这件事，为林水木这个不中用的东西担心。

"夭寿仔……"听完张文的话，林万寿半天缓不过劲来，许久许久才从那缺牙漏风的嘴巴里挤出一句骂声。

"阿叔，要不我去接他回来吧。"看见林万寿气成那样，张文有些过意不去，"公安局同志正等我们回电话。他们也怕我们为难。他们说，如果我们不方便，

便要通知屠户阿姆去接？"

"什么？叫那母夜叉去接？那这夭寿仔不被废掉才怪！"林万寿气得浑身哆嗦。

"那……"这回张文真是左不是，右不是，上也不是，下也不是。他只能等着林万寿拿定主意。

"张文，我们一起去吧。"林万寿终于无可奈何地作出决定。

"那股东会就先结束？"

"给大家说一声，然后再结束，下午接着开！"林万寿一脸怒气。

"如果这事大家都知道了，那岂不……？"张文担心这消息传到屠户嫂耳朵里去。

"我要下封口令，谁敢胡说八道，我把他的脑袋扭到屁股后面去。"林万寿当湖里村的村长已经几十年了，老头鸡了，嘴巴一张开，满口霸气便冲了出来。

第三十五章

陈永清说，你当顾问

　　林万寿宣布开得正红火的股东会临时休会后，马上跟张文一起到市公安局行政拘留所替林水木交罚款，并且把他领出来。可是他们刚出去没多久，区委书记陈永清，区长刘志辉却带着阿辉一干个人直奔湖里村来了。

　　没有打招呼，没有预先的电话。而陈永清、刘志辉一来，后面什么局长啊、街道书记主任呀，一大串，加上这阿辉又带了几个人，浩浩荡荡从村外蜂拥而入。

　　林万寿不在，张文也不在，却忙坏一个人，也吓坏了一个人。

　　忙坏的这个人是村副支书林建堂，是林建智的远房堂哥哥，村里取名都是按辈份的，他当了几年义务兵、入了党，五年前退伍回村，作为培养对象，组织上准备培养他接替林万寿的班。

　　被吓坏的人则是张小红。今天上午接的市公安局扫黄支队找张文厂长的电话，她便吓得心脏好一阵紧张。后来听到那个林水木被关起来了，更是意料之中。现在她最急的是这林水木出事了，会不会将自己给抖落出来，纵使自己的事不被林水木供出来，也不能保证没有人知道自己跟他的关系呀！

　　"莫非这陈永清书记他们是来处理自己的么……？"此时的张小红真是热锅上的蚂蚁团团转。来到这福德厂真是好呀！一个行政部副经理有职有权，无论林万寿还是厂长张文都很高看自己。每月有四千多块钱的工资收入，又不用三班倒，身边一千多个年轻男女，退一万步讲要挑一个老公也绝对容易。

这是哪里可以再找到的神仙岗位呀！张小红到这里工作一段时间，实实在在感觉到这是一个难得的发展机会。原先残存在脑子里的一些乱七八糟的胡思乱想也被进取之心取代了。

"土地公，保佑我！"张小红听说领导已经从村委会那边过来了，便赶快躲进卫生间双手合十，向土地公作祈祷。迅即又跑出来，赶快张罗工人洗杯子、泡茶，麻利地做好接待领导的准备。

陈永清是来检查安泰公司搬迁准备工作的，同时来看一看福德厂生产和管理情况。他和刘志辉一样，一方面这几年经济特区的发展一日千里，日新月异，招商外资、城市建设……让他马不停蹄。地方官不容易，每周五加二，白加黑，没日没夜。另一方面让他们压力重重，特区建设发展了，原来的农村用地，连同他们的住宅都已经搬迁，搬迁补偿使这些农民个个腰包鼓鼓，不少人的艰苦创业精神都在这几年坐享巨额拆迁补偿款中消磨得所剩无几。老人们忿忿不平，担心坐吃山空，还残存着一些危机意识。而不少年轻人却感到这是自己这一代人的福份，每天无所事事，东逛逛、西溜溜虚度时光。这让区委、区政府感到一种难以言表的压力。

为这事，陈永清和刘志辉曾到几个村进行调研，分类指导，寻求工作的突破口，引导村民们将那巨额补偿款集中起来兴办工厂，按股份投入和分工。但由于兴办企业的管理人才严重不足和村民的认识差异，实在是难以开展。意想不到这个湖里村通过安泰公司的带动，一年多来取得如此可喜的成绩。因此便在没有打招呼的情况下，突然进村来看个究竟，希望寻求总结出一些经验，一些规律性的东西带回去，推而广之。

没打招呼有没有打招呼的好处，可以看到一些原生态的东西。可是没打招呼也没有打招呼的坏处，想找的两个关键人物都不在。一进村，村支书兼主任林万寿不在；一进厂，厂长张文不在。

一打听，个个都神神秘秘，不言不语。

这使具有丰富基层工作经验的陈永清顿生疑窦，凭经验可以断定，这个湖里村一定出了什么让他们认为不宜对外公开的事情。陈永清和刘志辉用目光交换了意见，带着一帮人走进了福德厂，从马达车间到电热管车间转了一圈。

"现在员工大约有一千六百个了。"林建智陪着领导介绍情况："厂里共四幢厂房，工人当中大约四分之一是本村人，另外四分之三是从劳动力市场招手来的。这些工人大部分都是来自西南省份，文化水平都在高中毕业这个标准……"这后生的表达能力原本不错，这几个月被张文带在身边锻炼了一下，现在表达能力在某些程度上已经超过张文。

"本村的工人与外招的工人工资福利有差别吗？"陈永清好像特别关注这个问题。

"一样的，同工同酬，按件计资，多劳多得。"林建智答道。

"本村的工人没有意见吗？"刘志辉听了很感兴趣："厂是你们建的，机器你们买的！"

"桥归桥，路归路，做工领做工的工资，投资从股东利润分工。"林建智对答如流。

"本村的人每天工作八个小时，拿两、三千块工资有没有嫌少不干的？"刘志辉又很感兴趣地问了一个新的问题。

"有啊！我就是。当时我不想干，但又怕被万寿叔收拾。我也曾经想溜，溜不成，便吊儿郎当……"说到这里林建智有点不好意思起来。

"哦！真的！"林建智说："当时上了两个月的班，按计算月工资还不到两千块钱，结果产品送到安泰公司去检测，将近百分之九十是不合格的，这下一肚子无名火往外冒，连两千块一个月的工资都拿不到还不算，还要拆下来重新组装，那么等于三个月白干……"

"那时你便想走？"

"嗯！可是，那一段万寿叔每天带着股东站在工厂门口，眼睛瞪得比牛眼睛还大，谁敢迟到，谁敢逃跑，脖子不被他扭成麻花才怪呢！"林建智一谈到林万寿有一种受到震慑的表情，这让两位领导听后有一种忍俊不禁的感觉。

"哈！哈！哈！"陈永清终于忍不住哈哈大笑起来："你们就那么怕他！"

"对，怕他，这老头特凶。他真不给任何人留面子，甚至当众揪你耳朵，让你下不了台。而且他是长辈，我们又不敢还手。因此，每天虽然上班，那是出工不出力，在车间抽烟，说黄段子，消磨时光……"

"那现在怎么又当起副厂长了？是不是走后门得来的？"陈永清开玩笑地问。

"哈！哈！哈！……"这一问把所有的人都引得大声发笑起来。

"没有啦！"林建智接着说："后来不是派张文来当厂长吗？这小子岁数不大，人很好，眼睛也贼。他一眼看到我是这个村的年轻人的小头目，便死死抓住我，又是认兄弟，又是陪我抽烟……"

"张文会抽烟了？"在一旁的阿辉有些吃惊，他担心这位纯朴的部下到村办厂当厂长会变坏。

"没有啦，他是为了将我带好，将我这帮兄弟带好，在骗着抽，没吞进去，吸一口，吐一口，表面上抽了很多烟，其实都吐掉了。我那是软包装中华，一支四块多钱呢……"

"哈！哈！哈！……"又是一场哄堂大笑。

"那你就投降了？"刘永清幽默了一下。

"对！不，那不是投降，那叫反正，或叫归顺……"林建智话没说完，此时倒自己先笑了起来……

这次陈永清没有笑，刘志辉也没有笑。

随行的人也没有任何人发笑。

他们的交谈在寻思和领悟一种道理或者叫做规律。发展一项事业，一定要选定一个脚踏实地、勤奋努力的领头人；要带好一支队伍，要有一个引领者，要有一种正气，有一种浓烈的富有创新、创业的精神氛围。

脚踏实地、勤奋努力是一种精神，一种坚不可摧的力量；

成功的引领者要善于营造一种足以改变现状的氛围；

这二者的成功结合便是事业走向成功的基础和根本保证。

"好！好！今天我很有收获！"陈永清动情地拍了拍林建智的肩膀。他突然又问道："万寿叔和张文去哪里了？"

"他们去市公安局扫黄支队领林水木了。"正在全神贯注与领导对话的林建智毕竟年轻，一不留神将林万寿千叮咛万嘱咐不能说出去的消息脱口而出。可是话出口了，怎么也收不回来了。他自知失言，连忙改口："不！不！不！我不该说，我说错了！"

"哦，怎么回事？"陈永清和刘志辉对视了一下，觉得这里面一定有问题，今天非要问个清楚不可。于是，他又露出笑脸，叫秘书过来，贴着耳朵交代了一句。

秘书匆匆忙忙出去了，

"那，建智你看看，我们这个厂办得怎么样？"为了缓解林建智的紧张心情，陈永清又问道。

"很好！真的很好，你看现在我们这个厂，除了厂长张文是派来的，中层十来个干部几乎都是本村的青年。前几年，我们这些人都是烂仔，每天东溜西逛，抽烟喝酒，老一辈一看到我们都恨得咬牙切齿。再不办厂，我们肯定废掉了。"林建智很有感触。

"那么，按照你的看法，张文可以调走了？"刘志辉又开了一句玩笑话。

"谁说的？谁敢调走他，我跟他玩命。"林建智气得差一点骂出来。但一想到自己现在是副厂长，站在自己面前的是区委书记、区长，终于忍下来了，"这绝不是我一个人的意见，这是全村人的意见，昨日股东会还决定拨一套房子给他住，叫他把老婆也调过来呢！"

"是吗？"陈永清假装怀疑地问了一句。

"我可以用命来保证！"林建智真是一个讲义气的角色。他回答得非常肯定。即便是这样，他似乎还没有将自己的意思表达清楚，便说："我建议书记、区长，你们批准把张文的户口迁到我们村，让他真正成为我们湖里村的人！"

"哦！给我派任务？"陈永清反问。

"不！这是实情话。我怎敢给书记派任务？这耳朵不被万寿叔割下去下酒才怪呢！"

"好，我一定办好，但户口不是我管理的，你给我一点时间。"陈永清风趣地说。

"哈！哈！哈！"这回大家真的发自内心地大声地哈哈大笑起来了。

"书记……"这会儿，秘书进来给陈永清耳语了几句。

"哦！现在林万寿他们在哪里？"

"他们已经回村了，马上到这里来了！"秘书答道。

"好，建智。我们继续参观，你继续介绍情况。"陈永清说。

"这是半年前新建设投资的电热管车间……"林建智带着陈永清、刘志辉一行人认真介绍道。当陈永清看到这个村办工厂在张文这后生一年多的时间打理下，已经像上市台资企业一样规范，一样具有现代化气息的时候，深有感触，不时地满意点着头。

而此时，林万寿和张文刚把林水木接回家中。

看到林水木低垂着脑袋，一脸沮丧的表情时，林万寿这位饱经风霜、却又一身正气的老人气得浑身哆嗦，他的眼前还跟着自己儿子辈的张文，对林水木这个不争气的侄辈不知说什么样的话才合适。

"阿叔，别急，事情已经发生了，再急也没有用。你先坐下喝口水吧！"张文想找杯水给林万寿，可是这家他第一次进来，摸门都摸不到，只能无奈地坐回原位。

"都到了教子教孙的年纪了，还干这些糗事，让人把牙齿都笑光了，把我们湖里村人的脸都丢光了……"林万寿还想骂一些难听的话，可是思来想去，只能痛苦地摇摇头作罢。

"阿叔……"张文心情也很难受，但是他也没有办法，自己论年纪是下辈，对这种事只能叹气。况且这事现在还刚刚开始，后期发酵会怎么样，谁能预料得到呀！

尤其是屠户阿姆那身高马大且不说，那性格比男人还烈。现在，连区委书记都知道了，下一步怎么走呀！

还有那张小红下一步又会怎么样呀！这人倒机灵，工作也勤快，可最要命的是她是林水木引进来的，而且跟他还有一脚。这件事，下一步如何处理呀！

年轻人急，长辈更急。

林万寿都六十多岁了，最爱面子，可是越爱面子，越在自己身边出这倒霉事。

论辈份，在村里林姓人家当中，林水木是林万寿的侄儿辈；

论工作, 在村里林万寿是村支书兼主任, 林水木是村文书;

在福德文化管理委员会里, 林万寿是理事长, 林水木是秘书长。

……

平时林万寿总是带着他, 几乎形影不离。因为, 原来认为只有他最有文化, 一直栽培他, 想将他培养成自己的接班人。可是, 他每干一件事都让自己不踏实。直到前几年, 林建堂从部队退伍后, 看这小子已经不堪造就, 才培养林建堂为村副主任。

可是, 林万寿跟林水木的关系是全湖里村人都知道的。

现在这个不争气的东西, 干了这种丢脸的事情, 你不要脸, 可我这张老脸往哪放呀! 我可是有头有脸的人啊! 林万寿气呼呼的: "你夭寿仔都五十好几的人了, 黄土都埋到脖子上的人啦, 还搞什么女人? 还赶时髦当什么鸭子? 而且还搞一个跟自己母亲一样年纪的老女人? 还被公安局抓去? 你阿妈死在天马山也一定会伤心地哭得死去活来……"

"你夭寿仔的脸不值钱, 可我林万寿的这张老脸也不值钱吗? "林万寿在心里用最臭的话骂林万寿。但骂归骂, 家丑不可外扬, 村丑同样的不可外扬呀!

前两个钟头, 林万寿下定决心, 决定跟张文一同去公安局扫黄支队将林水木带回来, 匆匆忙忙宣布暂时休会, 告知大家林水木出事的消息, 同时还下达了封口令: "这件事让我们全村, 让我们在座的股东脸都丢光了。但我今天告诉大家一个村就像一片林子, 既然是林子, 那么什么鸟都有。林水木不是一只好鸟, 这可以肯定。但消息就在这会议室里, 走出去便什么都没有了。我们村的屁股不可以脱给别人看。否则, 我断然将他的脑袋扭到屁股后面去。"末了, 林万寿还强调了一句: "大家伙听清楚了吗? "

"知道了! "大家大气不敢喘应道, 一场原本热气腾腾的会, 便这样散了。

说起来这也是该倒霉。

林万寿封口令的余音未尽, 这区委书记、区长便带着自己女婿阿辉一大帮人, 不打招呼, 不请自来, 而且还叫秘书打电话追问林水木的事情, 这是怎么回事呀! 难道封口令失灵了? 还是书记、区长听到风声赶来了?

"阿叔, 我们先走吧! "张文想到书记、区长一帮人还在等着自己, 便提醒林

第三十五章

陈永清说, 你当顾问

万寿:"让水木叔冷静一下也好。"

"走!让他去死!"林万寿气得不行,一甩手带着张文气呼呼地离开林水木家。

"阿叔,你一定要救我!"看见林万寿走出门外,林水木哀求。

可是,林万寿带着张文头也不回地走了。

等到一老一少满头大汗赶到福德厂时,陈永清和刘志辉正准备离开。见到他们赶来,陈永清一脸笑容远远便打招呼:"万寿老哥,你这福德厂可是我们区里村办企业的标兵。什么叫标兵知道吗?那便是一杆旗帜,一种典型。这对我们全区搞好村办企业的引领性很强,我已经叫几个局长认真将经验整理出来,下一步在这里开一个现场会,交流经验,在全区推广。"

"……"林万寿知道这里区委书记怕自己难堪,用手摸了摸自己的满是白发的头,他无言地同书记摆了摆手。

"这是我的真心话。"陈永清看到老人心事重重,又对着张文说:"当然,张文厂长也功不可没,你很有才,湖里村人会记住你,我们也会记住你。你要加把劲,把这福德厂办得更好,更有声色!"

"谢谢书记,我一定会努力,一定不辜负书记、区长的教导。"张文好像一个大姑娘,满脸通红地应道。

"到会议室坐一下吧!书记、区长。"林万寿终于缓过神来,邀请领导。

"好,今天迟一点吃饭,我们还有一个问题没有解决。"陈永清招呼大家,同时告诉秘书:"通知办公室给每一个人准备一份盒饭!"

"不要丢我张老脸好吗?书记!"林万寿转过身交代林建堂:"你去办,搞几桌午饭,每桌四菜一汤,这是陈书记和区长定的规矩。这钱村里解决,哪有客人进村自己掏腰包吃饭的?真是!"

"这……"刘志辉想制止。

"这怎么啦?这是我的地盘!"林万寿话说得很坚定。

"那也是陈书记的地盘呀?"刘志辉忍不住回了一句。

"那是!可是县官不如现管呀!你说,是不是?"林万寿将脸朝着陈永清问。

"好!今天吃万寿哥的饭,四菜一汤,但饭要多准备一些,吃饱一些!"陈永清又开始风趣起来了。

"书记有任务？"坐定，林万寿此时倒像老大哥一样跟陈永清说。

"对！阿辉的安泰新城即将建成搬迁，你这做岳父的准备送什么礼？别小气哟！"陈永清知道这位老党员、老基层干部此时心情一定为林水木的事压力很大，故意用轻松的口气问道。

"这事呀，我已经费了不少脑筋，但想了老半天，还不具体，但总的思路是：经济特区建设跟对台有关，对台呢又跟土地公有关，所以安泰新城建成是不是能够集中厦门的民间风俗热闹一下。比如蜈蚣阁、车鼓弄、拍胸舞、送王船、五祖拳、宋江阵……这些东西是厦门的习俗，也是两岸的习俗，当然这些习俗有季节性，我们不是讲创新吗？那便来一次大聚会。你看……"林万寿虽然平时很霸气，但此时即使他跟陈永清再熟，还是非常谨慎地看着陈永清，想认真听他的意见。

"对！想到一块去了。"陈永清高兴起来。

"那……？"被陈永清这么一说，林万寿心里也很乐。

"我想叫区文化局牵头办这件事，但你得答应我这次活动的组织，你当顾问。"陈永清用期待的目光看着眼前这位长者。

"我，大字不识几个！"林万寿没把握。

"就这么定了，你当顾问。"陈永清这时也有了一些霸气："现在吃午饭！"转过身他叮嘱刘志辉："叫街道和村负责同志稍留片刻。"

"万寿，这林水木情况你简单说一下！"陈永清说。

"是这样的……"林万寿一脸愧意地将情况简要地向区、街二级领导报告了一下。然后，心情沉重地说："我没管好干部，我有责任……"

"这件事不能样说。但林水木是共产党员，一定要按纪律处分，让他在人生当中有深刻记忆。这一点区、街要抓住事件本身举一反三。有钱了要创业，要发展，绝不能胡来。"陈永清有些气愤："这林水木除了这件事之外，外面早已许多传闻。我有责任，没有及时教育，要通过这件事给村的百姓作一次反面教育。万寿、建堂，你们要有所作为。"

"我们知道，我们工作没做好。"建堂也表了态。

第三十五章

陈永清说，你当顾问

327

"万寿,这个工作要细。不要让矛盾激化,尤其是水木的爱人性格较烈,决不能再节外生枝。"区委书记担心:"那女人一旦火起,真会将林水木的鸡巴割下来剁成肉泥的,那就糟了。"便特地作了交代。

第三十六章

台北的阴霾挥不去

对东进一郎突然改变决定，不给自己签定聘用合同，黄海林是未曾预料到的，拿了三万新台币他本想一走便不再回头。但想一想，自己几乎跑断腿，了解到的信息全部给了他，能见到的这仅仅是三万块新台币，实在难咽下这口气。自己十多岁浪迹街头，吃喝嫖赌，坑蒙拐骗哪次吃过亏呀？可是，这次一旦这几万块钱花完了，以后的日子怎么过呀？

"既然如此，唯一的办法只有一条路走到底，到时候再回来找东进一郎领工资了。"黄海林一边走一边在琢磨。人穷志也短，黄海林这几年手头紧，上面都没有吃，下面也饿得慌。尽管那陈维嘉也是半老徐娘，长得也难看，总算一个女人，不妨请她吃一顿饭，一个小火锅花不了两千块钱，也好近一下女色。

打定主意，黄海林便立即给陈维嘉打了一个电话，约她到王老五火锅店吃火锅。并告诉她："我正有一件猛料要爆，那一定会在台北，不！在全台引起十级大地震的，你一定要来哟！"

对黄海林的请客，陈维嘉并无多大兴趣。当记者的做得再苦，被请吃饭的机会却是多多。可是当她听到要爆猛料，却陡然兴奋起来，而且这一段台北正处阴霾天气，天天雾气沉沉，挥都挥不去，人也感到非常怠倦，吃一吃火锅，尤其

329

是辣火锅，多少可以驱赶一下身上的湿气，于是便欣然答应。

这王老五火锅店，据说是当年四川老兵退到台湾后生活无着时，为了度过艰辛的日子，而创办的一间川味火锅店。几十年下来倒是红红火火，喜欢辣的食客趋之若鹜。

"怎么样，黄总！连你这当老板的也要爆料，而且还爆猛料？"一脚刚踏进门，陈维嘉便开玩笑地问道。现在这社会都这样，包括在大陆，见到谁，为了讨对方高兴，见面便被称呼为老板。甚至白天在公厕里搞清洁的，晚上一出门换上稍稍光鲜的衣服，也被人老板长，老板短地叫着；而在文化界那更是见面称老师，不信？一个家庭小保姆走出门外，人家也会貌似谦逊地称你为老师！

按照陈维嘉多年记者生涯的逻辑推理，这黄海林二十年前便是日本商会驻台北商业总会的营销专员。现在不是总裁，也绝对是副总裁之类的人物吧！因此，她才有兴趣去赴宴，来吃这顿饭。

"别，维嘉我真给你爆一个猛料。为了便于说话，我才选这么偏僻的地方。"黄海林是一个很容易顺杆爬的人物，刚才被陈维嘉称呼为老板，他真像用总裁的口吻向陈维嘉说。

"哦，好！好！你快说，我们一边吃，一边说。"一个都市报的记者，她对信息需求特别敏感，赶快从包包里将非常精致的笔记本电脑拿了出来。

"是这样的……"黄海林看见陈维嘉把电脑开启，便滔滔不绝地把自己了解到的阿辉如何在大陆厦门建设安泰工业城，又如何因为股东之一张云峰去逝资金链断裂，又如何为接续资金链将台湾安泰在美国上市大约市值十亿新台币的股票，进行股权转让的情况啰啰嗦嗦一口气讲了一个多小时。

黄海林说得很兴奋、很投入，可是陈维嘉却听到有些烦。但出于礼貌仍耐着性子听着。要用餐时，却发现那小火锅都已经快烧干了，那炉里的瓦斯火苗也变得黄橙橙的。于是，黄海林按了按呼叫铃。

"先生，需要什么服务？"服务生服务态度相当好，随即进门问了一声。

"加锅底，换瓦斯！"黄海林用大老板一样的口气使唤着服务生。

"好！马上！"服务员出门了。

"他这样做要坐牢的，要课以重罚的！"黄海林用稳操胜券的样子说："这些情况足够登上四个版面了吧？"

"几个版没有问题，文章靠我们记者写，你说的是真的吗？黄总！"这陈维嘉可是一名老记者，对这种因为生意场中相互挖墙脚、泼污水，相互诋毁的事情见过无数。《台北都市报》编辑出版方向着重的是都市类的消息，至于商人之间的纠葛则参与甚少。因为这世界绝不是某一个人可以主宰的，报社的记者和编辑们都十分清楚，今天你敢爆料，明天对方绝对不会轻易束手就擒。尤其是这个叫阿辉的台南商人，在台湾人眼中，口碑、形象都不错。自己很早便认识过他，并多次报道过他坚韧不拔、艰苦创业的情况，在自己的心目中，他是台湾商人的菁英，是一个佼佼者。

那是安泰公司刚成立时，他面对全台小家电制造业被东进一郎垄断的局面，组织成立同业公会。记得当时自己在作了大幅报道之后，末尾还加了一段至今还难以忘怀的文字："阿辉那不太魁梧的身上有着一种让人仰慕的民族精神、民族气节，以及延绵千年，让国人推崇的坚韧不拔的民族风格。我们不难相信，在台湾，在中华民族的每一个地方，只要有阿辉们，就不愁民族不能够复兴……"

而在黄海林的爆料当中，阿辉的形象却被扯得歪歪扭扭，这让陈维嘉多少有些怀疑。她以记者特有的观察力和判断力，怀疑这黄海林提供的情况是否真实！

"维嘉，你的意见怎么样？从哪个角度，才更能击中其要害？"看到陈维嘉听了自己似乎充满正义的的叙述之后，竟然面色平静毫不动容，黄海林有些坐不住了，着急地追问。

"你现在是？"陈维嘉到现在还不知道这黄海林目前的真实身份。

"我、我、我……"满怀期待的黄海林不知道她为什么突然问自己的身份问题，显得有些慌乱。"这爆料与身份有关系吗？"

"当然，保持媒体在公众心目中的形象，客观、公正地报道事实真相，是我们的职业道德要求。"看到眼前黄海林一阵慌乱，陈维嘉心中不禁浮现出一个又一个问号。她后悔自己没问清情况便赴约，尤其是早上将自己的电话号码轻易给了他。

"维嘉，这里爆的所有料都是真实的，你不信？"黄海林的口吻变得有些

乞求。

"不！我必须对每一件事的真实性有一个印证过程。"这陈维嘉毕竟是一个老记者，多年的工作经历，培养了她良好的职业道德。当然，她更知道这件事的利害关系，弄得不好会害了一个企业家，而且一旦打起官司来，自己的报社，连同自己都将会卷进去，甚至很难全身而退。

这个阿辉绝对不是一个浪迹于大街小巷的二混混，在全台，乃至海峡两岸都是一个有头有脸的知名企业家，如果报道失实，后果是可想而知的。凭着多年养成的职业习惯，陈维嘉暗暗警告自己，眼前这个十几年前认识的黄海林不论他现在是什么身份，但今晚一席交谈，他所爆料的字里行间隐隐约约有一种邪恶之气，自己必须慎重！

"哪……"黄海林看到眼前的陈维嘉与自己原先的想入非非有着太大的差距，难免一阵失望，甚至是一种打击。

白请吃了一顿饭，白浪费了两千块钱，黄海林心里暗暗叫苦。

早上信誓旦旦向东进一郎说的话，现在早已被这寒风刮得荡然无存。

下个月还能回去领三万元吗？下一步还能让东进践诺让自己成为东林公司的员工吗？这一点，现在连黄海林自己都已经没了信心和勇气。

"黄海林先生，谢谢你的邀请，今天晚上的单我买了。"看到这黄海林被自己一连串几个提问问得吞吞吐吐，陈维嘉决定赶快离开这里，省得浪费时间。陈维嘉叫了服务员，爽快地买了单，包括黄海林那一份。

黄海林竟没有客气一声，而且也没有拒绝一下。

再说，东进一郎对黄海林的利用价值已经大概作了评估，那天只是用了一种策略套出他了解的信息而已。当黄海林领了三万块新台币时，东进一郎断定这是黄海林此生从自己身上捞取的最后一笔钱了。

旋即他布置了手下，又花了几万元向另一家叫《开心果》的小报爆了料，还叫人写了一封匿名举报信直接给台湾经济部，将黄海林提供的情况一一整理作了举报。

这一夜，东进一郎过得非常忘我，直到东方露出鱼肚白，早醒的人们已经开始了新一天的生活，他才打着一连串哈欠准备睡觉。

还是浓浓阴霾的天气，还是让人精神萎靡的早晨。

已经归巢歇息一夜并养足了精神的小鸟们睁开眼睛，发现自己经过一夜歇息，那又酸又痛的翅膀又恢复活力的时候，天已经朦胧亮了起来……

东进一郎感到很满足、很自信。

"我该美美地睡一天了，等到我一觉醒来，这整个台北，不！整个台湾，将会有一种让我满心欣喜的局面在等候着我。"东进一郎带着满足的心情睡着了。

这一段时间，台湾安泰公司的总经理李作良和副总经理黄文斌、荣生也与往常一样，忙得不可开交。原因大概有二，一是两岸的安泰发展得很快，按照阿辉董事长的要求，为了尽快实现产品的升级换代，新产品的设计和研发，压力很大；二是对岸的安泰工业城即将开业，很多工作都要照应。

"文斌、荣生，你们分别跟对岸联系一下，新厂搬迁从设备、技术及其他方面，还有那些工作需要我们这边支持的。"李作良边吃着午饭，边交代身边的两位助手。

"没问题，只要那边需要，我会全力以赴，包括我自己。"黄文斌脸上充满着欣喜之色："听说那安泰工业城占地九平方公里，那是一个多大的新城呀！我还真希望有机会过去看一下。"

"阿辉不是说过吗，我们几个都要过去的。到时少不了你！"荣生有点胸有成竹的样子。

"这一段真难为董事长了，那边的事可是千头万绪啊！"李作良自言自语地说着。

"那厦门真是漂亮，鼓浪屿、胡里山炮台、南普陀、鳌园、环岛路，集历史景观和人文景观于一体，作为旅游景点不可多得，作为居住城市不可多得，作为投资环境同样不可多得。只是每次去总是那样匆匆忙忙难以细细品味，每次回来总带着许多遗憾……"荣生是一个享乐型的年轻人，讲到厦门脸上总带着一些不满足。是啊！这兄弟曾几次要求阿辉将他调到厦门安泰去工作，但每次都被阿辉批评一顿。去没去成，反被说了一顿。因此一想到厦门，心里便有些不爽。他多

么希望在安泰工业城开业典礼时到厦门，能够有更长的时间逗留，来弥补这些遗憾呀！

"特别是厦门还有许多美食，那才是真正的爽。什么土笋冻、土龙汤，集美那边的贵友老鸭面，那才叫绝！"黄文斌回忆几次厦门之行浮想联翩。

"你们只懂玩，只懂吃，厦门还有很多文化的东西你们却没有见识。那年我去正好中秋节，厦门满城博饼的骰子声，那才叫人身心愉悦，喜形于色……"李作良从另外一个角度谈了自己的想法。

三个人边吃边谈，越谈越兴奋。

这时餐厅的门猛然被推开，助理手拿一叠《开心果》小报慌慌张张闯了进来。一边进门，一边喊着："李总，李总，你看这《开心果》……"

"怎么啦？《开心果》怎么啦？"李作良知道这《开心果》不是一张好报，它之所以能得以生存，是常登一些花边新闻之类的东西，因此拥有一些读者。

"《开心果》登我们安泰公司的事情啦！"助理是一个年轻人，他把那张报纸放在餐桌上，指着头版头条一行标题《安泰公司违法转让股权，旨在洗钱逃避政府监管》，通栏标题的字又大又黑，非常醒目，一映入眼帘便让人心灵和视觉都受到一种冲击。

"这是怎么回事啊？"李作良懵了，他将手中的筷子往餐桌上一扔，黄文斌、荣生也站起身，站在他身后细细阅读起来。

"经营严重不善，造成巨额亏损；违法进行股权转让，旨在抽逃资金；意在转资大陆，挑战政府权威；……"李作良的眼睛有些老花，只能看见几行小标题，他迫不及待一边看一边念着，而每念一句，便感到犹如一颗炮弹在轰炸着安泰公司，想炸毁安泰二十多年来用汗水筑起的企业根基。

年过六十的企业家李作良被这篇报道震得有些傻，他放下手中的饭碗久久缓不过神来。他知道台湾安泰股票在美国上市以来，在市场上一直处于非常优质的状态，这一报道的发布，将会造成投资信心极大挫伤，造成这支股票跳水，甚至崩盘。而且，弄得不好，让当局管理机关一旦查实，后果堪忧呀！

"这是哪个狗娘养的干的！"荣生一看情况不妙，怒不可遏地大骂道，"找出这狗娘养的，非扒他的皮，抽他的筋不可！"

"干姥姥,谁在安泰公司背后放黑枪?"黄文斌也感到迷惑不解。安泰公司无论是董事长阿辉,还是各个总经理、副总经理,为人处事都是非常谦逊、严谨,安泰公司除了以前跟日本商会台湾联合总会有过商场较量之外,可以说都是朋友呀!而且都是好朋友呀!

更重要的是,这股权转让实际上是将台湾安泰的优质股权抵押给兄弟企业借款而已,那是为应付厦门安泰工业城资金链断裂的权宜之计。过一段,等安泰缓了一口气还要赎回来的呀!这是跟几个非常重要的朋友私下交易的,这些人都是阿辉的挚友,是台湾有地位、有品位、讲义气的商界人士,不可能一边交易,一边在外放冷枪的。

"那么,这又会是哪个狗东西干的呀?"李作良冷静地反复思索,这个始作俑者会是谁,下一步该怎么办?该采取哪些应对之策?

李作良尽管身在商场,但却深知媒体的巨大力量。当今世界是一个信息的时代,别看《开心果》是一家非常不起眼的下三烂报纸,也许下午、明天,甚至后天,广播、电视、报纸和网络将迅速转载这一消息。那么,将在海峡两岸掀起巨大的波浪,这波浪将比东海岸那浪涛掀得更高,对冲击力更大。这对于两岸的安泰造成的伤害将是不言而喻的。

"荣生!"李作良被这突如其来的浪头打得头脑一阵晕眩,眼睛发黑,但只在一刹那便迅速清醒过来。他第一个反应便是,要迅速、全面、准确地将这一情况报告阿辉董事长。他是掌舵人,必须第一时间掌握这一信息,迅速采取危机应对之策。

"我在!"荣生一脸严峻地应道。

"马上拨通阿辉电话,我必须马上将情况向他报告。另外,你迅速将这张报纸传真给他。"李作良交代完了,似乎还不放心,又加上一句:"快!马上!"

"好!"荣生应道,他丢下刚吃了几口的便当,转身离去。

"文斌,你现在开始交代一些助手将报刊亭的报纸不论大小各买几份,认真研读。此外,对广播、电视、网络各派一些人员盯着,一有新情况随时报告!"

"好!"黄文斌也随即冲出餐厅组织人力去了。

"助理,你在家中坐镇,寸步不离电话机。现在先帮助联系陈茂祥、杨金威

第三十六章

台北的阴霾挥不去

二位长辈，我马上赶过去向他们请教……"李作良安排完两位副手和助理之后，叫上驾驶员："走，到县城去。"

倾刻，那轿车向着台南县城的茂祥大厦飞驰而去。

再说，此时身在大陆的阿辉正在安泰工业城召开现场办公会，安泰公司中层以上干部，包括湖里村办工厂的厂长张文也一同参加。

从当年台南乡下几十个人的铁皮屋，发展到员工达三万人的这安泰工业城，这是安泰公司发展的一个新起点，更是安泰公司发展的里程碑，是朝着建设具有中华民族特色的小家电王国发展目标更近的一次冲刺。这一段阿辉尽管没日没夜奔波，整个人变得又黑又瘦，但仍然精神抖擞，意气风发。

"刘明，你向大家介绍一下工程进展情况！"一帮人一边走，一边看，进入安泰工业城第一车间时，阿辉将筹建办主任刘明叫到自己的身边。

"安泰工业城建设，按照董事长的要求和建设规划，分为五大部分。路的南边，也就是我们大家所站的位置，是生产区；东边，就是这中央大街的那边是生活区。生产区到生活区总共有六条下穿式过道供员工上下班使用。"刘明看看大家的脸上充满着喜悦，用兴奋的声音接着说："我们这个西区占地大约六平方公里，主要建筑分四个部分，或者说四个生产区组团。"刘明说得满身大汗，但又担心大家听不明白，便转过身问阿辉："董事长，我这样介绍行吗？"

"行，很好！"阿辉此时的心情很激动，整个半年的打拼和追求，眼前这一切多么令人鼓舞，多么令人振奋啊！

"我们站在的身边三栋厂房，连同那三百米高的巨大烟窗，是第一组团。我们称为第一车间或第一厂。这个组团负责熔铝。为有效降低企业成本，我们生产所需的铝锭，下一步将直接从世界各地引进废旧铝制品在这里再生、熔化、提纯，然后提供给后续车间使用。这个组团的目标是在一年后，达到熔铝量世界单厂第一！"

"叭、叭、叭、叭！"刘明的话刚落，与会的人员激动地鼓起热烈的掌声。

大家乘坐的大巴又前进了一段，然后下车。

"这是我们工业城的第二组团，也叫电热管产品组团。主要生产电热管类的小家电，包括电烫斗、煎烤器等小家电类产品，工人定员定岗约为一万五千人。其目标定位两年内达到电烫斗、煎烤类产品单厂世界第一。"

又是一阵热烈的掌声。

大巴又按计划走了一段路，刘明引导大家下车。

"我们所在的位置是工业城第三组团，也就是马达类产品生产区。主要生产马达类产品，如电吹风、榨汁机等马达类产品。工人定员定岗一万五千人左右。其目标定位在一年半时间里，达到电吹风、咖啡机、榨汁机类产品达到世界单厂第一。"

三个厂，单厂年产量都定位于世界单厂第一，着实让在现场的人感到振奋，感到激励。

"不得了，不得了，真让我们大开眼界。"众人议论纷纷，这么一个大手笔，这么巨大的建设和生产基地，又将目标放在了世界第一，令在场的人思绪起伏。

"各位同仁，剩下的这一片建筑，前半部三栋厂房为产品研发区，后面更大的那一片为物流功能区。这里，将我们安泰的产品跟世界的市场紧紧相连。当然，也是将我们在座每一个人的心与世界紧紧相连。"

"刘主任，那对面的员工生活区怎么样啊？"安泰公司都是新员工，工厂的发展与自己的命运息息相关。他们对整厂搬迁到这里非常关心，对生活区的配套建设十分关切。还未等刘明介绍完，人群中已有人迫不及待地提问。

"对面的生活配套区有公寓楼、文化娱乐中心、商场、电影院、员工健身中心、幼儿园和小学，占地将近三平方公里。公寓楼的房型有四房二厅二卫，建筑面积180㎡，供公司高管和高级技术人员居住，共200套；三房二厅二卫，建筑面积150㎡，供中层管理人员和相对应的技术人员居；剩下的便是二房二厅一卫和二房一厅一卫，分别为105㎡和100㎡，供车间生产骨干和相应人员居住。另外，还有一大批一房一厅一卫的留给资深员工……"

"有产权，可以卖的吗？"不知谁问了一声。

"没有！这是区委、政府报上级批准后，从生产用地特殊政策给予企业配套的用地，用建设成本价供本厂职工使用，如果经济有困难的、买不起的房的则可以采取租赁的办法。"

"那什么叫成本价呀？"

第三十六章　台北的阴霾挥不去

"就是土地价加建设成本价，根据目前我们初步测算，每平方米大约一千元，现在市场上的商品房大约四千块一平方米，差不多四分之一的价格……"刘明介绍很认真、很详细，阿辉、朱云生、张云山和孙玉胜在一旁不时地点头。

"阿辉，这刘明可是一个可用、可塑之才呀！"朱云生向阿辉耳语了一阵。

"是啊！原来没有发现，当了筹建办副主任我才惊奇起来，看来若莹对发现和启用人才的眼光都比我们精准。"阿辉为娶了这么个好妻子而高兴，同样为发现孙玉胜之后，又发现刘明这个人才而高兴。

"还有那张文也是一把好手，福德厂那些乌合之众竟然给他搞得风生水起，不简单。"看见朱云生跟阿辉在讨论人才，张云山也插了进来。

"对！差一点忘了，这张文是一个人才，还有那小于、小陈实在也是后起之秀……"阿辉心里涌现着自豪和满足："我们安泰能发展到今天，除了研发了大批新产品外，还培养了一批人才，没有这些人才，只靠我们是不行的。"

"对！对！对！这是我原先没有想到的！"张云山说。

"应该想到，大陆地大物博，中华民族历经几千年繁衍生息，源远流长，人才济济。现在世界上哪个国家，哪个研究机构里没有我们中国人呀！"阿辉告诉兄弟们："我们的眼光还不够长远，只要再留心，很多人才将会破土而出。"

"那一定是这道理。"朱云生说："若莹今天怎么没有来呀？"

"别说了，小辉那小子坏得不成，尽捣蛋，一刻也消停不下来，带出来还不闹翻天？留在家他恩公、阿嬷受不了，再加上若莹昨天才随我来过。"提到儿子，阿辉到底是骂还是夸，谁都弄不清。中年得子，尽管不像年轻爸爸那样喜形于色天天留在脸上，可是一有机会夸起来却像决堤的水滔滔不绝。

"董事长！董事长……"公司的管理团队随着刘明的声音走了。正当阿辉几个在热议的时候，董事长秘书小陈手里拿着一张什么东西边叫边飞一样地跑来。

"小陈来了，看样子像有急事！"朱云生说。

"应该是，这小陈处事历来稳重，没急事绝不会这样火烧火燎的。"阿辉心里一惊，"莫非……"

"董事长，这是台湾荣生副总经理传真过来的，他叫我火速送给你……"小陈将那份剪贴并传真过来的《开心果》报纸递给了阿辉。

"来得真快呀！"阿辉似乎心里早有准备，似乎一切都在意料当中，他只看了一下标题，便交给身边的朱云生："你们立即看一看，但要冷静，切忌张扬，今晚我们，"阿辉看了看朱云生、张云山、孙玉胜："叫上若莹，好好研究一下应对之策。"

第三十六章

台北的阴霾挥不去

第三十七章

拜托客观报道这里的一切

　　事态的发展远远超出了阿辉原先的预想，其严重性超出了一百倍，甚至更多、更多。

　　阿辉的创业、吃苦和打拼精神曾被台湾岛及至世界引以为傲，安泰公司的发展轨迹一直在新闻媒体关注的视野之中，并引起无数人羡慕。现在，《开心果》一篇报道出来之后，便大报抄小报，迅速在社会各个角落弥漫、传播开来。其速度之快，其影响力之大，着实让人吃惊，着实让人防不及防。

　　所以，无论是企业家、慈善家、文学家，还有各阶层的官员，都口口声声要善待媒体，时时处处告诉部下，切忌小看媒体可能产生的巨大力量。否则，一准吃亏，而且一准吃大亏。

　　就在《开心果》报道了台湾安泰公司进行违法股权转让，企图转移资本消息之后的第二天，台湾全岛的大小媒体，无论是大报小报，也无论是广播电视，或是一些阿狗阿猫式的网站，都争先恐后地转载了这则消息。

　　《安泰公司大陆投资惨败》；

　　《为挽颓势，抽逃资金补洞》；

　　《台湾安泰公司将遭破产清算》；

《董事长阿辉涉嫌违法已被司法拘捕》；

……

那些捕风捉影，主观臆断的所谓新闻，由一些无良记者和编辑们坐在办公室开始胡编乱造起来。他们唯恐天下不乱，添油加醋，仿佛他们的良心、良知和道德一夜之间全部沦丧，为了自己的小报小刊能多零售几份，为了自己的网站点击率得到提升，绞尽脑汁编造了无数的大小新闻，并进行了疯狂的传播。

幸好几家知名的电视台、广播电台和大报还在分析，还在观察，他们或打电话进行询问，或派出记者到公司来进行了解。

那几天，台湾安泰公司的所有电话几乎都被打爆了。

根据阿辉的要求，台湾安泰公司举行了一场新闻发布会，正面介绍了厦门安泰发展的状况和正在建设的安泰工业城现状，稳住了这些大的媒体的正确导向。然而，手持台湾安泰股票的众多股民却出现了心里恐慌，他们当中，有一部分是前一段股市强劲时进仓的持有者，为了最大限度地规避投资风险，不假思索，便在《开心果》报道之后，慌忙地将自己手中的持股抛了出去。

当天，台湾安泰的股票跌停，市值缩水两个多亿新台币。

刚刚从安泰接过十亿股票的几个老板也惊吓出了一身冷汗，但他们毕竟知道台湾安泰的实际情况，毕竟是阿辉的挚友。他们都显得比较冷静，比较理性。

为了迅速抢占事态的话言权，当晚阿辉召集在厦门管理团队和台湾的股东进行了一次视频董事会，研拟危机应急议案，并由林若莹亲自布置，要求公司同仁同心同德，共度难关，从五个方面开展工作：

一、由董事长阿辉对《开心果》的报道作一个答记者问。从厦门向各媒体发出书面的音像资料，抢占话语权；

二、由董事长阿辉向岛内各大媒体发出邀请，包括平面的、电子的和网络的媒体，只要愿意到厦门采访，并作真实客观报道的，由李作良总经理带队到厦门作一次集体采访，将安泰公司的一切如实、客观、公正地公诸于大众；

三、请求区委、政府帮忙邀请大陆各地和厦门本地的记者对厦门安泰公司的现状进行全面的报道。

四、建立新闻发言人制度，遇重大事件，第一时间由林若莹代表公司进行新闻发布。

五、由孙玉胜副总经理负责，小于和小陈配合，24小时开动两岸媒体官方网站，及时全面掌握动态，了解事态发展信息，采取应对措施。

工作布置下去了，阿辉看到自己的这个团队已经好几天没有睡好觉了，觉得非常内疚，他通知行政部准备绿豆汤、点心等后勤保障供应工作，确保大家有充沛的精力和体力加以应对。因为从《开心果》公布消息的第一天开始，大家几乎都吃住在公司办公室，每个人都处在应急的状态之中，每根神经都绷得紧紧的。

"董事长，这几天台湾安泰的股票交易状况不佳，由于股民心理紧张造成市场恐慌，一部分股民抛出股票，交易中心的交易一连几天跌停板，股票市值已经缩水近三十亿新台币……"。阿辉在办公室不时地吸着雪茄，眼睛布满着血丝，正想端起水喝一口铁观音提一提神，小陈走进办公室，将近日股市交易的情况向他汇报。

"知道了，继续观察！"阿辉此时倒很冷静，事态发展到今天是意料之中，因为当时跟陈茂祥和杨金威二位长辈商量时，已经作了最坏的打算，也曾经预料到这一点，他回过神问道："若莹在哪里？"

"正在她办公室和市、区两级宣传部和台办的领导研究明天两岸记者集中采访和接待的事情。"陈秘书说。

"哦！市区两级宣传部的领导都来了？"

"是的！是市委书记和陈永清书记通知他们来的！"小陈认真地回答。

"把他们都惊动了，真是于心不安呀！"阿辉心情沉重地自语道。

"哦，忘记告诉你了，陈永清书记和刘志辉区长马上要过来！"

"谁？"阿辉有些吃惊，"霍"的一声站了起来。

"陈永清书记，刘志辉区长！"

"这么晚了，还……"阿辉看了看手表，已经晚上零点了。

"正好这几天中央、省两级领导到厦门视察，他们刚开完会，马上过来。"陈秘书话语间也非常激动，这后生这几天也没睡，两个眼珠红得像两团火。

"好！那通知所有的公司领导到会议室。不！直接到公司门口迎候领导的到来!"阿辉用命令的口吻说。

"我……"小陈刚想回答,转过身却发现陈永清和刘志辉已经来到办公室门口。

"别接了,阿辉先生,我们已经到了,怎么样?还能顶得住么?"陈永清一边往办公室里走,一边轻松地笑了笑。

"书记,区长,真是难为你们了!这么忙……"阿辉还想说什么,但似乎哽咽了。一个当地政府的长官,这些事却如此上心,都已是过了零时还连夜赶来,能让人不为之动容么?

"事到如今,万万不能急。阿辉兄!"陈永清与阿辉不重不轻地握了握手:"我还带了一些干部等在门口,今晚一起商量一下。"

"另外,台商协会的常务理事以上的人员也都到了。"刘志辉补充说。

"走,到贵宾接待室去!"阿辉的心一阵一阵地起伏着,他平时少言寡语,本身就是一个不善于表达的人。现在,看到这个时候,这么多的政府官员为安泰公司的事如此关怀,他感动得不知如何表达。

"怎么样?压力很大吧!"坐定,陈永清看着满脸倦容的阿辉问道。

"有一点!"阿辉努力装作一副轻松的样子,但他内心所承受的沉重压力已经看得一目了然。

"说说看!"陈永清还是一脸轻松的笑意。

"现在,一是小报披露那则消息之后,不明真相的股民真以为我们的厦门安泰经营不善,从台北抽逃资金补窟窿,疯狂抛销股票。这几天股市每天跌停板,市值已缩水三十多亿新台币。而且……"说到这里,阿辉已经难掩痛苦的脸色。

陈永清理解的点了点头。

"二是这样下去,可能还会引起台湾管理部门的注意,如果一查下去,难免承担法律之责……"

"现在准备采取哪些措施?"刘志辉也有一些着急,是啊!误会和不了解,可以采取一些措施挽回。股市这东西,只要引导得好,待股民了解真相之后,将会迅速回暖。可是两岸之间官方没有沟通,厦门对此既没有调控能力,也缺乏施

展协调沟通手段。

"准备组织两岸记者对厦门安泰及安泰工业城进行集中采访报道,引导舆论。"阿辉说:"这件事由林若莹在亲自组织,第一批台湾记者明日中午将由李作良总经理带领到达厦门,大陆记者刚才市、区两级宣传部、台办也已经在组织协调……"

"这个我已知道,他们便是我跟志辉区长协调后派来的!"陈永清轻轻地叹了一口气:"关键是台湾记者你们把握得住吗?"

"这一点应该没问题,这些记者都由陈茂祥和杨金威二位长辈跟他们老板打招呼挑选的,应该是比较正直,再加上由李作良总经理带队。"

"这李先生不是来过大陆吗?"

"对,台湾安泰的总经理,这人本身也很有才,处事很稳健。"阿辉十分冷静。

"要我们帮什么忙尽管说!只要我们能做的,办得到的,都请放心!"陈永清用坚定的目光看着阿辉。

"没有了,关键是这搬迁工作……"阿辉说到这里倒有一些担心。

"这些事你别管了!由刘明跟我们联系,我们这里由台商投资服务中心总协调,一定能办得红红火火的。"陈永清有把握地说。

"那我便放心了!"阿辉站了起来:"天快亮了,领导请回吧!患难见真情,我真由衷地感激各位长官……"

"好!有事随时告诉我们,我们会竭尽全力,大事小事系于一身。阿辉!这一段伤身劳神,要注意身体!"陈永清看了一下阿辉,与他握了握手走出安泰公司。

陈永清、刘志辉带着一帮助手走了。

热闹的安泰公司办公楼瞬间安静了下来。

这是一个厦门称之为桑拿天的梅雨季节,又闷又潮湿的天气,让原本压力重重的阿辉有一种喘不过气来的感觉。平时开一下空调他都不习惯,此时浑身湿热,那种想冒汗,可是汗却又被关闭的毛孔堵得死死的流不出来,令人坐立不安,他焦躁地在办公室来回踱着步子。

"怎么不开空调,难受成这样!"阿辉正在焦虑不安当中,林若莹安排完记者接待任务便走过来看望丈夫。她知道，此时此刻压力最大的人肯定是这个憨仔，大事小情系于一身，他一定很难受。

男人也是人，男人在难受、最困难时，也是最需要女人的时候。尽管小辉这小子离不开自己，刚刚阿爸打电话来，说他还在咿咿呀呀闹着找母亲，希望自己早点回去。但是林若莹觉得自己尽管心里疼儿子，可是她明白，此时此刻自己最需要在老公身边。

"这样不好吗？我想把这浑身的臭汗憋出来，比吹空调来得更轻松。"阿辉心痛自己的妻子，嫁给自己福没享到，却跟着自己熬更过夜，提心吊胆。他的话一语双关，他真想大喊一声，将这身上的满身臭汗憋出来。

"你呀！都四十岁的人了，凡事别那么着急，已经快天亮了，回家睡一会儿吧！明天还有很多的事情在等着你！"林若莹说到这里，心里一阵酸溜溜的。

"我今晚就睡在办公室吧，他们几个说不定会随时找我。"阿辉指的是朱云生、张云山、孙玉胜他们，这几个助手各把一道关，估计也不敢合眼。

"那……"林若莹还想说什么，但她知道丈夫的性格，说了也白说。

"你回去吧！小辉那小子肯定还在闹……"阿辉深情地看了一下妻子，把她抱在怀里，并浪漫地亲了一下。

"你肝火已经很旺，要强迫自己休息一下……"当阿辉的嘴巴亲自己时，林若莹感到老公有一阵浓烈的口臭，她心疼而又娇嗔地轻轻打了一下阿辉。

"是吗？"阿辉傻笑了一下。

万般无奈，林若莹只好自个儿离开办公室回家，当她离开办公室时还非常依恋地朝丈夫看了一眼，感到眼下阿辉压力重重，作为妻子真应该陪伴他左右。可是，没有办法，那边还有一个嗷嗷叫的儿子，虽然快一周岁了，由于一直由自己带着，到了这个时候哪有不找妈的呀！

一个身不能分开两边用，自己只有回去带那小子，这样兴许可以多少减缓丈夫的些许压力。

这边阿辉和同事们在熬夜应对事态的发展，海峡彼岸的李作良、黄文斌和荣生也几天没有合过眼，他们在公司度过了一个又一个不眠之夜。

由于台湾安泰公司在台湾也罢，在群众的视野当中也罢，都是一个凝聚民族精神的品牌。其二十年所走过的路程中，也凝聚了众多媒体的付出。再加上陈茂祥、杨金威的影响力，凡是大的媒体几乎都一网打尽，争相报名到大陆采访厦门安泰电子公司。

"文斌、荣生，你们休息去吧！天快亮了，我走这几天，你们要多一些担当！"总经理李作良熬了几个通宵，那嗓子非常沙哑，他有些不放心地交代了身边的两个助手。

"你睡吧，天亮后你还得去大陆。"两个助手体贴这位年过六十的大哥，这位尽忠尽责的兄长。

"你们去睡，我等会儿在飞机上还可以打个盹，你们……"

"你去睡，我们毕竟比你年轻许多。"荣生眼睛看去，这李作良原本就长得非常单薄，这几天通宵达旦，脸色苍白，走起路来摇摇晃晃的，好像一阵海风都可以将他吹到十万八千里之外似的，心里感到一阵难受。

"好吧，反正已经五点钟了，既然大家不睡，那么荣生你泡杯浓茶给大家提一提神吧！"李作良争不过他们两个，干脆一不做，二不休，泡一壶好茶，大家倒不如把未来几天的工作交换一下。要不，一个多钟头之后将各奔东西了。

苦难，对人的一生是一种磨练；

苦难，对成就事业来说也是一种凝聚力；

苦难，对于一个企业来说是一种优胜劣汰。

但是，只要无愧于社会，必将是促进发展的一种巨大的助推。

此时此刻，台湾安泰公司三位高管坐在一起，尽管疲惫阵阵袭来，尽管他们知道要应对这一场危机必然会有艰辛的付出，但是却表现出一种淡定，一种自信，一种精诚的团结。因为他们相信，这场危机一定会很快过去。

"叮铃铃，叮铃铃……"突然，荣生的手机骤然响了起来。

"谁这么早就打电话？"电话铃声把三个人吓了一跳，荣生也觉得奇怪。

"阿舅，我是小俊！"电话里传来小俊的声音。这小子，自从上次与阿辉一起见面，便没了消息，估计他也是看到了那则报道后也没有睡好。

"小俊，怎么啦？"荣生问道。

"那报纸的消息你看了么?"

"看了!你也看到了?"荣生反问一句。

"我,我,我……"小俊说得吞吞吐吐:"我想过来给你帮忙。"

终于,盼了那么久,这小子说出了这句话。

"……"荣生愣住了,他拿着手机看看二位兄长,却不知怎么回答。

"叫他来,让他经历一下,一定会增长见识,更珍惜人生的一切。"李作良知道,阿辉和荣生这几年都为这小子伤透了脑筋。现在这小子在公司困难的时候要求来公司,无疑是一个绝好的机会。

"好!好!好!阿舅等你……"荣生动情地点着头说。他转过来对李作良说:"这是一个好消息,一到大陆务必要告诉阿辉,也许……"

"也许这也能多少缓解一下阿辉心中的压力。"黄文斌接过话题,"我非常理解作为一个董事长此时心里承担着多大的压力呀!"

李作良点了点头,然后说道:"我该走了。"因为所有的媒体记者遍布台湾东南西北,如果集中一个机场出境费钱、费时又费力。于是大家约定今天中午乘厦门航空一点半由香港到厦门的航班。

这样,李作良必须从台南乡下坐两个小时的汽车赶到高雄小港机场,再从那乘机出境。

"平安、顺利,作良兄!"黄文斌和荣生站起身,神情凝重地一左一右把李作良送到厂区门口,那里驾驶员已经在小车旁等候总经理的到来。

三个人没有更多的语言,紧紧地握了握手:"过去要多安慰阿辉,天大的困难别着急,他的身后还有我们这些兄弟。天,塌不下来!"黄文斌叮嘱道。

"知道!知道"李作良钻进汽车,那车便在黎明的宁静中朝小港机场飞驰而去。

林若莹负责组织这次两岸媒体的集体采访活动的策划、组织和安排,把自己非凡组织能力表现得淋漓尽致。

天刚亮,她把小辉交给母亲和父亲:"这一段,我可能没有多少时间可以顾及这小东西了,你们多辛苦一些。"

"好像我们是保姆似的。"母亲、父亲视外孙如命根子，她白了一眼女儿。

"那是，小辉是你们的心肝宝贝，再见。"若莹转过身，小辉的哭声也传进了耳朵，她头也没回地钻进汽车扬尘而去。

忙了大半天，林若莹看看时间将到，便联系市区两级台办的同志直奔高崎国际机场，准备迎接台湾记者的到来。经过两、三天没日没夜的加班加点，此时的林若莹脸上多少带着些倦意。她略施淡妆，身着得体的套装，加上特有的高雅气质，站在高崎国际机场到达厅向台湾记者们招手致意。

"李总！辛苦了。"见到李作良第一个走出到达厅，林若莹迎了上去。

"你也辛苦了，若莹！"李作良发现林若莹生了孩子以后变得更加丰腴、更显得成熟和高雅。再加上那一张口便是令人每根神经都兴奋的银铃声，让人一路风尘、一路奔波的疲劳似乎可以消失减半。

"这是台湾电视台的记者李云隆、张肖。"李作良介绍说。

"欢迎各位到厦门来做客，我叫林若莹！"林若莹与依次下机的记者互换名片。

"这是中央日报的记者……"

"欢迎……"

"这是中华电视记者……"

"欢迎……"

"这是联合报记者……"

"欢迎……"

"这是台北都市报的记者陈维嘉！"

"欢迎……"

……

李作良一一介绍，林若莹一一握手致意。那不吭不卑，却又热情周到，那款款情深，凸显高贵的气质，让每一个一踏上厦门的记者都感到折服。

"各位朋友，首先让我代表安泰公司董事长阿辉欢迎大家的到来。同时感谢大家对安泰公司的关切、关心和关爱。这次集体采访，除了台湾的朋友，我们还邀请了大陆的同行们。我的初步设想是，现在大家到酒店住下来，今晚大家可以参观这美丽的厦门，明天我们到厦门安泰公司现在的所在地和已建成，即将搬迁的新址安泰工业城去采访……"

"无论是厦门安泰的现在厂房，还是即将搬迁的厂房由各位去评说。我这里只是告诉大家一组数字。五年前，安泰在厦门投资九十万美元。当年职工一百人，产值六百余万元人民币；可是五年后，工人将近一万，产值已达十二亿人民币。更重要的是，安泰公司原来厂房占地300亩左右，而现在是安泰工业城，占地九平方公里，投资超过二十亿。"

"当然，如果各位朋友感到不疲劳要马上采访，这里离采访地点也不足半个小时的车程。总之，我拜托大家将你们所见所闻如实客观地报道出去。我和我的同事们将竭力为大家的采访提供一切便利与尽可能周到的服务。谢谢大家！"林若莹用那特有而迷人的声音，在达到厅里简要地介绍情况。

"这个是阿辉的太太？真是气质非凡呀！"一些记者一睹芳颜，又听了这一席话后，在窃窃私语。

"阿辉的这位夫人真是才貌双全呀！"

"不错，很有气质，这讲话很有张力，让人感到很谦逊，又很严谨。"

"……"

"若莹小姐，如果现在要去采访可以吗？"联合报的一位记者问。

"可以，我已准备好两部大巴，如需要马上去的乘一号车，要去酒店的乘二号车。一切悉听尊便！"林若莹一边回答，一边展示给他们甜甜而开心的笑意。

"那要立即去采访的便跟我来。"联合报记者举了一下手，带头登上一号车。

"那算了，一起去吧！晚上我们说不定还可以赶一篇报道发出去，明天台北就登出来了。"中央社的记者也附和。

"大家一起去吧。"几家电视台的记者也一起表示赞同，"现在正好下午，可以先报安泰工业城的镜头，晚上可以将新闻报道出去。"

"走……"被林若莹一说，一大帮记者争先恐后地登上了两部汽车，片刻，朝着安泰工业城飞驶而去。

第三十八章

相信媒体的公正与客观

　　太阳刚刚西斜，那明媚的阳光照在安泰工业城的每一个角落里，路的一边是整整十九栋数万平方米用钢结构建成的崭新厂房，那湖蓝色的波浪瓦片装在屋顶，与厂房后面的一片碧绿山坡相互映衬、相辅相承，显得非常协调、非常和谐；路的另一边是一眼望不到边的员工生活区，那多层的公寓楼嵌入些许闽南建筑风格的元素，充满着生机与活力；中间是按照城市一级主干道建设的迎宾大道，园艺工人正在种植一株株从园艺场移来的凤凰木大树。那树如一把大伞，那树冠上还留着正怒放的、红的如火一般的凤凰花……

　　建筑工人、园艺工人在奔忙着；

　　施工机械正在撤退，载着机械设备的车辆在紧张地运载着设备和物资；

　　记者们站在小山坡的高处凝视着眼前的一切；

　　他们没有喧哗；

　　他们没有议论；

　　他们没有指手画脚；

　　他们在思索，这安泰公司正在实现自己建设具有中华民族特色的小家电制造王国的梦想。

这里充满着生机与活力；

也充满着明天，未来的希望。

这种希望是别的企业很难有的，很难看得到的。

也许当前安泰碰到的问题是外界的一种不了解；

也许是一种两岸间信息交流的不对等和不顺畅；

也许是在发展过程当中难免会遇见的坎坷，难免会碰见的障碍。这就像人要走路难免会踢一下脚趾，出现短暂的，又难忍疼痛一样……

记者们想起一踏上大陆的土地，便听到的林若莹那句恳切的话："拜托大家，把这里的一切客观地报道出去"。他们感到，这位才貌兼修的女性，话说得那么真诚；她那美丽的目光中充满着中华民族千年流传下来的真诚，那种让人感到踏实和放心的真诚。

于是，借着这美好的天气，大家开动摄像机开始忘情地拍摄了起来。

有些记者随机采访各个工地上的工人，甚至在一边看热闹的老人、孩子以及行人。

"真好！真好！阿辉功德无量！功德无量！"这是一位白发老人的话。

"阿辉伯伯很好！是好人！"这是一个少年竖起手指头并用充满童真童趣的口吻说。

"你们知道这阿辉是谁吗？"记者们用闽南话问道。

"知道呀！他是厦门安泰公司的头鸡呀！"

"你们怎么知道的呀？"记者们追根溯源，没完没了地问。

"他有良心，懂得报恩，土地公保佑他哟！"老人说："别人办厂十多年没变化。他才几年，这个安泰城建得快跟厦门一样大了。"老人很少出门，但他自己每天都看到这里在变化，一天一个样，才一年时间，原来的荒山坡、堆石场变成了另外一个世界。

"变化大吗？"记者心里在乐，这么大的一个新城，在台湾没有十年八载时间，那一定是梦想。

"大得就像讲古一样，我都认不到回家的路呐。"一位老人心情很激动。是啊，在他心目中，就一年，就像那画师笔下的作品一样，转眼间变成了连自己在这

生活了七十多年都找不到回家的路了。

摄像记者们在抢拍镜头，摄影记者也在争分夺秒，文字记者逢人便问，而且旁敲侧击，两岸的记者们个个忙得满头大汗，不亦乐乎。

太阳西下了。

阳光从海平线上绽放了最后一抹余晖，慢慢地被夜幕所取代。李作良通知大家："各位朋友，收工，明天上午我们再来好吗？"

这位安泰公司的股东连自己也不敢相信，就那么一年时间，这里的变化连他也不敢相信，连他自己都在心底里佩服，佩服得五体投地。

"大家辛苦了，明日，甚至后天大家随时都可以来，晚上阿辉董事长将请大家吃饭，同时还接受大家的集体采访。"李作良用沙哑的声音叫了无数次，可是却没有一个人上车。天已经开始黑了下来，林若莹看到两岸的记者意犹未尽，提高嗓门请求大家收工。不过，她已经很清楚地感到，今天的采访非常成功，因为这些不容否定的事实摆在大家的面前。

这是事实；

这是不容否定的事实。

这个事实雄辩地证明了，厦门安泰正在朝气蓬勃，充满活力地发展着。

林若莹相信，凡是来到这里的记者，一定能够用他们独特的视觉和洞察力，以他们的良心、良知和良好的职业道德；以他们的镜头、话筒和手中的笔；以他们所在的媒体平台，真实地告诉两岸的人们他们看到的一切。

当然，她也相信自己所心爱的丈夫，这个平时少言寡语的憨仔，有着他自己独有的人格魅力，用他几十年打拼累积的成果来换取记者们的理解，从而客观地、公正地报道这里他们的所见所闻……

林若莹在思考着，在分析着……

"林太太。"不远处有人喊她。

"噢！维嘉女士。"林若莹转过头，看见《台北都市报》的记者朝自己走来，便热情地迎上去。

"你的记忆能力真好，能记得我的名字！"陈维嘉有些吃惊，几十个记者黑压压一片，只在到达厅出口的时候一见，这林若莹竟然记下自己的名字。

"过奖了！陈记者，有何见教？"

"我们借步说话吗？"陈维嘉问道。

"没问题，走！"林若莹伸手牵着陈维嘉，走到几步之外的一颗树下。

"你知道是谁爆了这个料吗？"陈维嘉歪着头问林若莹。

"……"林若莹摇了摇头，这件事她与阿辉思索了许多回，直到现在也不知道谁会干这种事。

"这爆料的人是黄海林，也许你不认识，但阿辉先生一定了解，他当年是日本商会台北联合总会的营销专员。那天……"陈维嘉将那天黄海林要给她爆料被拒绝的事简要说了一遍。

"没有正面认识过，但我从阿辉他们口中听说过这个名字。我知道他的背后是东林公司的老板东进一郎。这个日本人是安泰公司的宿敌……"

"对！正是他！"陈维嘉有些担心地说："他们的目的远不止于此。制造舆论让安泰公司股票跳水才是开始，其目的是想将阿辉董事长弄到班房里去……"

"哦……"听了陈维嘉的话，林若莹吃了一惊，尤其是"班房"两个字，让她倒吸了一口冷气。但林若莹是一个沉得住气的人，想到前一段阿辉从台湾回来沉重的思想压力，看到他每天闷闷不乐，现在回想起来觉得满腹愧意。自己对他是那么不了解，这是做妻子的失职。同时，更佩服阿辉那种对人生的担当。其实，在做这一决策之前，他已经做了充分的思想准备，但是为了自己追求的目标，为了安泰公司的发展大计，他却义无反顾。

林若莹想到这里，更加感到阿辉是一个多么难得，又多么坚韧的男人。

"谢谢你，维嘉！你这样的记者，真是我们民族的骄傲！"林若莹不知不觉眼眶里噙着泪水，她情不自禁地抓住这位稍长自己记者的手，坦露了自己对她的感激之情。

"还要谢么？若莹，我真羡慕你找到这么一位优秀的丈夫。你要知道，这阿辉的成长过程我们这些记者们都是见证者……"陈维嘉说得动情，"从我手中发出去的报道到底多少条，连我自己都无法统计了。这包括在现场的那些记者，他们都是阿辉先生艰苦创业，然后一步步成长的见证者。"

"我替阿辉谢谢你，谢谢各位！"林若莹在心里想，这世界上尽管有黄海

林、东进一郎这样不齿的坏人，但正直的人远远超过他们。只要有仁义之心，只要正直的人，不论何时何地遇到困难与挫折，那一定是暂时的。安泰公司现在碰到了巨大的挫折，但安泰工业城就在自己身边，就在无数人的视觉当中，人们的良心、良知能作出准确的判断。她多么希望这阴霾尽快散去，这场危机尽快结束。因为几天下来，台湾安泰的市值已经缩水四十多亿新台币了。

"若莹，你们除了应对股市，可能还应该有更坏的打算！"陈维嘉善意地忠告。她从事传播业几十年，熟知台湾的法律，深深地为董事长阿辉担忧。

"若莹小姐，我的第一篇报道已经发出去了，预计半个小时那边的广播电台将会播报出来。"看到陈维嘉和林若莹在交谈，台湾中国广播公司的记者张永辉走过来说。

"是吗? 真谢谢你！"林若莹脸上泛着红光，记者们的这番真诚，让她增添了不少力量。

"我给报社的稿子已经用QQ发过去了！"维嘉为了减缓林若莹的不安，还特地说明了一番："今天来的媒体都是台湾的主流媒体，应该可以对前两天《开心果》造成的负面报道起到巨大的缓冲，甚至化负面为正面。"

"喂，今天这画面实在太有说服力了，我们的报道也通过卫星设备发回去了。"这是台湾中国电视的记者王祥。

"若莹小姐，阿辉董事长什么时候接受我们采访啊?"这是台湾东部电视台的一位记者。

"谢谢! 晚餐后，行吗?"林若莹朝着王祥甜甜一笑。

"没问题，那我们走吧! 太阳已经下山了，再拍效果也不佳了。"王祥建议说。

"好! 各位朋友，我们上车吧，辛苦了。"李作良此时已经疲惫至极，看那样子已经难以支撑，但仍然忠于职守。

"大哥! 你先上车靠一靠，这里我来。"林若莹非常感激地劝说李作良。

"没事，对东进一郎这龟孙子，我们总有一报还一报的机会，还有那汉奸黄海林，什么东西！"李作良气愤得咬着牙说。这个勤奋而又富有责任感的总经理，这几年为了把台湾安泰公司办出成效，真是忘我地兢兢业业工作，其人品、人格令全公司上下敬仰不已。这不，六十岁的人了，还如此打拼，着实令人动容不已。

林若莹这时清楚了。这场危机不是偶然的, 它是安泰公司自成立之日起便存在, 是伴随安泰成长而发展的民族品牌与非民族品牌的竞争, 是一种国外与国内两个市场的竞争, 是分割市场份额的一场看不见硝烟的战争。这种战争除了要付诸汗水、智慧, 还得要付诸巨大的经济实力。

这场战争只要安泰公司还要存在, 还要发展, 只要东林公司还存在, 那么便必然还会延续, 甚至下一轮较量会更残酷。挑起战争者必然会改变手法, 使这场战争变得更加血腥。

林若莹这时更清醒了。

这次除了已经造成台湾安泰股份几十个亿的市值缩水外, 还必须做好准备, 应对管理机关的调查, 甚至追究阿辉作为公司法人的刑责和罚款。

阿辉呀! 为了安泰工业城的建设, 难道这些后果你在此之前没有思索过? 没有权衡过么?

一定有的, 不然当时阿辉的思想压力不会那么大; 一定有的, 不然现在回想阿辉前一段在调整思路, 甚至约谈孙玉胜他们, 并准备委以重任, 都让人感到他已经做好了最坏打算的准备。

否则, 他这个人做事不会那么匆忙。可是, 阿辉, 你可考虑到我们在一起的时间才那么短暂, 小辉还在呀呀学语……如有不测, 在没有你在身边的日子, 这么一个若大的安泰公司, 这么一座让人一眼看不到边的安泰工业城, 那城中几万员工由谁统帅呀!

"不行, 一定要把工作做足, 一定要通过舆论的力量减少由东进一郎们造成的损失, 一定要让那边的相关部门理解一个企业家在处置这件事的过程中, 尽管有瑕疵, 但这种瑕疵无非是一种考虑欠周, 一种小小的失误, ……总之, 要通过自己的力量, 确保丈夫全身而退。这个家不能缺阿辉, 这个安泰公司、这座安泰城更不能缺阿辉啊! "

林若莹思绪起伏, 心潮激荡。她的心系着丈夫, 她的思绪围绕着阿辉……

晚饭后的记者会为了体现庄重, 为了体现安泰公司对受众、对事实、对媒体的尊重与负责, 林若莹专门交代设计了一面背景板。上面选用繁体字标明: "安泰电子股份有限公司董事长林信辉记者招待会。"

前面是一个落地麦克风，阿辉身着西装，身后是李作良、朱云生、张云山、孙玉胜和林若莹。

林若莹神情自若地站在丈夫身后，表明与丈夫共患难、共担当。

"两岸各位新闻界的朋友，安泰公司董事长林信辉先生答记者问现在开始。现在，由阿辉董事长致辞，然后回答各位朋友的提问。"林若莹还是穿着那套套装裙，略施淡粉，神态淡定而又高雅，轻松的面容，始终呈现着亲切的微笑……

"各位朋友，我要为各位朋友长期以来对安泰公司，对我阿辉的关注与关爱表示诚挚的谢意。今天新闻界的朋友从海岸两岸汇集到美丽的厦门，我代表市局两岸的安泰公司及其董事会表示热烈的欢迎。"阿辉的话说的很慢，一字一句非常清晰。尽管那话音里带着浓浓的闽南腔，但让人感到非常的轻松。

不知谁带头鼓起掌来，接着掌声雷动。

"各位几十年来见证了我和安泰公司的成长，今天我以感恩之心感谢大家。我坦言，如果没有在座各家媒体对我成长的一路关怀、关爱，那么一定没有安泰公司今天的事业，更没有这座现代化安泰工业城。"阿辉说到这里很激动。他让自己的思绪稍稍平静几十秒后，接着说："培育一个具有中华民族文化特色的小家电品牌，建设一个在世界上占有一席之地并且有影响力的小家电制造王国，是我多年的梦想。这个梦想，这个愿景，源于当年我在台湾举旗成立全台小家电制造同业公会并当选为创会会长时便立下的誓言。因为泱泱大国，十几亿国民，家家户户都要有一台甚至几台小家电去改善他们的生活，提升他们的生活品质。可是这些东西都是洋品牌、洋名称，我们能吃得安心、睡得安心吗？"

阿辉的致辞成了演讲，说到这里，他的眼睛噙着泪花："那是不可能安心的！如果这样还能安心，那么便是两岸人的一种耻辱，那是丢脸的事啊！"

"叭、叭、叭……"又一阵掌声响了起来。

"五年前，我们台湾安泰公司先到维尔京群岛投资，然后又从哪儿转投厦门。结果，安泰公司在这块沃土上迅速发展，廉价的土地、工人，济济的人才、广阔的市场前景，五年之间我们的工人从一百人发展到将近一万人，下个月如搬迁到安泰工业城，则可发展到四万人；工业产值从当年的600多万人民币到去年的十二亿多；下个月搬迁到新厂之后，明年产值将突破三十个亿。更重要的是，你们熟悉的福德安泰产品品牌效益快速提升，经济效益日益突显……"

"叭、叭、叭……"阿辉讲的一连串数字让记者们大吃一惊，他的讲话再次被掌声打断了。

"于是，董事会考虑到企业的发展，前年决定投资二十亿人民币建设安泰工业城。投资由安泰公司自筹十四亿外，广达公司董事长张云峰老先生承诺投资两亿。此外，向大陆几家银行贷款四个亿。可是就在工程进展一半时，张云峰先生不幸走了。两个亿的资金不解决，资金链便断裂，工程便可以会停止，甚至夭折。为了确保投资效益，降低投资风险，我们将台湾安泰在美国上市的股票，抵押给台湾的几家公司，然后从他们那里借出十亿新台币，折合二亿人民币接续资金链。"不难看出，此时阿辉此时心情异常地激动。"注意，我以自己的人格保证这是抵押，通过抵押给几家公司。这四家公司的老板是我的朋友，我们曾有言在先，等到跨过这个坎，安泰公司便将这批股票悉数赎回。在座的各位朋友你们可曾记得，到前几天危机开始前，台湾安泰的股票一直是处在牛市的质优股。我们这样做，既没有逃避当局管理的本意，也没有转变属性违规问题。也就是从严格意义上说，这股票还是我安泰公司的，只是我欠他们的钱，放一件东西在他们那抵押而已……"阿辉终于结束了致辞。他喝了一大杯矿泉水："各位朋友，这是事情的真相，这是事实。我替事实负责，我用人格对刚才的发言作保证。"

"阿辉先生正如你所说，你为培育民族小家电品牌，建造民族特色的小家电制造王国孜孜以求，却出现这样的危机，而事先有没有预料到。你后悔吗？"中视的一位记者首先发问。

"预料过，但不后悔。张云峰老前辈去逝后，我们开了一次董事会作出了决策时，我就预料到会有这么一出戏。"

"那为什么还不回头呢？"

"这一方面是安泰工业城绝不能半途而废，另一方面是怕前怕后，怕这怕那，我便不是林信辉！"

"阿辉先生，你以为这件事还会后期发酵吗？"这是中央社的记者。

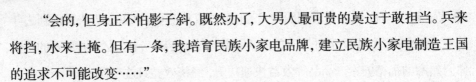

"会的，但身正不怕影子斜。既然办了，大男人最可贵的莫过于敢担当。兵来将挡，水来土掩。但有一条，我培育民族小家电品牌，建立民族小家电制造王国的追求不可能改变……"

"阿辉先生，如果当局对你进行究责，甚至送你去班房，你也不会后悔吗？"这位记者问得非常尖锐，上百双记者的眼睛盯着阿辉，等着他如何回答。

"是的！因为我相信我的太太能理解我，相信安泰公司董事会的股东们会支持我，也相信当局有关部门不会置事这而不顾。因为无论台湾安泰，还是厦门安泰，我们是纳税人，我们在为社会的进步与发展添砖加瓦……"阿辉斩钉截铁，以不容置疑的口吻回答。

"阿辉先生，你以为这次危机过后，安泰公司能安然无恙吗？如果一切如常，以后发展过程中还会有这样或类似的危机吗？"这是中国广播公司的一位记者。

"会的！一定会的。对此，我有取胜的一切准备，也有随时迎接新的挑战的准备。以东林公司为例，二十年前我们在垄断与反垄断之间开始拼杀；可是二十年后，安泰已经拥有五家上市公司，铁皮屋工厂变成了现代化的工业城；几百工人数百倍增长成几万人。这就是证明，按照企业家的良心、良知办企业，背后有我们的人民，有你们这些正直的媒体与记者……。"

"叭、叭、叭……"热烈的掌声又轰动起来了。

第三十九章

红红火火安泰城

安泰工业城的竣工搬迁典礼选在六月十九日举行。选定这个日子带有很浓厚的地方特色。六，在闽南地区带有六六大顺的意思；九，则带有稳稳当当，长长久久之意。

在选定这个时间时，林万寿一家曾经专门到仙岳山土地庙卜杯问过土地公。而且与往常一样连卜杯三次，每次土地公都是点头赞同的。

前一段时间，林若莹成功组织了两岸媒体对厦门安泰公司的集体采访，此后几天时间里，两岸的各种媒体用正面的、不可置疑的事实，长时段、大篇幅地报道了厦门安泰公司经营发展和安泰工业城宏伟气派的建设情况。尤其是中国电视、中国广播和《台北都市报》记者被阿辉的气魄所深深地感动，在厦门整整住了六、七天，发了系列报道，从安泰管理者、员工以及当地村民各个角度进行了详尽的报道。这一种深度报道的形式，加深了台湾读者对安泰公司经营现状的了解，而且每篇报道还加上了以媒体视角撰写的点评，这样便迅速地把握住了舆论的主导权。

在陈茂祥、杨金威、李作良和阿辉的组织下，一些好友们，包括新闻媒体记者的好友们乘机进入证券市场，对一连几天跌停板的台湾安泰进行大量的进仓, 使台湾安泰股票不但止跌回升, 而且还一跃回升到危机前的水平。

阿辉终于松了一口气, 紧绷了一个多月的神经终于放松了下来。

这一段时间他几乎都在办公室里度过, 连衣服也没有洗换, 林若莹也在为公司搬迁的事四处奔波。这天十点多钟, 阿辉迈着沉重的脚步踏进家门时, 一股浓烈的汗酸味扑鼻而来。

"赶快将衣服脱下来, 你一进门整个家的空气都变馊了。"林若莹心痛自己的丈夫, 赶快将儿子递给母亲, 张罗着阿辉换衣服、刮胡子, 进行了一次里里外外的大扫除。

"这场危机终于过去了! 我差一点快支撑不住了。"大扫除完毕, 阿辉换上了睡袍, 林若莹给他泡了一杯热茶, 他这才深深地叹息了一下。

"喂, 这是什么茶? 味道不错!"兴许经历了一场风暴, 紧张的身心得到放松, 当阿辉端起妻子给他泡的那杯热茶时, 顿时心旷神怡, 由衷地赞许道。

"是吗?"林若莹心里一乐, 这是前两天送台湾媒体到机场返回来的路上, 林若莹偶尔看见大街上有一间正山堂茶馆正在推出叫金骏眉的茶叶, 兴趣所在, 尤其是想到丈夫这一段太忙了, 又喜欢这一口, 便叫驾驶员停下汽车去买了一斤。

现在被老公一夸奖, 她故弄玄虚, 只附和了一声, 却不正面作答。

"是啊! 进口香喷喷, 进了嘴巴又滑又回甘, 以前喝那么多茶都没有这种感觉呀!"阿辉一时兴起, 叫道:"把那包茶叶拿过来, 我看一看。"

"真是少见多怪。"林若莹娇嗔地给自己老公投去多情的一瞥, 将那盒包装的非常精致的茶盒端到他面前的茶几上, 说:"这是产自离厦门不远的武夷山自然保护区内桐木关的一种叫正山小种的红茶, 由当地一位祖传制茶师江元勋秘制而成。它的制成必须有几种前提条件, 一是这种桐木庙湾的小种常年生长在云雾当中, 没有任何污染; 二呢, 必须是茶牙尖, 每公斤约有十四到十八万枚茶牙尖; 三呢, 是全过程都用手工制作。"

"夸张吧!"夫妻间难得这么轻松, 阿辉也饶有兴趣地调侃自己的妻子。

"信不信由你, 反正我也没有喝过这茶, 更重要的是这一斤茶花了我两万多块钱呐!"林若莹知道的阿辉平时抠得很, 只是看到这一段时间他没日没夜, 怪可怜的，才咬一咬牙买上这么好的茶叶。

"这么贵呀！冻未条！"果不其然，阿辉好像腰被人撞了一下，听说一斤茶叶两万多块钱，心疼得真发颤。

"好了！好了！明天安泰工业城竣工典礼很多事情还得办，早点休息。"林若莹看看父母已经进房休息，将老公深情地抱在怀里，"啾"地亲了一口："危机，终于过去了！"

阿辉看着这一段已经明显消瘦的妻子，凝视了一下没有回答。因为他知道，表面上现在风平浪静，那股市也回升起来了。但是，凭着人生的经验，这危机并没有真正过去。最起码对前一段的风声大作，当局管理部门绝不会不闻不问，他们正闲得没事做，说不定没事也要弄出一点东西出来。否则，那些吃饱撑得难受的立法委员们就没有机会表现他们的问政能力了。

况且那东进一郎也不可能在如此闹腾一下便撒手，他一定不会善罢干休的。

那么，明天安泰城竣工典礼之后，还有一个又一个的难题等待着自己去处理。人生啊！除非你不想作为，否则将会有无尽的烦恼、无尽的幸福相随相伴。

这一夜，夫妻俩睡得很香，睡得很甜蜜。等到他们睁开眼的时候，定时的手机已经响了几遍。

竣工典礼和新厂搬迁的仪式定在九点九分。

因为市区两级领导的直接关照，庆典的活动几乎都由刘明与之联系，由相关部门组织，等到阿辉夫妇到达现场时，一切工作已经准备就绪。

从台湾专程赶来参加庆典的陈茂祥、杨金威和一大批大佬们来了。

市委书记、市长及相关部门长官来了。

区委陈永清书记、区长刘志辉等一同陪伴阿辉夫妇迎接着客人。

九点九分吉时一到，嘉宾们便登上安泰工业城入口处的庆典观礼台。由刘明策划增建的观礼台上摆满了鲜花。

阿辉此时看到这经过一年多的建设，刚刚走出危机漩涡却令人热血沸腾的安泰工业城，实在难以掩饰内心的激动，他站在观礼台的麦克风前嘴巴动了几次，却激动地说不出来。

"现在，请安泰公司董事长林信辉先生致辞！"庆典仪式由孙玉胜主持。

他已经是第二次介绍了议程，可是阿辉却站在那一动不动。

"董事长，该致辞了！"孙玉胜有些着急，走近那激动的无以言表的阿辉身后，提醒道。

"好！好！好！"阿辉从沉思和无比激动的思绪中缓过神来，点了点头，然后提高了声音说："各位长官，各位同仁，我深深感到一个人要有感恩之心，有羞耻之心，有畏惧之心。安泰公司能从铁皮屋底下一个小作坊发展到今天，是土地公的赐予，是各级长官的关爱，是安泰公司同仁们十多年来遵纪守法，打拼出来的。因为，我想实现打造属于我们中华民族小家电的世界品牌，实现建立属于我们中华民族的世界小家电研发王国是我们的追求，符合中华民族复兴的根本利益。"

"我今天只想对着苍天、对着大地、对着几千年庇佑我们的土地公，对厦门市委、市政府，湖里区委、政府鞠一个躬。愿土地公保佑，安泰公司能给民族带来安泰，给我们在座的各位嘉宾，所有的同仁带来安泰……"

突然，阿辉慷慨激昂的声音嘎然而止。

他的泪水遮住了双眼；

他的话哽咽了；

但是，他并没有用双手去擦拭眼中的泪水，而是用坚毅的目光看着在春光明媚中，一眼望不到边的安泰工业城，看着他身后的各级领导和与自己奋力打拼的长辈、同仁。转过身，他以高分贝的声音宣布："进城，进城呐……"

瞬间，鞭炮声从九平方公里的每一个角落响了起来，那声音是那么清脆，那么充满生机，那么充满喜气。尤其不知是岳父林万寿的用心还是细心，那制作鞭炮的纸是用鲜红的颜色染成的，随着那喜炮声声，满地飘着的红纸屑飞上了半空，又纷纷扬扬飘落到地上。那天上，那地上，刹那间红成一片，一片连着一片。

随即，一对红色的巨大彩龙从主席台前穿过，从新建的安泰工业城城门向城中央飞驰而去。

接着，九对雄狮按照赤橙黄绿青蓝紫各种颜色的搭配，上下飞舞着依据规划好的前进线路，向厂区、员工生活区一路前行。

"壮观，壮观，颇为壮观！"陈茂祥端坐在主席台上，不时地向邻座的区委

362

书记陈永清和区长刘志辉点头致谢。

"呵!呵!呵!茂祥先生,好看的东西还在后面。"陈永清了然于胸。虽然这场活动不是他亲自组织,但整个策划方案他已经过目,并且明确要求:"安泰工业城竣工典礼尽管是台资企业的事,但这项目是厦门经济特区建设以来最大的台资投资项目,而且阿辉董事长原本是厦门人,一定要将文章做足,做得有无限的喜庆之意。

这时,从观礼台后面传来了喧闹的鼓声,一条延绵一、二公里长的蜈蚣阁从中央大道徐徐而来。那阁棚有108节,节节相连,行走弯弯曲曲,形式多姿多彩,每节都由两个人抬杠,每节阁棚都有少年儿童扮成《西游记》、《三国演义》、《水浒传》等经典名著里的各种人物在棚上表演,缓缓行进,一路鞭炮,一路表演,十分壮观。

"这、这,不是蜈蚣阁吗?"杨金威像小孩一样站立起来,激动万分。

"是啊!金威先生。台湾一定有这种习俗吧!"刘志辉看到老人如此激动,赶忙起身拉他坐回原位,并提高声音介绍说:"这蜈蚣阁的习俗源于明代。据说厦门海沧东屿村在建王爷庙时,破土惊动蜈蚣精,使之惊慌。于是经常施法,搞得地方不得安宁,并使庙宇收益不成。后来,王爷知悉,与之斗法,设计把蜈蚣精降服,并收其为徒。后来蜈蚣精修成正果,得道升天,称之为'百足真人'。于是,这海沧东屿村一带的人们便模仿蜈蚣游走的样子,创作了游'蜈蚣阁'这一系列表演形式。每当庙会出巡之际,蜈蚣阵所经过的庙宇都会为之披上红彩布,表示向神明鸣谢,以求给地方带来平安。"刘志辉此时像一个民俗学者滔滔不绝地向台湾的客人介绍。

"这种习惯跟台湾是一样的。"在一旁的林若莹也高兴地插话:"而且这个时候,正是蜈蚣阁出巡的时间。因此,陈书记和刘区长便将他们组织来了。"

"真是有心,真是费神,真是感谢。"杨金威不时地点头称赞。年纪这么大了,一个企业办竣工典礼,地方政府的长官如此费神,如此伤心劳神,让这位老人感激不尽。

"别急,杨先生。后面还有很多节目,你慢慢欣赏。这些呀,都是陈书记的杰作。"刘志辉告诉杨金威,他还得利用这个机会找几个台湾朋友聊聊,转身便交代林若莹："你给先生多介绍一些，力求详细一些。"

"李总，快看车鼓弄。"李作良倒是一个乐天派，前一段被折磨得精疲力竭，危机处置过程中的大吵大闹稍稍平息，他才睡上了几个安稳觉。此时，当他重返厦门，看到这番阵势乐得手舞足蹈。

蜈蚣阁后面紧跟着一男一女扮着的男丑与彩旦，扛着竹篮，互相的持轿，转着车身手舞足蹈，一唱一答，妙语连珠。唱词和内容都表述要孝道，要感恩图报，夫妻情趣，情人相思之苦。一路走一路表演，表现得富有情趣，情趣当中寓以教育，令人深醒，使人受益匪浅。

"这是一个什么来头呀？"黄文斌从小长在城里，后来又在国外留学，对这些民间习俗了解不多。他一边看，一边捧腹大笑，觉得这种表演形式很有创意，寓教于乐，生动活泼，便问久久凝视这热闹场面而一言不发的董事长："阿辉，你了解吗？"

"我？"阿辉真被问倒了，但抬头一看见刘明正在忙里忙外，满头大汗，便手一指说："叫刘主任帮你解答这车鼓弄的来龙去脉吧！"

"黄总，冒昧了，我也知道的不全。只是以前听爷爷说过，这车鼓弄源于汉代的同安县。对，现在的同安区。它是集说唱、表演的一种民间艺术。'车鼓弄'三个字的解释是，'车'便是车转。据说，它源于汉代的'筛鼓'，也就是车鼓的谐音。因表演时将鼓置于车上，故名车鼓。闽南地区将'车鼓'舞弄起来的民间歌舞艺术，历来流传着'磨石夫妻逗唱'、'武装劫救'、'拷贝再生'、'丰收庆贺'四种版本，在我市的同安，流传较广的是'磨石夫妻逗唱'。说的是明代年间，同安有一对开豆腐店的夫妻，夜里磨石闷得慌，便彼此番歌打逗，借以驱逐疲劳。邻居听到他们唱歌饶有兴趣，便邀请他们过家去唱。但总不能背个笨重的石磨去呀！于是，老夫妇想了个办法，用农村装豆子的斗篮代替石磨；公婆进退欢舞，戏弄玩乐，状如推车。所以便取名'车鼓弄'。车鼓弄从明末清初就随闽南渡东先民带到金门、台湾。形成了如今海峡两岸人民喜爱的民族文化娱乐项目和民间艺术。"这刘明平时也是一个不喜欢打闹的人，现在看到眼前这种欢乐的场面，说起来也一套一套的。

"叭、叭、叭……"刘明话音一落，周围的人不约而同鼓起掌来。

“陈老先生，我这样说不知对不对。”刘明见大家用如此热烈的掌声予以肯定，不觉得脸“唰”地红了起来。

“很好！年纪轻轻的后生仔对这些民间习俗这么有研究，了得，了得！相当了得！”陈茂祥又大加赞赏了一番。

这时，安泰城的竣工典礼进入了高潮。

当地村民对舞狮队、舞龙队路过村门口都兴高采烈，便争先恐后，将早早准备好的鞭炮燃放了起来。

已经耄耋之年得老人更是咧着没牙的嘴在乐着。他们不知道谁的神法那么广大，就一年时间，就把原先冷冷清清的小村变成了大城市。“这些厂房，这些楼房，用纸来糊也没有那么快呀！”一个老人在太阳底下眯着眼，反复地说着这句话。

又一阵锣鼓喧天；

又一阵鞭炮齐鸣；

又一队队举着彩旗前来祝福的十里八乡的村民。

阿辉几乎没有言语，站在市区两级领导的身边，在观看着，在欣赏着……

此时他的心情非常复杂。人生要成就一件事业多不容易，自己一路走来，有多少高人指点，又有多少贵人相助。可是，倒是那么几个屈指可数的人在捣蛋，让自己和同仁熬更过夜、伤身劳神。

而且，这种危机还会出现，只要人生打拼，危机和胜利便会随时相伴。昨天，陈茂祥、杨金威他们从台湾过来，便马不停蹄召开了一次董事会。

“表面上危机已经过去，股票也恢复到原来的市值。可是，已经了解到，当局有关部门已经派出力量进行调查。据朋友告知，那些闲得没事干的人，还要有新的动作，我们不得不防啊！”陈茂祥老人历来都是一个乐天派，可是说到这里却闷闷不乐，心事重重。

“我已经有了思想准备，而且做了最坏的思想准备。”阿辉苦笑了一下，他的话语虽然轻松，可是心情却很沉重。

董事会原本还要往下开，因为阿辉已经从各方面做出了最坏的打算。

阿辉知道，股票未经管理机关批准给人借款抵押。说重了，是变相转让股

权，是犯法；说轻了，是抵押借贷，是违纪。人世间的事情非常复杂，自己是台湾安泰的法人，又是厦门安泰的法人。说重也罢，说轻也罢，唯有勇敢去面对、去担当。

记得当时厦门安泰投资是采取曲线救国的办法。绕过经济部门的监管，从威尔京群岛过了一下，便在厦门落脚。现在这两个亿资金，数目如此巨大，从台湾安泰转到厦门安泰，纵使在股票上不追究自己的责任，光这一笔巨款他们也不会轻易放过。

幸好，今天的竣工典礼组织得如此热闹，如此气派，图个吉利，图个开心，图安泰公司自此往后顺顺利利发展有一个好兆头。

"阿辉先生，此时此刻你有什么感想？"从典礼开始，市委书记看见阿辉虽然面带笑容，却掩不住其内在的心事重重，便对阿辉耳语道。

"我？"阿辉不知道市委书记会突然问这样的问题。

"嗯，是不是感到有压力？"

"对！"阿辉已从市委书记的眼神里看到，领导已经看出自己有心事，便坦诚地说："书记，我不瞒你说，我有巨大的压力，而是那边……"他用手朝海对岸指了指。

"我理解，但既然干了，别担心。土地公在仙岳山已经几千年了！这福德文化的精髓便是和谐，一切都会好的。"市委书记安慰道。

"怕，就不是我阿辉。怕，当时就不会干了。"阿辉此时倒非常坦然地笑了起来。

"对！永清！"市委书记将目光投向陈永清，"安泰公司一定要关照好，他的事便是我们的事。阿辉先生，有什么困难多跟永清书记联系……"

"一定，一定……"阿辉一脸感激。

"阿辉，该陪书记他们参观了。"阿辉与市区两级领导正在交谈中，林若莹满头大汗走过来，指了指一队由九部电瓶车组成的观礼车队，提醒自己的丈夫。

"好！书记，请上车吧。我们到各个厂和员工生活区看看。"阿辉作了一个请的手势。这一批电瓶车前几天刚从国外进口，是专门用于安泰城内的交通工具，是专门用于接待贵宾和游客用的。

因为，在规划建设安泰工业城时，阿辉已经将工业旅游的元素结合进去，每个车间都有观光客参观工厂、观看工人生产的观光道。这个内容以前忘了介绍。

今天选调了九部，也具有很深的含义。

贵宾们按照引导依次上了车。

为了有更多的时间与阿辉交谈，市委书记和区委书记陈永清与阿辉并排就座。

"你以为下一步还会有什么麻烦？"陈永清关切地问了一下阿辉。

"股权转让这个问题他们会做文章，但不可能做得太大。现在关键是两亿资金从台湾安泰转过来，难免会生出一些是非……"阿辉左右的二位市区领导，平时就把他们既当领导又当兄弟，所以很坦诚地谈了自己的担心。

"哦，这说明这次危机并没有过去。"市委书记用严峻的目光望着阿辉。

阿辉没有回答，只轻轻地点了点头。

"如果追究起来，他们会有什么动作？"陈永清问："那边的规定？"

"不准出境，重罚，甚至……"阿辉的声音沉重。他留了一句话没有说出口，但足以让市委书记和陈永清知道这件事情的严重性。

"现在有什么迹象？"陈永清有些着急。

"现在倒没有。茂祥叔和全威叔已经了解到，那边已经开始调查，预计不久便会有情况，问题会明朗化。"阿辉应道。

"应该好好感谢两位老先生做了不少化解工作。"市委书记若有所思地说。

"是啊！"阿辉叹息道。

"阿辉，需要我们帮什么忙吗？"

"暂时没有，那边的事情这边也帮不上忙。"阿辉看起来心情非常沉重，但只在片刻间他又恢复自信："二位长官别替我担心，我这个人总是非常自信，我相信这一关迟早会碰到而且肯定能跨过去的！"

市委书记和陈永清不约而同地点了点头。

"各位贵宾，我们现在是在安泰公司炼铝厂的车间，这个厂在公司里称之为一厂，主要是从世界各地调进废旧铝材，在这里溶解、提纯后为安泰公司小家

电生产组织原材料，其设计生产的熔铝能力是世界年单厂第一。"林若莹此时变成了导游员和解说员，她满头大汗，一脸红扑扑的站在贵宾们的最前头。

这时，车间里的工人正在认真地工作，熔铝炉里铝水翻滚，热浪掀天，好一派红红火火的喜人景象。

"出铝呐！"不知谁喊了一声。

大家举目望去，那熔出来经过提纯的铝水像一条渠道流出的水夺路而出，奔向铝模型中依次浇铸成型。那铝水溅到地上，迸发着闪闪火花，然后在铝型材里的槽上慢慢冷却，又通过转送带有序地堆放到车间储存区里。

突然，车间门外锣鼓齐鸣，正在参观熔铝车间的贵宾们不约而同朝外望去，只见门外一帮赤裸上身的闽南汉子正在跳着充满阳刚之气的舞蹈。

"这是……"不知谁在问。

"大家有兴趣出去看看吧！"林若莹转过身告诉大家，这是来自厦门翔安的一种民间舞蹈，叫拍胸舞。

表演者头上都戴着蛇形的草箍头饰，用刚劲有力的击、拍、夹、踩等节奏，呈拔腰挺胸之势，全身跳跃，并辅以阳刚雄健的踩步和怡然自得的动作，构成粗犷、古朴、诙谐、热烈的风格。依次按照"七击"、"八拍雄姿"、"击掌回音"、"玉驴颠步"、"金鸡独立"、"善财抱牌"、"蟾蜍出洞"、"半月斜影"、"大、小阉鸡行"等。双手首先于胸前合击一掌，接着依次拍打左右胸部，双臂内侧依次夹打左右肋部，双手再依次拍打左右腿部，共得七响，时值合七拍；与此同时，配合双脚的蹲裆步有节奏地跳跃，身体随之左右晃动，配以颤头动作，产生别具一格的摇晃动律，使舞蹈洒脱自然，显露出机灵轻巧、诙谐爽朗的特性，如此循环往复，连续表演。舞蹈时，左右一起一落，有节奏地或拍胸，或拍腋下，或勾脚拍腿，富有线条感、力度感和节奏感。其特点是，边踏跳，边歌唱，自如不拘，富有生活气息，形成了不同的风格。音乐一般都配以南曲《三千两金》。舞蹈强调以身体拍击出声响节奏，一方面体现舞蹈本身的动律特色，一方面也用来协调群体动作，渲染气氛。

贵宾们情不自禁地鼓起掌来，有的干脆涌向车间外面。

"各位贵宾，这种表演还有很多。譬如新垵五祖拳表演和厦门金门的宋红阵表演。这些表演今天晚上还会举办,将会更精彩。"林若莹非常兴奋,不用说贵宾,自己是土生土长的厦门人,对这具有浓郁地方特色的习俗,一次饱览个够,也还是第一次。

竣工典礼和安泰公司搬迁活动,从早上九点一直持续到晚上十点,整个安泰工业城整整热闹了十多个钟头,十里八乡的乡亲们才慢慢散去。

工厂投入了正常生产;

几千员工搬进了新的宿舍;

昨日原来还人气不多的安泰城,就在转眼间红红火火起来。

第三十九章

红红火火安泰城

第四十章

仙岳之春春满园

　　安泰工业城热闹了一天一夜之后，又恢复了紧张而有序的工作和生活当中。

　　喜庆暂时扫去了安泰公司管理层各位高管脸上的不安和疲惫，取而代之的是呈现给人们的是一片和谐，一片祥和，一片无限的春光。

　　阿辉站在半山坡轻轻地吐了一口气，但他的内心却难以平静。安泰工业城建成了，实现了十几年夜以继日不断追寻的梦想。但是，下一步的工作还会更难、更复杂，如同人生必须要经过难以绕过的坎一样。

　　不久前，当陈茂祥、杨金威两位长辈和李作良、黄文斌几个股东来参加安泰工业城竣工典礼时，他们闭门开了一次股东会，再一次对安泰公司的工作研究了应对之策。

　　那次会尽管是在安泰工业城竣工的喜庆之时，但阿辉考虑到股东们分布在海峡两岸，聚在一起不容易，而且有些事情不能不有所准备，有所应对，因此借那次会议他谈了下一步的打算。

　　"各位同仁，安泰工业城建成了，安泰公司实现了提升转型的一次蜕变。我们这些股东完成了人生的一次重要的使命。但危机并没有过去，我们必须有足够的认识，并做好周全的应对之策。最近，我考虑再三，几个建议请大家审议。"

倦意还残存在脸上，可阿辉此时却非常平静，语气间还有些许的伤感。

"阿辉……"朱云生想劝阿辉不要说这种充满伤感和忧愁的话。

"不……"阿辉用手势制止了朱云生，看了看各位股东又继续说下去。

为了减少当局的追究造成日后安泰公司的损失。我从即日起辞去安泰公司董事长职务。建议由陈茂祥老叔担任安泰公司董事长；二建议厦门安泰公司引进经营管理团队，现有管理人员全部辞职，并建议由孙玉胜先生组建新的管理团队，负责今后厦门安泰的管理和发展工作；三、原来安泰公司的旧厂房更名为安泰文化创意城，由孙玉胜先生统筹规划，目的在于搞好文化创意，服务福德安泰小家电品牌的培育和营销工作；四、我们安泰承蒙土地公的庇佑才有今天的成就，建议明年列支一笔巨资与湖里村的乡亲共同筹资兴建一座新的、雄伟的，且具有现代建筑风格，最好是海峡两岸最大的土地庙，以表达安泰公司和我们各位同仁对土地公的感恩。这也是我几年前在土地公面前的承诺。请各位股东支持和理解我。"阿辉言辞恳切，向所有的股东投去期待的目光。

会议室里的空气凝重，大家面面相觑，对阿辉这一番话都不知如何反应。

"茂祥叔……"阿辉有些焦急，向长辈求助。

"阿辉说的话有一定的道理。作为公司的当家人，在任何情况下都要冷静应对，做到可进可退。"陈茂祥点了点头。他与杨金威实际上已经大致了解下一步可能出现的问题。他鲜明地表明了自己的观点。

"我……"朱云生欲言又止。

"云生，有话说出来！"阿辉用目光鼓励他。

"我和云山怎么办？"朱云生终于把话说出了口，张云山也点了点头表示赞同。

"如果孙玉胜提名你们继续当副总经理，则继续效力于厦门安泰，否则……"

"否则，我纵使当中层管理人员也不离开。"朱云生有些激动："我会继续干下去，而且干好，你说呢？云山？"

"我同意，我已经决定此生交给厦门安泰了。"张云山语气坚定地说。

"有一个问题我很清楚，安泰董事长我和金威兄都胜任不了。年纪大了，难

第四十章 仙岳之春春满园

371

以胜任，因此我提议由林若莹负责。这种事在我们台湾，妻替夫征战早已有之，更重要的是这弟妹的才华也不输阿辉。"孙茂祥突然提议。

"我们赞同，林若莹的管理才华都在我们之上，一定能统揽全局。只是唯一的不足是，台湾安泰公司因为她是大陆人士过去很难，那一块工作作良兄要多担待一些。"朱云生考虑问题非常周全。

"这事我心中有数，我会随时请教二位长辈，同事及时向林若莹报告那边的工作情况。"李作良跟大家一样心情非常沉重，但为了两岸安泰公司的发展都顾大局、识大体。

……

现在茂祥叔他们回台湾了。

台湾当局的传讯函也来了，现在便捏在自己手中，已经捏得皱巴巴有些潮湿。

岳父母已经睡了。

宝贝儿子小辉躺在床上睡着了，那可爱的胖乎乎的小脸上还不时荡漾着甜甜的笑意。

屋子外面已经恢复了宁静，劳累了一天的人们早已进入了梦乡。

"阿辉，咋还不睡？"林若莹看见丈夫还在书房中坐着一动不动，手里捏着那张皱巴巴的纸条，正看着办公桌上那盏台灯失神地沉思。

阿辉没有回答妻子，只是默默地将那张皱巴巴的纸条递给她，目光却不敢跟妻子碰触。

"这，这，这，这是怎么回事？"林若莹没有任何思想准备，情绪有些失控。

"嘘……"阿辉指着岳父母的房间，随手关掉了客厅的灯，然后将书房门关上，悄声说："这就是我告诉你这次危机并没有过去的原因。"

"那，那，那能不回去吗？"林若莹又着急起来了。

阿辉摇了摇头，深情地看着妻子，从头上，脸上，胸部上，一直看到脚尖，却没有说话。他这大半生来凡事都会做好最好及最坏两种打算。他知道，自己的事业还有一半在那边，纵使这次不回去，总不能一辈子不回去，那边还有一个安泰公司啊！

福德之妻

大丈夫敢作敢为、敢担当，这是一个男人应有的勇气与责任。

但是，自己一旦回去，将可能会被限制出境，甚至受到处罚。

也许在今后的一段时间里，自己将不能与妻儿相拥而眠……

"如果……"林若莹的泪水终于忍不住夺眶而出。她只说了两个字，后面不吉利的话，她咬了咬嘴唇痛苦地吞了回去。

兄弟们都说林若莹是一个美女、是一个才女。是一个才色兼容的贤妻良母。现在站在书房，夫妻两面对面的对视着，阿辉的这种体会更深，感情更为强烈。他按捺不住内心的感激之情，走近妻子深情地把她抱在怀里，忘情地亲吻起来。

他感觉到若莹口里的口水是那么清甜，当双方的舌头在彼此的口腔里转动时，有着一种说不尽的惬意，一种无以伦比的享受……他们亲的那么忘情，那么投入。

慢慢地，阿辉感到原本清甜的唾液有些咸，淡淡的咸。

慢慢地，他感受到了这是妻子的泪水。

这泪水从林若莹那美丽的眼角潇潇而下，流入了口中……

"阿辉，我怎么办？小辉怎么办？这安泰公司、安泰工业城怎么办呀！"林若莹终于呜呜地哭出声来。

"别哭！若莹，振奋起来，乐观起来。人生不可能一帆风顺，不可能一路平安，碰到困难，我们不需要泪水，而是需要乐观，需要冷静，需要面对。"阿辉冷静了一下自己的情绪，将林若莹扶到沙发上，夫妻俩依偎着坐了下来。他告诉妻子，年轻时曾经有一次到了台湾的东海岸，看到太平洋的海水撞击着那伟岸而又嶙峋的石壁，那溅起的浪花，在阳光下折射着五彩缤纷的彩虹，令自己年轻的心心潮澎湃，惊叹不已。后来慢慢长大了，在人生的坎坷当中慢慢悟出了一个道理，每一个人都希望自己能够让一生走的顺顺利利，谁愿意碰到艰辛？但是，既然碰上了，只有面对，就像那海浪撞击海岸，没有碰触浪花就不会那么美丽一样，人生没有经过无数次的艰辛与努力，就不可能有成就，这社会也不可能在一代又一代人努力下推向前进，推向发展。

"你呀……"林若莹躺在丈夫的怀里，仿佛是在听丈夫讲故事，又好像是在

听丈夫朗诵诗歌。她止住了哭声，抹干了眼角的泪水，用手指亲昵地戳了一下丈夫的额头。

"我后天返回台北，因为这是他们限定的最后时限。"阿辉向妻子说出了自己的最后决定："我走后，你一定要办好几件事，你一定要答应我。"

"嗯！"林若莹似乎变成一只温顺的猫、一只小猫，头埋在阿辉的胸部点了点头。

"首先是孝敬父母，带好孩子！"

"这还要你交代？真是！"

"二是我走后，你接替我担任安泰公司董事长，这是董事会上陈茂祥阿叔他们提议的。"

"我！我！我！不能胜任！"林若莹似乎有些着急。

"依靠这么多同仁，台湾安泰的事情茂祥叔和李作良兄他们会随时报告给你！"阿辉用手势制止妻子插话，继续说："三是董事会已支持通过，从安泰公司企业利润中拨出六千万元，捐赠给福德文化管理委员会，与湖里村乡亲共同重建一座土地庙，以报答土地公的养育之恩……"说到这里，阿辉已经激动万分，泪水流了下来："没有土地公便没有阿辉的一切，更没有安泰公司的今天。我们要懂得知恩图报啊！"

说罢，他从身上掏出锁匙，打开抽屉拿出用红绸子包得严严实实的掷茭，然后又重新放回去、锁好。"这掷茭要妥善保管，一旦新的土地庙落成，我们要郑重地交给阿爸，在土地庙搞一个博物馆，把土地公的历史，把两岸的历史作一个展示，让子孙后代，祖祖辈辈都了解它、记住它。"

"那你……"若莹终于插上了话。

"土地庙建好时，我一定会来与你一起参加开光仪式。你越快建好，我越快回来。一定的，因为土地公一直在我的心中……"阿辉淡定、自信地告诉妻子。

夫妻俩双紧紧地拥抱在一起，抱得那么忘情，那么投入……

以后的事情如同写小说一般富有戏剧性，让人目不暇接。

阿辉一回到台湾，便被留置了。后来，被追究三年六个月的刑责。经过陈茂祥、杨金威、李作良和众多媒体记者的努力，最后以一年定谳。

厦门安泰公司由孙玉胜挂牌组成新的经营团队，朱云生、张云山留任副总。他们没有辜负阿辉的嘱托，第二年厦门安泰的产值翻了一番多，超过二十五亿元；原因之一便是代工业务全部交给张文的福德电子厂制造，安泰公司专心致志集中优势搞研发、创品牌。

这使安泰公司很快完成了从制造到创造转变的第一步。

按照孙玉胜的决策，刘明带着小于和小陈挂牌安泰文化创意城，那里的老车间变成油画工厂，吸引了两千多家油画公司，上万画师云集在那里进行文化产业工作。刘明他们成立了一家油画进出口贸易公司，并确定了服务定位：

一、扩大国内市场，拓展欧美市场；

二、资源整合，服务第一，力争利润最大化；

三、促进油画企业向原创发展，张扬闽南及其两岸油画产业个性。

此外，刘明将工业设计业务提溜出来，单独成立了安泰工业设计公司，除安泰公司自己的小家电设计服务外，还延揽厦门经济特区企业的工业设计工作……

朱云生提议张文这小伙子回到安泰公司担任主管生产的副总，可是福德厂已经拥有三千多员工，林万寿和股东们坚决不同意，加上陈永清和刘志辉亲自到安泰求情，孙玉胜难耐人情，只好忍痛割爱将他留在湖里村。

为此，村委会特地奖励了张文一套四房二厅的房子。加上当年被评为厦门市十大进城务工青年，市里按政策规定奖励给他和赵明英以及父母四个城镇户口指标。他们全家成了地地道道的厦门人，当年又添了一个活泼可爱的胖儿子。

林万寿接受了安泰公司修建土地庙的捐赠。市区两级领导十分重视，在原先仙岳山土地庙的旧址旁边划了一块几百亩的土地，按照五星级旅游景区标准规划设计建设一座新的土地庙，并指定林万寿为筹建处主任。

市区两级政府一比一配套各六千万元投入建设，并确定了全区一流的建设规模与标准，以感恩土地公数千年来对中华民族子孙的养育与恩泽。

冬去春来，犹如巨伞一样的凤凰树争先恐后地开起花来了。

凤凰树矗立在城市的主干道两旁，环绕着筼筜湖两岸，分布在厦门的每一个角落，每一个景区。那叶子圆圆的，一片葱绿，大概是季节到了，也大概是这凤凰树通人性。一夜之间巨大的树冠中怒放出红红的花朵，那艳丽的红花一朵叠着一朵，一枝叠着一枝，密密麻麻，层层叠叠，在绿叶的衬托下显得妩媚、妖艳，让人着迷。

　　一阵海风吹来，那树枝上的红花纷纷扬扬掉落地上，整个地面瞬间变得红彤彤一片。这一棵棵的树，这一片片的花，从天上到地下，紧挨着，紧贴着，亲亲热热，紧紧相连着，相依相偎着。

　　那花是那样的红，那花是那么的艳；

　　那红是一种立体的红，红与绿，红与黄相互交替，给人以视觉的享受，给人以视觉的冲击，同时又给人以无限的诱惑，更给人以无限的感概……

　　土地庙经过一年的建设已经全部建成。土地庙里的土地公塑像正在开始贴金。

　　那富有闽南建筑特色的土地庙正焕发着勃勃生机，让人产生着一种强烈的向往。

　　"阿爸，这土地庙五月底能完成么？"林若莹抱着小辉站在父亲身边，站在仙岳山颠，回转三百六十度。当着她看到山脚下经济特区建设的现代化城市，俯看那郁郁葱葱被无数参天大树掩映的城市空间，再看看满城、满眼、满世界如火一样红的凤凰树花，再看看手中抱着的已经东蹦西颠会走路的小辉，问父亲。

　　"没问题，一定能！"林万寿老人充满自信。

　　"开光典礼定在什么时候？"女儿问爸爸。

　　"阿辉什么时候回来，有信息吗？"父亲反问女儿。他知道土地庙建设凝聚了女婿的一片心、一片情，什么时候开光一定得等到阿辉回来。这一点，前几天陈永清书记专门挂电话叮嘱过。

　　"后天，后天中午由香港转机到厦门！"林若莹难掩内心的兴奋，一年未见到老公，一年没有靠在老公肩膀上撒娇了。现在听说老公要回来，她心里乐滋滋的，说这句话时，脸上红扑扑的。林若莹也是四十岁的人了，但怕被父亲发现自己内心的秘密，回答完父亲的问话，便迅速将头摆过去佯装看新建的土地庙。

昨天深夜，一阵清脆的电话铃声打断了林若莹对丈夫三百六十五个苦苦的思念之夜。记得一年前，阿辉要返回台湾了，自己将丈夫贴身的T恤细心叠好，用薄膜袋装好，小心翼翼地放在自己的枕头底下……

那件T恤浸透着丈夫身上的汗水，留存着丈夫的体香，凝聚着丈夫坚忍不拔的意志。每当夜深人静，当对丈夫的思念之情涌上心头，当公司经营管理出现困难时，林若莹便将它取出来，闻一闻，沉思片刻，总能产生一种动力，汲取一些智慧……

现在三百六十五天终于熬过来了，阿辉就要回到自己身边……

"那定在六月初一。"林万寿听到女婿后天要回来，也高兴得转过身告诉老太婆："后天早一点买一只大猪脚，买一些面条，给阿辉做一碗猪脚面吃，记住！"

"好！好！好！"老太太一连说了好几个好，便想转身下山去。

"干什么？"林万寿感到不解。

"你不是说买猪脚吗？老达补！"

"后天，这么着急干什么？真是！"听到老伴说女婿要回来，乐昏了头，林万寿埋怨了一声。说罢又拿起了手机，眯着眼睛给区委陈永清书记打了一个电话："阿辉后天要回来了。"林万寿太激动了，没头没尾喊了一声。

"谁？你是谁？"陈永清正在主持召开区委常委会，他接了这个没头没脑的电话，还没有缓过神来。

"哦！哦！我是万寿，陈书记，阿辉后天要回来了！"林万寿感到好笑，他的嘴唇不停地哆嗦，终于将自己的意思向区委书记表达清楚了。

"是吗？你不骗我吧！"陈永清喜出望外，故意跟林万寿逗了逗乐。

"哎，我都这个岁数了，还会骗书记。再说，骗也不敢骗到你头上呀！"林万寿着急起来。

"好！那土地庙什么时候开光？"

"六月初一，怎么样？"

"可以，我叫几个干部去帮忙，一定要把开光仪式搞得热烈隆重，并借这个机会扩大仙岳山土地庙作为祖庙的影响力。要让土地公保佑海峡两岸像阿辉一样的民族精英，让他们好人有好报，好人一生平安！"

"我知道，我知道……"林万寿非常感激，同时为有这样一个女婿而自豪。

"另外，阿辉走前不是交代要建一个福德文化博物馆吗？进展怎么样？"陈永清不放心。

"这件事已由区文化局、区台办负责筹办了，应该没问题。"

"好！今天晚上我跟刘区长到你们村看一下，我们再将准备工作研究得更具体一些。"陈永清很高兴，一是阿辉要回来了，一年没见很是想念；二是土地公庙建成了，实现了阿辉的嘱托，也实现了人们的心愿，真是两全其美啊！

农历六月初一。

头天晚上还是狂风大作，乌云密布，大雨倾盆，仙岳山上下雷鸣闪电，那如注的大雨在一阵阵巨雷的相伴之下，向大地倾泻而来。仙岳山的沟沟壑壑山洪奔腾，从上而下倾泻着……

"爸，明天……"林若莹看见这天气有些着急，正想说出天不作美的话，可是他忍住了。是啊，这土地公庙建设，凝聚了阿辉和众多乡亲们的心血和期盼，如果这样大的雨，那怎么……

"安心吃饭，等阿辉猪脚面吃完，再陪阿爸喝一杯酒，也算阿爸给阿辉接风洗尘。"林万寿看着微微发抖，脸色有些苍白的女婿，心情复杂地端起一杯厦门高粱酒。

"爸，喝葡萄酒吧，这酒度数高！"阿辉非常感激岳父，恳切地向岳父提建议。

"不！我们厦门这高粱酒可是百年老厂生产的，进口纯，不上火，香醇可口，喝几杯活血！"林万寿平时也不喝酒，女婿一年未见，今天平安归来，明日又是土地庙落成，一高兴几杯酒下肚，脸上泛起了红光。

这一夜，屋外的雨下个不停，屋内一家人在经过一年之后得以团聚其乐融融。

这一夜雨下得很大，几乎通宵没有停歇。

可是到了黎明，竟然风停雨住了。

上午八点钟时分，阳光明媚，风和日丽。经过一天一夜的暴雨洗涤，天空是湛蓝湛蓝的，空气无比清新，连那仙岳山上的参天大树也婀娜多姿，生机勃发。

漳州的信众闻讯来了；

泉州的信众闻讯来了；

他们与厦门市的信众一样怀着一颗感恩的心、一颗虔诚的心，从四面八方蜂拥而来。

旌旗飘扬；

锣鼓震天；

喜炮齐鸣；

雄狮跳跃；

群龙欢腾。

各地进香团的祭品从山门开始一直摆到土地庙的广场，信众们为表达自己对土地公的感恩，定制了巨香、巨烛，摆放在一起，俨然像一片香林、烛林……

上午九点钟还不到，仙岳山已聚集了四面八方的信众，也聚集了厦门市、区及相关部门的领导。

"若莹，没雨了吧！你看这天、这地、这空气……"林万寿指着眼前的景象，如同年轻人一样欣喜若狂地告诉身边的女儿、女婿，"这都是土地公保佑的。"

"是的，是的，阿爸讲的很有道理，心诚则灵，好人永远都会有好报。"阿辉不知是昨晚喝了几杯酒，还是昨晚睡得踏实，脸上红光闪闪。

开光典礼开始了！

林万寿走向土地庙跟前，代表受到土地公恩泽的信众致辞，一跪三叩，以感恩土地公对中华民族子孙的养育之恩。

回过头，看见老伴带着女婿、女儿和小外孙站在身后，他虔诚地点燃了几炷香，分别交给家人，老少齐鞠躬，然后虔诚地把那香插到香炉上。

这时老伴走近香炉，从那里小心翼翼地捏起一捏香灰，用画着符的纸袋包好，装进一个烫有大吉大利四个字的红包纸里，转过身交给身边的女婿。

"阿辉，歹命走，好运来。这包香灰放在贴心的口袋里，土地公保佑你从此之后，平平安安，顺顺利利。"老人用怜爱的目光看着女婿。

"对，阿姆说得对，阿辉从此平平安安。"市委林书记和陈永清书记交换了

一下眼色，过来与阿辉热烈握手。

"哈！哈！书记！"阿辉跟领导们一一握手，风趣地说："人生，你只要想作为，肯定不可能顺顺利利。因为，人生道路一定会有坎坷，人生免不了会有挫折。这就是大陆长官讲的辩证唯物论，二位书记，你们说，对吗？"

"哈！哈！阿辉想不到你也在研究唯物论辩证法了。"陈永清高兴得笑出声来。

"过奖了，我是跟二位长官学的！"阿辉被陈永清说得有点不好意思。

这时各路进香团已经云集仙岳山顶，各种表演更是热闹非凡，陈永清招呼道："走，我们去参观福德文化博物馆吧。"

"书记留步，书记留步。"阿辉给妻子使了一个眼色，二个人走近二位书记，将那凝聚十几代人心血与汗水的掷筊郑重其事地呈上。书记表情庄重，他将这凝聚两岸历史的掷筊在手中重重地握了握，然后才交给林万寿："万寿，请把这宝贝珍藏在福德文化博物馆，让我们子孙后代永远了解这一段历史，记住这一段民族的光辉历程，教育我们的子孙后代要感恩、勤奋，为中华民族的复兴而奋斗。

一阵阵鞭炮声在袅袅香烟中响起。

千年土地庙在仙岳山顶耸立着，所有的人以虔诚的心情朝着养育世代族人的土地公深深地鞠躬……

后记

　　经过一年的时间马不停蹄的努力，西进三部曲《掷茭情缘》、《仙岳儿女》、《福德之春》终于搁笔了，我情不自禁地轻轻吐了一口气。

　　台商的祖辈原来几乎都来自闽南地区。当年他们的祖辈带着一种追求与梦想去垦荒台湾。为重现这一段历史，我怀着崇拜和敬仰写下了渡东三部曲《过台湾》、《风雨诸罗山》、《布谷催春》，以表达自己对这些先民的崇拜和敬仰。然而，这种心情还没有消散，我又对他们的子孙在数百个春夏秋冬之后回到原乡故土，以台商的身份辗转回到故土，投资兴业而坐立不安。因此一气呵成，创作了这部作品。

　　一个历史轮回，中华民族的子孙们用自己的心血、汗水和智慧谱写了无数催人泪下的故事。

　　这是一部对土地公文化信仰做文化背景，以台商投资为题材反映特区建设和党政干部精神风貌的长篇小说。一年多的时间写作120万字，如此繁重的创作任务加上每天的日常工作，没有一种激情，没有一种责任担当的动力是绝对做不到的。

　　我曾很长时间在对台部门工作，对台商赴大陆投资这一可歌可泣的历史现象有着无限的感慨。我想这不是一种偶然，而是中华民族子孙善于打拼，敢于吃苦，推动社会发展的一种必然。因此，时间久了，这些感人的故事便在心中发酵，便有一种不写便坐卧不宁、不说出来便难以安心的感觉。

　　俗话说，无知则无畏。或许是这种缘故，或许是许多领导、长辈的嘱托，叫我把这些故事说出来、写出来。于是，尽管我深知自己肚子墨水并不多，也就无忌无讳，夜以继日地写了下来。一年多，几无周末，亦无闲暇。可是到现在临到搁笔之时，才感觉自己心有余而力不足。一百多万字洋洋洒洒，却不知有没有将吃苦耐劳，敢于打拼的台商群体形象描绘好、塑造好。

土地公文化信仰遍布整个中华民族的所有子孙。不论是海峡两岸，还是早年到海外侨居、定居的民族子孙，都对土地公顶礼膜拜。偶有出国，看到这一切都让我难以释怀。

感恩和敬畏，追求社会的和谐发展是土地公文化的精髓，也是我们民族复兴的一种原动力。通过对台商和特区党政干部形象的塑造，目的在于弘扬这种精神。

扪心自问，我觉得自己已经尽了一份心，也尽了一份责。

在这里我要衷心感谢国台办副主任叶克冬、宣传局局长杨毅同志对我长期的关心和爱护，尤其是几部长篇小说的创作得到他的谆谆教导和垂爱；感谢厦门市委常委宣传部长叶重耕，厦门市委常委、秘书长臧杰斌，副市长黄强同志的支持与鼓励；感谢湖里区委书记刘育生，区委常委、统战部长陈国荣以及仙岳山福德文化管委会的大力帮助，才得以使这部作品顺利问世。

我还要感谢一切长期以来给我以关心、帮助的朋友。

作者

2012.6.28

图书在版编目（CIP）数据

西进三部曲. 福德之春 / 廖晁诚著. —北京：华艺出版社，2012.12
ISBN 978-7-80252-406-4

Ⅰ.①西… Ⅱ.①廖… Ⅲ.①长篇小说—中国—当代
Ⅳ.① I247.5

中国版本图书馆CIP数据核字（2012）第302799号

福德之春

出 版 人：	石永奇
选题策划：	刘　泰　韩海涛
责任编辑：	常永富　金书艺
设计统筹：	宋福江
流程统筹：	吴　婧
出版发行：	华艺出版社
社　　址：	北京市海淀区北四环中路229号海泰大厦10层
电　　话：	010-82885151
邮　　编：	100083
电子信箱：	huayip@vip.sina.com
网　　站：	www.huayicbs.com
印　　刷：	北京天正元印务有限公司
开　　本：	1/16
字　　数：	370千字
印　　张：	24.25
版　　次：	2013年1月第1版第1次印刷
书　　号：	ISBN 978-7-80252-406-4
定　　价：	47.00元